張草

雲空行

—壹—

雲空行・戊戌序

我是個幸運的人。

很多人愛寫作，但沒幾個人有幸出書。

更沒幾個人有機會在二十年後重修自己的舊作。

《雲空行》是我十八歲發想，十九歲開始創作、斷斷續續寫了九年（一九九一～一九九九）的作品，當時太年輕，手頭資料不足，人生歷練不足，對道教和佛理也認識未深，依然憑著有限的材料和無限的想像空間，寫下了這部作品。

從寫作到出版，它本身的歷程也跟故事一樣，曲折得很，這段曲折的過程，且留在後記，待各位讀完全書之後才說吧。

完成這部作品後的二十年之中，許多當年沒有的資料、沒人做的研究也慢慢出現了，收集到這些資料時，不免遺憾：如果能再寫一次就好了！

事實上，遺憾的事不只一樁。

當年剛出版，我的家鄉馬來西亞就出現盜版，看到大街小巷的盜版，真不知該喜該怒？因為當年還較少進口台灣書籍，很多家鄉的人竟從盜版認識我的書，連報章上也出現盜版漫畫，內容一字不漏（只是沒寫作者），還每日連載。

編輯也遺憾，因為當年這部小說算是未完整的，所以多年來跟編輯們的閒聊中，總會不經意的提及這遺憾。

讀者也遺憾，由於故事未完整，所以這麼多年以來，老讀者最常問的是：紅葉是誰？

不諱言，我也在自問紅葉是誰，我以為作者當然知道答案，結果真正的答案要在許多年後才蹦出來。有時候感覺到，與其說寫作是創作，不如說故事早已存在，只是借我之手述說。

《雲空行》為我建立了第一批讀者，多年來都一直在鼓勵我、追蹤我的小說歷程，有的老遠從香港來旅行時順道找我，也有成了大學教授後來訪問我的，雖然我在小說路上不斷探索新境地，許多讀者依然語帶遺憾的告知我：最懷念的作品是《雲空行》。

今年（二〇一八）三月回台灣參加二十年同學會，順便拜訪皇冠，社長平先生問我：要不要再出版《雲空行》？是重出呢？整理修改呢？要把未盡的部分續完嗎？

說真箇，那一刻所感受到的幸福，比求婚成功還來得甜蜜。

※※※

此次重修雲空的故事，有的故事保留原貌，僅修改了一些贅詞，或潤飾了文字，令其更通順；有的則大刀闊斧，幾乎只存骨架，或全幅重寫，尤其是第二部跟雲空前世相關的回目；有的是全新的故事，第一部有一篇，第二部有四篇。

不過，有幾個當年十八歲的設定不變：

一、寫一個道士雲遊天下，從出生到死亡，一生的故事：這是一個挑戰，一個不到二十歲的人如何假設各年齡層的心境？

二、題材取自古籍典故，尤其是宋朝及更早以前的筆記小說：我十多歲時發現古籍蘊藏了豐富的資料，當年許多寫奇幻小說的人卻老在寫西方人的精靈、巫師、騎士等等異文化的元素，就很納悶他們為何不從自家寶藏中去找資料？因此在小說後面附上「典錄」，希望拋磚引玉，吸引他人跟進。

三、每個故事可獨立，但有聯貫性，且有一條主線：無獨有偶，我當時很驚訝新開播的電視劇《X檔案》也首度採用相同手法，因此我就把雲空行設想成這種新式影集。

二十年來經歷了許多大小事，回頭審視，原來以前寫這故事時像在寫預言，現在回頭整理像在處理回憶錄。但是，雖然很多事改變了，在回頭審視自己年輕時的文字時，卻發覺赤子的初心其實並沒有改變。

不論這二十年來當合唱團指導、當牙醫、寫作、當父親，熱情之火從來未曾減少。

原來熱情跟年紀無關，我的熱情，應該要在離世那天才會暫時熄滅，來世重燃吧。

張草 戊戌立冬於亞庇陋居

目錄

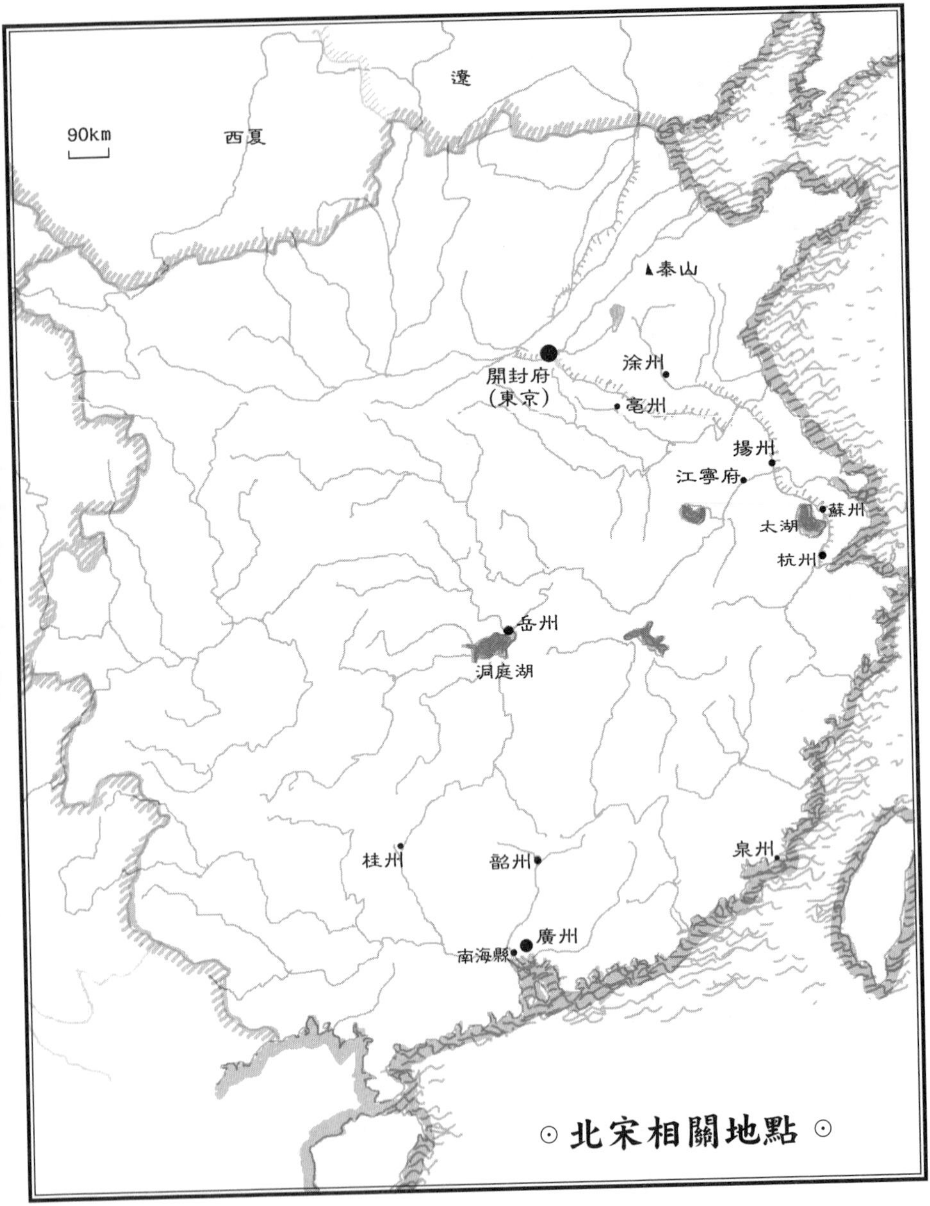

遼
西夏
90km
▲泰山
開封府
（東京）
涂州
亳州
揚州
江寧府
蘇州
太湖
杭州
岳州
洞庭湖
桂州
韶州
泉州
廣州
南海縣

⊙ 北宋相關地點 ⊙

之一

夜鬼行

宋・元豐八年（一〇八五年）

那一夜，林子裡很不平靜。

圓盤似的明月雪白皎潔，明亮得足以照亮大路。

然而，林子裡沒有大路，而且樹葉濃密，大部分月光被遮蓋了，僅有少許悄悄穿過葉縫溜到地面，隨著陰冷的風嚇得樹葉亂顛，淡淡的光圈也在林子的地面上恐慌亂舞。

林子裡沒有人氣，但有許多東西，曾有生命的東西，在驚恐的奔跑。

它們跑，沒命似的跑。

這林子原是它們棲身之所，但現在它們毫無選擇的必須趕緊逃離。

驅逐它們奔跑的，是一顆圓圓的光球。

光球在林中有節奏的跳動著，往村落的方向跑去。

那是一個男人，一個提著燈籠的男人。

燈籠透出的光，十分暗淡，有的由燈籠上的破洞兒透出，投到樹幹上，或投射到無邊無際中。

那男人壓根兒不理會汗水在臉上流動、在他的衣裳內亂竄，因為他的心早已被緊張的壓力完全侵佔了。

在被月光染花了的暗林中，他邊跑邊死盯著燈籠照出的林徑，不知道他這奔跑嚇壞了多少林中生靈。

眼前是他平日走慣的小徑，但在夜裡卻感到分外的陌生，因為地面瀰漫的夜霧遮蔽了路徑，也因為燈籠過於黯淡，他把平日省著用的油脂只分了一半來點燃引路，這下說不定扔了燈籠，憑著記憶來趕路還更快。

「咔」的一聲，腳下踢到一根粗枝，他一個踉蹌差點摔倒，所幸他反應快捷，否則險些就誤了大事。

他明白，無論他的腳是多麼痠痛，他都必須要跑，儘快跑到村裡去。

唯一能救他妻子的，只有村子裡的李大嫂了。

李大嫂是方圓五里內唯一的穩婆，他不禁憶起，前天妻子感覺肚子胎動變得激烈時，他就趕緊到村裡去找李大嫂的情境……

「李大嫂，您行行好，我娘子快生了……」

「我知曉我知曉，」李大嫂在自家瓜棚下，一面用草蒲扇搧著風，一面不甚在意的說：「可是我總不能就這樣跟你住到林子裡去呀，倘若別人來找我怎辦呢？」

「李大嫂……」他焦急得很：「如果我娘子要生了，我可是來不及來找您的哪，再說家中又沒其他人，只有我倆口，要是我扔下她來找您，她有個萬一沒人照應怎麼辦……？」

李大嫂眨眨眼，走回屋裡去倒了一碗清水，自個兒慢慢呷著。

「這樣吧，以後我每天打一擔柴來，不收錢……」

她大聲嘆了口氣：「陳大哥，這可不是我不想幫忙，而是我實在幫不上忙呀。」說著，厭煩的甩開臉。

果不其然，這天傍晚，陣痛開始了。

他二十萬火急的點了燈籠，頭也不回的衝出茅屋，拚命往山下村子跑去。

平日走慣的五里路，雖說林徑崎嶇不比大路平坦，他也能輕鬆自在的走過，但在渾沌的夜裡，加上心急若焚，區區五里路竟有如登天之難。

他腦子裡掛念著妻子的痛苦，腳底下更是愈加快了。

家裡一半的油脂點了手上的燈籠，另一半被他放在一個破碗裡頭，在茅屋正中央點亮。妻子怕黑，又必須單獨在家等他回來，油脂不夠，但不得已只好如此了。

由於他常在山區走動，草鞋早被磨損得破舊不堪了，現在又在佈滿細枝和落葉的林徑飛跑，破損的草鞋更如同一層障礙，迫使他不得不減慢速度。

他跑得心煩，乾脆把草鞋脫了抓在手上，踩在刺腳的草地上，還有能將腳板刺得流血的枯枝上，反倒是腳板長年磨出的厚繭幫他減少了不少疼痛。

在他焦急的腦中，忽然浮現出一個清晰的景象——五歲那年的事——他理應忘記了的。

他看見阿母躺在木板床上，痛苦的哭號，連床單都被抓破了，冷汗如流水般在額頭湧個不停……

他沒有弟妹。

阿母在生第二胎時死去，當時他爹跑下山找穩婆去了，趕回家裡時，看見的只是在地上畏縮顫抖的孩子、床上已冰冷的妻，而床上的一大灘血，正一滴一滴的滴落地上。

最駭人的是，阿母口中掉出一坨坨凝固的血塊，臂彎下還躺了一節斷舌。

他不想，他不想他娘子也跟阿母一樣。

阿爹從此眉頭深鎖，把沉痛的哀傷鎖在心裡，餘生沒再展開笑臉，白髮早生，身體早衰，在他未至弱冠之年就鬱鬱而終。

阿爹臨終時把年少的他付託給山下的友人，要他危急時找那位叔輩商量，當初大家都是因為兵燹而流落此地，向來互相扶持的。

而他的妻子，就是該叔輩的女兒。

阿爹死後，年僅十三歲的他就努力養活自己，也常到山下探望爹的友人，該友人見他人品不錯，又獨居可憐，在他成年後就把女兒許配給他，讓他有人能照顧家裡。

年輕的小倆口生活雖不富足，但恩愛甜蜜，對生活沒什麼要求，倒也安樂得很。

沒想到，妻子懷孕，竟挑起他置於記憶深處的恐懼。

雜亂的景象紛飛，在他腦中快速掠過……神壇上的香火、洞房時的紅燭、一根根落在地上的枯枝、炊爐中格格作響的柴火、阿爹的靈位、鳥兒的歌聲……

他並不知道，林子裡並不只有他在跑。

他的聽覺已被緊張和紛亂分散了注意力，使他壓根兒沒注意到林中發生的吵鬧和騷動，跟他沉重的腳步聲並不同步……事實上他也看不見那些東西，他看見的只有搖擺的燈籠，以及燈火照出來的路徑。

陰沉沉的夜風削過樹身，奏出尖銳的樂聲；穿過樹枝間的隙縫，吹出索命般的音樂；拍到樹葉上，發出神秘的吵聲……那些風，不是風。

它們，慌張的疾跑，害怕得不敢回頭。

它們全往山下跑去，湧向炊煙已熄的村落，村民們為了節省燈油，要不是已經入睡，就是正欲就寢。

它們擦過樹身，穿過枝隙，拍打樹葉，整個林子全是狂風奏出的音樂。

那個男人，看見了村落的燈光，頓時又高興又憂心。

他擔心萬一李大嫂被人接去另一家接生了，他被這個一閃而逝的念頭所驚嚇，連忙加快腳步，口中不自覺的唸了一句：「南無阿彌陀佛……」

他的話嚇壞了四周的東西，它們立時跳開數丈，離他遠遠的。

他這才突然發現，剛才的林子很不平靜。

驟然，他被一片寧靜所包圍。

靜得可怕。

他困惑的停下腳步，豎起耳朵留神傾聽。

連風也忽然停止了，周圍感受不到一絲風，沒有任何除了他的呼吸聲以外的聲音。

他的直覺告訴他，他必須立刻繼續他的路程。

很顯然，這裡有一些不是他該接觸的東西。

※※※

林子的另一頭，在三株大樹拱圍之處，葉子疊得密密麻麻的，月光穿不過去，更投不到那茅屋的屋頂上面。

茅屋的窗子透出枯黃的弱光，屋中擺了張胡亂由雜木釘成的桌子，桌上破碗盛著的油脂，已經快要耗盡，微量的燈油正盡力擠出光線來。

那女人的臉上冷汗滿佈，她咬著衣袖，以免在劇痛下不慎咬斷舌頭。

她感到子宮正在抽搐，節奏越來越快，她深深的用力呼吸，企圖控制抽搐的頻率，卻不見效果。

肚裡的孩子正努力要往外鑽，她撫摸抽動的肚皮，安撫胎兒：「乖，要等穩婆來哦……」

其實女人今天並沒有吃下多少東西，差不多要用掉最後一分力氣了。

她害怕會撐不到穩婆的到來。

※※※

山下的村子突然不平靜起來，茅屋的屋頂似乎要整個飛上天空，地面塵沙揚起，在半空中慌亂的打轉。

村口第一家住的是屠戶，平日殺死畜牲也不會起一點憐憫心的他們，此刻瑟縮在屋裡，懼怕的聆聽著，掛肉的鉤子吵鬧的互相碰撞，豬棚內的牲口也不安的喧鬧，互相推擠，直到緊緊的擠在豬棚一角。

當陰風吹入房子，掃過一家四口的腳面時，平時操刀如判官的屠夫，也不禁全身起了雞皮疙瘩。

陰風吹灌入村子，地面啪啪嗒嗒的響起跫音，像有無數雙腿在奔跑，悶雷似的聲音傳入村裡每一家每一人的耳中。

土地上出現了腳印，各種各樣的腳印，腳印疊腳印，最後誰也看不出腳印。

李大嫂關上窗子，拉緊衣裳，走到小火爐旁去守著正在燉著的藥，時不時不安的看望四周牆壁。燈火搖晃，影子也隨之舞了起來，小屋子裡面彷彿瞬間多了許多生命。

突來的敲門聲把李大嫂嚇了一大跳，心底不禁滿是狐疑：誰人這麼晚來找她？她皺起眉頭，歪著脖子大聲問：「誰呀？」

「我呀李大嫂！我陳大呀！我娘子快生了啦！」陳大聽見李大嫂在家，希望乍現，不禁猛拍木門。

「哪個陳大來著？」李大嫂心中感到一些不祥，不太想出門。

「砍柴的那個陳大！求求您李大嫂！我娘子快不行了……」

「你可住在山上不？」

李大嫂還想討價還價，卻被陳大一腳踢開門，闖進屋來，李大嫂登時愣住。

「不好意思。」陳大話語未落，二話不說就彎腰抱起李大嫂，一把抬到肩膀上，往外就跑。

李大嫂驚慌得說不出話，待陳大快跑到村口了，她才殺豬似的大叫：「救命啊！來人呀！有人欺負我老婆子呀！」

陳大也一邊喘氣一邊大喊：「救人要救急！李大嫂！我娘子等不了啦！」待有村人終於決定開門看個究竟時，陳大早已一手扛著李大嫂，一手提著燈籠，跑到山上去了。

現時林子裡只有陳大的喘氣聲和腳步聲，他肩膀上的李大嫂不知為何安靜了下來，哼也不哼一聲。

他們還不知道，村中正陷入一片混亂。

林子裡的東西全都擠到村裡來了。

村中最大的田地主人——姓吳的小財主，他的小姨太洗臉卸妝時發現臉盆中有兩張臉，而且兩張都不是自己的。當晚，吳家一家大小上下雞犬不寧，吳財主只得把祖傳的鎮邪寶物通通搬出來陳列在大廳。

一位農夫發現自己半夜睡到了茅廁裡……

屠夫殺好準備要分割的豬，突然跑到屋樑上去亂跳……

穀倉中的大老鼠無緣無故全跑到屋外，人立著齊聲啾叫……

水缸裡的水自動滾沸，卻一點也不熱……

凡此種種，說不盡的各種怪事鬧了整夜。

※※※

林子另一頭，三株大樹圍抱的茅屋裡，燈油只燃剩最後幾滴，躺在床上的陳大嫂子已無力再發出聲音，肚裡的孩子似乎也不再蠕動了，她呆望著微弱的燈火，在沉重的空氣中筆直的往上燃。

外面好靜。

林子中沒有任何風吹草動。

漸漸地，有了腳步聲，非常急促地……

一個人，兩個……不，是一群人。

腳步聲愈迫愈近，衝散了茅屋裡幾近絕望的空氣。

陳大嫂嘴裡笑不出來，心裡卻笑了，但在神志不清中，心裡還模模糊糊地想：怎麼丈夫帶回來的，會是一大堆人呢？

大門忽地敞開了，喧譁的腳步聲像潑水般闖了進來，許許多多的人魚貫湧進，噪聒中有一把妖嬈的聲音在嚷著：「快，快準備，來不及了！」不知有多少人，在窄小的茅屋裡忙成一團。

爐灶生起了火，泥壺子灌入了水，放置到爐上煮著。木盆被放到床邊，有人坐上床緣，床整個傾斜了一點，有濕冷的指尖輕輕按到陳大嫂的手腕側邊，為她仔細把脈，可是，可是，陳大嫂快暈過去了……這麼多人，可是，可是，怎麼……

「怎麼我一個人也沒看見？」

她的心被一大籮筐的疑問填滿了。

她只斜眼覷見桌上最後一點燈油的火焰，她還看見昏暗的四周。

但她真的沒看見半個人影。

※※※

陳大沒命般地奔跑，他的神志猛地異常清醒，他的身上正有兩個走向極端的感覺，一個是腳底板越來越疼痛，一個是背上越來越輕。

前面出現了兩道黑影，毫無防備的，陳大撞了上去，哼地一聲跌坐在地，兩條黑影依舊文風不動。

「陳大，放下李嬌兒！」一聲吆喝，洪亮的聲音把陳大嚇一大跳。

他看不見黑影的臉，心裡一急，壯起膽子大聲反問：「誰是李嬌兒？你們是誰？」

「李嬌兒就是你剛才背著的女人，」其中一個說話了，嗓音又冷又陰沉，似乎隨時都準備在索命……「我們是牛頭和馬面！」

是的，他們隨時可以索命。

陳大吃了一驚，是的，他的眼睛已經適應了黑暗，他看清楚了，確實是一個牛首人身、一個馬首人身，兩個皆身穿古舊的銅甲，一個握叉一個執犁，手上的鐵銬在夜風中發出清脆的聲響。

李大嫂原本已倒在地上，但此時陳大看見的是，腳不著地浮在地面上數寸的李大嫂。她驚恐的搖頭尖叫：「我真的死了！我真的死了！」

陳大嚇呆了，他驚怕的坐在地上，眼睜睜看著牛頭馬面把她銬起來，準備帶走。

「慢著！兩位大哥！」陳大突然想起，立刻不顧心中的恐懼大喊：「行行好心，遲些兒帶走李大嫂吧！我娘子要生產，沒她不行呀！」

牛頭馬面相互望了一眼，又轉過來瞪著他一會，伸手指向林子，說：「那不就是你家嗎？」

陳大當下反應性的才剛把頭一轉，陰森森的狂風立時衝向他，他感到一大股的冰冷空氣包圍了他的身子，四周忽然高速的移動起來，但他腳底下一點移動的感覺也沒。

突然，他心中的緊張和急躁似乎消失了，身體猶如和四周融成了一體……

寧靜緩緩彌漫了他的心房，他頓時感覺莫名的安詳……

才不過一下子，他便清醒了過來。

他看見自己的房子，房子似是整個著了火，由窗子、土牆的隙縫和每一個孔洞都透出強烈的紅光。陳大的下意識告訴他：房子失火了！

他大聲呼喊妻子的名字，衝向火海，打算不顧性命，去搶救……

衝進敞開的大門後，他滿腦子的困惑。

哪有什麼火？

屋子裡靜悄悄的，桌上的破碗已填滿了燈油，燈火正熾烈的燃燒著，不住地興奮搖動。

他的妻子，正安詳地睡在板床上，靜靜的、緩和的呼吸著，身邊躺了一名嬰兒，正被又厚又暖的棉布包裹著，全身早被洗得白白淨淨的。

爐中沒有火，可是仍在傳出一波波的餘溫，顯然剛才有人用過。

洗過的抹布擱在木盆邊緣，木盆中尚有些許水漬。

陳大看了眼妻子、兒子以及屋中的一切後，腳一軟，便跌坐在地上，心裡是一陣高興又一陣……摸不著頭腦。

今晚似乎發生太多事了，可是問題是：到底是怎麼回事？

※※※

山下的村落差不多每一家都鬧鬼，或者說，不能說全是鬼，山上的山精鬼怪、魑魅魍魎全都下了來啦，它們無處安身，只好跑進人家裡去。

那一夜，村子裡的狗兒先是拚命亂吠，過後又惶恐地縮起尾巴不敢作聲，大概是發現別人的同伴比自己的同伴還要多吧？

那夜一直鬧到雞啼，村子才安靜下來。

一大早，村裡沒人走動，田裡也沒人耕田，連狗貓也在呼呼大睡。

陳大趕著砍了一擔柴下山，待到中午也沒人問津，村民們都仍累著在睡呢。

陳大的兒子嘛，胡鬧地起了個名——也不能說胡鬧——就叫陳汗，為的是陳大紀念自己奔跑一晚，流了一晚的汗。

而陳大嫂子，也渾噩得很，茫茫然然說不出自己昨夜是怎麼生下陳汗來的。

至於穩婆李大嫂，兩天後才被人發現倒斃在自個家中，雙目圓睜，嘴巴也張得大大的，人人都說她是被鬼嚇死的，也沒人提起她當晚被陳大扛走後的尖叫聲。

【典錄】百鬼夜行

一提到百鬼夜行，大家會想到的、會舉的例子都是日本人的圖畫作品，尤其是室町時代（中國明朝中期）的《百鬼夜行繪卷》，影響了日本後世的妖怪畫。不過日本人的「鬼」跟中國的不同，也包含了中國的精怪。

最早出名的的鬼畫作者其實是盛唐時期的畫聖吳道子，他的《鍾馗捉鬼圖》是鬼畫一絕。開元年間，在洛陽、長安的佛寺道觀創作了三百餘堵壁畫。《太平廣記．卷二一二》記述當時聞名的長安景雲寺《地獄變相圖》畫成之後，由於過於逼真，參觀過的人紛紛戒肉吃素。又說其在宮中大同殿所繪五龍，每當要下大雨就會生雲；僧家壁上畫的驢子還會夜間作祟踩破家具。

之二

夜遊神

宋・元祐三年（一〇八八年）

一片漆黑中，岩空驚醒。

今晚他夜宿破廟，其實早在入睡之前，就感覺怪怪了。

一陣陣的低迴聲令岩空感到非常不自在，手心很快就佈上一層黏黏的汗澤。

在這之前，他被外頭一片聒噪的蟲鳴聲所包圍，尚且沒留意到那低迴聲。

到了大半夜，不知為何，蟲鳴聲戛然而止，在那片短暫的寂靜中，岩空終於感覺到了。

他感到擱置在牆邊的竹皮箱正發出頻密的震動聲，像有無數青頭蠅在飛旋，齊奏出沉重的低迴聲。

他想起來了，竹皮箱裡有一塊金屬，是師父給他的。

外頭夜空正是新月無光，能見度迫近零。

他坐起身子，先摸黑從腰囊摸出打火石，再從鋪來睡覺的乾草抓了一把，把乾草點燃了當引子，再拋上更多乾草壯大火勢，然後在倒塌的神壇旁邊搬來幾條木材，架起篝火，才終於照亮破廟的大殿。

竹皮箱仍在震動。

一打開竹皮箱的蓋子，低沉又急速的震聲立即冒出來。

岩空伸手摸到那塊金屬，果然是它，顫抖得好劇烈，像是隨時要把竹皮箱瓦解似的。

若是今日，我們會形容那聲音類似引擎空轉，或是手機的靜音來電震動，但在約莫一千年前的宋朝，岩空沒有適合形容這種聲音的辭彙。

這塊合金有如削去尖頂的金字塔。

其底部邊長三寸六分，按三十六天罡。

頂部邊長一寸兩分，按十二地支。

高兩寸四分，按二十四節氣。

雖然體積不小，剛好握滿手心，但這塊堅硬無比的金屬卻意外的輕盈，顯然是中空的。

它被細心的包在寫滿經文的紅巾中，岩空將它取出時，紅巾立刻被它的震動抖落回竹皮箱。

它的六個面都刻上了不同圖形，四側的斜面各自刻上朱雀、玄武、青龍、白虎四星垣，定四方位，頂部有先天八卦圖，底部則有「張天師祖師至此鎮壓」九個篆字。

師父交代，一旦此印震動不已，便要放置在羅盤下方。

岩空取出羅盤，把羅盤置於金屬塊正中，只見羅盤指針隨著金屬的抖動而慢慢移動，最後止在一個方位，固定不動。

岩空瞧了瞧，是南方。

「要告訴師父……」岩空一邊呢喃，一邊取出瓷碗、朱砂、毛筆和裝水的葫蘆，碗中盛水，用毛筆沾上朱砂，在水面上畫了一道符，口唸「圓光咒」，不久，岩空雙睛驀地一亮，水面上豁然開朗，清楚浮現出一片光亮的景色。

他看見師父了。

師父正在一間靜室中趺坐，雙目半閉，應在進行每日的煉神。

岩空甚至可以嗅到靜室中的燃香氣味。

「師父～」他輕聲呼喚。

師父馬上睜開眼睛。

「師父，覆天印作響了，覆天印作響了。」

「你在何地？」師父的話聲在岩空耳中迴響。

「兩日前剛離開廣州往西跑。」

「欲往何方？」
「再往南方。」
「你且先行，為師儘力趕上。」
「師父，遵命。」一言畢，碗中卒然失去光芒，回復尋常水面。
岩空將覆天印包回紅巾，放回竹皮箱，好降低它的吵聲。
他再度躺下，卻凝望著篝火，無法即刻入睡。
事實上，此刻的他，心中有些茫然。
漫長的等待，覆天印果然突如其來的作響了。
傳說是真的。
但是，他不知道傳說的背後是什麼？
覆天印終於響起來了，他總算朝未知跨進了一步，然後呢？
他有不祥的預感。
他的預感向來很靈驗。

※※※

曙光剛現，岩空便迫不及待的趕著上路了。
他從竹皮箱取出四隻紙摺的馬，叫作「甲馬」，每足紮上兩隻，燒符唸咒完畢，稍一運氣，雙足立時飛奔起來。
這甲馬之術是他早在認識師父之前就習得了，是他年輕時偶爾救人才得到傳授，據說能夠日行八百里，雖沒試過八百里，此術倒是為他解除過不少災厄。

如今師父尋覓多年的事情終於現身，是他利用甲馬術的最佳時機。

伴著焦急和興奮的心情，他憶起和師父的約定。

他憶起某個秋日，師徒兩人雲遊到一處荒野，荒野佇立有兩三間荒廢的泥屋，他們便決定在此棲身一夜。

在昏黃的燈火下，師徒倆一起打坐煉神，在準備就寢之前，破履忽然若有所思的說：「我想起有件事兒，從我師父傳到我手上，不覺又過了三十載，依然未能完成，若我無法了結，便只好傳給你去繼續了。」

破履既起了個話頭，引起岩空的好奇心：「師父有何心願難了？若不嫌徒兒魯鈍，不妨告訴我，看愚徒可否分憂？」

「你的師祖曾經遇上仙人，仙人不慎掉了一件東西，他撿到了想歸還，卻一直再也無緣見著他們，他思量凡人不應擁有仙物，心中甚是不安，因此在仙逝之前屢屢咐囑我，要找到仙人。」

「仙人之物？」岩空很有興趣想看一看，師父雲遊四方，那件仙物必定帶在身上。

破履從背囊取出用紅巾包裹的覆天印，這東西岩空是見過的，他還道是尋常道家法器。

「師父說，此仙物喚作『覆天印』。」

「師祖遇上的是哪位仙人？」仙人故事是道家的基礎，岩空是常常聽聞的。

破履搖搖頭：「說起來其實是上古之神，古籍《山海經》有祂們的記載。」

《山海經》非一時一地成書，最遲在漢朝完成，即使在宋代，也是千年前的古籍了，古老得甚至還沒有「仙」這個名詞。

破履告訴岩空，《山海經》說在南中夷方，有「二八神人」，該地居民喚作「夜遊神」，祂們手連著手，「為帝司夜」。

《山海經》這段短短的文字，沒說的比說的更多。

比如地點，夷方指外國，言明在南方中部，應該就是今日廣東一帶，漢朝時仍是蠻荒的外國。

比如說二八，是指二八十六呢？抑或兩組八人？

再說那個「帝」字，一般指黃帝，但有時又指天帝，不知該作何解釋？（不過黃帝應該是北方人吧）

「你的師祖某次雲遊到南方，一時找不著過夜的地方，只好露宿林中，不想竟遇上夜遊神，驚惶之際，夜遊神遺落了這方鐵印，就揚長而去了。」

「師祖怎麼認得是夜遊神？」

「他當時也不知道，後來才想起曾在《山海經》讀過，他說祂們果真像書上寫的一般手連著手。」

岩空歪著頭想像，卻想像不到。

破履繼續說：「這方鐵印也有些離奇，尊師得到它時，它還在不停的震動，一旦夜遊神離開了，它就安安靜靜了。」

「不知如果再遇上那些神人，這印會否再震動呢？」

破履嘆氣道：「師父也這麼想，所以他費了很多年在南方行走，直到雙腿再也走不動為止。」

「可是師父，書上說夜遊神晚上為黃帝巡守，而黃帝早在遠古以前白日飛升，這十六神人還需要盡巡守之責嗎？祂們仍然存在嗎？」

「的確，這十六神人，古籍不過寥寥數語，沒說清楚祂們由何處來，又往何處去……你師祖告訴我之後，為師也一直想瞧瞧祂們的真面目。」破履說：「你師祖說過，祂們的長相十分奇特，比山精鬼怪、魑魅魍魎更不可理喻……」

「既然祂們是黃帝的衛士，主兒不在人間了，祂們應該就只好四處遊蕩吧。」岩空打趣說。

可是破履卻認真的點頭：「年輕時，我聽老人家說過，南方一帶行商的人，的確曾在夜晚露宿林間時，見過夜遊神。」

「師父這麼掛心，何不去找尋？」

「地方這麼大，從何找起？」

岩空見師父有些不起勁，便自告奮勇：「不如我和師父分頭找？」

破履眼睛一亮：「這樣子，你就得出師，走江湖去了。」修道之人跟著師父學習，師父認為他在門下已經學成，允許四處去尋訪其他老師學習，就叫「走江湖」。

「我跟隨師父您修習多年，師父認可我有獨自走江湖的能力了麼？」

「三年，」破履伸出三根手指，「三年為期，咱們分路找，四處探問當地土人，若是沒找到，三年後此日，咱就約定在韶州會合。」

「韶州是指師叔那邊嗎？」破履的師弟破帚在該地的道觀修行。

「沒錯。」破履道：「如果你找到了，該如何聯絡我？」

「師父教過的『圓光術』。」

「很好。」破履嘉許的點點頭，然後把覆天印遞給岩空。

岩空吃驚道：「師父，這……」

「你比我年輕，行腳快，我覺得你找到夜遊神的成數大些。」

「可是，這等珍貴之物，是師祖傳給您的。」

「別忘了，這不是我們該擁有的，本來就是要還給仙人的。」

「也是。」

「其實，你師祖後來還遇過一次夜遊神。」

「咦？」

「當時覆天印震動，但他沒看見夜遊神，當下他靈機一動，把羅盤放在覆天印上面，羅盤竟不按方位，指向某處，然後師父果然見到十六神人越過空中。」

「是同一個地方嗎？」

「不，兩處相距挺遠的。」看來夜遊神果然是四處遊蕩。

岩空把覆天印握在手心稱了稱重量，很堅硬但很輕，跟它外表的沉重質感大相逕庭，還隱隱透出一股靈氣，靈氣直貫指尖，令他渾身清涼，心頭舒暢。

「果非人間之物！」岩空心中由不得讚嘆。

「嶺南之地，瘴癘之氣甚重，尤其夜遊神在林子出沒，而不是像廣州那樣的城市。林中瘴氣重，很多北人都受不了，以致病死異鄉，咱們千萬得小心。」

「那該如何預防？」

「平日飲食清潔，進入林子必以布罩口鼻，還有要隨身備有除瘴藥物。」破履又細細傳授除瘴的藥方和咒訣。

岩空從未深入嶺南，此番孤身前往，不免又興奮又徬徨。

「好吧，」破履撫了撫剛轉灰白的長鬍子：「咱們明日一早出發，何時吉時？」

岩空合指一算：「寅時為吉。」

破履搖了搖頭：「不行，寅時沖犯為師八字，在你則為大吉，這樣吧，明天你在寅時末往西南行，我將於卯時往東南。」

一別兩年，又是立秋時分，只不過南方氣候屬於亞熱帶，即使立秋也偶有暑熱。

岩空在甲馬的助力下，跑得大汗淋漓。

他的雙足不由自主，跑的是他腳上的甲馬，或者說是甲馬帶他在跑動。

背上的竹皮箱震動得愈加強烈了，他知道自己奔跑的方向無有錯誤。

他感到腳下甲馬奔勢稍緩，口中立刻唸唸有詞，頓時腳下又再飛馳如風。

※※※

枝葉繁多，無法一一盡訴。且說兩日之前，破履正雲遊到一個山腳下的小村子。

秋老虎正在肆虐，氣溫頗高的，尤其背風面的山腳更是炎熱。

破履在草地上慢慢走動，兩眼直盯著前方。

太陽非常猛烈，草笠只能過濾很少陽光，但他沒理會這些。

他在意的是：為何眼前那片林子，看來非常黑暗，並且正緩慢地、輕輕地透出一股不尋常的氣氛。

當然……有「東西」在裡頭！

破履從掛在肩上的布袋裡取出火筒，點上了火，小心地步入林中。雖然有了少許照明，光線卻像被黑暗吞噬了一般，林中依舊十分陰暗。

這幾年在嶺南雲遊，的確遇過瘴氣濃厚的林子，雖到中午依然日光晦暗，但這裡也沒有那種白濛濛的瘴氣。

他發覺，林子裡和外界不同，非常的安靜，沒鳥蟲聲，沒風吹草動。

沒有妖氣，也沒有生氣。

這到底是種什麼氣氛？

忽然，破履非常驚奇的看見一名小男孩在林中走動！

小男孩約莫四歲，他正在林中小心地低頭走著，拾取掉在地上的枯枝。

破履呆立於原地，心中盤算該怎麼辦，但他的火光已引起小男孩的注意。

小男孩轉頭看了他一陣，劈頭就問：「大叔，你迷路了嗎？」

破履一時不知該如何是好，活了五十年，從未應付過這種場面：「我？迷路？」

小孩一直望著他，弄得他很不自在，正想打破僵局的時候，小孩搶先說話了：「大叔，若你還沒迷路，那就快點兒出去吧。」

「為什麼？」

「這林子裡有妖怪。」

「有妖怪？那你怎麼敢單獨一個人來呢？」

小孩皺了皺眉，似乎覺得破履問得很奇怪：「我當然可以來。」

破履為之語塞，不知該怎麼問下去才好，只好轉口說：「大叔口渴，可以到你家去討水喝嗎……？」

小孩眨了眨眼，端詳了一下手中抱著的枯枝，才說：「跟我來吧，大叔。」他抱著枯枝，連跑帶跳的走出林子，就像在自家後院一般自在。

一踏出林子，熱氣立時撲面而來，破履頃刻之間無法適應這麼熾烈的陽光。

小孩搖搖擺擺地走著，邊走邊問：「大叔，你打哪兒來的？」

「我？」破履心中有事，冷不防他這一問，「呃，北方那裡……」

「北方很冷嗎？」

「冬天會很冷。」破履口中敷衍著，心裡不停地想，這小孩是什麼人？居然這麼大膽跑進那詭異的林子裡面去。

走了一小段路，他們再度進入另一片稀疏的林子，那兒陽光充足，大樹圍繞著一間小屋，屋子是以竹為架、塗泥為牆、茅草為屋頂搭成的，屋外有個女人正在烹煮食物。

「娘！」小孩喚了一聲，便一手拉著破履，一手抱著枯枝，朝那女人跑去，破履不得已，只得跨大步跟著小孩跑。

「娘！」小孩跑到女人面前，扔下枯枝：「這位大叔要飲水。」

「哦，」女人先是警戒的端詳破履，然後才放鬆的掛起微笑，繼續攪動手上的勺子：「阿汗，帶大叔去拿水吧。」

「多謝嫂子。」破履道了聲謝，跟著小孩走進門，門邊就有個陶製的水缸。小孩自水缸舀起一瓢水，遞給破履。

破履喝水的同時，不時注意屋裡的擺設，只見佈置十分簡單，毫無稀奇。破履喝了一瓢水，再舀了一瓢，裝滿隨身的竹水筒。

「多謝你了，呃……阿汗是吧？」破履把瓢還給小孩。

「我姓陳，叫陳汗。」

「好，阿汗，」破履開始想打探消息：「你說林子裡有妖怪，是啥妖怪呀？」

小孩睜大雙眼看著破履，似乎想從他身上看出些什麼，良久才鬆弛了眼神，語帶避忌的說：「你去問我娘吧。」

破履瞟了瞟屋外：「你娘會告訴我嗎？」

陳汗歪著頭想了想，道：「不會。」

破履的喉嚨又塞住了，他不知該如何再問下去才好，於是便拍了拍袖子上的塵沙，帶著笑臉走出屋外，向陳汗的母親打了個招呼：「借問嫂子，此地是什麼名字？」

「仙人村。」女人說，「我這裡是村外，道長再往那邊走一里路就是仙人村的村頭了。」

「這村名有趣，是曾經出過哪位仙人嗎？」

女人歪頭道：「說不定有，不過我不曾聽說過有什麼仙人呢。」

本來破履還想問問夜遊神或二八神的，聽她這麼說，隨即打消了念頭，改問：「那——這裡有什麼寺廟嗎？」

「孔廟倒是有一間。」女人不熱心的回道。

孔廟嗎？破履他呵呵笑了聲，便拱手道：「告辭了，嫂子！」

「慢行。」女人客氣的笑笑，用沒拿勺子的左手習慣性的去搓搓後腰，破履這才留意到，這女子顯是有了身孕，肚子已經有些微凸了。

他走回剛才那個黑暗森林，往裡面一看，果真暗得要緊！森林外卻是光猛非常。

他再度踏入森林，四周立刻陷入一片黑暗中，似乎有一張太黑的布幕突然蓋在他眼前，他連忙取出火筒，讓火光照亮四周。

破履抬頭四顧，看不見究竟有多少樹葉，但即使樹葉非常茂密，也不至於如此黑暗，陽光總會從隙縫中穿過來的，更何況這裡的樹木並不是生長得十分密集。

他轉動身子，巡視四周，慢慢的走動。

他想起那名叫陳汗的小孩所說的：這裡是會迷路的。

為何那麼暗？

沒有妖氣，也沒有生氣，如同一個十分平和、安寧，毫無吵鬧的世界，即使是仙境也不至於如此沒有生命的氣息吧？

「不如爬上樹去看看？」破履忖著。

這些樹木看起來並不很高，或許可以爬上去看看到底是什麼原因令陽光透不進來，況且火筒的光也照耀不到上方，也只有爬上去看了。

破履把火筒留在樹下，四肢並用的一點一點爬上去，才爬不久，就碰到一根又粗又壯的樹枝。他心中高興得很，於是再往上爬，好讓自己可以坐在樹枝上。

這一剎那，他看見了。

※※※

岩空的甲馬停在一個村落前。

不是他想停下來的，而是甲馬再也驅使不了了，無論他怎麼唸咒都不行。

他確認了一下，竹皮箱內的覆天印仍在響動。

岩空困惑的解下腳上的甲馬，找個角落把它焚化掉，順便觀察四周的環境。

這村中人家不多，只有一家稍微豪華的宅院，其他的屋子不是竹屋就是茅屋。

村中只有婦女與小孩在活動，男人們都幹活去了。

岩空看見村子中央有個水井，有個削瘦的婦人正在打水，於是趕忙跑過去搭訕：「敢問大嫂。」

那婦人抬起頭來，滿臉疑惑的望著他，因為從他的口音一聽便知道不是本地人。

雖然來到廣州一帶多年，岩空依然無法掌握好本地的土語，只能用蹩腳的土話一字一字慢慢說：「貧道趕佐一日路，得唔得討水飲嗎？」
婦人瞄了眼岩空乾裂的嘴唇，就指指旁邊的水桶：「冇碗，你自己用手飲吧。」
岩空道了謝，用雙手掬水喝夠了，便隨口問道：「大嫂，貧道每到一村，必定打聽有什麼神仙故事，想請問有聽過夜遊神，或者是二八神的傳說嗎？」
婦人小小的眼睛盯著他上看下看，道：「奇啦，點解這幾日都有道士？都係問同一個問題？」
岩空吃驚不小：「咦？有另一個道士嗎？」左想右想，也沒有其他可能了：「難不成係我師父？」
「佢白頭髮介，係可以當你師父囉。」婦人粗魯的說。
「那麼大嫂知道那位道長的下落嗎？這附近是否有可以落腳的廟宇？」
「廟係有一間孔廟，不過佢不在廟裡，佢在砍柴的陳大家裡療傷。」
「療傷？」岩空心下暗暗吃驚，立刻問了地點，謝了一聲就沒命的往山腳跑去。

※※※

破履只覺一陣寒風在林中捲起，以很高的速度掠過他的臉龐。他吃了一驚，這個本來連一絲風也沒有的林子，突然開始有了生命。這個原來烏黑的林子，也開始出現一道冷冷的光。
他看見一條長長的帶子，在半空中舞動著，那條帶子發出清冷的光芒，緩慢的劃過林子，輕輕扭擺，卻掀起駭人陣陣的寒風。
破履睜大雙眼，他從來沒有見過如此美麗的物體，不含一絲妖氣，沒有一點殺氣。
他看清楚了，光芒中有東西，有人形的東西，那是由十六個人形的物體，手連著手，串成一條帶子，發出令人驚嘆、深深讚美的光芒。

是夜遊神！

破履可以感覺到，他們不是妖精，更不是人。是「神」嗎？「神」的感覺難道就是如此？

夜遊神們如同一條光帶上串了十六顆明珠，如同在空中飛舞的大蛇，以優雅的姿態削破冰冷的空氣，來到了破履的面前。

破履看見了他們的臉，他們很像人，卻又不是人，他們的臉，令破履迷惑了起來，他難以形容，他忘了自己在哪裡，他站起來：「請問……」

還來不及問完，破履感到天旋地轉，他的身體衝擊著空氣，強風擦過耳緣，他感到全身碎裂，地上因他的撞擊而揚起一陣塵沙，他的火筒熄滅了，他全身無法動彈，在昏迷之前，他仍死盯著半空中的光帶子。

※※※

岩空找到他的師父時，破履已經能夠走動了。

那天他從樹上摔下來，被再度進林子撿柴的陳汗發現。

陳汗才三歲，個子小，扶不動岩空，只好跑回家告訴媽媽，可是家裡的男人到村中送柴去了，所以陳汗的媽媽找了鄰人幫忙。

他在陳汗家中調養了一天後，便被岩空用圓光術找到了。

岩空沿途見人便問樵夫陳大的家在何處，輾轉來到林邊小屋，見到坐在門外乘涼的師父，師父正彎下身子，用樹枝在地面寫字畫圖，身邊還有個男童在專心聆聽他教導。

「師父！」三年未見，一見面就是受傷的師父，岩空不禁感傷。

破履抬起頭望見徒弟，朝岩空招了招手。

岩空快步跑過去，趕忙先問師父傷勢，破履擺手道：「不妨，受了點驚，其實沒受什麼傷。」

「我聽村人說了，您從樹上摔下來的呢。」

「可是的確連擦傷都沒有，」破履撥了撥兩臂，表示自己沒損傷，「說不定地面很柔軟，我也沒印象了。」

聽師父這麼說，岩空不禁鬆了口氣。

破履豎起耳朵聆聽：「是覆天印嗎？」

「是。」岩空指指揹著的竹皮箱，師徒倆便心照不宣。

「你叫什麼名字？」男孩忽然作聲。

岩空見他不怕生人，親切的回道：「貧道道號岩空，你呢？」

「他叫陳汗，」破履招手叫男孩過來，憐愛的抓著他肩膀，「這孩子天生與眾不同，據他父母說，啥妖物遇見他，都要避而遠之的。」

岩空把陳汗細上下看了一遍，陳汗也不甘示弱的看著他。

岩空有疑問：「他的父母又怎麼知道有妖物呢？」要能瞧見非人間之物，除非修道之人開了天眼，或是天賦異稟，所以岩空甚感好奇，莫非小孩的父母能見到妖物？

「他爹說，他出世那晚，有許多異事發生。」破履將他所知敘述一番，包括穩婆李大嫂的死、山下村子的鬧鬼，大家聽見許多腳步聲在跑動，卻不見有任何生物，「一切跡象就有如所有妖物都被趕下山了。」

岩空望了一下陳汗，只見陳汗正對他傻笑。岩空好奇地問他說：「孩子，你有看見過奇怪的東西嗎？」

「什麼是奇怪的東西？」陳汗表示不明白。

「比如說一些你看得見，可是其他人看不見的？」

「有啊，那邊就有一個，」陳汗指去爐灶旁：「我常看到它，爹娘就看不見。」岩空和破履轉頭去瞧瞧，果然是啥也沒有。

他們不再追問下去，開始商量大計。

他們只知道面對的是夜遊神，卻不知夜遊神是「什麼」。

若為妖，必有妖氣。

若為精，必有五行之氣。

若為仙，必有仙氣。

若為鬼，必有怨氣。

若為神靈，必有祥和之氣。

但破履一種也感受不到，既然如此，莫非他們是人？

他們想要今晚去得知答案。

為何要選擇晚上？林中是個黑暗的世界，無論是白天或夜晚都沒差別，反正林中的黑暗也會使他們看不見外界。

選擇晚上，是為了避開村民，外人在鄉下地方是很惹人注意的。

好不容易等到傍晚，陳大款待他們師徒一頓簡便的晚餐之後，早早便就寢了，師徒倆託言要修行靜坐，陳大便留了一盞燈給他們。

等到夜深，四野無聲，原本很寧靜的山區變得更加寧靜，太寧靜了，彷彿整片荒山了無生命。

破履、岩空師徒手握火把，往林子前進，事實上他們本來就在一片林中，不過這片林子尚可抬頭看見星星，他們要去的那一座可就不是了。

果然，一闖入那片林子，天空的星光驟然消失，他們立即陷入加倍的黑暗。

岩空感到心跳加速，一種無形的力量正向他的心臟施壓，使他興奮、緊張和疑惑，那是黑暗的力量。

「師父，」岩空猛然抬頭往上望，他看見了：「你看……」

一條光燦的帶子在半空中扭轉，穿梭於樹枝間，在清冷的空氣中輕盈的舞著、擺著。

那是世上最優美的情景了！

岩空情不自禁的張大口，心中無比興奮，他有生以來沒見過比這更美的東西，他不希望將視線脫離夜遊神，他不願意眨眼，他不願，直到……

光帶子突然轉了個彎，筆直往下衝，衝向岩空。

岩空呆立原地，他知道發生什麼事，但那光帶子似乎有一股魔力吸引著他，教他不願移開一絲腳步……

「著！」破履大喝一聲，手中的桃木劍向空中劃了一道完美的圓弧，把寒冷的空氣擦出一道熱氣，圓弧在空中彷彿瞬間建立了一層堅壁。

光帶子在桃木劍的劍鋒碰上他們之前，以匪夷所思的角度轉了個彎，岩空看得清清楚楚，許多很像人的生物在他眼前掠過，手連著手，串成一條鏈子，漂亮的瞬間改變方向，直直往上飛。

破履一手持劍、一手結印，仰天大呼：「你們是神還是妖？奈何在此作怪！」

夜遊神們沒有反應，只在半空中兜圈子。

「岩空！覆天印！」

岩空立刻由竹皮箱中取出那塊沉重的合金，竹皮箱才剛打開，覆天印的震動聲立時充滿林子，刹那之間，夜遊神們安靜了下來，不再在空中盤旋。

岩空雙手將覆天印遞給師父，破履把覆天印高高舉起：「這是你們的嗎？」

夜遊神沉默的凝滯在空中，似在觀察他們。

「如果是你們的，」破履嚷道，「我現在還給你們！」

破履把覆天印輕輕放在地上，然後慢慢退後。

空中傳來一聲奇特的聲音，有如一大堆銅鈴倒在地上，清脆的鈴聲在寒空中飛散，被周圍的樹木吸了進去。

夜遊神再次開始轉動，他們組成一個光圈，漸漸下降，緩緩的繞上了一棵樹，然後繞著樹幹迴旋而下，慢慢繞到了地面。

為首的夜遊神快要碰到地面時，忽然往破履的方向飛射過去，其餘夜遊神也全部連著衝去，迴旋的光帶子突然拉成一道直線，朝破履衝來。

破履大吃一驚，掄起桃木劍，正要防禦時，夜遊神冷不防的擦過地面，拐個急彎，轉頭衝出林子去了。

這一瞬間，岩空看見了：「師父！他們取走覆天印了！」

「追！」師徒倆尾隨夜遊神奔跑出林子。

夜遊神沿著林子的邊緣飛，速度奇快，他們兩人根本沒辦法追上。

遠遠傳來一聲極大的聲響，像有什麼被撞開了，他們看見夜遊神的光芒沒入了黑暗，這才看清楚林邊有一間小廟，剛才的聲音應該是廟門被撞破了，他們仍能看見夜遊神的光芒在廟中若隱若現。

他們兩人拚命地跑，吐出來的氣比吸進去的還多，全身的溫度不斷下降，胸口越來越痛，痠痛的感覺侵襲著全身的筋骨。

廟門被撞破的聲音，在周圍的山區引起很大的回聲，驚動了不少人家。

許多人家紛紛有了動靜，有人點起燈火，有人推門察看，尋找聲音的方向。

林子那頭傳來巨大的嗡嗡聲，是他們從未聽過的聲音，有經驗的耆老說是地鳴，可是……

「又不像。」他說。

破履和岩空師徒氣喘吁吁的跑到小廟，一踏入廟門，腳下即發出清脆的碎裂聲！

他們放低火把一照，只見地面散落了許多牌位，一個個全寫著聖人的稱號，而原本安放諸聖賢牌位的神龕中，只剩下最大最高的孔子牌位。

師徒倆當下恍然大悟：原來這就是村人口中的「孔廟」了！

十六個發光的神人圍著神龕，其中一人捧著覆天印，小心翼翼的將它擺到孔子牌位前方一塊凸起的小小平台上。

破履和岩空不禁吞嚥口水，他們心中都有同一個疑問：破履的師父當年拿到的這方覆天印，究竟是作何用途的？

覆天印一安放好，整座孔廟立刻震動，發出巨大的嗡嗡聲，像有無數個覆天印同時震動，經年久積的灰塵不停地從屋樑震落，有的屋瓦也被震離位置，紛紛掉落，岩空怕師父被屋瓦擊中，忙用袖子擋住破履的頭，雖然險象環生，他們仍然不願退出孔廟。

神龕上的覆天印開始往下降，似乎在底下藏了個洞。

如雨般灑下的瓦礫灰塵遮擋了火光，他們看不清楚神龕那邊發生了什麼事。

覆天印被神龕吞沒後，地面果然開了個大洞，十六個夜遊神在覆天印完全降下去後，終於分開了連著的手，一個接一個跳下開啟的洞口，當他們全都離開後，孔廟才漸漸回復了平靜，最後完全停止了震動，嗡嗡聲也戛然而止。

許多村人已經跑來這裡，看看到底發生了什麼事。

他們看見滿頭塵沙的破履和岩空，還有面目全非的孔廟。

村人們正要開口發問，山上赫然傳來一陣巨轟，黃白色的強光在山上猛烈閃了一下，激起大量塵土，遮蓋了部分星光。這些被遮去的星光微不足道，因為有個更大、更亮的星，在山中冉冉升起。

遠遠地，他們全都看見了，一個發出耀眼白光的碟子，慢慢升上天空。

那碟子越升越高，越來越高，光的亮度越來越小，終於化成星光，最後被天空的黑幕遮蓋，消失不見。

原本的神龕之處，留下一個很深很深的大洞，不知通往哪處。由於大家都很累了，也就沒有人表示熱心，紛紛各自回家睡去了。

師徒倆嘆息了好一會，才慢慢走回山下的樵夫陳大家。

他們還是不知夜遊神為何物。

明天一早，他們便會發現，那片黑暗的林子已然消失得無影無蹤，被一個巨大的坑取代了。

在隨之而來的雨季，巨坑成了個湖，村子叫仙人村，以後這湖就叫仙人湖了。此是後話，按下不表。

後來孔廟也一直沒人再去維修，因為村子最後的一個讀書人早就在多年前去世了。

【典錄】夜遊神

夜遊神的紀錄首先見於《山海經．海外南經》：「有神人二八連臂，為帝司夜於此野，在羽民（國）東，其為人小頰、赤肩，盡十六人。」明人楊慎補注：「南中夷方或有之，夜行逢之，土人謂之夜遊神，亦不怪也。」可以想像有一串人在林中遊蕩，感覺十分神秘。根據慣例，《山海經》中的「帝」應該是指漢人始祖「黃帝」，其書大約編成於戰國至漢之間。

到了後世，納入道教的傳說之後，夜遊神又改變了形象，成了民間巡夜之神，專司糾察善惡，清代乾隆年間開始流行的民間善書《玉歷寶鈔》（據說原書源自宋朝）便有日遊神和夜遊神，專門將人的行事善惡呈報玉帝。

清乾隆年間《協紀辨方．卷三》說：日遊神在「明代承元《授時曆》即有之，其前則莫可考矣。」表示明朝繼承元朝的曆法中，已出現與夜遊神湊對而新增的日遊神，再之前則無可考據（雖然推廣《玉歷寶鈔》的清人李宗敏極力想證明源自宋朝）。

在新系統中，《山海經》中的「帝」也成了天上的「玉帝」。

明朝小說《封神演義》更在封神中封了「日遊神溫良，夜遊神喬坤。」連名字也有了，更不再以「神人二八」的形象出現。

之三

焰精

宋・元祐三年（一〇八八年）

那天早晨，天空和平常沒啥不同，依舊是蔚藍的。

那天的人們也和平常一樣，佃農在田中勞作，地主在四處巡視，監督租用田地的佃農，確保他們明年還得起租金。

陳汗也和平常一般，跟著他爹上山砍柴、拾柴，他娘就去河邊擔水、洗衣。

正因為太平常了，所以當村落中有一點不平常的事，便會很引人注意。

村人們先是聽見馬蹄聲，由不遠的地方傳來，傳來的方向揚起一片黃沙。使人們不禁暫時忘了工作，引頸望向黃沙飛揚的那方。

看不見馬，看不見人，除了馬蹄聲和黃沙，漸漸有一把聲音越來越大聲，人們聽不清楚那聲音在叫嚷些什麼，不禁把耳朵的注意力也提高了。

有馬，果然也有人，黃沙衝進了村子，只聽馬上的人大喊著，不停地大喊著：「一個人，兩個奶！一個人，兩個奶！……」還看不清馬的毛色、人的面貌，黃沙就過去了。

奇怪的是，揚起的黃沙一經過，什麼馬蹄聲、人聲立刻全都沒有了，那一匹馬和一個人，就像從來不曾存在過一樣。

但那句話卻是絕對存在過的。

「一個人，兩個奶。」

每個人都聽到了。

※※※

林子邊那座破損的孔廟，看起來隨時會有崩塌的可能，但仍能蔽風擋雨，道士破履和徒弟岩空於是權且棲身其中。

孔廟經年關閉，無人打理，他倆收拾了個乾淨角落，就隨便住下了。

難得有道士在這小村出現，村人紛紛上門來求助，替他們看相、推命、看病，或做些齋醮、超度之類的法事。

當他們聽見村民說起今早村中發生的怪事，自然的感到訝異。

「看來這裡有劫難了，」村人走後，破履神色凝重的說：「可惜天機不可洩漏呀。」

「那該怎麼辦呢？」岩空也明白那句「一個人，兩個奶」的涵義，不免為村人擔心起來。

破履對岩空說：「這裡的人能否逃過劫數，只有看各人平日積福了，只不過有一個人，他非得逃過不可！」說著，他不禁抬頭遙望村落旁的山坡。

「阿汗？」山坡下住的是樵夫陳大一家。

「對！」

破履當下二話不說，兩人趕緊揹起隨身行囊，走去陳汗的家。

一個人，兩個奶。

自有人類以來，這句話都沒有錯誤，這句簡單的話在仙人村引起了一點小騷動，而人們僅談論了兩天，談論不出個結果，就很快把它給忘掉了。

其實破履初見陳汗時，早已對他起了興趣，覺得此三歲小童靈氣迫人，於是假藉免費推算祿命，向他父母討來生年月日時，細細研究一番。

「他是大孤之命，」破履和岩空一起走下山坡，邊走邊說：「剋父剋母，若不在幼年離開父母，必然災禍連連。」

「所以要把他帶走？」岩空乘機向師父學習，也要來陳汗的三元和四柱，用指訣排了掌中命盤，邊走邊推敲。

這推命之術乃源自唐代李虛中，然而跟近代流行的「八字」不同的是，近代是以年、月、日、時「四柱」的四組天干和地支加起來共有八字，而唐宋之間的推命法尚有一個受胎月份的「胎元」，表示人得先天之氣的時刻，如此共產生五組干支，合起來有「十字」。

「對，我要把他帶走，如此方可保全他自己，更可以保全他父母！」

沒走很遠，他們便抵達陳大的家。

只有陳汗跟他娘在家。

「陳大呢？」破履問。

「剛送孩子回來，又到村中送柴去了。」

破履表示想收陳汗當弟子的意願，他娘聽了，又是驚奇又是害怕，她是個純樸的少婦，從沒想過竟會有人想要帶走她的兒子！年幼的陳汗在一旁聽到了，也嚇得去躲了起來。

破履知道一時難以說服，於是攤開陳汗的八字，解釋道：「阿汗四柱火旺，其他五行不但難以制服，反而生之旺之，此乃自身大凶之象，又有剋父剋母之象，尤其今年太歲極凶，會給你們帶來生命危險！」

「這些我不會懂的。」陳大嫂不安的撫摸肚子，裡頭的胎兒也感染到她的不安，焦慮的在腹中扭動身體，弄得她很不舒服。

「這樣吧，」破履說：「等他爹回來了，我們再過來一趟吧！」

所以向晚時分，他們又來了。

師徒倆踏在山坡柔軟的雜草上，在沉靜的夕陽下前進。

天色未黑，蟲兒已迫不及待的紛紛鳴叫，在被夕陽染得一片昏黃的景色裡聽起來特別細脆又響亮，山下溪澗的蛙兒也在附和著高唱，感覺非常祥和。

但，這仍是一個不祥的夜。

走了數步，破履突然停步，皺眉問道：「今天是什麼日子？」

「今天？」岩空被如此突來的一問，一時不知該怎麼回答。

破履搖了搖頭，懊惱的說：「不行，今年乃戊辰，屬火，本月也屬火，明天亦是火日！」

「不妙！」破履越想越不對勁，當下快步走了起來。

「師父！怎麼了？」岩空追上去。

「我擔心他們過不了寅時！」破履頭也不回地叫道。

「為什麼，師父？」岩空到底比較年輕，很快就追了上去。

「一個人，兩個奶！」

於是兩人同時加快了腳步。

夜開始不平靜。

兩人跑到門口，趕緊去敲門。

開門的正是陳大，陳汗的爹。

他睜大雙目，瞪著兩位道人，手上握了把寒光迫人的斧頭，大聲吼道：「你們要帶走我兒子？」

「陳大兄，稍安勿躁，且聽我說……」破履忙說。

「甭說了！你們不走，我的斧頭可沒長眼睛！」

「如果我走了，你們全家會遭火災的呀！」破履禁不住大叫出來，但他立刻住口，他知道他洩了天機。

「臭道士不走，還要啥鳥臭口咒人！」陳大怒火中燒，手上斧頭不分青紅皂白便揮了過來。

岩空一把拉開師父：「師父，有理說不清，走吧。」

破履定一定氣，走得遠了點，才回頭向陳大說話：「陳大兄，這並非我咒你，今晚不僅是你們，全村的人都要遭回祿之災。」此時此刻，他已經不理會洩不洩天機了。

「放屁！」陳大是個粗獷漢子，聽見不吉利的話，更為生氣。

岩空見師父說不通，便道：「你知道前幾天村中發生的怪事嗎？」

「臭道士！再不閉口，我不再客氣了！」

「好好好，我們也不讓你不客氣，」破履道：「老實一句，今天村中的那名異人，他說的是一個字謎。」

陳大這回靜了下來，他也對那件眾人議論的怪事甚感好奇。

「一個人，兩個奶，正是『火』字。」破履說：「此乃凶兆，大凡有大事發生，上天可能降凡示警，所以我擔心你們的安危，因為阿汗八字火旺，又剋你們夫妻倆，正巧明日就是火年火月火日，我擔心害了你們性命。」

陳大將握著斧頭的手擺了下來：「我怎麼相信你？」

「你不用相信我，但你必須做一件事。」破履先確定陳大眼中沒有了兇意，才接下去說：「今晚，只要看見身穿紅衣的人，一斧劈下去就是。」

「開玩笑！叫我殺人乎？」

「不！不會是人！」破履說：「三更半夜，什麼人半夜出來走動？尤其穿紅衣的，除了大官，便是女人和小孩了！官老爺半夜不出來，若為紅衣女人和小孩在那時候出現，必精怪無疑。」

「若沒有出現呢？」陳大心想這道士說得有理，語氣不覺緩和了些。

「沒有當然最好。」
「這樣你還想要我的兒子嗎？」
破履立刻一面搖頭一面離開，岩空趕忙追了上去。

※※※

山林的樹木並不密集，依稀可見黑漆漆天空上的數點星光。
破履靠在樹幹上，閉著眼，享受那輕柔的涼風。
「古人說，火德星君要降禍予人，必先警告其他無辜的人，好讓他們走避。」
「這不像是火德星君所做的，」岩空坐在一旁說，「感覺有些粗俗……」
「應該不是，是有精怪要出現了。」
岩空不解，於是又問：「如何分辨是火德星君或精怪引起回祿呢？」
破履指去山下的村子，依稀可見有的屋子仍亮著燈，但岩空早已開了天眼，可以見人所不能見。
他看見的是，一陣迷濛的東西，如霧般的灰黑氣體，比黑夜更黑的黑，遮住了村子。
那是妖氣！
岩空也不知該說什麼好，他們只好等待時間過去，希望意料中的事不會發生。
倒是破履打破了沉默：「我告訴你一個故事。」
唐朝時，有一名叫賈耽的丞相。
一日下班回家，不知為何又再急急忙忙召來守東門的兵卒，嚴厲的下令道：「明天中午，若有穿著奇異顏色衣服的人進城，你一定要用力打他，打死不究！」門卒莫名其妙，但也只得連聲答應。

第二天正午，果然有怪事發生。

東門百步之外走來兩個尼姑，本來無有他奇，但走到了城門前，門卒才看見她們竟化了妝，而且化妝得十分妖豔，裡面又穿著鮮紅內衣，衣上掛了紅色飾品。

該門卒心想：「丞相神人也，果然有異人出現……穿得像尼姑，卻未削髮，濃妝豔抹，又穿紅色內服，想必是賈丞相所謂異人了。」於是立刻毫不遲疑上前大力搥打，打得兩名怪尼頭破血流，不住大叫呼冤，而且逃跑起來。

門卒窮追不捨，又用手上的兵器傷了怪尼的腳，怪尼跑到城門外一處雜草叢生、長有幾棵樹木的地方，消失得無影無蹤。

門卒回報賈耽，賈耽問說有沒打死她們。

門卒回說：「打破了頭，割傷了腿，但沒打死，她們就不見了，搜也搜不著。」

賈耽嘆氣說：「還是免不了有小災啊！」

次日，城中東市大火，燒了千百家房屋，搶救了許久才平息。

「歷代傳說中，這些帶來火患的精怪，大都是穿紅衣的女人或小孩，」破履說：「但有時卻是白衣女子……總之他們總是在不適合的地方、不恰當的時間出現就是了。」

岩空仍有疑問：「那麼這火精又是些什麼東西化成的呢？」

破履張開雙眼，說：「五行之中，火被水剋、被木生，你說那些精怪乃何物所變？」

※※※

村子，很靜，有隻老瘦的黃狗找不到同伴，在殺風景的亂吠。

大部分村民早已入睡，卻有一名老鐵匠坐在門口，面迎著涼風，口裡哼著走音的調子，一手揮打飢渴的蚊子。他的老伴早已呼呼大睡，而他卻在此回想往事，結果發現活了大半世，除了打鐵，似乎沒啥好回憶的。

他的耳朵不太好，那是因為長年累月聽著又吵又響的打鐵聲的緣故，稍遠一些、小一些的聲音便聽不清楚了。

但夜太靜了，這個他聽得很清楚。

有一個女人在哭。

哭得很怪。

哭得不淒慘、不哀傷，甚至是自認為不該哭的哭聲。

老鐵匠抬頭一望，只見一名著紅衣的女人，很嫵媚的女人，正慢慢的經過他身邊，如果他還年輕，可能真會當下衝動起來。

她又白又嫩的皮膚，在月色下、在紅衣裳下，特別顯著；那水汪汪的眼睛，教人看了心動、心軟，繼而憐愛起來。

她的手一直掩著嘴在哭。

「姑娘，」老鐵匠好奇的問：「妳哭啥呀？」

老鐵匠好想看看她沒掩著嘴的臉。

「走。」她的聲音蒼老又嘶啞，老鐵匠聽了立刻毛骨悚然。

「姑娘……妳說啥？」老鐵匠發現有些詭異，恃著人老膽大而問著。
「我說走——」掩嘴的手放下了，露出一張空白的臉，沒有嘴，也沒有鼻子。
老鐵匠嚇得牙關顫抖，再也說不出一個字，他感到涼快的夜晚忽然變熱了，因為紅衣女子身上正透出一股熱力，煮著四周的空氣。

※※※

山坡下，陳家。
林子裡有很多腳步聲，很輕可是很多。
山林雖然晦暗，但在暗夜中仍可清楚看見，許多各種各樣的人，全都身著紅衣，成群成群地走著，此種情形只有元宵燈會的熱鬧堪比。
有小孩、少女、老媼，全穿著紅衣，但他們全都安靜得很，或只在低聲細語，呢喃著些矇矓聽不清的話，往山下的村子進發。
陳大才剛上床，聽見有很多窸窸窣窣的怪聲，彷彿有成群的人在草地上拖行，在夜裡十分詭異，他拍醒妻子，兩人一塊兒望去窗外，不禁被窗外的情景嚇得渾身發冷：「那道士果真說得沒錯，果然有怪事！」隨即轉念一想，又疑心的忖道：「他叫我砍他們，莫非是早有陰謀，想借刀殺人？」
回頭一想，又覺不妥：「不對，這批人也出現得太離奇了，三更半夜的……為什麼會在此出現？莫非真是精怪？」望望妻子，只見妻子也在發抖。
陳大又擔心起來：「若是精怪，數量這麼多，叫我怎樣去砍呢？」便轉頭問妻子：「阿汗呢？」

的嗎？」

「睡著了。」陳大嫂子拉著他的手臂，憂心問道：「阿大，到底怎麼回事？道士說的是真

「我也不知道，」陳大沉著氣：「聽那道長的說法，十之八九是妖怪沒錯。」

一大群紅衣人中，有一位突然嬌聲說道：「哎喲，那兒有間屋子呢！」

陳大暗地裡吃了一驚，這片山林中只有他一間小屋。

「那麼大姐，我先去啦。」那紅衣小姑娘這麼說著，便離開了行伍，一面嬌聲笑著，一面走向陳大的家。

陳大回頭小聲吩咐妻子：「快去叫醒阿汗，收拾細軟。」陳大嫂子一時慌了，又不知丈夫用意為何，只好急急忙忙溜到房裡收拾去了。

此時又有一把聲音道：「妹子，我也來了。」是另一位紅衣姑娘，看來較前一位年齡稍長。

「哎喲，大姐，小草屋一間，何必動用您百年道行？」

「妹子，大姐助妳一臂之力，免得妳耗損太多元氣。」

「好啦！大姐，先看看我的手段吧。」說著說著，已走到門口來了。

陳大早已先將門打開了一道小縫，此時一聲不響，一個箭步衝出，大力揮下斧頭，那紅衣小姑娘慘叫一聲，身子歪歪的往地面倒下。

又聽得倒在草地上的，是一種結結實實、硬硬繃繃的聲音，陳大定睛一看，差點沒叫出聲來。

那是一把破掃帚！

那位自稱有百年道行的女子見了大怒，大喝一聲，便往陳大撲來。陳大吃驚之餘，差點忘了反擊，他閃過那女子，攔腰一劈，女子立刻倒在地上。

草地上被激起一陣塵沙，一塊古老的棺材板重重地壓上地面。

那一群紅衣人發現兩位同伴遇害，很快又有一些跑了過來，其他的繼續往山下行進。

陳大手忙腳亂，幸虧平日砍樹砍多了，手臂上甚有些力氣，大喝一聲，揮斧亂劈，來一個劈一個，來兩個殺一雙。

越來越多的紅衣人撲了上來，他們男女老少皆有，陳大也一視同仁的胡亂砍個一通，倒是砍倒了幾個，但更多的紅衣人湧了上來，手臂漸漸痠了，心中愈發恐懼。

「娘子！快來！」他向屋內大叫，希望可以一起殺出重圍，逃離此地。

隨著慘叫聲此起彼落，地上又增加了許多莫名其妙的東西，爛木柴、火石、竹杖、木板、舊書本……散了一地！

「娘子！」

陳大的腳不禁後退，退進了屋子之中。

紅衣人們很快包圍了屋子，熊的一聲，小屋陷入一片火海。

※※※

老鐵匠突然明白過來，面前那位紅衣女人的聲音，那把枯澀的聲音，是他每天都會聽見的，是這數十年來，他從未間斷聽見的聲音。

那是他煉鐵用的風箱的聲音！

他回頭往屋內一望，風箱果然不見了。

方才那女人根本沒哭，那只是風箱的把手拉出來的聲音！

「走——」風箱，那女子「嘰」了一聲：「吧——」

鐵匠衝入房子，不理老伴醒了沒有，一把拉了她就往外跑。

跑出門口時，他看了看他的「風箱」，問她道：「為何要我走？」他不太感到害怕了，畢竟是由祖父傳下、陪他長大的風箱呀！

「因為——這—嘰—裡會——有大—火—」

老鐵匠滿腦子疑問。

此時他的老伴早已清醒過來，見丈夫和一紅衣女子說著奇怪的話，心中雖奇怪，也只能呆呆的望著他們。

「我們要毀——掉—名叫——雲空—的—人—」

「雲空？雲空是誰？村中沒有名叫雲空的人呀！」

在微弱的月光下，山坡看似在流血，緩緩地流向山下。一條血紅色的帶子，由山上湧下，那是一大堆紅衣人。不，不是人。

也不知該說是啥才好。

洶湧而至紅衣人們嘰哩咕嚕地吵鬧著、嘀咕著：「雲空……雲空……」

「他在哪裡？」「有誰知道？」

「不理了，通通燒了，就不會錯了……」

他們如潮水般湧下山，湧入村中，猶如一群驚人的瘟疫，包圍了村子，進行一場駭人的屠殺！

※※※

破履和岩空拚命的跑，大口大口吸入深夜的冷空氣，他們急速地喘氣，焦急隨著心跳愈發加重。

他們一時的疏忽，估計錯誤，可能會太遲了。
沒想到，才一轉眼沒注意，陳大的家竟在暗夜中忽然爆出強光，化成了一團火球。
山下陳大的小屋已被大火完全包圍，連一點空隙也找不到。
他們從傍晚以後就沒走遠，在陳大家不遠的上坡處，就近監看他們的屋子。
但是，在火光迸出之前，他們完全沒察覺到異狀。
直到陳大的家燃起大火，火光照耀出屋旁那條紅色的河流，他們才知道火精已經發動攻擊了。
「完了！完了！」岩空不知是失望還是自責，連連叫苦。
失望的是陳汗被師父看中，是位再適合不過的道人種子，如今竟死於大火！自責的是自己無法及時阻止災禍的發生。
「它們究竟打哪兒出現的？為何可以無聲無息的出現？」岩空錯愕不已，那些精怪是怎麼躲過他們目光的？
破履咬緊牙關：「因為它們本來就在那裡。」岩空一時還聽不明白。
「而且師父，現在距離寅時還有一大段時間呀！」
「妖魔要行事，何需理會時辰的呀？」破履叫道。
他們抵達陳大的家門，破履舉起桃木劍，兩指點在眉間，凝神於指尖，口中快速唸咒，隨即將指尖壓上劍身，朝烈火大喝：「疾！」烈火瞬間敞開一個圓洞，讓他們看見裡面的情況。
裡面沒什麼特別值得說的情況，火，火，層層的火，除了火還是火，吞沒了所有火能夠焚燒的物件，包括人體。
屋裡的火忽然暴漲，一團火球從烈火中像泡泡般迸出，撲面而來，破履趕忙跳開，岩空馬上把師父拉走：「太危險了！師父！」方才破履將火開了個洞，瞬間送入大量氧氣造成「閃焰」，差點連他也吞噬。

「沒救了嗎？」破履雖然口中自問，心中也認定是沒救了。

山下，也傳來騷亂的聲音。

師徒倆遙遙望去，只見村子已沉入火海，村人們的慘叫聲，在靜夜中迴盪於山林。

破履和岩空完全無計可施，只得眼巴巴地看著大火任意地燒燬房屋和人命。村中幾乎全是由草木建成的房子，頂多抹了一層泥巴當牆壁，全都是優良的助燃物，所以大火很輕易且迅速的將它們化成碳粉。

天未發白，大火就熄滅了，空氣中四處彌漫著嗆鼻的臭味，令人呼吸困難，咳嗽不已。

仙人村子在大火中消失了，片瓦不存，只餘下一片焦土，看起來似乎從來沒有村子存在過。

師徒倆走向陳大家的殘跡，不斷搖頭嘆息。

「天意，」破履傷感地說：「天意如此，誰奈何？」

他們只有等待朝陽露臉，讓他們可以清楚視物，至少可以找到他們一家的殘骸來安葬。

憑著微弱的光線，兩人踏入小屋的廢墟中，有的地面仍在發燙，一腳踩下去，還會彈起點點星火。師徒倆四下搜索，希望能找到些什麼。

他們猶記得灶台的位置、水缸的位置，原本陳大夫婦招待他們吃飯的桌子、掛雨笠和斧頭的牆壁，如今只剩一片焦黑，教他們看了不勝唏噓。

他們在寢室的位置找到兩具屍體，一看就知道是陳大夫婦，他們的身體因為肌肉被烤熟而蜷曲，皮肉被燒去了許多，有的部分還露出白骨。

「師父，」岩空皺了皺眉：「你覺得有啥不妥嗎？」

破履點點頭，他也注意到了，這兩具焦屍是面向著爐灶的，甚至把身體都塞進了爐灶的洞口，似乎想保護著什麼。
他們推開兩具焦屍，看見了爐灶。
爐灶下生火之處，是個大洞，而陳汗正在裡面，恐懼地往外望。
破履一時不知該高興好還是哀傷好，臉上的表情十分複雜。
「來來來，不好怕。」他一面哄一面將陳汗拉出。
陳汗滿眼盈淚，他很清楚發生了什麼事，他是看著父母在他面前被燒死的！
他看著母親拚命把身體擠進來，肩膀卡住了灶口，當火焰在焚燒她的身體時，她還拚命忍住疼痛，溫柔的叫他別怕，不停的安慰他，直到火焰從她的口中噴出，兩隻眼珠破裂為止。
岩空擁抱著陳汗，感覺到他小小的身軀開始發抖，越抖越厲害，抖得像羊癲瘋一般，下巴格格作響。岩空把他抱起來，讓他的頭靠在胸前，用寬袖遮著他的眼睛，把他包圍在一個安全的世界裡頭。
他們三人走到山坡，在晨曦下瞭望一片焦黑的土地，仍有著一絲絲的煙正往上冒。村中活著的人，有的呆立在那兒，有的在哀哭，不知是哭著失去的家園還是失去的親人。
三人觀望了一陣，破履低頭向陳汗說：「以後，你就跟著我們走罷。」
陳汗只是點頭。
「以後，你要忘掉你自己，」破履說：「你將成為一名道士。」
陳汗呆呆地望著他，似懂非懂。
「以後，你不再叫陳汗了，」岩空也說：「師父將給你起個道號。」
破履抬頭想了想：「好吧，你叫『雲空』，一切如同過眼雲煙，以後將要如雲般飄泊。」
現在是師徒三人了，他們掉頭離去，不讓小男孩再回頭望一眼。

【典錄】火精

妖、精兩個字原本有不同的意義，「精」指純粹之物，如《說文》中「精」乃挑選過的米，而「妖」在晉朝干寶《搜神記．卷六》有云：「妖怪者，蓋精氣之依物者也……本於五行……」所以妖怪是五行的精氣依附而生，一如本故事的形象。

宋朝李昉所編的《太平廣記》專有「火精」一條，收集了宋朝以前各筆記小說中的火精形象，列於下方。

《芝田錄》：尼姑，內服紅、下飾紅，冶容豔佚。

《博異志》：長尺餘之小人及一白衣女人，女人化火柴頭。

《酉陽雜俎》：狀如小犬，化五寸長束薪，或化火。

《祥異集驗》：狀如小兒，著女人紅裙。

《慕異記》：紅裳佳人，燈所化。

《宣室異錄記》：姥，身瘁而肥，被素衣，石火通所化。

《稽神錄》：持火夜行人，棺材板、腐木、掃帚之類所化。

可見其形象與原本的模樣相似，且他們的原形都是些易於引火之物，大多穿著紅色（火在五行中的顏色）或白色的衣服。

「火精」一詞，查《辭源》又知，除了指精怪之外，在天文學上是指太陽，見《晉書．天文志上》：「夫日，火之精也；月，水之精也。」而在醫學中是指心神，見《素問．解精微論》：「天水之精為志，火之精為神。」

附帶一提，故事開始時出現有人騎馬大叫：「一個人，兩個奶！」是我祖父告訴我父親的故事，說是舊時廣東發生的事，後來果然全城大火。

之四

雲龍圖

宋・元祐五年（一〇九〇年）

天空已經佈滿烏雲，紫雲真人準備好登上紫衣閣了。

紫衣閣是道觀最新的建築物，是去年才在主殿的上方加蓋的，四面有窗，高聳入天，只有紫雲真人允許進入。

他手執鑰匙，從主殿旁的螺旋階梯登樓，打開他特地從京師帶回來的特製鐵鎖，回頭吩咐尾隨提燈的兩位道童：「待會兒，無論聽見什麼怪聲，都不得進來，記得嗎？」

兩位道童惶恐的點頭：「遵命，住持。」

「除非我說什麼，方得進來？」

「除非住持呼叫我們的俗家名字。」

「很好，記住了。」他拿了根香，從道童手上的油燈引了火，便進入閣樓，回身關門。

兩位道童存陰暗潮濕的階梯間等侍，心裡很是害怕。

階梯間不通風，空氣悶熱，外頭風雨漸強，狂風在外咻咻疾吹，灌入縫隙，吹出尖銳的呼嘯聲，閣樓又格格作響，像是隨時要倒塌，好不怕人。

「住持進去幹什麼？」一名道童哆嗦的問道。

「不知呢，我也第一次來。」另一名道童回道。

「咦，我以為你上次來過。」

「沒，聽說住持不重複找同一個人陪他上來的。」

「為什麼？」

兩人正聊著，冷不防閣樓的門後傳出一個詭異的叫聲，嚇得他倆毛骨悚然。

那聲音像馬嘶，又像雞啼，但像是巨大的馬匹和巨大的公雞同時鳴叫，不似人間尋常的聲音。

「那・是・什・麼？」道童不敢作聲，僅用口型問對方。

他們看見門後透出的明亮燈光，顯然裡頭準備了燈油，住持引火進去點燈了，可那燈光忽明忽暗，彷彿有東西在晃動，遮蔽了光線。

兩人正在驚惶不已，閣樓的門霍然開啟，紫雲真人一步出就趕緊回頭鎖門，然後快速步下螺旋階梯，兩位道童見狀，也慌忙跟上。

事後他倆再提起此事時，一致同意他們當時看見住持的臉色蒼白得嚇人。蒼白得連在黃色的燈光下都是白的。

※※※

連日風雨，破履帶著兩位徒弟，著實不容易行走。

大徒弟年紀老大不小，會自己照顧自己，可小的那位是前年剛收的小童，年僅六歲，要是生了病就不好照顧了。

「我的師弟破帚在韶州，可去尋他。」其實破履老早就要去找這位師弟，但在仙人村為收養小徒弟一事，耽擱了行程。

仙人村大火，燒死了小徒弟父母，村子也幾乎全毀，縣官也派胥吏來這個管轄區瞭解情況，破履於是向他們提出申請，收養雲空，經過他們重重調查、詢問倖存村民、改戶口等等手續，才確定了雲空能合法跟隨他。

這麼一折騰，就一年過去了。

嶺南地方的冬天雖不比北方酷寒，他們還是等到春暖才動身。

沒想到，一動身就是連日風雨，他們為了避雨而走走停停，走了十餘日才到廣州。該處是與外國通商的巨大港口，但他們是為了找便宜的船隻走水路去韶州，這裡有許多貨船把貨物運到北方和內陸去的。

在廣州又問了幾天，才有一位貨船老闆願意低於行價載他們逆流北上，條件是在有必要時為貨船隊伍提供止風、起風、祝禱等服務。

所幸一路上風雨轉小，行舟平順，貨船老闆高興：「這趟路比過往平安順利許多。」心想應該是他們三人帶來的福氣，所以不但決定不收旅費，還送了些盤纏，又給年紀小的雲空一件較厚的衣服：「俺也有小兒子，這小廝衣著單薄，不暖和啊，俺看了就不忍。」

破履千謝萬謝了。

「俺會在韶州停船十日，道長若是還要繼續北上的，到時來上船便是。」

破履又謝過：「我們打算到上清洞天宮拜訪故人，說不定就住下了。」

「世事難料，道長有緣就再會吧。」貨船老闆也屬豁達之人。

這韶州是北宋其中一個「永通監」所在地，亦即國家鑄造錢幣的地方，為南方的貿易網提供銅錢。

當時的宋錢，可是國際貿易受歡迎的貨幣，不只在國內使用，需求量很大。

說著說著，一不小心就扯遠了。

且說破履一行依舊向人詢問上清洞天宮所在，又走了半天，才終於在傍晚抵達道觀。

道觀大門已經關閉，他們敲了很久門，才有一位年輕道人開門，見他們也是道士，便作揖道：「道長久等了，觀中正要開始晚課，不知道長何事？」

「我們師徒一路舟車，特來尋訪故人，」破履上前道，「我的師弟道號破帚，聽說在此修行，我們打算來掛單的。」

「破帚？」年輕道士歪頭想了想，「沒聽說此人呢。」

「晚課要開始了，你在此磋磨怎地？」有個老道士從裡面跑出來催促。
「師兄，門口有同道，說是來找一位叫破帚的故人，我不曾聽說此人呢。」
「破帚？」老道士怔了一下，端詳破履三人，「你們是他什麼人？」
破履微笑道：「我道號破履，來找師弟破帚的。」
老道士閉目頷首了一會，吩咐年輕道士：「帶他們去西道院等候，叫廚房準備晚膳給他們，待晚課結束，留待住持定奪。」
年輕道士發愣了一會，才趕緊道是，急急忙忙帶路。
老道士叫住了破履：「道兄需知，你說的師弟不是別人，就是本宮住持。」
破履訝然：「破帚當上了住持？」他還不知道師弟有如此成就。
「只不過他已經改了道號，現在叫紫雲真人，」老道士懇切的說，「破帚一名，請休再提起。」
「紫雲真人？為何改名？」破履一時還不能適應事實。
「兩年前天下大旱，住持雩禳祈雨有功，因此得皇上賜給紫金道袍，亦賜號紫雲真人，所以住持有令，從此不再使用舊道號。」
破履連連點頭表示明白，便趕快去追上兩個徒弟。
他聽見主殿已傳出敲板聲，提醒晚課即將開始。
破履覺得天空沉沉的，壓得人很不舒服，他抬頭觀看，留意到主殿上方高高伸上天際的閣樓，烏雲就在它上方盤旋。由於一般主殿少見此建築，破履覺得怪異，不禁多看了兩眼。
岩空迎上師父：「我聽到了，破帚師叔當上這麼大的道觀的住持了，他可真厲害啊。」
破履搖搖頭：「他改了道號，要叫他紫雲真人，記得不能再提破帚兩字。」

岩空覺得氣氛不太對勁：「那我們還能掛單嗎？」

破履不置可否：「見機行事罷了。」

三人進了西道院招待客人的十方堂，年輕道人打開三張交椅請他們坐下了，便又匆匆出去準備晚餐。

此地處於亞熱帶，太陽下山的速度比北方來得快，從剛才進入道觀才不到一盞茶時間，天很快就黑了，十方堂裡被夕陽拉暗得一片褐黃。

年紀小小的雲空打從進入十方堂就一直盯著角落。

破履留意到了，順著雲空的視線望去，才看見角落坐了一個道士，他端坐在交椅上，身子筆挺，身邊有一壺茶，兀自拿著個小杯慢慢啜飲。

那道士無聲無息，彷彿不存在一般的存在，教他們看了一陣毛骨悚然。

破履依禮作揖：「貧道破履，不知足下怎麼稱呼？」

對方在黑暗中呵呵淺笑：「萍水相逢，若需要稱呼，就叫我萍水羽士吧。」

破履見他不願吐露真名，依舊作了個揖，叫徒弟們一起坐下。

雲空仍然不安的不時瞟向那位萍水羽士。

接待的年輕道士又出現了，這回拎來兩根大蠟燭，一根在萍水羽士身旁的小桌點燃，另一根在一張圓桌上點亮：「諸位道友請稍待，晚膳少時便來。」

他正要告退，又被破履喊住了：「道長怎麼稱呼？」

「不敢，在下尚未受戒，仍用俗家名字，我姓丘，名雲漢，叫我雲漢就行了。」說著，他想起了什麼，又轉向萍水羽士：「待會請道長上來此桌，四人一同用膳。」

萍水羽士點頭表示知道。

他身邊點亮了燭火，眾人總算看清楚他的樣貌。

萍水羽士看來三十多歲，劍眉星目，眼神銳利，方額大臉，鬍鬚整理得整整齊齊，身上道袍保養得乾乾淨淨，整個人一塵不染得像是剛沐浴過似的。

雖然他面帶微笑，但他的微笑和眼神都令人很不自在。

「不管破帚還是紫雲，都令破履你十分困惑是吧？」萍水羽士忽然作聲了。

破履不得不轉頭回應他：「此話怎講？」

「你的同門師弟有多少斤兩、道術有多高深，你想必十分清楚。」

「不敢，士別三日，誰知道他道行日深，一飛沖天了呢？」

萍水羽士嘿嘿冷笑幾聲：「猢猻穿上紫袍，也不會變成神仙。」

岩空忍無可忍，奮力站起，叱道：「萍水相逢，你為何辱我師叔？」

萍水羽士把岩空上下端詳了一遍，才說：「你還年輕，讀過幾年聖賢書，脾氣還是那麼大呀？」

岩空愣了一會，又要發作，被破履制止，叫他坐下，輕聲道：「這人有些來歷。」

破履對萍水羽士道：「看來這位道友不是此觀常住，也是來作客的，不知來此有何目的？」

「我剛才問你，你的同門師弟有少道行，你知道吧？」

「我也回答過了：不敢說。」

「那他有呼風喚雨的本事嗎？」

沒有。但破履沒回答。他知道師弟破帚的本事，師弟過去常常被師父訓斥：學不專心，愛走捷徑。不過那是二十年前的情形，當年誰料到他會被皇上封為真人，還賜紫袍、當住持呢？

「你不回答我也知道，因為他的本事是從我這裡偷去的。」

破履暗暗吃驚，眉頭蹙了一下。

「哦原來你真的不知道。」

「我們很多年不見了。」破履面不改容，「你隨便到別人的地方指控別人偷東西，難道不會覺得不妥當嗎？」

萍水羽士哈哈大笑：「我沒你這許多講究，世間人情我視為糞土，我這趟就是來者不善，專抓小偷的。」

「請問一聲，」岩空壓制著怒氣，「他偷了你什麼？」

萍水羽士嗤鼻道：「他偷了我幾條龍。」

言畢，他盯著破履等三人，觀察他們的反應，看他們困惑的表情下方是否有隱情。

結果他聽到的是一把稚嫩的聲音：「龍這麼大，怎麼偷？」

萍水羽士低下頭，對小男孩微笑，正想著該如何回答男孩時，他臉色驟然大變，驚訝的直盯著雲空的臉。

然後他別過臉去，不再說話，低著頭悶悶的喝茶。

破履正在慶幸，不想此時那位實習道士雲漢又回來了，他拎了個大食盒，進來十方堂把食盒中的飯菜一一取出，擺了一桌，請他們四人享用：「住持正在領眾晚課，你們不急，慢慢吃。」

破履他們自從下船後就沒吃過東西，又走了好長的路，肚子餓得很了，他們謝過雲漢，便圍坐在圓桌。

正要舉箸，雲空轉頭問萍水羽士：「道長請過來吃飯吧，你也肚子餓了吧？」

萍水羽士遲疑了一下，便站起來，順手把原本坐著的交椅搬過來，還叫住了正欲離去的雲漢：「小哥你過來一下。」

雲漢本以為忙完招待了，可以回去加入晚課的：「有何吩咐？」

「我聽說你們住持十分了得，皇上還賜他紫金道袍，是什麼緣故呢？我想聽聽故事。」

雲漢當即眉飛色舞：「這你問對人了，聽說住持道術高超，兩年前解救了大旱，否則嶺南諸路就鬧饑荒了。」

「願聞其詳，坐下來慢慢談，為我們的晚膳添味。」

雲漢喜孜孜的坐下了。

破履知道，萍水羽士要借他人之口告訴他師弟的事蹟。

只是他不明白，剛才萍水羽士望見雲空時為何臉色大變。

雲漢說：「是這樣的，兩年前有一場大旱，京城和陝西尤其嚴重，朝廷出榜召人祈雨，許多道士、和尚、巫師都失敗了，或者只下了一點點雨，於事無補。當時，住持人在東京……」北宋有東西南北四個京城，東京開封府是正式首都。

萍水羽士截道：「他當時還不是住持吧？」

雲漢有些尷尬：「是的，他正好在東京，然後他就……」

「他也不是正好在那邊吧？他是上清洞天宮的常住道士，怎麼可以擅自跑到幾百里外去呢？」

雲漢一時張口結舌。

他是新來不久的實習道士，等待開壇受戒成為正式道士的，真的沒想這麼多。

「你繼續吧。」萍水羽士揮手道。

雲漢捏一把冷汗：「嗯……住持，我就照說住持了好吧？他在東京時，應了朝廷的榜，說要多少雨就有多少雨，下足夠了才停止。」

破履困惑的捋著長鬚，而萍水羽士則陰沉著一張臉。

「果然如住持所言，他開壇雩祭，很快就天降甘露，各路皆來報說下雨了，而且雨水還多得怕釀成災情，所以下了四天雨之後，住持覺得夠了，就止了雨。」

岩空聽了不禁讚嘆：「師叔真是道法高超呀！」

萍水羽士不耐煩的說：「所以朝廷賜他一件紫金道袍，並賜名紫雲真人，然後冊封他為上清洞天宮住持，並且命令原本的住持退位是嗎？」

雲漢勉強笑道：「我是新來的，委實不清楚。」

岩空打圓場：「朝廷送的道袍，一定漂亮得不得了。」

「就是，住持愛惜得很，深鎖於閣樓之上，等閒不讓它露面，我也僅在春牛祭時見他穿過一次。」

「閣樓之上？」萍水羽士指向外頭，「是主殿上面那個高出來的閣樓嗎？」

「你真細心，留意到了。」雲漢說，「那閣樓就喚作紫衣閣，是去年新建成的，住持一回來擔任住持就下令興建，紫金道袍就在其中朝北供奉著，以謝朝廷之恩，而且住持每逢雨天必上閣樓，我也跟過他上去一次呢。」

「為何要雨天上去閣樓？」萍水羽士抓住了他的話。

「我可不知了，不過有長輩告訴過我，住持是去祭龍。」雲漢語帶自豪，「住持勤於祭龍，我想他的本事就是這樣練出來的。」

破履的眉頭皺得更加緊了。

雲漢說得起勁，望了一眼眾人，驚道：「咦咦諸位道兄怎麼都沒動筷？是我的不是，不應該在飯桌上說話的。」說著便立刻起身：「我去瞧瞧住持有空接見諸位了沒有。」

雲漢離開了，破履和萍水羽士面面相覷。

萍水羽士先開口：「飯菜涼了不好，你們快吃吧，」他覷了一眼雲空：「至少讓小孩先吃。」

飢腸轆轆的雲空瞪著師父，懇求他的允許。

破履夾了些菜到雲空的碗中，輕輕推到他面前，然後嚴肅的看著萍水羽士：「你說我師弟偷了你的龍。」

「詳細的說，是吳道子畫的龍。」

吳道子是唐朝有名的畫師，許多朝廷的佛寺、道觀都有他的大幅壁畫，擅長佛道人物、山水等畫，世傳鍾馗捉鬼像就由他先畫紅的。

重點是，傳說他畫的動物栩栩如生，夜晚還會跑出來。

「你敢情是說，吳道子畫的龍，就是我師弟得以祈雨的原因？」

「我們快人快語好了，」萍水羽士說道，「這吳道子畫的龍，不是凡龍，是專門會生雲降雨的『雩龍』，我千辛萬苦才得到的，卻被他偷去了，我日前才打聽到他因為祈雨而被朝廷冊封的事，專程來討回我的東西的。」

破履點點頭，忖著：這才合理，這才符合師弟的風格。

岩空在旁聽得惱火了：「這種鬼話，鬼才相信！」

破履說：「師父相信。」岩空頓時啞口無言。「可是，你剛才也聽到了，他每逢雨天必上閣樓祭龍，你的雩龍是圖畫嗎？需要祭祀的嗎？」

這回輪到萍水羽士困惑的蹙眉了。

破履指指外頭：「看來你要的雩龍圖，可能就在那個閣樓上了。」

「沒八成也有九成。」

「現時天雨，待會他們晚課結束，破帚應該也會上去吧？」

「那我就現在上去找。」萍水羽士奸詐的笑著，一臉什麼都不在乎的表情，「估計他也不會奉還。」

「可是閣樓要怎麼上去？入口應該也在正殿裡面吧，他們正在主殿做晚課呢。」

「對我來說，入口是小問題。」萍水羽士站起來走到十方堂門口，望著飄著雨水的夜空，盤算了一陣，回頭道：「看你也是有心人，要不要我帶你上去瞧瞧？」

「也好。」

「師父不可！」岩空驚訝的說，「我們是來投靠師叔的，豈能因為這來歷不明的人三言兩語就誣衊師叔了呢？還跟著他去取師叔的東西，師父您也太……」礙於師徒倫理，岩空不知該用什麼字眼才好了。

「破履，你收的弟子還不錯。」萍水羽士微笑著說。

「我知道。」

萍水羽士忽然轉向雲空：「雲空，你要不要跟我們上去？」

雲空站在飯桌旁，手中忙著扒飯，嘴裡塞滿香噴噴的白飯：「我吃飯。」

破履順手抄了他的草帽，正要踏出去，岩空拉住了他：「師父！」

「岩空，難道你還不瞭解師父嗎？」破履慈愛的望著他，「我是在救破帚。」說著，他輕輕撥開岩空的手，隨萍水羽士出去外頭。

岩空勸阻不了師父，跟著追了出去，卻轉眼不見了師父和萍水羽士的身影。

輕風細雨中，他聽見頭上有呼嘯聲，抬頭一瞧，在烏雲密佈的夜空下，果然有模糊的人影躍上主殿的屋頂，然後在瓦片上輕逸的飛跑。

岩空看得目瞪口呆。

「那位道長……究竟是什麼人？……」

岩空一臉驚疑的走回飯桌，跟小師弟雲空一起用膳。

「師兄為何臉色怪怪的？」雲空關心的問。

「小孩子不懂的。」雖然相處了快要一年，岩空還是窮於應付一名六歲的小孩。

「他不是普通人呢。」

岩空怔了一下：「何出此言？」

「以前小時候，林子裡邊很多像他的人呢。」雲空毫不稀奇的繼續吃飯。

「他……」岩空試探道，「是仙人嗎？」

「我不懂仙人是什麼。」

岩空剛要問下去，只聽外面傳來登登登的急促跫音，雲漢快步的跑到門外，興奮的說：「住持要接見你們……咦？還有兩位道長呢？」

岩空不知該怎麼回答才好，心中只道：「完了完了……」

雲空大聲說：「我吃飽了！師兄您也趕快吃吧！」

「對，快吃，」雲漢說：「我也不知為何，住持急著見你們呢。」

岩空正苦思如何應答，外面又傳來登登登的急促跫音，一名灰髮高髻穿著全副完整道袍的道人出現在門口，雲漢由不得大驚：「住持！」

那道人想必就是破帚了，岩空從未見過這位師叔，但知道他的年紀跟師父相仿，應該是五十左右，卻看起來比師父衰老，眼眶下陷、眼神暗淡、灰髮無色澤、皮膚乾縐，比起雲遊奔波的師父，完全不像一個在道觀養尊處優的人。

破帚，或曰紫雲真人，枯黃的雙目掃視了一遍十方堂，嘶聲問道：「人呢？」

「師叔，」岩空起身作揖，「師父他……」

「我不是問你師父，」紫雲真人不客氣的說，「我是說五味道人。」

「五味道人？」

紫雲真人轉向雲漢：「那個人報上名號的時候，是說道號五味的吧？」

「是是……」

事實上，當紫雲真人聽雲漢呈報五味道人來訪時，已經心生波濤，根本沒心情主持晚課。

他患得患失，很想逃離，又很想求救。

他很想逃離因為他作賊心虛。

他想求救因為他已經嗅到死亡的氣味，而他全然無計可施。

岩空也同樣無計可施，難道他要說：「他們闖去你的閣樓去參觀紫金道袍了」嗎？

「他們去閣樓瞧紫金道袍了。」雲空天真的說，「他還說你偷了他的龍呢。」

岩空大吃一驚，張口結舌。

紫雲真人也大吃一驚，臉色蒼白的後退了兩步。

他緊抿雙唇，焦慮的低頭沉思了一陣，拔腿朝主殿的方向跑去。

「怎麼回事？」雲漢如陷五里霧中，完全不知該如何是好。

「那位道長名叫五味嗎？」

「他在門口是這麼說的。」

岩空感到奇怪，為何他剛才不願透露真名呢？

「你可以帶我們去那個藏紫金道袍的樓閣嗎？」

「不行啊，那裡只有住持一人可以進去的。」

「實不相瞞，五味道人和我師父都已經上去了。」

「原來你們來者不善！我真不應該開門的！」雲漢急得跳腳，「你們陷我於不義。」

「你誤會了，我的師父真的只是來會會師弟而已。」

「而且，」雲空插嘴說，「他連一口飯都還沒吃呢。」

※※※

風雨淒淒的主殿屋頂上，破履拉低草帽，不願靠近樓閣的窗口。

窗口後方的東西令他不舒服。

妖氣，是濃烈的妖氣，在風雨的滋養下，妖氣愈發腥嗆。

萍水羽士——真名五味道人——上前要打開窗戶，破履不禁發聲：「你真要進去嗎？」

「裡面有妖氣，你不覺得有趣嗎？」

破履心中了然，一個可以將他從平地帶上高樓的異人，會辨識出裡面有妖氣，應該很合理的對吧？（況且破履還搞不懂他是怎麼上來的）

萍水羽士繼續說：「一間由朝廷冊封的道觀，還自稱上清洞天的道觀，卻躲了妖怪，你難道不想一探究竟嗎？」說著，他奮力一擊，裡頭的鈕鎖被撞脫，窗戶大開，陣陣酸臭的腥氣透出，萍水羽士一點也不介意，當即翻身進入。

破履嘆了口氣，也翻窗進入樓閣。

一進到紫衣閣，外間風雨聲驟然安靜，晦暗的閣樓空氣悶熱，幸而開了道窗，否則那股妖氣的腥味真的一刻也不能忍受。

「呵呵，在那兒呢。」萍水羽士輕篾的笑道，「你不是我的龍，你是什麼東西？」

破履也瞧見了。

黑暗中有三個發光的紅點，兩大一小，列成三角，在閣樓正中間徐徐移動。他們可以見牠移動的聲音，如同一堆筷子在地板上輕輕的摩擦、敲打、彈跳。

不管那是什麼妖物，牠的體型都挺大的。

「好吧，我也不想理會你是什麼東西，請問你見過我的龍嗎？」

三顆紅光在黑暗中沒有閃爍，只是安靜的瞪著他們。

破履摸摸身上，什麼道具也沒帶，不論銅鏡、桃木劍、朱砂、墨斗、魯班尺……全都在隨身布袋裡，而布袋擱在十方堂了。

唯一帶在身上的，只有腰囊裡的銅錢和打火石。

空中掠過一道閃電，強光照亮四周一瞬間，破履瞥見了閣樓正中央懸掛的紫金道袍，細膩的金線銀線在道袍上交織成雲彩、水流和八卦圖，在閃光下泛現華麗的光澤。

也同時照到伏在地面上一連串水桶也似的粗壯身體。

「你會說人話嗎？」萍水羽士再問，破履看見他反剪在後的雙手也同時在結印了。

破履心中一陣寒慄，眼前這無名道人莫測高深，不知是人是仙。

黑暗中發出窸窣的聲音，仔細一聽，像在說人話，可是說不清楚。

「慢慢說，」萍水羽士柔聲說，「我等你說。」

「斯……底，是又？」磨沙似的聲音混了泡沫聲。

「是敵是友嗎？」萍水羽士道，「我不知道，我只是來取回圖畫的，那張畫了五條黑龍的卷軸，你看過嗎？拿到了我就離開。」

妖物沉默了一陣，又嘗試講人話：「有噓——耶嗎？撒雨……好餓——」

破履總算聽懂了：有血嗎？下雨，好餓。

這個閣樓只有破帚一人能進入，所以他是來做什麼的？

「撒雨……要噓耶……約好的——」

「誰跟你約好的？」萍水羽士問。

「給我血……我給雨水……約好的……」

「你要修成今天，也不容易，修了多少年了？怎麼還要喝血？」

「要成仙……要做好事……下雨是好事……不要做妖……」

萍水羽士嘆了口氣：「還需要喝血的話，那不容易成仙呀。」忽然，他精目一亮：「這麼說的話，他找你幫忙下雨，那我的圖畫去了哪兒？」

「血……給我……」三顆紅光慢慢迫近他們，陣陣腥氣近得噴到他們身上，吹動衣角。

萍水羽士嗤道：「只怕我的血，你喝不起。」說著，他結了印的兩手朝紅光一指，紅光竟赫然變暗，妖物發出痛苦的嘶嘶聲，「再問一次，你見過畫了黑龍的圖畫嗎？」

妖物粗長的身體扭動，撞擊閣樓的木牆，掃破了幾片窗戶。

破履於心不忍：「道兄，牠也是有心修行，就放過牠吧。」

「我只要知道我的吳道子雩龍圖去了何處，只要牠答一句不知道，我也罷手。」

妖物的尾巴奮力一掃，閣樓大門破開，有人當下驚叫一聲，他們望過去，只見一位穿了正式道袍的道人站在破開的門外，手中拿著一根鑰匙。

雖然光線不足，光憑猜的也猜得到是誰，因為只有他能上閣樓，惟有他有閣樓鑰匙。

「破帚？」破履大聲問道。

門外的破帚愣了一會，隨即觀察四方，他看見萍水羽士兩手結了印，很明顯的令妖物動彈不得，痛苦的胡亂扭動長長的身體。破帚立刻大叫：「那妖怪要喝我的血！牠是喝人血的妖怪！」

萍水羽士冷眼道：「牠怎麼威脅你了？」

破帚萬分恐慌，腦海中掠過一幕幕過去的情景。

兩年前，他不理會宮觀規矩，私自上京，揭了新雨榜文，說是能解除旱魃。

其實他也沒有十成把握，但值得一賭，了不起回不去上清洞天宮，跟以前一樣當個雲遊道人。

他沒有十成把握，因為他手中的秘密武器，自從偷到手以後，從來不曾使用過。

破帚在雲遊的旅途中偶遇寶物的主人五味道人，他擅長於投其所好，因此兩人相談甚歡，套出五味道人許多不曾告訴別人的事。

寶物的主人道術高超，但他知道，無論道術多高、修行多清靜的人，都抵不住他的甜言蜜語。

於是，他得到五味道人的信賴之後，把他的吳道子雩龍圖借來觀賞。

果如五味道人所言，那卷軸一打開就生出蒸蒸雲氣，墨染黑龍的背脊在紙面上游動，彷彿要掙脫出來。

「這幾條龍不是隨便可以駕馭的，若駕馭得方，可以降雨，其實我就用牠們解了好幾個地方的乾旱。」

五味道人的話，破帚都聽進去了。

所以破帚把珍藏的「麻沸散」倒進五味道人的茶湯裡，據說可以昏死一日一夜。茶湯是唐朝的做法，茶葉連同大棗、橘皮、薑煎煮，還加了些鹽，滋味混雜，所以五味道人並沒當下喝出異樣。

不過他真的道術高超，麻沸散沒讓他昏死一日一夜，他半個時辰就甦醒了。

但已經足以讓破帚逃得遠遠的。

「你已經得到了你要的地位，」五味道人冷冷的瞪他，「把圖畫還給我！」

破帚眼神閃爍，苦思良計：「你……你先把這妖怪給除了。」

妖物發出淒厲怪叫聲，翹起長尾，一根巨大的彎勾從尾端伸了出來。

牠的尾巴掃動，打翻了懸掛紫金道袍的木架，割破了道袍。

一個長匣子從破裂的道袍掉了出來。

破帚臉色大變，很想衝過去，卻懾於妖物的尾勾，不敢貿然。

五味道人看見匣子，當場放開手印，妖物恢復了自由，回頭朝破帚發出長長的嘶喊聲，濃烈的腥臭如狂風般流遍閣樓。

牠盡力發出清楚的話聲：「無情……無義……」

說完，牠奮力向上一衝，衝破閣樓的屋頂，滂沱大雨頓時灌了進來，破履抬頭望去，只見一條長長的身影在空中扭動，兩側長滿了腳，頭部的紅光在雨夜中依稀可見。

不久，妖物鑽入烏雲，消失無蹤。

破履回頭時，見到五味道人已打開長匣，取出卷軸，將它小心翼翼的展開。

他越展開，臉色越是陰沉，口中喃喃道：「只剩下一條……」

他冷冽的眼神怒視破帚：「你控制下了牠們，我說過，牠們不是你隨便可以駕馭的。」

破帚支支吾吾：「對不起，龍不會回來，我只好一隻隻放出去……不過我至少留下了一條呀！」

「所以你就跟蜈蚣精合作，由牠來幫忙降雨是嗎？」

「那……是牠找上我的！」

「我不想知道你的故事，一點興趣也沒有。」五味道人低頭看著紙面上那條游動的黑龍，嘆息道：「當年好不容易才央求到吳道子畫給我的呀，現在殘缺不全了，還有什麼意思呢？」

五味道人想了一下，忽然把卷軸完全拉開，黑龍轟的一聲衝出，竟是一條扁扁的小龍。五味道人說：「我給你下最後一道指令，然後你就自由了。」

他手持指訣，口中唸唸有詞，然後一聲「去！」黑龍立刻衝上去，穿過洞穿的屋頂，飛到天際去了。

破帚傻了眼，眼睜睜看著黑龍飛走。

「走吧。」五味道人拎了破履的手臂，翻身跳出破窗，才轉眼工夫，就回到了十方堂。

主殿之外已然人聲鼎沸，他們聽見主殿上方的巨聲，看見閣樓有窗戶飛破而出，大家驚疑不定，也有人跑去主殿旁的螺旋梯意圖登樓。

岩空和雲空見師父回來，忙上前迎接，但師父破履只是愣愣的仰望天空，他們也一起望過去。在大雨中，出現了一條水柱，從雲中直直的沖到紫衣閣，水柱力道之強，把閣樓沖破，屋頂、屋身、窗戶全數化為碎片。

水柱繼續沖擊主殿，沖破屋瓦，主殿屋頂開了大洞，水柱直接沖進主殿，沖破地磚、沖翻桌椅，地面頓時變成澤地。

「天啊，你究竟做了什麼？」破履轉頭問五味道人，卻發現他早已不在了。

他們四下觀看，遍尋不獲五味道人。

「萍水羽士呢？」

「師父，他不叫萍水羽士，」岩空告訴破履，「方才師叔有說，他的真名叫五味道人。」

「五味道人嗎？」破履呢喃著。

「師父，」雲空拉拉破履的衣袖，「飯冷了，您快吃飽吧。」

破履點點頭，坐下來用膳。

那一晚，上清洞天宮鬧了一夜。

師徒三人在十方堂睡了一晚，次晨離開時，沒人有空理會他們。

他們走了半天，回到河邊港口，找到載他們來的貨船。

貨船老闆頗為驚訝：「怎麼這麼快就回來了？」他轉念一想，說：「這樣好了，今天我們上下貨完畢，明天會去韶關走一趟，你們去不去？」

「韶關是什麼地方？」岩空問。

「距離不遠的一條村，那裡有六祖慧能的金身，我要去參拜參拜。」

「六祖是佛教禪宗很厲害的一個人，」破履低頭向雲空說明，「據說他死了也不化，所以把他做成金身。」

「師父，我想去看看。」

「好啊。」

之五

開眼記

宋・紹聖四年（一〇九七年）

自從離開上清洞天宮，破履、岩空、雲空師徒三人已行經大小名山，掛單過大小宮觀，參訪過許多道人，終於來到淮南一座山下。

「山上有家寺院，咱們去借宿吧。」破履說。

岩空有些錯愕：「剛才山下就有道觀，且咱們道士為何要去佛寺借宿？」雖然口中質疑，腳下依然跟著師父登高。

破履摸了摸走在身邊的雲空的頭：「佛寺藏書多，我要傳授許多知識給雲空，有書則事半功倍。」

時序已過了立秋，午後的高山漸漸起霧，遮蔽了視線，判斷不了遠近，且四周的空氣愈發冷了起來，更令岩空仍然覺得奇怪：山下平地的佛寺多的是，為何要挑一個路途難走又隱藏有危險的地方？

破履像是知道徒弟的疑慮似的，自己開口道：「我要帶你們去的那家『隱山寺』，有百年的藏書歷史，不僅收有漢簡、絹本，除了手抄本，近世才開始的木版印刷書本也收了不少。」

這麼一說，岩空也有興趣了：「印刷本嗎？那些很貴的啊。」

「也多虧有印刷本，很多流通不廣的書也比較容易得到了。」

岩空挺期待的，他年輕時也曾上過學，當過士人，也曾到寺院去抄寫想要的書本，不過當時只專注於考試需要的書本，今天總算可以彌補當年缺憾，廣覽群書了。

「寺院的住持是我好友。」破履這麼一說，岩空才恍然大悟，「他法號『燈心』，與我相識有好幾十年了。」破履又說。

「這位名叫『燈心』的住持，想必是位世外高人了。」岩空說。

破履怔了一下，望著岩空：「隱山寺的住持不叫燈心。」

這回是岩空吃了一驚。

破履歪頭想了想，笑道：「想必是我方才說話方法不對，你才有所誤會……我一直在想心事。」

「師父有何心事？」岩空好奇地問。

「我此行之目的，泰半是為了雲空。」他拍了拍雲空的肩，但雲空依舊一句話也不說，繼續走著往山上的路。

這些年來，他已學會了不愛說話，即使有話也不多說，給人沉默憂鬱的印象。

一個十三歲的孩子似乎是不該憂鬱的。

破履繼續說道：「隱山寺住持乃我少年好友，俗名司徒平定，後出家為僧，法名『燈火』。」

「那『燈心』是另一位出家人了？」

破履點頭說：「沒錯，但卻是一個成天瘋瘋癲癲的白癡。」

「瘋子怎麼出家？」

「他是燈火的孿生兄弟。」

這回岩空真的吃了一驚。這故事的一開頭似乎不該有太多的吃驚。

「燈心是兄長，燈火是弟弟，兩位本是司徒家的少爺，同日同時生的，一位叫司徒平定，另一位根本未曾有名字。」

「為什麼？」

「他才一出生，穩婆便看出他是白癡了，他家僕老爺毫不考慮就要丟掉他，但待第二個一出世，他才改變主意。

「第二個，也就是燈火，他一出世就哭個不停，但人一將白癡的哥哥抱出去，他就悶聲不出，一抱回進來，他才又哭起來，老爺子心知有異，就把他留下了。

「後來果然證明了老爺子的想法，沒有燈心在，燈火就根本發揮不了作用，沒有燈心，燈火就十足一個白癡，只會呆著，不懂說話，連飯也不會吃。」

「沒有燈心就點不了燈火，所以他們才取了這法號？」岩空問道。

「沒錯。」

「那和雲空有何關聯呢？」

「我要替雲空開天眼，」破履道：「山上空氣清淨，心中較易無雜念，雲空如果在那裡用心修行，該能將天眼開啟。」

說著說著，他們已到了隱山寺的山門。

隱山寺果如其名，方才在山路間行進時，在曲迴的山徑和山壁間，根本看不見寺院的一隅，一旦山門忽然出現在眼前，才驚覺已經抵達了。

寺院隱於深山之中，有如躲在雲霧間的臥龍，氣勢雄偉，令人未入山門，已生崇仰之心。

只見山門上三個漢隸大字「隱山寺」，字體有曹全碑意味。

兩旁有對聯：「不聞鐘聲不知寺，不見隱山不知龍。」行草黑字凹刻，味道古秀。

三人不打話，慢慢步入山門，穿過一片空地，來到寺院門口，寺門緊閉，裡面傳出梵唄聲，破履輕輕叩門，良久，寺門才咿啊開啟，步出一名清瘦的比丘。

「阿彌陀佛，兩位道長從何處來？」這比丘想必是專門接待客人的知客僧了。他說兩位道人，因為雲空年紀尚小，做的還是道童打扮。

「我倆乃雲遊道士，」破履說：「專程來拜訪燈火大師的。」

「借問道長名號？」

「貧道破履。」

「請稍待，我去傳報一聲。」知客僧請他們步入寺院，回頭又掩上寺門了，才快步離去。

待知客僧一走，岩空便笑說：「他沒擺架子呢。」

「這裡沒高官遊客上來，當然不習慣擺架子。」破履也歪嘴一笑。

當今皇上崇尚道教，抑制佛教，山下一些佛寺為求生存，紛紛傾向流行的巫風，做起巫術的把戲，或努力拉攏香客，在寺內開市場亦有之，變得俗氣不堪，故岩空有此一說。

師徒倆低聲談話，只有雲空靜靜的待在一旁，什麼也不說。

聽著輕輕的腳步聲，兩位比丘出現了。

一位個子壯大，一位又高又瘦，兩人皆穿著厚厚的陳舊泥黃色袍子。

壯大的那位精神很好，看上去五十多歲，臉上掛著祥和的笑容，眼角趴伏著少許魚尾紋。

瘦高的那位眼神呆滯，亦是臉帶笑容，只不過是在傻笑，皮膚黝黑，不像是久居深山之人。

一看便知道誰是燈心、誰是燈火。

「好久不見了，平定。」破履迎上前去。

「噯！」燈火高興的伸出手來，「我道誰是破履，原來真是老弟你！」

燈心也嘻嘻地在一旁陪著傻笑，表示歡迎。

※※※

方丈室中，破履、岩空、雲空師徒三人及燈心、燈火兄弟兩人圍坐在一塊，但說話的只有破履、岩空和燈火。

因為雲空不說話。

燈心只在憨笑。

雲空跟隨師父和師兄行走多年，自然增加不少見聞。他們經過的地方，沒人煙的地方還比有人煙的地方多，走的大都是荒山野林，不免有山精鬼怪，從這些事情中他又學習了許多，也明白了許多。

但他不喜歡說。

首先他缺少說的對象，天天面對的只有師父和師兄。

接著他缺少說話的話題，所以不如不說。

所以他說話的時候，通常便是問問題的時候。

破履曾發現，雲空所到之處，通常都少有一般的鬼怪出現，不禁想起雲空出生時的事情，以及初遇雲空時的詭異情形。

記得雲空的父親陳大曾說，雲空出生時，「就好像滿山的鬼都被趕下山了。」原來他天生辟邪，不知是什麼原因。

但這些和他不愛說話無關。

他不常說話，他把想說的話丟回腦子裡，想。

想得越多，他就越明白，因為越明白，所以只要他開口說話，說的話必定與別人不同。

就像現在。

燈火聽說破履要為雲空開天眼，先望了望雲空，道：「這孩子不錯是骨相清奇，但開天眼並非朝夕之事。」

「這我明白，」破履說：「所以我雖然一腳踏入棺材了，還是開不了天眼。」

「那是因為你日日在外奔波，心勞則不能靜守，修身無門。」燈火說，「佛門有云『戒定能得定入慧？」

慧』三學，必先持『戒』，修『定』才能順利，有定才能顯『慧』，老友你第一關尚且沒過，焉

「所以我見雲空是塊道人的好料子，年紀又小，可以在此長期修習，若成功開了天眼，以後行走江湖就能減少許多麻煩，」破履嘆了口氣：「我們走江湖的人，遇見山精鬼怪，只能各憑經驗與直覺，又缺少如雲空這麼好的根器，更別妄想有天眼了。」

燈火點頭，又再次望了望雲空。

他的眼神才剛要移走，又突然定了下來。

他是真的定了下來，因為雲空說了一句話。

雲空終於說話了。

他說：「你有有。」

燈火一怔，問道：「啥？」

岩空剛想叫雲空不得無禮，卻被破履阻止了。

「你——有——『有』。」最後的「有」字特別肯定。

「不，」燈火祥和地說：「我沒有有。」

雲空不再說話，他知道燈火還有話說。

果然，燈火開口了：「出家人心中無慾，沒有『要』，更沒有『有』，本體性空。」他頓了頓，接著說：「所以，依道家的名相，我只是無，阿彌陀佛！」

「你有，你要吃，要穿，要說話。」雲空越說越大聲。

「我不是死人啊。」燈火嘆氣道。

雲空突然壓小了聲音，對燈火說：「你是個呆瓜。」

岩空又驚又尷尬，正想喝止師弟，不想雲空跪到燈心面前，猛地把頭磕下：「大師，請指引明路。」

破履的神色依然非常平靜，岩空倒是非常莫名其妙，他感到腦子又脹又熱，很想做些什麼，卻不知該做什麼才好。

他忽然覺得自己很蠢，很愚鈍，很笨，很傻，很後知後覺。

他隱約明白了雲空所明白的。

雲空一直不說話，就是在注意，注意油燈中的燈心和燈火，他明白了破履早已知曉的，他也明白這兩位和尚法號的來源了，他現在才明白！

他很有失敗感地發現他現在才明白！

燈火不是燈火！

他更不是住持！不是大師！

他的確是一個呆子！

「雲空說得沒錯，」這是破履說的：「燈火大師根本就是燈心大師。」這一時不容易說明白。

燈火瞇眼大笑：「好！好！有意思。」

破履拉著岩空的手，暗示他出去，然後轉向燈火道：「平定，我帶徒兒出去走走。」接著又面向雲空道：「你好好發問吧。」

雲空頷首道：「是，師父。」

破履和岩空起身離開，把雲空留在方丈室，兩人兀自走到寺旁的竹林歇息。

燈心憨笑著招手要雲空過去，雲空乖巧的走到他面前，燈心隨即把一隻纖長的大手蓋在雲空頭上，低頭垂目。

雲空不明白他在做什麼：「師父……？」

一旁的燈火小聲說：「你也關上眼睛，別出聲……」雲空依言合眼。

說也奇怪，雖然合上了眼，雲空卻依然能看到兩位大師坐在眼前，只不過形象比睜眼時更清晰、更明亮，身形依稀有一層亮光。

過了不久，燈心燈火兩人的眼角皆湧現淚光。

燈火大師悄悄把淚水拭去，口中直道：「阿彌陀佛，慚愧慚愧！」他應該已臻七情六欲不易動搖的境界，此刻竟因雲空過去的際遇而掉淚，故說慚愧。

「孩子，你還怕嗎？」

「怕，」雲空的淚水也流到了嘴唇，「我常常夢見爹娘死在我眼前那一刻。」

燈心溫柔的安撫他，燈火則說：「無須怕，在他們再次找到你以前，你就在本寺用功學習吧。」

那邊廂，破履坐上一塊冰涼的石椅，大大吸了一口清新的竹香，滿足的讓那口氣在他體內流動了一陣之後，才說：「你看出了沒有？」

「不知看得對不對。」岩空說。

「好吧，」破履低首笑了笑，他在回憶往事：「司徒平定是個白癡。」

開始的時候，誰都以為那位無名的司徒——即現在的燈心——是白癡。

事實上，燈心和燈火是兩人一體的，但燈火缺少了智慧，而燈心的智慧就全用在燈火身上了，或者說——燈心利用燈火來與外界接觸。

所以燈火若無燈心在旁，就十足一個白癡，因為他本來就是一個白癡。

燈心所想的、所想做的、所想講的，全表現在燈火身上，燈火則有如傀儡，沒有思想和主見，全受燈心的念力左右。

只有燈心不在時，燈火才是真正的燈火。

而燈心也樂得逍遙，繼續有如白癡一般。

「要說到『無』，其實燈心才接近了『無』，他可以啥都不理，待需要時才依賴燈火表現出來，燈火就有如其五官，」破履嘆了口氣，苦笑說：「不過日子久了，我們為了方便，也習慣了當燈心是白癡。」

岩空不禁讚嘆雲空敏銳的觀察力：「原來如此，燈心才是真正的大師。」他沒想到小師弟如此聰慧。

不久，方才山門遇見的知客僧前來：「諸位的客房已經準備妥當，我這就帶你們過去。」

「有勞。」

就這樣，師徒三人在寺中住下。

每天早上，雲空先到寺中隨燈火——實際上是燈心——學習，下午又回去隨破履學道術。

岩空當然不放過機會，也在這幽靜的環境中進修。

一個月後，燈心燈火對雲空的狀況已然掌握了七八分。

某夜，他們約了破履，問他：「還想幫小徒弟開天眼嗎？」

「是的，你也知道他過去經歷了兇險，能開天眼，視人所不見，對自身安危有益無害。」

「先不說如何，老友可知在佛教所言，天眼乃五神通之一？」

「知道。」五神通者，乃天眼通、天耳通、他心通、神足通、宿命通。

「那麼老友應知，若修無上法門，頓悟了脫生死，便得第六神通『漏盡通』，其實便超脫輪迴，無死無生，」一般宗教修行只說五神通，惟佛教有六神通的概念，「若只求區區天眼，豈非捨大求小？」

破履揚眉道：「貧道這小徒有恁般能耐，能了生脫死嗎？」

燈火輕輕搖首：「他宿命太深，雖然一時三刻是千鈞難轉，但假予時日，機緣到時，未必不可。」

「你也知道，要他修行得天眼，只怕還會來不及。」

「雖然未必，不過也是。」燈火頷首沉思了一陣，說：「經上有云，要得到神通，有五種方法：修得、生得、咒成、藥成、業成……」

破履知道，像他教岩空的圓光術，以及岩空從他人習得的甲馬術，都屬於以咒術啟動的神通，一旦咒語效力消失，神通亦隨之消失，這就是「咒成」。

「其實……雲空他自有生得的神通力，或許是前生修得，或是前生帶來……」

破履聽了，不禁揚眉，心中一股興奮：「真有？」

「但他體內有一股力量，似乎不願讓神通力顯現。」

破履越聽越好奇了。

「老友無須擔心，說不定時機到時，我們不需多加干涉，他也會神通自現。」

然後燈火就開始聊起天來，詢問破履遊歷四方的見聞，無論破履再怎麼嘗試，他再也沒把話題帶回雲空身上。

光陰過得很快。

快得感覺不到。

無論你很忙或很空閒，時間還是過得很快。

所以在這三句話之間，本故事又過了四年。

雲空已經是十六歲的一名少年。四年讓他從小孩長大成高瘦的個子，從幼稚的聲音變成溫柔的嗓音。

四年來，他閱讀了許多書本。

他自己也奇怪，一個小小的隱山寺，怎麼會有這麼多書。

隱山寺的僧人不多，固定的有十七個，其他的不是來了又走，就是走了又來。

這些固定的僧人中，各有各的職務，不論地位高下皆如此。

比如住持燈火就是專門打掃茅廁的。

破履師徒三人雖是道士寄宿於佛寺，也有分配工作，破履在寺中紙墨坊幫忙製作所需墨汁、朱墨、金墨及各種繪畫顏料，以及取周圍茂密的竹林為原料，製作寺院需要的各種厚薄紙張。而岩空身體健壯，就到菜園去幫忙。

雲空年紀較小，也沒閒著，除了跟三位師父學習之外，早上也先在廚房幫忙準備食物，其餘時間都待在書庫。

隨著年紀長大，他一年比一年可以拿到更高的書架上的書。

書庫分成五大區：佛、道、儒、史、集，雲空把每一區的書名都瀏覽過一遍了，才開始挑書來讀。

書庫中的佛經數量當然很多，除了手抄本和個別的印刷本之外，寺中竟藏有一套百年前宋太祖刊印的《開寶藏》，收集了當代所有的佛經，無經不有，無經不收。話說回來，這還是中國第一套刻板印刷的《大藏經》。

道教的經書也收集了不少，還分類排列，書本都有編號，方便放回來時放在正確的位置上。這些都是破履為雲空上課的材料。

儒家的各種經書、緯書也按類陳列，還特別把《周易》類別分開列出，方便研究。

「史」類的書籍包括官修正史，也有一些官方和民間未整理的史料，有君臣對話如唐代《貞觀政要》和本朝《冊府元龜》，甚至有近世名臣司馬光編撰、不過十三年前才發行、流行天下的《資治通鑑》。

「集」類的收藏可豐富了，遠至先秦諸子、地理書如《山海經》和《水經注》等，到六朝誌怪、唐朝詩集、筆記小說，也有兩年前方過世的名臣沈括百科全書式的《夢溪筆談》，宋太宗命令編纂的三部大書《太平御覽》一千卷、《太平廣記》五百卷、《文苑英華》等都有。

雲空已經識字，但過去從未見過這麼多的書，到隱山寺的書庫，如入寶庫，一進來就捨不得走了。

常常也有讀書人來訪，寄宿數日至數月不等，有來抄書的，也有來專心讀書準備考試的，雲空也曾試著跟他們交談，聽他們說些治理天下的大道理。

在這種環境中待久了，雲空腦袋裡的知識愈發豐富。

但這裡的書實在太多了。

他根本看不完。

即使他一天看一本，看不完還是看不完。

有一天，他躲在竹林中讀著《鬼谷子》，燈心燈火便無聲無息的在背後出現，他暗暗吃驚之餘，不忘起身行禮。

燈心笑笑，而燈火開口：「你對這本書有什麼看法？」

雲空歪頭一想，道：「小可以殺人，大可以毀國；小可以救人，大可以保國；亂世時權謀，太平時修身。」

燈心微笑，燈火說：「好。」接著說：「你看的書又多又雜，究竟這些年來看了多少書？」

雲空搖頭，他不記得，除非他一本一本去算。

「看了這麼多書，你得到了什麼？」

雲空尚未回答，燈火又接著問：「你從書中得到的，你用了多少？」

「你從中又明白了多少？」

「你可以活多久？」

「天下的知識有多少？」

「如果你馬上要沒命了，還要抱著書嗎？」

連珠砲式的問了十個問題之後，燈心燈火立刻掉頭而去。

留下雲空，獨自傻傻的站在松樹下，似乎受了太大的打擊，忘記了聆聽吹動松針的清冷山風，忘了欣賞秀氣的山，忘了呼吸沒有一粒塵埃的空氣，忘了自己要想什麼。

好久好久，他才呼出一口大氣。

他跑去找師父破履，告訴他這件事。

破履笑道：「他們在給你『參話頭』。」

「參話頭」乃禪宗誘人開悟的修行方式之一，祖師們提出一個疑問令修行者去思考，在思考乍然停頓的那一剎那，照見真如本性。而燈心燈火用的是連綿不斷的迫問，讓雲空沒有思考的空隙。

「所以呢，你參到了嗎？」

「弟子愚鈍，只想到師父教過的《莊子・養生主》上的一句話。」

那句話是：「吾生也有涯，而知也無涯；以有涯隨無涯，殆已。」簡而言之，就是「人以有限的時間，去學習無窮的知識。」

破履說：「那你把這句話放在心上，燈心燈火必有其意。」

正說著話，吹來一陣山風，掠過破履的腮子，留下一道熱氣。

破履沉默不語，細心聆聽周圍經過的山風。

雲空正好奇師父怎麼忽然不說話了，破履又乍然開口：「想看什麼書，儘快看吧，只怕差不多是離開的時候了。」

「這麼快？」雲空在隱山寺安逸了四年，差點忘了是來暫時寄宿的。

「緣有聚散，人有分合，時間到了，就勿強求。」破履輕輕揮手：「去吧。」

破履作念當晚要找燈心燈火一談，沒想到他們先來找他了。

「老友感覺到了嗎？」燈火劈頭便問。

「今日覺得蹊蹺，」破履憂心的說，「他們到了嗎？」

「他們找到他了。」

「我們還有多少時間？」

燈心搖搖頭，燈火嘆道：「難說，雲空有火劫，他不走，我寺難保，一把火下去，百年藏書則化為烏有。」

「平定，恕我問一句，依你之見，他們是為何找上雲空呢？」

「可能雲空對他們有威脅，」燈火道，「在未來的日子裡。」

破履知道他有宿命通，能知過去，但有德行的出家人並不輕易顯現神通，惟事情緊急，破履不得不問：「這跟他前世有關係嗎？究竟雲空前世是什麼人？」

燈心圓目狂睜，燈火臉上的皮膚彈了一下。

燈火搖搖頭，臉上似乎被嚴冬的寒風拂過，又蒼白又憔悴：「他曾經殺人如麻，今世又殺氣太重。」頓了一下，又說：「他積業太重，解鈴終需繫鈴人的。」

「有法子解救嗎？以我們的能力，恐怕抵擋不了。」

「這點反而是你最不需要擔心的。」

「噫？」破履嚇了一跳，因為開口說話的是燈心！他從未聽過燈心的聲音！

「他的命運，必得大死，方得大生！」削瘦的燈心炯目沉聲，對破履充滿關懷：「老友，有任何危險狀況，你要做的是不要干涉，否則受害的反而是你。」

破履很感動燈火特地現身來警告他。

「若有緣的話，我再回來找你。」

「善哉。」

破履當下告辭，去找兩位徒弟收拾行囊。

次日清晨，破履、岩空、雲空師徒三人離開隱山寺。

四年來，這是他們首次下山。

也是雲空首次步出隱山寺的山門。

常初為了隱藏行蹤，燈心燈火都告誡他別離開寺院範圍。

雲空此時回頭看看剛才走過的路，想起這是他四年前走過的。

四年來都未下過山，現在倒有些不捨。

昨晚他們跟燈心燈火商量好，下山之後便前往最接近的道觀。

他們的腳程不算慢，三人在陡峭的山路中快速跑跳，但由於平日少走山路，一時過度用了太多小腿與腳板的力量，在穿越一大片竹林之後，他們的腳已經十分疼痛。

路邊有個竹亭，他們就坐下來歇一歇腳。

竹亭完全由竹子搭成，跟四周的竹林融為一體，即使無風，竹子也會自然的透出陣陣沁涼，身處其中，肺腑清爽。

師徒喝了些水，破履望望雲空，回想當年上山的男童已經長得跟他一樣高了，不禁欣慰的嘆了口氣：「這幾年來，我已將五術悉數傳授給你了，接下來就是要精進練習，讓自己進步，下山後，我就要帶你去領度牒、受戒禮，再等四年弱冠，便能獨自行走江湖去了。」

雲空憂心的點點頭，似乎對破履所說的未來充滿不安，因為他尚且無法想像。

更何況，眼前他們下山，正是因為雲空有火劫，他們的心情無法放鬆，劫難一天不過，一天都要提心吊膽的。

歇了一會，破履道：「咱們趕路吧，免得天色暗了還沒抵達。」

正要動身，聽見竹亭發出詭異的聲音，頓時止步傾聽。

竹亭發出很細很清脆的撕裂聲。

竹子乾燥的纖維在收縮，慢慢焦黃，當它冒出白煙時，竹子應聲裂開！

竹子被加熱了！

師徒三人連忙跳出亭子！

他們剛才並未察覺，整座竹亭的竹子都在偷偷的加熱中，所有竹子同時爆裂，整座竹亭瞬間化為碎片，飛濺的竹片邊緣鋒利，他們下意識舉起寬大的袖子，才免於受傷。

緊接著，竹林中忽然吹起陣陣大風。

竹粉、竹屑、竹片在狂風中飛旋亂舞，令他們看不清楚。

但是怎麼也擋不了前方天空那團灰黑色的濁氣。
師徒三人心下涼了一截，尤其破履走了這麼久江湖，一看便感到濃濃的……
「邪氣。」破履低聲說。
山坡旁的天空中，一團灰黑的氣正轉動著，轉向黑氣的中心。
黑氣中心發出一把細微的聲音，如同竊竊私語般，用氣聲半問半答：「雲空……」
破履和岩空大驚，妖物的目標很確定。
「小心！」
破履一喊，只見黑氣中掉下了許多東西。
它們由高空掉下，起初看起來很小，漸漸才看清楚，那些就是他們多年前見過的！
棺材板、破掃帚、木柴、火石、舊書、門板、枯枝……
雲空心下一慄，立刻由背囊中抽出桃木劍。
桃木劍有半隻手臂長度，不長，是燈心燈火大師託人找來一塊古老的桃木，由寺中精於木工的僧人精心刻成的。
他轉頭一瞧，才發現師父和師兄早已抽劍在手。
「心念凝定！」破履大叫，並把食指和中指合在一起，點在劍柄上。
破履用鼻子徐徐呼吸著，啟動全身周天運轉，再把一股真氣從丹田運上手指。
破履的心在盤算。
那一大堆掉下的東西，在半空中「啪」的一聲，全部冒出火光。
破履以心念驅動，一股生命力注入劍身，手中的桃木劍突然充滿了生機。
岩空的劍也開始響起來，在他手中震動不已，他定力不足。

雲空的劍身熱起來，但沒有生命的顫動，他功力不夠。
空中的黑氣化成了滿天火焰，如寶蓋般向三人籠罩下來。
熊熊的熱氣煮沸了四周的空氣，立時迫出他們渾身汗水。
破履大喝一聲：「疾！」
「疾！」岩空、雲空跟著大喝。
三把桃木劍一起舉向天空，三股強弱不一的力量衝向火團。
火罩開了一個洞，許多的碎木掉落在周圍，彈在地上，彈出點點火星，彈得一地的灰屑，彈出了小小的煙。
這些起了火的怪東西，全數落上地面，將師徒三人包圍起來。
破履用最快的速度把心神注入桃木劍，把劍朝火中一指：「疾！」
火罩破開了一個缺口，師徒三人連忙衝出去。
他們才剛剛衝過火圈，洞開的缺口很快就合了起來，頃刻收成了一團火球，燒得比之前更加猛烈。
衝出火圈後，師徒三人並沒逃走，他們靜觀變化，腦中同時在思慮如何解決這場劫難。
這火劫非解決不可，若只是逃走，必定還會有下一次！
所以他們寧可留下。
那團火伸出四根火柱，化成四肢，立在地上。「熊」地一聲，一個巨大的頭由火中穿出，看來就像一隻燃燒中的獅子！
火團化成了一隻火獅子，張牙舞爪，向他們示威。
「師父，這該怎辦？」岩空心急如焦。

話未問完，火獅子已一撲向前，破履急忙揮起桃木劍，正想把精神注入劍中，只聽得慘叫一聲，他立刻把頭轉向慘叫聲的方向。

原來火獅的攻擊目標僅雲空一人，牠一個拐身，直撲雲空，一眨眼已全身被火焰包著了！

雲空在火中放聲慘叫，身上的道袍著火，肌膚、頭髮和眼珠也很快被火焰吞噬了。

這火不是尋常之火，即便用普通的火將人火葬，也得燒上半天，也不保證能燒得乾淨。這妖火熾烈非常，透肌入骨，把不易燃燒的血肉也能在頃刻間煮沸。

「天意……」破履哀傷的嘆息，看見此景，心中早已絕望非常，他知道即使撲滅了火也活不成了，只好眼巴巴看著雲空在地上翻滾。

岩空亦無計可施，便索性坐下來唸經，期望幫雲空減少痛苦。

很快的，雲空不再動了，火盡情地焚燒，終於地上只留下一個人形的焦炭。

火焰消失得無影無蹤，空氣中殘留著陣陣刺鼻焦臭，是人的骨肉特有的惡臭。

破履凝視地上的焦屍，陣陣哀痛如浪濤在心中拍打。

他好不容易才讓這孩子逃了這麼多年，最終仍是死於火中。

「希望你來世不再遭遇劫難。」破履上前，凝視雲空的屍身：「送你回隱山寺，讓燈心燈火大師好好超度你吧。」

山路上傳來奔跑的腳步聲，兩名健壯的僧人氣喘吁吁的跑來，手中抱著一捲被單：「破履道長，別動雲空！」

破履和岩空錯愕的望著他們。

「住持師父吩咐，把雲空帶回隱山寺超度！」

破履正想如此做呢。

兩位僧人彷彿老早訓練好的一般，一人跪在一側，一人攤開被單，一人將雲空的焦屍輕輕抱進被單，兩人合力把雲空捲起包好，不讓他露在外面。

「住持師父吩咐，儘快回隱山寺，麻煩兩位道長快跟上。」說著，兩位僧人便輕快如蹦跳的往山上跑去了。

破履心中焦急，也忘了大腿的痠痛，盡力追上他們，岩空為了保護師父，跑在破履後面。素來下山容易上山難，但前頭兩僧的迅速行動驅使破履師徒加快腳步，天色未晚便見到了隱山寺的山門。

一進入寺門，他們立刻走進大殿，並把偌大的寺門合上。

破履和岩空覺得氣氛不尋常，屏息觀看。

寺門合上了，大殿一片昏暗，只有斜照的陽光從上方的柵檻穿入。

兩位僧人將包裹雲空的被單放在地上，小心翼翼的打開，露出還在冒著嗆鼻味的人形焦炭。

燈心和燈火早在一旁等待，兩人走到焦屍面前，燈心不再憨笑，表情嚴肅的蹲下身子，用手指探探焦屍上脖子的部位。

燈心露出微笑，他抬頭望著破履，向他展現跟平日一般傻呵呵的笑容。

燈心把手放在焦屍身上，稍微用力一撥，一堆焦炭掉到地面，露出完好的皮膚。

破履怔了一怔，隨即發出驚嘆。

「師父！」岩空也看見了，趕忙跑上前來，幫忙把雲空身上的焦炭撥走，果不其然，在一大堆的黑炭下，是一個完好的雲空——除了身上的衣服和毛髮已全被燒得乾乾淨淨。

雲空的鼻子抽動，開始用力吸氣，顯得非常無力，雙目只能睜開少許：「師父……」

「什麼事？」破履高興極了，臉上的皺紋擠成了哭笑不得的怪樣子。

「我是燒不死的……」

周圍的人全都笑了起來。

「歡迎回來。」燈火大師說。

他們替雲空披上衣服，把他慢慢扶起。

【典錄】神通

不論佛教、道教、印度教或其他注重修行的宗教，據說修行者修行至一境界，便開始顯現神通。

佛教說：有六種神通，一曰天眼、二曰天耳、三曰他心、四曰神足、五曰宿命、六曰漏盡。但前面五種是各宗教都有，只有第六「漏盡通」是佛教獨有，其中「漏」是指煩惱，修行人能斷除一切煩惱，不再受生死輪迴所拘束，代表著大覺大悟的境界，不受時空限制，自然是無上神通。

前面五神通是各種修行皆可能達到的，且未必需經過修行，但第六個乃佛教獨有

天眼通，能視人鬼佛三界之物；天耳通，能聽人鬼佛三界之物；他心通，能知他人之所思；神足通，能憑念力移物；宿命通，能知過去未來。

此前五神通可說是人人欲求的，然能修行至漏盡通者不多，只因無法拋離心慾而已。

全皇追命符

之六

宋・大觀元年（一一〇七年）

這是一個巨大的城市。

它叫東京，正名開封府，後來又叫汴京，或叫汴梁。

廣闊的護城河，寬大的街道，數不清的攤子，看不完的人。

事實上在那個時代，這裡是世界上最大的城市，人口逾百萬的超級大城。

城中處處是熱鬧的街市，商業行為空前發達，在中國古史上是空前也是絕後的。

街市中聳立著一間樓高兩層的酒樓，即使在大白天也坐滿了客人。

酒樓的大門很寬闊，屋頂上方還搭了高高的牌樓，讓酒客打老遠就能望見，「平安樓」三個大字掛在門邊，可謂名副其實。

的確，自三十多年前「平安樓」開張，就從未有不愉快的事件發生過，確實是個很平安的地方，因為無論多暴躁的客人，只要一進此樓，什麼火氣都會立刻消失得無影無蹤。

據說當年創業的人——也就是現在老闆的父親——對風水甚有研究，茶樓中的每一件擺飾，方位都是經過設計的，即使是屋樑雕刻的圖案，也是挑選過的。所以無論戾氣殺氣兇氣邪氣，進了來都是一團和氣。

茶樓二樓靠欄杆之處，坐了一位公子哥兒，正一面品茗，一面望著街上市集中攢動的人頭。

他望見了兩件很有趣的事。

「書兒，書兒。」他的眼睛沒有移動，一手揮動招呼他的小僕。

「來了，少爺。」是一名大約十五、六歲的孩子。

「看看那是什麼。」公子哥兒指向街上。

人頭擠著一根竹竿，竹竿上掛著一塊布條，寫著秀氣如行雲流水的大字：「占卜算命・奇難雜症」，竹竿上還繫著兩顆銅鈴子。

「只是一般江湖術士，少爺。」書兒道。

「我知道，」公子哥兒道：「但他動也不動一下。」

擁擠的人潮似乎不能使這名術士移動一下，由樓上望下去，他就有如大河中的一個孤灘。

「他紮的馬步很穩。」書兒道。

「再看看那兒的旗竿。」公子哥兒喝了一口濃濃的茶。

茶樓對面有家小酒舖，買酒的人卻不少於平安樓，酒舖前還立了一根粗大的旗竿跟平安樓互別苗頭，旗竿上掛了一條滾紅邊藍面的大布，上書「忘憂舖」三個渾厚的歐體大字。

奇的是，旗竿上蹲著一個人。

是蹲著的人。

那位站在街上的「江湖術士」，就是正在望著蹲在旗竿上的人。

公子哥兒俯望著忘憂舖，搜索它客人絡繹不絕的原因，見它門外立了個木牌寫了「翠羽樓腳店」，公子不覺「哦」了一聲，呢喃道：「難怪，難怪。」

遠在城門那家「翠羽樓」，剛在今年的品酒大會中奪冠，忘憂舖雖然不像平安樓是家有政府牌照自行釀酒的「正店」，可他只消書明是「翠羽樓腳店」，就足於把酒客引進來了。

公子向書兒招手，指了指夥計。

「小二。」書兒馬上叫店中的夥計過來。

「啥事，客官？」小二很快嘻皮笑臉，肩上搭著塊抹布，半走半跳地來了。

「那蹲在旗竿上的人是誰，你知道嗎？」書兒問道。

「抱歉，不知道是誰，」店小二笑著說：「不過他蹲在那裡有好幾天了。」

「多久？」公子哥兒說話了。

「哦，原來是佘公子您，」店小二笑意更濃了：「有四天了。」

「四天很久了，」佘公子道：「一天也沒有下來？」

「一刻也未下來過。」

「棋兒，畫兒。」佘公子又叫了。原來他有四名小僕，分別叫琴、棋、書、畫。

「在。」兩名小僕應了聲。

「棋兒去請那位術士來，畫兒去請那旗竿上的怪人來。」

人這麼多，怎麼請呢？

雖是小僕，這兩名小僕都是牛高馬大、健壯非常的人，其他兩名小僕倒有如雛子了。

他們走到樓的邊緣，倚著欄杆。

棋兒往下大叫：「喂——算命的——！」

那江湖術士果然抬起頭來。

棋兒繼而叫道：「我家主子請你上來，上來吧！」說著手臂一揮，一條繩索如長蛇般射了下去，將術士的竹竿緊緊纏著。

佘公子從二樓欄柵露出臉，朝術士招了招手，術士猶豫了一陣，才點頭同意。

「上來吧！」棋兒大叫。

術士用手捉緊繩子，只見棋兒猛地一拉，把他從街上拉到平安樓二樓。

街上的人有的「哇」了起來，有人拍手叫道：「好身手！」也不知是指棋兒還是術士。

一旁的畫兒也在向旗竿上的怪人呼叫，但怪人理也不理，眼見棋兒已完成主子的吩咐，心下不禁焦急起來。

「喂！你再不回答，我可要蠻幹了！」畫兒生氣地叫著。

街上的人潮移動得更慢了，有人甚至停下腳步，觀看這場活劇。

余公子雖然年輕，但自幼隨父行走大江南北，閱人無數，他很快的觀察了術士一眼，見他不過二十歲出頭，兩眼卻有比他年紀更深的履歷，余公子對他產生興趣，於是吩咐琴兒先為術士送上杯茶，再客氣的問：「先生貴號？」

「雲空。」果然是年輕的嗓音。

「先生能占卜嗎？」

「有的。」術士指指手上的布條，「占卦十文，推命一貫。」

那邊廂，畫兒把繩子扔出，一把繞著那人，那人卻仍蹲在旗竿上，動也不動一下。

畫兒心急大怒，使盡全力一拉，想將那人從旗竿上拉下來，不想那人不但文風不動，還產生一股回彈力，將畫兒一把拉下二樓。

街上人群大亂，路人紛紛往四周散開，推倒了不少攤子。

而畫兒，結結實實落在眾人留給他的空位上。

余公子忙站起來，走向欄杆，向旗竿上的人拱手作揖道：「這位好漢，勿怪下人孟浪，可否上來平安樓，與小弟共酌數杯？」

那人竟有了反應，開口問：「樓上有沒有泥土？」

余公子怔了怔，回道：「牆壁的土算不算？」

那人在旗竿上大笑起來，笑聲震得連杯中的茶都起了波紋。

只聞那人「喝」一聲，從旗竿上一跳，竟跳來了對街的平安樓。

此時掉在街上的畫兒，已由棋兒、書兒下樓送去藥局敷藥去了。

余公子笑著上前：「好漢貴姓？」

「高，單名一個『祿』字。」答得倒很爽快。
余公子細心一看，只見此人滿臉橫肉，長髮披背，滿面粗鬚，一副兇相，如果不是余公子閱人無數，他倒真會心中暗怕。
「兩位兩位，」余公子滿臉堆笑：「今日請兩位上來，實乃一時之興。」說著看了看兩人，向高祿道：「想請問好漢何以在旗竿上蹲了四天？」又向雲空道：「想請問道長何以不停注視高先生？」
「公子要誰先答？」雲空問道。
「你說請俺飲酒，酒呢？」高祿問道。
余公子立刻喚來夥計：「來肉三斤，熟爛的，好酒一斤，下酒小菜來幾味。」
「不要用陶碗盛酒，用金屬杯子。」高祿道。
夥計滿臉堆笑道：「客官放心，小店的杯子都是上好的銀器。」原來京師酒樓皆用銀器，方顯氣派。
三人坐下，余公子仍在滿臉笑容：「想請問，平安樓風水絕佳，大凡人進了來，必定滿臉和祥，何以兩人臉露不悅不色？」
雲空和高祿的臉上真的沒有表情。
雲空常走的是荒山野林，臉上不需要有啥表情。
高祿呢，可以說忘了什麼是表情。
「公子要我先答哪個問題？」雲空問道。
「這個。」
「我自幼學習風水，已知風水之妙，不為其所影響，」雲空道：「這位高先生心中積怨太重，風水柔和之氣無法抵擋。」

「何以方才我的小僕又會輕易動怒呢？」

「貴小僕當時人在樓中，心在樓外，為外物所繫，心中無樓，此樓之風水無以阻之。」

「恕我回去剛才的問題，」余公子說：「道長為何注視高先生？」

「沒什麼，」雲空道：「好奇而已。」

余公子眼中露出不太相信的樣子，正不知該說什麼好，雲空卻又說話了：「現在我看這位高先生……」高祿抬起頭，尖銳的眼神直逼雲空。

雲空眨了眨眼，若無其事地說：「似乎眉間怨氣太重……高先生，可否一看掌相？」

高祿立刻把掌平展在桌上，但表情仍是沒絲毫變化。

雲空細心地望著高祿的掌面，只見上面有著泥土的污跡、血凝塊和一些刀痕。

雲空點了點頭說：「你曾有一妻，死於非命。」

高祿的眉頭跳了一下。

「看你的一生劫難極多……尤有二命，故時而逢凶化吉……你五行……今年犯『土』。」

雲空抬頭看看高祿，只見他臉上的橫肉堆了起來，殺氣直透。

余公子聽得樓梯聲響起，響得十分急促，只見平安樓的老闆氣呼呼地跑了上來，原來夥計怕有人生事，叫他上來了。

「余公子您好。」老闆作了個揖，笑著觀察四周一番，忙回頭向夥計吩咐了幾聲，夥計又匆忙地下去了。

只見高祿太陽穴上青筋暴現，道：「想必你要討俺的八字一算了。」

「不錯。」雲空說。

高祿拔出了背後的大刀，一道寒青色的光芒立刻亮了起來。

「高先生，你……」余公子大驚。

「道士，我要宰了你。」高祿一字接一字說，說得空氣都冷了。

「為什麼？」雲空一點也不慌張。

「因為你跟赤成子是一夥的。」

「我不認識赤成子，」雲空說：「但我聽說過赤成子，聽說乃妖道一類。」

「那你是誰？」

「貧道雲空，我乃破履道人門徒。」

「是道人，俺這把刀就要見血！」說著，竟一刀劈下，寒冷的青光很快地送到了雲空眼前。

只見夥計衝上來，手中抱了一罈酒，老闆一接上手，立刻跑去高祿身邊，余公子正驚叫一聲，高祿的大刀竟停在雲空面門上，凝結在半空中了。

剎那之間，高祿的殺氣似乎去了一半！

雲空不是不躲，而是躲不及，此時已是冷汗濕透背衫。

夥計搬來一張凳子，讓老闆把酒罈放下。

「對不起，各位，」老闆陪著笑說：「風水壞了，這位客人站的地方殺氣太重，可否移一移？」高祿很聽話，移去雲空的另一側。

「謝謝。」老闆說。跟著叫來夥計：「福水，去把樑上那塊凸角削平，壞了風水。」

「沒事了，好了。」余公子鬆了口氣：「兩位請坐吧。」

「酒菜快來了。」老闆笑著下樓去了。

「高先生到底有何難事，不妨說出。」余公子慫恿著說。

「說了白說，不如不說。」高祿殺氣消了，依舊滿臉不悅。

說話間，夥計已將酒菜端上，恭敬地放下：「余公子，還有什麼吩咐嗎？」

「可以了，你下去吧。」

「這位客官，」夥計向高祿說：「這位余公子可是很肯幫人的，有啥難事不妨告訴他。」

「行了。」余公子有些不太耐煩，但心中卻希望高祿能說出自己的事。

大家吃了些酒菜之後，余公子又問雲空：「赤成子是誰？」

「一個專使妖術的道士！」回答的是高祿。

「沒錯，他還有數名同門師兄弟。」雲空頓首道。

「俺就是身受其害，」高祿說：「俺中了他的『追命符』。」

雲空怔了一怔，驚奇道：「聽說追命符乃極狠的妖術，不是血海深仇，絕不會用上的，因為放出追命符的人本身也要大傷元氣的。」

高祿眼神閃了一閃，被余公子無意中捉住了。

高祿遲疑了一陣，道：「追命符非常恐怖，原先我完全沒預防……它是依五行追命的，屬木之年則由木追命，屬火之年則……」他越說越激動，臉上的肌肉抽了起來。

「高先生，我說吧。」雲空見余公子滿臉疑惑，便乾脆代替高祿說了。

余公子笑了笑，做出洗耳恭聽的樣子。

高祿一時激動，忙喝了一口酒，口裡說：「好久沒這些好東西下肚了。」

雲空說：「余公子看來是讀書人，想必知道五行乃木火金水土，然後每年以六十干支用以計年，六十干支各可納入五行，今年丁亥，就是屬土……」

余公子點頭，表示明白。

雲空又繼續說：「該年干支屬何五行，便輪到所屬五行向中了追命符的人追命。」

余公子道：「我不太明白，五行如何追命？」

高祿說：「俺說吧。」兩人等他說。

「第一年被追命時，俺才不過二十一歲，乃剛在江湖上闖了名堂的刀客，被人稱為『青刀高祿』。」雲空想起方才的青光差點要把自己的臉剖開，不禁心下寒了一截，雖然今天事先占卜過運勢吉凶，得知有驚無險，但仍是心有餘悸。

高祿嘆道：「不想闖出了個萬兒，卻惹來他人所忌……赤成子練有一身狠毒武功，使的兵器乃一種陰毒的『摳心指』，聽說是製作兵器的名家『鐵郎公』所打造……」

「鐵郎公嗎？」雲空沉吟著，他不久前剛聽過這名號。

「赤成子向俺挑戰，他輸了，便向俺施予追命符，當時俺尚不知危險……那年是丙子年，屬水……下了追命符的第二天，俺大清早起來喝水，水還未到唇邊，已經……已經……」他的臉又抽了起來，手臂上青筋暴現。

「放輕鬆……」余公子安慰他。

「瓢中的水跳起來，繞上俺脖子，就好像人的手一般……把俺的脖子緊緊束著……要勒死俺……俺害怕，大力拍打，水散去地上就沒事了……」高祿說完，不足喘氣，滿頭大汗，臉上肌肉亂顫，「以後俺不能碰水，連下雨也會殺我，第二年丁丑也屬水，俺熬了兩年。」

余公子大奇：「人不喝水會死，你怎能兩年不喝水？」

高祿陰沉的說：「我喝獸血、鳥血、蟲血，就除了水。」

兩年飲血生涯，聞者皆不寒而慄。

高祿繼續說：「第三年戊寅屬土，俺的腳一踏上地面，泥土立刻隆了起來，想把我覆蓋……」

「所以以後干支屬何五行，便有何物攻擊。」余公子道。

「嗯……」高祿點頭。

「今年丁亥，也屬土，」雲空說：「所以你蹲在旗竿上避著。」

「有時我得逗上一個月。」高祿道。

余公子推算了一下，驚道：「你已經逃了十二年了？」

十二年將他折磨得不成人形，十二年使他麻木了，對任何事也提不起勁。

「開始的三年，俺躲在家中，一直到俺娘子死去……」

「你的娘子是自殺的。」雲空突然說。

高祿整個人由座位上彈了起來：「你怎麼知道？」低頭一想，又叫道：「是了，你一定是赤成子的人！」

「不是，這是由你鼻根看出的，」雲空冷靜得很：「別忘了，我會相術。」

高祿的大刀又抽了出來，刀背上串著的幾個環子在響著，似乎在狂喜著這把刀的寒青光芒，又將染上血色。

余公子忙站起打圓場：「兩位有話好說……」

高祿的大刀青光一掠，劈向雲空頸項，雲空忙低頭一閃，手中竹竿放平，朝高祿手背猛地一刺，高祿立時哇哇大叫。

雲空從凳子滾到地上，大刀也追著揮到地上，把地板劈掉了一大塊。

余公子又怕又急，不禁高聲喊叫，終於把平安樓的老闆又叫了上來。

「哎呀！」老闆怪叫一聲：「這遭是連風水也救不了了！」

青光在空氣中劃過，劃出一道又一道冰冷的線。

雲空只顧躲，在桌子之間穿梭，好幾張桌子都由四方桌變成了八卦桌。

「高祿！你必定犯下滔天大罪！」雲空邊跑邊叫：「否則赤成子是不會找你麻煩的！」

高祿不答話，只顧追砍，滿佈眼珠子的血絲早已淹沒了他的理性。

「呔！」狂叫聲中，一道青光射出，將一張十步之外的桌子擊成粉碎，而大刀竟仍在高祿手中。

雲空大驚，忙大喊道：「赤成子！你還不快出來！」

余公子也吃了一驚：「你也認識那妖道？」

「赤成子，我知道你一定在附近！」雲空喊道：「你想我白白送死嗎？」

高祿舞起大刀，舞得樓中起了陣陣旋風，盡是寒風。

帶血腥味的寒風。

青色的風。

一道白芒劃開了青色的寒風，風立刻停了下來。

高祿已倒在地上。

一名形貌詭異的道人從樓梯徐徐走了上來，嘿嘿笑道：「貧道的摳心指還贏不了你？」

二樓的客人幾乎全跑光了，有膽子留下看熱鬧的僅寥寥數人。

眾人看見這名道人的出現，全都大吃一驚。

余公子心中更是懼怪，懼的是這名剛才說話中一直提到的赤成子，怪的是赤成子的相貌是那麼的罕見。

赤成子雙目似有似無，只因眼皮太厚，瞳孔幾乎看不見，臉上凹凸不平，頭骨的輪廓清清楚楚，說簡單一些，就有如僅有一層皮覆在頭骨上。

他的臉上沒有任何一根毛髮，無論眉毛、睫毛、鬍鬚，甚至頭髮也沒有。說他像個道士，不如說更像和尚。

「難道為了比武，就要追殺一個人那麼久嗎？」余公子懼怪之餘，不禁大叫。

赤成子那看不見有眼睛的眼睛望向余公子，道：「你錯了。」

余公子不明白。

「我不幹這種傻事。」赤成子說。

赤成子接著說：「追命符會傷我元氣，我必須無時無刻追蹤被我下了追命符的人，你說，這豈非白白浪費我十二年光陰？」

余公子看看赤成子手上的怪武器「摳心指」，心中又怕了起來。

「摳心指」類似長槍，不過槍頭卻是一隻鐵打成的手，伸出食指和尾指，一長一短，猶如雙頭槍，只要往胸口刺去，無論心臟偏左偏右，都會一招中的。槍頭的鐵手背面似錘，其餘三指又在掌面彎曲成爪，加上棍身是具彈性的精選良木，可謂槍、錘、爪、棍四合一的特殊兵器。

「你使用如此狠毒的武器，絕不會是好人！」余公子又嚷著。

「沒人規定好人要用什麼武器，難道關公耍大刀就比較像好人嗎？」赤成子反問：「你為何不問高祿，我為何要追他、折磨他呢？」

在地板上的高祿，雙目圓睜，胸口大力起伏著。

他並未死去，赤成子只是刺了他的腰，使他站不起來，而且他的傷口竟沒血流出，證明赤成子無心殺他，只是使他身體麻痺了。

「為什麼？」這回是余公子追問高祿了。

高祿口中只是咿咿哦哦，沒有回答的意思。

「赤成子不會胡亂害人的，」雲空說話了：「師父曾說過，赤成子諸師兄弟中，僅赤成子是學妖術而心善的。」

赤成子沒有眉毛的眉頭一動，轉向雲空：「你師父是誰？」

「家師道號破履。」

「原來是家師的朋友，失敬。」赤成子頓首道。

「高祿到底幹了什麼事？」雲空問道。

「高祿不叫高祿，」赤成子道：「叫小狸子。」

余公子不免奇怪，這名堂堂大漢，滿臉橫肉，披頭散髮，衣不蔽體，竟有一個小小的名字「小狸子」。

「小狸子是我師父的小僕，他是自小被家師龍壁上人收留的孤兒，」赤成子忿然說：「但他天性狡猾，是以師父喚他做『狸』，沒想到他竟偷了師父的刀訣，逃掉了！

「更沒料到的是，數年後刀法學成，竟回來向師父下戰書，師父大怒，與他交手，竟被他傷了，還搶走師父的女兒，跑去隱居起來，師父於是命令我們，一定要向他發出追命符，追回秘訣，所以我們師兄弟便開始追尋他。」

「所以他不只偷走刀訣，還搶了師父的女兒，」余公子恍然大悟，「其恨意之深，可想而知。」

雲空提醒說：「就是高祿那位自殺的妻子。」

「結果你追到了他，放出追命符？」余公子問赤成子。

「下符的人元氣大傷，你瞧我像嗎？」

赤成子身形削瘦，面如骷髏，活脫脫一具行屍走肉，他們還真不知該如何回應他才好。

赤成子繼續：「雖然他被五行追命所限，卻逃得很快，以我師承龍壁上人的武功，竟贏不了他自學的刀法。」

「奇了，令師擁有那部刀訣，該知破解之法呀。」余公子奇道。

「慚愧，」赤成子苦笑，由於沒有眉毛，笑容十分古怪：「那部刀訣也是師父由他人身上奪來，他老人家還來不及練習呢。」

「天理循環呀。」余公子說著，發現自己說錯話，忙掩嘴並瞟了一眼赤成子。

赤成子沒理會，他凝視癱在地上的高祿，冷笑道：「也多虧你打敗我，我才多年心血磋磨，將槍法和棍法混而為一，請鐵郎公依我武功設計獨門兵器摳心指，今日才將你打倒。」

高祿開口說話了：「你仍是俺手下敗將……」

「何以見得？」

「依你所言，你有師父教導、有鐵郎公的兵器，還得把槍法和棍法混合，而且，」高祿充滿蔑視的笑道：「還得加上偷襲，才能將我打倒，勝之不武，不怕遭人恥笑？」

赤成子抬頭環顧平安樓老闆、夥計、雲空、余公子、琴兒和其他客人，看有沒有人露出輕蔑的表情。

沒有。

沒有人敢。

「對付你這種人，打倒你就足夠了，不需多說。」

「俺，自幼沒爹沒娘，龍壁那廝不過將俺當狗使喚，俺還能自學練出他也練不出來的刀法，你說怎地？你在嫉妒我！」

赤成子默默的冷視他。

「說得也是，」余公子對雲空耳語道，「若不是造化弄人，此人也算是個武學奇才。」雲空不置可否。

「你敢不敢光明正大的跟俺比武？」高祿大聲嚷嚷，要讓每個人聽見。

「可以，」赤成子很爽快：「我還會先讓你吃飽，再比試。」他轉頭向仍站在一旁發呆的茶樓老闆吩咐：「麻煩來幾味菜，還有熱茶。」老闆連連答應著跑下樓去。

赤成子轉向高祿：「待會你慢慢吃喝飽足，我還會把摳心指，使一遍給你瞧看，有一百二十式套路，你可仔細看好。」

「很公平！你早已摸清俺的刀路，」高祿狠狠說：「當然俺也要知道你的。」

余公子見赤成子行事難以捉摸，心中驚疑不定：「那赤成子究竟什麼人物？那道士說他面惡心善……恐怕是串通一路的。」一念至此，心底不禁一陣寒慄。

高祿雖然身子麻痺，腦筋卻沒歇過。

他自幼狡猾，十二年來躲避水、土、金、木四關（其中並無屬火之年），行動更狡猾了不少。但無論如何狡猾，他也明白，更狡猾的是假話中摻雜了真話，所以剛才他的確向雲空和余公子說了一部分真話。

可他沒料到的是，雲空竟認識赤成子其人。

他更沒預料赤成子會出現。

更令他驚異的是，這許多年來，赤成子屢次找他比試，他屢次逃過，看似偶遇，原來竟是不斷地緊跟在背後！

這些他全都沒料至！

現在他要為自己的自以為聰明付出代價。
無論如何，首先他要逃出赤成子的摳心指！
此時，平安樓老闆帶著數名夥計把酒菜全捧上樓來了。
還加上一壺赤成子指明要的熱茶。
平安樓的老闆十分惶恐，苦笑道：「各位客官，請別在小店動武好嗎？本店開業以來從未發生械鬥，已有三十七年，請顧全小店名聲吧……」又向余公子哀求道：「余公子，說句公道話吧，否則平安樓便不叫平安樓了。」
余公子搖搖頭，嘆口氣說：「天下沒有永遠的平安，也該破個例了。」
連余公子也無法說話，老闆只好哭喪著臉了。
「小子，」老闆半哭半笑的呼喚夥計：「我們準備改招牌去吧。」
於是他們下樓去，不再理會樓上的一切。
雲空把高祿扶起，高祿卻狠狠的瞪著他。
「甭擔心，我不會害你的。」雲空把他扶上凳子，好讓他吃東西。
「俺會。」高祿道。
「這樣的話，你徒然浪費力氣。」
高祿沒說話，用漸漸恢復感覺的手直接抓肉，吃將起來。
赤成子拿起茶壺，倒出熱茶：「好好吃吧，別輸得太快了。」
「哼！」高祿將一大塊肉塞入口中。
「我很好奇……」赤成子道：「剋水那年，你喝什麼？哦，喝血是吧，我見你家周圍死了許多畜生……」赤成子陰沉地笑，笑聲猶如喉嚨生鏽一般。

余公子更心寒了，赤成子絕非是面惡心善的。

余公子轉頭去看雲空，只見他正在地上打坐，閉目養神。

「我不如走吧……」余公子心中想著，又看了看守在身邊的小僕琴兒：「可是……」可是他又想知道結果如何。

「還有剋木那年，這容易辦，你不住房子，不用筷子，連樹上掉下的枝兒也要躲開吧？」赤成子笑得更狂了。

果然，那年高祿被掉下的樹枝插傷了手臂，當然這絕對不是自然的意外。

「剋土的時候，」赤成子猛笑起來：「你連路也不能走了。」

高祿把肉吃得更快了。

「喂，」赤成子回復了不笑時的表情，骷髏般的臉，那雙看不清楚有沒有眼睛的眼睛，在沒有眉毛、睫毛、髮毛、鬚毛、鼻毛的臉孔上，似乎看來更明顯了，但依然沒人看得清他的雙眼正望向何方：「喂喂，小狸子，明年總算剋火了，沒遇過吧？火可不容易躲的呵。」

「剋金那兩年呢？」高祿忽然怒視他，「整整兩年，俺連兵器也不能有，為何不乾脆殺了俺？」

赤成子只是冷笑，不打算回答。

「好！好！」高祿吃完肉，喝了熱茶，只覺渾身通暢，於是提起大刀：「來吧，你說過要使摳心指給俺看的。」

「先立下條件吧。」赤成子仍安坐不動，再呷了口熱茶。

「啥條件？」

「你輸了，便毀去武功，交回刀訣；我輸了，任你宰割。」

「謝了，俺不會領情的。」雖然只毀武功，即使留下一條性命，對江湖客而言已是徹底的絕境，如同廢人。「不過，」高祿又說：「俺一定會宰了你。」

赤成子站起來，兩手一正一反握著摳心指：「別眨眼了，眨眼就錯過一招半式了。」說著，掄起摳心指，平安樓上登時起風，眾人紛紛退避。

高祿果然兩眼圓睜，一眨也不眨，專心觀看。

眾人皆觀看赤成子使摳心指，一如觀看平日街上賣藝的那般，赤成子舞到精采處，還有人忍不住叫好，只差沒掏出銅錢而已。

高祿冷眼觀看，心中默默思索破解之方，此時他發覺赤成子聲稱由槍法和棍法混成的武功，事實上還蘊含了刀法！刀短棍長，這表示摳心指可近可遠！

「這廝騙我！」高祿心中含恨，他自認也是武學之才，為何這些人偏要阻撓他揚名立萬？沒人注意到，高祿形似坐在板凳上，實則腳下已紮好馬步，手僅離刀柄寸許，雙唇微動，偷偷數著赤成子的招式。

「一一八，一一九……」時間到！

每一招每一式，皆有呼吸伴隨著節奏，呼吸乃性命所繫，不論奏樂、起舞、行路、炒菜、讀書，無一不無呼吸有關。

是以赤成子使完第一百二十式，一口氣剛用盡，正待吸氣，在這極短的間隙中，眼前青光揚起。

青色的光芒直劈赤成子天靈蓋，赤成子的摳心指棍身很長，來不及回撥，只得整個人後退。

摳心指隨著赤成子的身形直退，立刻又往高祿的胸口刺去。

高祿正要將刀從直劈換去橫砍，只見摳心指來勢洶洶，忙回刀收勢，往摳心指的棍身砍去。

不想赤成子乘勢未老，半途一轉，把直刺高祿的摳心指猛然橫撥，順著高祿的刀勢，削向高祿的手臂。

高祿只有蹲下，否則一臂將廢。

但他不能蹲下，一旦蹲下，馬步失去重心，便難以抗敵了。

他大吸一口氣，往後大退三步，將一張桌子硬生生地撞下茶樓，引起街上人們的嘈亂。

樓上眾人也捏了把冷汗，他們看見轉眼之間兩人頻頻更換招式，兩把兵器都還沒相碰一下，卻招招追命，看來平安樓今天不但不平安，還可能會成為濺血的凶宅。

高祿雖採守勢，赤成子毫不放鬆，摳心指又刺向高祿腹部。

高祿身子一閃，一手使勁握緊摳心指棍身，用力一抽，把赤成子拉向他，另一手大刀劈向赤成子的脖子。

「呔！」赤成子大吼一聲，竟整個人往後睡下去，兩手依舊執棍，卻躺平在地。

高祿心中一怔，還未作出反應，摳心指槍頭一旋轉，眼看前端利爪割裂手臂，他趕忙放手，奮力用大刀格開摳心指。

赤成子果然今非昔比，看來今日不同往常，不易勝出了，高祿頓時暴怒，刀勢愈加狂暴，刀背上的數枚銅環相擊，發出如同戰場上的刀兵聲。

圍觀者中有人發表意見：「刀乃短兵，當然比較吃虧。」

「不然，」有人回應，「短兵可一旦進入長兵內圈，優劣就互換了，不見他剛才把摳心指拉向自己嗎？」

赤成子把摳心指刺向地板，猛地一壓，整個人順勢彈上桌子，才剛站上桌面，摳心指又順勢往上一撥，割傷了高祿左手筋脈。

高祿左手麻痺，使不出力，心中又慌又怒，當下揮舞右手大刀，但卻沒攻擊赤成子，只在原地走步舞刀。

只見青光越舞越密，空氣越來越冷，淒慘的風聲在樓中響起，有如萬鶴齊啼，鬼哭神號。

赤成子明白，此必是一路必殺刀法：「終於來了！」他忙翻下桌子，見機行事。

眾人見狀，紛紛倣效。

刀風有如片片薄刃，削薄周圍的空氣，一道熱風削過余公子的臉孔，他下意識摸摸臉龐，感覺到細細一道灼熱的刺痛。

「刀風，風刀？」赤成子明白了。

以刀撥風，把空氣撥成一道道薄薄的風，足以傷人。

以物理而言，極高速的風所經之處乃瞬間真空，足以割裂皮肉。

原本一直在地上打坐養神的雲空忽然睜眼：「余公子快躲開。」

但余公子仍然呆坐不動。

「公子，快躲吧。」小僕琴兒拉了余公子一把，他才赫然醒覺，忙跟著眾人躲去桌下。

赤成子心中轉念一想：「風刀未成，已有如此威力，豈可讓他使成！」大喝一聲，把摳心指往上拋去。

片片刀風。

刀風由摳心指的棍身削下片片木屑。

赤成子已使盡全力拋出摳心指，如其所願，摳心指插進了高高的屋頂，槍頭利爪勾住屋頂掉不下來。

他從桌上施展輕功，躍上屋樑，再從屋樑往上跳，抓住摳心指了，再奮力一抽，把整片屋頂扯下一大片，十多片屋瓦隨他掉下，無數泥沙和灰塵漫天而降。

刀風消失。

青光也跟著逝去。

地板上揚起陣陣沙土，除了高祿的慘叫聲，沒有其他聲音。

屋頂和屋樑經年累積的塵沙披在他身上，屋瓦掉在地上又碎成泥塊，高祿痛苦萬分的在地上翻滾，但滾得越厲害，身上的沙土就蓋得越多，正中五行追命大忌！

這些泥土令他喉頭緊縮、呼吸困難，全身每個汗孔都在疼痛！

「夠了，」赤成子嘆口氣，緩緩從地面站起，「我要廢你武功。」

高祿還想舉起大刀，但疼痛令他再使不出力量，他又痛又無力又絕望。

赤成子躍身而起，把摳心指輕輕刺入高祿大拇指底部，圍觀者有人發出不忍的叫聲，別過頭去。

無人願意插手江湖事，無人願意沾上邊。

雲空冷靜的觀看，他見赤成子將摳心指一轉一挑，先挑去手掌側面大拇指底部展開手指的兩根肌腱，再用摳心指翻轉他的手掌，刺穿掌面大拇指底部屈指用的一根肌腱，高祿大拇指立廢，再也無法控制，握不了刀柄，也握不了筷子。

高祿知道發生什麼事，卻無力阻止，況且肌腱斷裂的痛還比不上渾身沙土的痛。

挑斷高祿兩手拇指的肌腱後，赤成子又挑斷他的部分腳筋，令他能走不能跑，雖能走也只能徐徐慢行。

赤成子一腳踢走高祿手上的大刀：「現在是刀訣。」然後彎身搜索他的身體。

果然搜出一本書，赤成子看也不看，便放入袖子中。

他全身上下也僅有一本書，連一個銅錢也沒有，赤成子面無表情，心中卻嘆了口氣。

余公子大奇，不明白為何要剃頭。

「現在剃你的頭髮。」

赤成子提起高祿的大刀，壓住他的頭不動，盡量不傷到他，很快俐落的把頭髮剃去一片。

余公子驚呼一聲。

因為他看見了！

高祿的腦門上劃了一道符！

「追命符？」

雲空回答：「是的，不抹去就一生都追命的全生追命符。」

赤成子把高祿按在地上，高祿已全痛得放棄掙扎，乾脆俯臥著不動了。

赤成子拿起茶壺。

茶還是熱的。

他將茶倒在手心，往高祿頭上一抹，那道符便模糊了。

「你大概死也想不到，這道符是繡姑畫上去的。」赤成子道。

繡姑，正是龍壁上人之女，高祿之妻。

符已抹去，高祿也不再害怕那些泥土了，身上的疼痛也神奇的大大減弱，只剩殘餘的刺痛。

但他仍舊伏在地上，嗚咽著。

他現在才明白，為何繡姑會自殺，為何繡姑死前最後會說那些話！

他是在一個海岸被龍壁上人撿到的。

當時他衣衫襤褸，年方十歲，當龍壁上人問他叫什麼名字的時候，他根本不明白在問什麼。

龍壁上人僅有一女，其妻在女兒幼時病逝，龍壁上人傷心欲絕，遂醉心修道，並視女為寶珠，寧可違背師門禁止傳道術給女性的規矩，把畢生道術盡授獨生女。

繡姑也十分聰慧，學得比他幾個徒弟都還快。

他告誡女兒，學習道術之事，萬萬不可向任何人透露！

他也告誡女兒，未來要找夫婿，絕對不可找他的同門。

沒想到，繡姑卻跟他海邊撿來的孤兒小狸子暗暗互相愛慕。

更沒想到，有一天小狸子竟能打倒他！

高祿猶記得，他當時是這樣跟繡姑說的：「俺已傷妳父，這兒再無容俺之地！俺若留下，必死無疑！俺若逃走，仍有生路！如果妳仍然愛我，就跟俺走吧！」

繡姑當時的表情是如何掙扎難受，而他必須逼迫他所深愛的女子在這麼短促的時間裡作出如此重大的艱難決定！

繡姑跟他都年輕。

年輕人都有熱血的理想，不顧一切的勇氣。

想像中，只要離開，一切就會重來，彷彿也會重生。

「好，」繡姑激動的眼神明亮動人，如春水般清澈，至今仍然烙印在他眼中，「我跟你走！」

第一件事完成了，尚有第二件事。

「那麼，妳再幫我一個忙。」

「什麼？」

「幫我拿一本刀訣。」

這個幫忙，令繡姑日後深感罪孽深重，促成了自殺的決定。

繡姑跟他逃得遠遠的，隱姓埋名，滿足於甜蜜的二人世界……滿足的只有繡姑，小狸子是不會滿足的，他隱居是蟄伏，只待他學成，春雷驚蟄，便要在江湖闖出萬兒，揚名天下。

熱情過後的繡姑，見高祿練武成癡，終於驚覺自己作的決定對父親造成多大的傷害，日愈增加的罪惡感終於造成了她的崩潰。

那天清晨，他在惡夢中驚醒，卻記得作過什麼惡夢，只見到繡姑在他面前，滿臉淚水，眼眶也被淚水淹沒了。

高祿不知道，繡姑對他下了術，令他昏睡不醒，然後費了整晚在他頭頂用特製的墨水畫符，用極細的針，把墨水一點一點刺入頭髮下方的頭皮。

他只是驚訝的望著她兀自哽咽，抽泣著說：「跟你走，還盜走爹爹秘訣，是為不孝；讓爹抓到你，有違夫妻之情，是為不義。如此，我只有為父做一點事，略盡孝義。」

「繡姑，妳在說什麼？」他想擁她入懷，而她腳步踉蹌的避開了。

「我走後，你好自為之。」

說完，繡姑兩手舉起高祿磨利的大刀，把脖子側邊用力靠上去。

血水如泉水般湧出，高祿想衝上前，卻發現自己兩腿是發軟無力的。

他發狂的用手拉動身體，爬下床去，爬進繡姑的血泊，好幾次在血泊中滑倒，才靠近到她身邊，也依舊只能眼睜睜看著繡姑斷氣。

十二年後的現在，他明白了。

繡姑選擇一死，是不讓他知道他中了符，因為下符的人已經死了，沒有人可以告訴他！

那天直到中午，他雙腿的麻痺才紓解。

他從血泊中爬起，去水缸喝水，潤濕乾渴的口腔……費了好幾天，他才想到龍壁上人提過的，他們的門派中用於對付叛徒的全生追命符。

雲空的聲音把他從回憶中抽回。

「且慢，」雲空叫住了赤成子，「我可以看一眼嗎？」

平安樓二樓有個專門替客人熱酒的角落，放了個小炭爐，赤成子取來炭爐，便要用來點燃刀訣時，被雲空喝止了。

「看一眼，為什麼？看一眼又有何用？」

「雖然無用，如此珍奇之書，看一眼也心裡滿足。」雲空小時候在藏書豐富的隱山寺看了無數書籍，愛書成癖，只要看見書，忍不住要摸一把的。

「好，就看一眼。」赤成子舉起刀訣給他瞧。

「咦？」

「怎麼？」

「這本書的名字……」

「名字怎麼了？」赤成子瞄了一眼，只見封面上寫的行草連成一串，仔細拆開來讀，寫的是「加末以太知之術」。

「這是行草嗎？」

赤成子猶豫了。

這本是師父以前秘藏的書，他不應該看裡面的內容的。

事實上，他也不應該燒的。

但如果帶回給師父，他就有讀過的嫌疑了。

龍壁上人疑心最重，他知道今天雖然完成師命，也表示他不能回去了。猶豫了一陣，他翻開了第一頁。

密密麻麻的行草，每個字他都認得，連接起來卻有如外國人用生澀的口語說漢話。

「的確奇怪，」赤成子合上書本，「高祿，你看得懂嗎？」

高祿不想說話，追命符解除以後，現在他的手腳斷筋的創口疼痛得很，何況問他的人正是行刑之人！

「你當然看得懂，否則怎麼可能練成刀法呢？」赤成子把刀訣放進炭爐，書本的一角碰到火紅的煤炭，倏地化成火團。

高祿心有不甘，咬牙說：「你沒贏過俺……」

「當然沒贏，我贏不了你，我只完成師父的交代。」

看著絕世刀訣化為灰燼，余公子忍不住問說：「那不太可惜了嗎？」

赤成子搖搖頭：「落入我師兄弟手中，以後又有更多人為它而死，我擁有了它，不免也會起念去學習的。」頓了頓，他說：「毀了好。」

雲空問道：「那你如何向龍壁上人交代呢？」

赤成子苦笑：「就當我背叛了師門吧。」忽然又轉頭向高祿道：「你還是快走吧，我的師兄弟們大約也快追來了。」

高祿光了一圈的頭在微微抖動，他仍在哭泣。

他因為喪失了武功而悲哭，也因為解了追命符，不必再受折磨，而高興得哭了。

「他們也不會放過你。」雲空道。

「我明白，」赤成子說：「我的師兄弟都是使妖術的，心念不正，你也需防範。」想了想又說：「不過他們要傷人時都會事先報上名號，記著了……」

雲空點頭。

「他們是虛成子、連成子、半成子。」赤成子將摳心指搭在肩上：「後會有期。」便躍下茶樓，躍到街心去，很快的走了。

雲空問余公子道：「高祿怎辦？」

「呃……我會收留他的。」余公子說，但似乎自己也不太肯定。

「好吧，我也走了，」雲空拿起竹竿：「告辭。」

「等等，」余公子叫住他，給了他一串錢：「剛才給高祿看相的酬勞。」

雲空看了看手上的錢，道：「多了點。」想了一想，又說：「這樣吧，我也給你幾句。」

「好，好。」余公子樂道。

「你印堂飽滿，福澤不淺，」雲空端詳了一陣後說：「明年鄉試必中，然以後文運不再，無須惦念考試，不妨行商積富。」

「實不相瞞，家父正是商人。」

「如此更好，後會有期。」雲空將錢收入腰囊，下樓去了。

不過他和赤成子不同。

他是由樓梯下去的。

之七

山魈占

宋・崇寧四年（一一〇五年）

山很高，地形很險。
但無論多險的地方，都會有人開路，有人定居，甚至傳宗接代。
在這個雲深霧重的山地，確實有人隱居。
也有一個莫名其妙的人，走在這條又陡又險的山道上。
那是個年輕的道士，年方二十一，剛獲師父批准獨自行走江湖，興致勃勃的想完成幾個醞釀已久的計畫。
他手上拿著竹竿，竹竿上有兩枚銅鈴噹噹作響，還綁了條長長的白布，上書「占卜算命・奇難雜症」八字，肩上掛了個土黃色的布袋，布袋原本是一件穿舊了的僧袍，如今繪上了先天八卦。
他頭上戴了頂圓圓的大草帽，草帽中間有個空洞，正好露出道冠。
他是雲空。
他走上這座險峻得怕人的高山，走得兩腿痠軟，目的只有一個。
他聽聞高山、名山常會出現一種精怪，他想瞧瞧。
他就是有這種好奇心。
這種精怪，歷來名目眾多，人們管它叫山鬼、山精、山神、山操、山都，還有夔、山繰、山臊、冶鳥、梟陽等異名，自古至今，從南到北皆有記載。
不過，最常叫的還是「山魈」。
雲空很好奇，牠們名目眾多，所以是同一種精怪嗎？
師父曾經告訴他，山魈其實不是精怪，而是一種叫狒狒的猿類，形貌奇特，以訛傳訛，才成了山精鬼怪。

如果有異議，那他就更想要求證，看看山魈到底長什麼樣子。

今日正巧，在山下小鎮賣卦之時，向問卦者詢問這一帶可有精怪異聞之類，問卦者當則說：「嘿，這座山鬧山魈，遠近誰不知？」

雲空心喜，忍不住擊掌：「太好了。」於是他就冒冒失失的上來了。

走到半山，看見有個菜園子，包圍有一戶人家。

「不妨去問問，」雲空心想：「順便討個水喝。」

他小心穿過菜圃，來到了小屋門前。

正要敲門之時，聽見小屋裡傳出老者的讀書聲：「臣本布衣，躬耕於南陽，苟全性命於亂世，不求聞達於諸侯……」跟著是一聲長長的嘆氣。

「爹，您惋惜什麼？諸葛亮也不是什麼好漢，」有一把又軟又甜的聲音說道，「他說『不求聞達於諸侯』，不還是一樣喜歡大出風頭？」

「女子之家懂什麼？諸葛武侯萬古流芳，乃萬世奇才，如何藏得了鋒芒？」老者的聲音不像在發怒，「瞧劉備三次去拜訪他，他才肯見劉備，可知他為人謹慎，不得已才出山的。」

女孩噗哧笑道：「爹，若他不故意讓劉備白走三次，就顯不出他的珍貴了。」

「原來在讀〈出師表〉……」雲空心中感到好笑，決心不讓這對父女繼續爭吵，於是敲門：「對不起……我路過貴地，可否問路？」

屋裡的談話聲立刻消失。

等了片刻，依然鴉雀無聲。

他輕輕推門，發覺門沒上鎖。

他推門進去，門後是大片荒地，狗尾草在寒風中搖擺，參天古松的針葉在沙沙作響。

雲空大奇，回首一看，門也沒了。

他呆呆的佇立於荒地之中，連一片可以搭建房子的木板、竹枝也找不著看不見。

「看來碰上正主兒了。」雲空嘆了口氣，因為他沒問到話。

這片荒地有如大海中的孤島，是這座險峻的高山中難得的平地。

由於山路太斜又太窄，走了一個時辰山徑，雲空感到小腿十分痠痛，於是決定坐下休息。

在這片由山壁凸出的空地上，可以眺望山腳下渺小的村莊和迴曲的河川，稀疏的雲霧彷彿山中悠遊的生物般，在四周飄過。

雲空吸了一口新鮮空氣，感到整個肺部沁涼。

他閉上眼，心中空空蕩蕩，差點兒忘了上山的目的。

不知不覺，天轉黃了，變成鮮豔的橙紅色。

雲空在古松下生火，吃著自備的乾糧，心中盤算著待會到途中的山洞過夜。

他注視著火光，覺得火光外的黑暗愈發黑了，真的很黑，即使被篝火的光芒和溫暖包圍著，也絲毫不覺有安全感。突然間，猛覺一陣寒意，他才想起他是此地唯一的生人，雖然走慣了荒山野嶺，身在此地卻不禁有些害怕。

他懷念起多年來相伴同行的師父和師兄了。

回想多年前，師父破履替他批過命，他知道自己的運勢，自知不會死在此時此地，也就不怎麼害怕了。

空中稀落的幾點星光，令他覺得安心，無須下去找山洞，就在這古松下睡吧。

他為篝火添了些柴枝，便和衣躺下，用草帽半掩著臉，以防夜間露水。

忽然，草帽的後方亮了起來，周圍變得很溫暖。

雲空驚奇的張眼，發現自己正置身於小茅屋之中。

屋裡很溫暖，一個瓦盆子燒著煤球，發出穩定的熱量，以及照滿屋內但不太明亮的光。

屋裡沒有桌椅，地上放了茶壺和杯子，一位老者席地而坐，旁邊有一名十五、六歲的女孩陪著。

老者開口便說：「照你這麼說，你一定很清楚吧。」

女孩接口道：「對呀。」

雲空一時迷糊，不瞭解發生了什麼事。

老者指指雲空繫在竹竿上、寫了「占卜算命．奇難雜症」的白布招子：「你可以幫我看看吧？」

老者身材矮小，身高僅至雲空腋下，臉龐扁平，佈滿皺紋，鼻樑細長，髮型如獅子，四肢長短不均。

再看那少女，如同一般民間婦女，上身披了一件褙子，下長過膝，遮住下身羅裙，上面敞開露出絲質抹胸，也是臉龐扁平，但秀氣中帶妖嬈，她向雲空微笑，有如要攝走魂魄一般的笑容。

「不行不行，」雲空心想：「我不能以一般人的眼光去看他們！」因為，他們不是人。

雲空回過神來，忙問：「老丈，您剛才說清楚什麼？」

「你說算命的呀，道長，」少女說：「你有什麼方法，可以算出命運呢？」

「哦，」雲空淺笑：「你們居於山中，迴避人世，何必有此憂慮呢？」

「安寧的日子只是僥倖，」老者臉上毫無表情：「有時會有獵人的。」

雲空覺得對方似乎不打算隱瞞，於是開門見山：「請問老丈您原來是……」

老者臉色一沉，厲聲道：「道長，心照罷了，何必咄咄逼人？」說著，四周的牆壁忽然變得模糊起來。

雲空心底一急，想道：「與其在外捱冷，不如跟山精鬼怪共處更佳。」這裡暖和得很，外頭可是山風徐徐的大寒天，於是他急忙叫道：「等一等！」

茅屋又留下來了。

老者和少女慍容怒視他。

「請恕我一時好奇，」雲空小心翼翼的作揖：「在此謝罪。」

老者臉上表情平和了一些：「我們花了多年歲月才修成人形，不想提起。」

「可是，」雲空很快頓了頓，心中躊躇該不該問：「我……想問問，為何想要做人？」

「做人不好嗎？」少女嬌聲道。

老者沒回答，雲空的問題挑起了他的沉思。

「雖然具有人形，但畢竟不是人，」雲空道：「所以我不能用人的相法替你們看相。」

「不能看臉相？」少女睜大那充滿靈氣的大眼。

「無論是手相，或全身任一部位的相法皆不適用。」

「若是生辰呢？」少女又問。

「除非你們有紀錄。」雲空低頭又想了想：「還是不行，推命術都是根據『人』而找到的規律。」

「那有何法可以得知未來的事呢？」少女有點不耐煩了。

「占卜，惟有占卜。」

老者這才說話：「可以嗎？」

「沒問題的，」雲空說：「占卜沒有限制，從有形的『物』到無形的『事』都可以占算。」

「我不懂。」少女抿著嘴說。

「好，」雲空呼了口氣：「臉相、手相是根據人身上的特徵來發明的，推命是根據人的生年月日時來推算的，只有占卜不需要這些條件。

「占卜乃暗合天地大行之氣，萬物皆由氣聚而生，故萬物之氣有變動，或天地之氣變動，兩者會互相感應，占卜之法即據此推衍兩氣相應之可能結果。」

「我懂了，」少女展眉道：「那先幫我算算吧。」

雲空放下掛在肩上的黃布袋，從布袋取出個手掌大小的龜殼，再取出用紅巾包著的六枚銅錢，六枚很古很古的銅錢。

銅錢始於秦，所以秦後之占法，增加了使用銅錢的「擲錢占」。在此之前，大多以龜腹甲或牛胛骨烤火取象，或以蓍草揲算，而使用「揲蓍法」者，便是求取六爻卦、以《周易》為基礎的占法。

銅錢的占法，有使用六錢的，一錢代一爻；有用五錢的，如世傳諸葛武侯之「馬前課」。

而雲空使用的，是使用三枚銅錢的「火珠林」法，傳為唐末宋初的麻衣道人所創，以西漢京房的易經理論為基礎。

「在我占算之前，我想先得知一事，不知老丈介意否？」雲空說著，瞄了老者一眼。

「問。」

「你們是否山魈？」

老人的臉色很快又暗了下來：「為何要問？」

「我想知道我在為誰占算。」

「好，」老人直視著他，點頭道：「我們是山魈。」

「謝謝。」雲空避開老者那灼人的眼光，再避開少女那誘人的眼神，將視線移回手上的六枚銅錢。

他只取出其中三枚，放入龜殼。

雲空雙手抱著龜殼，半合著眼，一口氣吸入丹田，在全身運轉了一周，心神全然安靜下來。

「心念凝定。」他想。

一股奇妙的熱流由腦中湧出，流下背椎，穿入手臂，傳至手掌。

他的手開始震動。

龜殼被搖動，銅錢互相碰撞，也和龜殼碰撞，發出清脆的音韻。

響。

越來越響，響徹耳膜，響遍心房，很響，卻吵得令人平靜。

是雲空的手在搖動，是雲空的心念在注入。

突然，龜殼在半空止住，雲空的手停了。

銅錢發出最末一響。

一切回復寧靜。

雲空鬆口氣，將龜殼一斜，銅錢一個接一個滑出，排列在地上。

三個都是背面，是「老陽」，表示陽氣已至極點，將開始轉陰。

「陽爻象徵父親。」於是雲空決定先替老者占卜。

「請問老丈欲問何事？」

「我想去人間生活，不知吉凶如何？」老者說。

雲空將三枚銅錢放進龜殼，雙手合抱龜殼，感覺到龜殼中透出的靈氣。

心念凝定，他又搖了一會，將錢倒出。

第一次搖出一個背面，為單為陽，為「少陽」，也就是初生的陽氣。

第二次也是少陽。

第三次為三個字面，為交為陰，為「老陰」，表示陰氣已至極點，將要轉陽，所以是會陰變陽的「變爻」。

第四次搖出兩個背，為拆為陰，為「少陰」，初生之陰。

第五次也同樣是少陰，第六次為少陽。

如此，把六次搖卦得到的結果由下而上排列，為陽、陽、陰、陰、陰、陽，下為「兌」卦，上為「艮」卦。

「山澤損……」雲空自言自語，然後向老者說明：「這個卦，上艮下兌，叫做『損』卦。」

老者點頭：「我也粗讀過易經，請說。」

「但是第三爻有變爻，為六三動，則陰變陽，由『損』變為『大畜』卦。」雲空想了一下，說：「損卦卦辭曰：『有孚，元吉，无咎，可貞。利有攸往。曷之用二簋可用享。』意思是說，有所收穫，大吉無災，所占之事可行，外出有利，可用兩碗飯祭鬼神。」

老者聽了，喜道：「我可以下山了嗎？」

「稍待，此卦六三爻動，爻辭曰：『三人行則損一人，一人行則得其友。』指兩人同行，可互相幫助，因為三人行就會意見不一，一人又無可商量。」

「這怎麼解釋呢？」老者深感困惑。

「『損』的下卦為兌卦，代表澤，上卦為艮為山，故成山下有澤之象，表示在山上可得山下之福澤，我覺得在山上反而有利。」

老者皺著眉，凝神聽著。
「三人行則損一人……」雲空有些遲疑。
「什麼？」老者緊張的追問。
山已完全陷入了黑夜的懷抱，寒風吹得更烈了，將一棵懸在半山的老樹吹得搖搖欲墜，但它已奇蹟般的存活多年，估計還會繼續活下去。
但無論風如何凜冽，依然影響不了菜圃和茅屋。
無論風吹得多起勁，茅屋依舊晃也不晃一下，像是不存在似的。
事實上它真的不存在。
它是屋中兩隻山魈的意念塑造的「存在」。
掛著「占卜算命．奇難雜症」布條的竹竿，正倚靠著用意念築成的牆，黃色且繪上「先天八卦」的布袋則放在真正存在的地面。
燃燒中的火是真實的，所以屋裡異常暖和。
「損六三的卦象暫且擱下，」雲空拿起龜殼，放入銅錢，問少女道：「欲占何事？」
少女眼珠子溜了溜，嬌聲道：「我也要下山，想去嫁人。」她毫不害羞，「前幾天有個小伙子上山，我看上了他。」
雲空如前搖了六次，得六根爻：少陽、老陰、少陽、少陰、少陽、少陽，下卦為「離」，上卦為「巽」，合成「家人」卦。
「此卦名『家人』，卦辭曰：『利女貞』，意指凡女子占問皆吉。
「可是六二動，變成『小畜』卦，爻辭曰：『无攸遂，在中饋，貞吉』……」
少女有點興奮，眼神滿是期待，看了她微紅的臉龐，雲空也有些頭暈目眩了。

「不行不行。」雲空深吸一口氣，讓自己定了定神，才繼續說：「爻辭的意思是，婦女能守在家中料理家務，就是家中之吉利。」

「我不懂。」

「意思說，不可離家。」

「不可以下山嗎？」

雲空點頭：「顯然是。」他對損六三的爻辭「三人行則損一人」感到頗為不安。

兩人，應該是兩隻山魈，化成人形的山魈，開始沉思。

雲空不打話，收好龜殼和銅錢，盤膝靜坐，調養精神，等待兩位山魈下一步行動。

雲空暗想：「這兩卦也真奇，占老丈時，『損』變『大畜』，占女子時『家人』變『小畜』，莫非真是天機？」「畜」原本是「儲蓄」之意，在此看來，卻正合「畜生」之意。

大畜的卦辭還算吉利：「利貞，不家食，吉，利涉大川。」表示雖然涉險，結果依然有利。

但小畜的卦辭令他不安：「密雲不雨，自我西郊。」外頭正是颷風而不下雨。

卦象的奧妙，因他人間履歷不足，一時解不出來。

總之，他覺得很不安。

※※※

狂風在半山颷著，難以想像有人會在此刻上山。

但是，山下的確有星火般的燈光，正緩緩的往山上進發。

這群人沒發出一絲聲響，他們穿著厚底的布鞋在崎嶇的山路上行進，連山林中的小蟲也不驚動。

這行約有十人，個個身強力壯，背負大弓，箭囊中備有三十支精鐵鑄成的狼牙箭。

他們沒有發出殺氣，全是一團和氣。

並不因為他們有什麼特殊方法隱藏殺氣，而是因為他們把殺戮當成家常便飯，對於想殺的獵物毫無憐憫慈悲，對於即將獲得獵物而心中欣喜，所以心中一團和氣。

奇特的是，領頭的是一名六旬老者，身形精壯，走得比誰都快，他沒有背負大弓，而是在手上握了把「神臂弩」。

這神臂弩是他外祖的發明，他家世代獵戶，外祖李宏尤其擅長於發明兵器，兵器就是他們的獵具。四十年前，他的外祖李宏將古老的弩改良，把原本需要兩人操作才能裝上箭的弩，改良成僅需一人用腳踩住就能裝箭，且更輕、更容易瞄準。當年神宗剛登基，李宏便將此兵器獻上，成為日後宋軍與遼國、金國對抗的重要兵器。

但六旬老人所用的神臂弩是經過他本人不斷改良的新版本，外祖父把射程增加到兩百四十餘步（約三百七十公尺）仍可透入榆樹厚皮，而他又令射程和穿透力增加了一半。

他今日率領弟子家人上山，是為了一份訂單。

山風拂過他的鼻子，他老遠就嗅到訂單上的獵物了。

老人舉起左臂，示意後頭的人止步，他發現目標了。

「記得，千萬不能叫任何人的名字。」他叫弟子把這句話一個接一個傳去後方，弟子們個個頓首。

他非常小心，他要他的弟子們也十分小心。

早在出發前，他已經叮嚀過他們：「這種妖物，地方上的人管它叫山操，如果它知道了人的姓名，就能用法術傷人，所以才會不停引誘人道出姓名，你們日後凡是上山，都要小心謹慎這類妖物。」

他們除了自己打獵販賣，也接受特別的訂單，為出得起價錢的人獵取奇珍異味。

小時候，父親某次用陷阱捕到一隻異物，黃髮披頭，渾身黑色短毛，猿不似猿，僅有一臂一腿，不是缺了手腳，而是天生單臂單腿。牠眼淚汪汪的望著年幼的他，居然會說人話：「小弟弟，你叫什麼名字？」他不敢回答，父親也在旁喝道：「噤聲！這是山魈，給牠知道你的名字，你就被他攝魂了！」

山魈被關進禁室，不許父親之外的人接近。

不久，父親找到買主，有人對山魈有興趣，高價買回去烹煮吃掉了。

得此甜頭，父親擴大了狩獵範圍，不只獵捕蟲麟禽獸，連妖怪精物也納入了他的獵物名單中。

他繼承父親的事業，成了全國有名的獵人，只要能在大宋國境之內的，他都會想辦法捕到。

近年來江湖上有人將奇人異跡蒐集，弄出個「四大奇人」名目，他就名列其中，更令他氣焰熏天。

此刻他的手指正興奮的跳動，他又要殺死山魈了，這些年來他到各大名山去殺了不少山魈，已經將山魈的生活習慣摸透，一座山上有無山魈，他可以嗅到、感覺到，幾乎立刻便會知道。

山魈有一種獨特的氣味，他對這種氣味異常之敏感。

山風愈吹愈烈，他們的身體愈來愈冷，鬥志卻愈來愈強。

「孩子們，準備吧，」老人的臉色十分興奮，他笑得瞇起雙眼，露出黃黃白白的牙齒，「我們快到了。」他的手伸去背後，由箭囊抽出一根冷冷的短箭，比寒風更冷的冷。

老人熟練的把箭搭在弓上，拉緊。

剎那，老人眉間紅光大亮，發出一股猛烈的殺氣。

※※※

雲空本來就知道山魈只有一條腿。

所以當他注意到老者和少女的行動不如人類時，也不太驚奇。

雲空見兩隻山魈一動也不動地沉思，心下有些放鬆，加上身子已疲倦得很，一閉上眼，神志便覺模糊起來。

很睏。

他的身體，漸漸被舒適的感覺包圍，他感到十分放鬆，便沉沉入睡了。

老者覷了雲空一眼，確定他已入睡，便向少女小聲問道：「女兒，妳以為如何？」

少女一雙眼珠滾呀滾的，十分惹人喜愛，她擔心的說：「爹，我還是不下山了，在這兒也沒啥不好呀。」

「我還是想下山，」老者道：「我們修行多年，為的就是下山，總不能因為這道士三言兩語就變卦了。」

「他說得也頗有理啊。」

「他是人，」老者道：「自然以人為重，幫人說話，又怎會要我們和他們一塊生活呢？」

少女抿起嘴，不作聲。

忽然，老者猛地抬頭，牠感覺到一股灼熱的殺氣正風馳電掣的迫近。

風雖猛，卻抵不了那股殺氣。

風雖烈，卻吹不動那冰冷的箭。

箭衝過風，根本不把風當一回事，劃過黑夜，筆直衝到山上。

老者感覺到殺氣的時候，只剩下一眨眼的反應時間。

箭頭碰到一層柔軟的障礙，它奮力穿過，箭身染上濃烈的血腥，它吸飽了鮮血，感到滿足，終於停止了衝勢。

少女倒了下來，茅屋立刻消失。

雲空倏地張眼，他被冰冷的空氣刺激得醒來了。

他放眼一望，茅屋不見了，火不見了，連老者和少女都全不見了，四周除了黑暗，就是黑暗。

在風中，雲空瑟縮在地上不停哆嗦，忽來的嚴寒，頓時令他神經麻木。

在蕭蕭風聲中，雲空隱約聽見：「師父，您的箭法真是出神入化了！」雲空這才發現，有一隻怪物倒在地上，一根發出駭人寒芒的箭正插在牠身上。

怪物身長一尺許，一手一足，面如猿猴。

它就是方才的少女！

而老者，不見了。

山下亮起了強烈的火光，一把把火炬列隊上山，這群人認為任務已經完成，不怕驚動山林中的生物了，是以點了火炬，快步上山。

雲空冷得說不出話，看著一行人走來他面前。

「師父，還有一隻！」有人看見雲空，忙抽箭搭上長弓。

「他是人。」射箭的老人看也不看雲空一眼，只管俯視山魈。短箭射穿了她的肺臟，她仍在用力的呼吸，企圖補充從穿孔流失的空氣。

雲空全身顫抖，半睜著眼仰視眼前這夥人。

老人接著說：「他有人氣，並非山魈。」他的弟子這才收弓。

「恐怕是被山魈攝來的。」一名弟子說。

眾人扶起雲空，帶他下山。

他的黃布袋仍掛在肩上，他的竹竿則被另一人拿著。

他的眼睛，已經冷得無法滾動了。

一隻很老很老的山魈躲在岩石後方，不讓山風洩露自己的氣味。

牠迎著從山下吹過來的寒風，淚水一滴一滴被風吹散。

【典錄】山魈

山魈乃傳說中的一種山上神物，特徵是貌如猿猴、矮小、只有一條腿，即使在今日，也偶聞入山的人提到一足的「山神」。其異名眾多，在這小說中已經提到，如《國語．魯語下》有韋昭注：「茲一足，越人謂之山繅……人面猴身能言。」又《神異經．西荒經》提到牠喜歡偷蝦蟹，名叫「山臊」，偷螺蟹的事在《述異記》也有。

《述異記》有另一篇故事說：「南康有神，名曰山都，形如人，長二尺餘，黑色、赤目、髮黃被身，於深山樹中作窠，……蓋木客、山繆之類也。」晉人葛洪《抱朴子．登涉篇》說：「山精之形如小兒而獨足，足向後，喜來犯人，人入山谷，夜聞其音聲笑語，其名曰蚑，知而呼之，即不敢犯人也。」晉朝干寶《搜神記》也說：「廬江大山之間，有山都，似人，裸身。」

宋朝李昉奉旨所編《太平御覽》中引用了許多古書，如引《永嘉郡記》說牠在安國縣叫「山鬼」，喜啖鹽、喜在山澗中取石蟹，又引《夷堅乙志》在宜興地方也叫山鬼，引《鄧德明南康記》說：「山都……好在深山中翻石覓蟹啖之。」引《玄中記》云：「山精如人，一足，長三四尺，食山蟹，夜出晝藏……」

之八

鐵郎公

宋・政和元年（一一一一年）

傍晚時分，開封府的一角點起盞盞華燈，為即將到來的賓客引路。

今晚是「步軍都指揮使」請客，除了宴請各級大小武官，也有幾位文官受邀。基本上，文官地位高於武官，除非有文采的武官，才能得到文官的尊重，所以步軍副都指揮使不想自討沒趣，就只邀請平日相熟的文官。

這步軍副都指揮使是個什麼來頭？

原來，大宋的武官平日不能領兵，只在戰時被派遣率領士兵，平日管理士兵的有三衙：殿前司、馬軍師和步軍師，三個單位各自獨立運作，他們的長官就叫都指揮使，這步軍都指揮使就是專管步軍的大頭領，簡稱「步帥」。

步帥宴客，菜都是從開封府最有名的樊樓叫來的，面子十足。

賓客才剛坐好，就有好酒奉上，小菜數碟，舉凡爊肉、抹臟、批切羊頭、旋炙豬皮、雞碎等，川流不息，而主宴竟還沒開始。

宴會極度奢侈，僅只暖場的酒食，一人就可吃掉老百姓數年糧食，之所以如此奢華，是為了襯托今晚真正的主角。

終於，殿前司的頭領駕到，人稱「殿帥」，他統領保護皇城職務的士兵，直接擔任保護皇上的工作，是皇上跟前的大紅人，無人不禮敬三分。

殿帥坐定後，步帥也站起來，示意大家，他要開始說話了。

「各位同儕好友們，」步帥身著長袍，興奮得脹紅著臉，「今晚歡迎諸位大駕光臨，為的是件大喜之事！」

「步帥要納妾了麼？」有人高聲玩笑道。

「納妾只是尋常小喜，不算不算。」步帥高興的搖首道：「今日之喜，非屬尋常，只怕千年難逢，一生難得，且聽我娓娓道來……」步帥早就在腹中預備了講稿：「諸位或曾聽聞，戰國時期有吳越之爭，南方多銅，吳越因此出了名聞天下的鑄劍師。」

步帥說，東周之時，越王允常曾經命令歐冶子鑄劍五把，其中「湛盧」、「磐郢」及「魚腸」三把獻給了吳國。

三把劍的命運各自不同，「魚腸」被刺客專諸用於刺殺吳王僚，「磐郢」被吳王闔閭用於跟愛女陪葬，而「湛盧」失蹤，後來在楚國出現。

吳王闔閭見越國的鑄劍精緻，也命令歐冶子的同門師弟干將鑄劍，干將一直鑄不出足以匹敵師兄的寶劍，干將之妻莫邪於是以身投爐，使丈夫成功鑄成利劍。第一把為陽劍，取名「干將」，第二把鑄成者為陰劍，名「莫邪」。

這一些名劍故事，歷代以來風靡了多少鑄劍師，使他們用盡一生之力，窮盡精神，想鑄出一把蓋世寶劍，能呼鬼神，使風雨。

步帥說到此處，得意洋洋的說：「可是，過去的鑄劍師，一生所留名劍，屈指可數，本朝卻有一名鑄劍師，天賦異稟，鑄出許多名劍，人人皆以得其劍為傲、佩其劍為榮。」

步帥的一段開場白，答案已經呼之欲出，賓客中有人道：「莫非……」

「此鑄劍師就是天下聞名羊舌奢，號華萊子。」

「果然。」賓客中有人猛點頭。

步帥彈了彈指，八名士兵個個恭敬的拿了個長匣，列在他前方。

「諸位，」步帥高聲宣佈：「今天，我要給各位欣賞華萊子新鑄的寶劍！」眾人當場譁然，議論紛紛，尤其看見劍匣不只一個，而是八個！有人十分羨慕，有人面有妒色，也有人在冷笑的。

好戲開鑼，步帥的聲音更高亢了：「這是華萊子最新鑄造的『卦象劍』。」步帥這一宣佈，宴客們立時鼎沸，他們驚奇的是，這套未出爐便已有許多人爭相要購得的劍，竟落此人手上！

殿帥一臉陰沉，他心中在計算著，他跟步帥同為三衙之首，每月俸祿若干是一樣的，步帥能買得起華萊子的劍，必然是跟他一樣從禁軍餉銀中上下其手，不知他究竟摸掉了多少，才擺得出今天的場面？

「『卦象劍』共有八枚，分屬八卦，」步帥道：「在寶劍出鞘之前，各位請見諒，我要先把燈熄了。」

下人們紛紛用燭罩把燭火弄熄，宴場頓時漆黑一片。

劍匣一個接一個打開，驚嘆聲也隨著一個接一個揚起。

第一個劍匣開啟，柔和的光立刻融入空氣中。那是「乾劍」，透出極紅的光芒，剛烈的氣息流入每個人的肺腑，無人不感受到它的威嚴而深受感動。

「坤劍」，透出陰沉的黃光，人們頓時覺得一冷。只見紅、黃兩光相互交融，周圍的氣氛立刻祥和了起來。

其他的劍盒陸續打開，透出一道道不同的氣。

「震劍」發出震撼人心的轟隆聲，劍匣中透出碧綠的幽光；「巽劍」一出，宴場起風，徐徐湧出令人欣喜的潔白光芒；「坎劍」一出，宴場立刻冰寒，還流出股股烏黑的氣；「離劍」在劇烈的電光中閃出紫光，教人觸目心驚。

每個人都知道，每一把劍都會是一次驚奇，但他們仍禁不住驚嘆。

「艮劍」一出，大霧立現，淡黃的氣團湧出劍盒；最後「兌劍」的劍盒一開，宴場立刻大放光明，猶如白晝。它所發出的光，將其他的光包圍，在半空中交織成變幻萬千的光彩。

「啪」的一聲，四周再度墮入黑暗。

原來八只劍匣，同時閉合起來了。

燭光再度亮起，照亮了宴場，人們才恍然從癡迷中回到了現實。

有人高興自己見到了絕世奇劍而喘氣不已，有人感動得淚光隱現。

有個人卻在哈哈大笑。

步帥不解地問道：「總教頭，何事如此好笑？」原來是專門練兵的總教頭。

總教頭停止大笑，嗤道：「我笑的是，這麼好、這麼妙的劍，可惜無法上戰場殺敵，空有一身靈氣。」

「總教頭，」步帥依然微笑著說：「華萊子鑄劍，已有四十年光陰了，他的劍，已經不是只能在沙場上殺敵，而是能呼喚鬼神、驅使天地靈氣了。」

「誇大其詞，何足信之？」總教頭「哼」了一聲。

宴間有一人突然站起，冷冷的瞪著總教頭：「無知小兒，竟口出狂言？」

總教頭一看，正是別號華萊子的羊舌奢，不禁怔住。

華萊子相貌嚴肅，面色潮紅，兩臂粗壯，雖然穿著工作用的短衣，卻不減威嚴，教人看了為之屏息。

很少人真的見過華萊子，他一出現，人們紛紛安靜下來。

其時王安石、司馬光皆已去世數年，他們的追隨者們分成新、舊兩黨，在朝廷中醞釀勢力，隨時伺機扳倒對方。羊舌奢雖非朝官，卻在兩方都甚吃得開，連丞相都要敬他三分，何況總教頭？

總教頭壯起臉色，也回瞪羊舌奢，高聲道：「若真有如此本事，何不一試？」

「可以，」羊舌奢傲然道：「不如總教頭親自來試試？」

眾人全望著總教頭，期待有好戲上場。

總教頭不願沒了面子，板起臉孔，一口答應：「好，我堂堂總教頭……」話猶未盡，羊舌奢已向一旁士兵伸手道：「坤劍。」。裝著坤劍的劍匣立刻送了上來，羊舌奢一手捧著劍匣，一手推開蓋子。

一股黃色的寒氣流出。

總教頭打了個冷顫。

羊舌奢冷冷的舉起坤劍，把劍尖指向總教頭。

總教頭岔然道：「放肆！你想幹啥？」

「放心，我什麼也不做，」羊舌奢冷笑道：「我又不識武功，怎敢對總教頭幹啥？」

然羊舌奢一動也不動，寒氣卻源源不絕的流向總教頭，冰冷氣流穿過長袍，透入薄薄的內服，透入總教頭的肌膚。總教頭忍不住一陣哆嗦，胸口忽然劇痛，猶如浸入了冰水，心臟猛地縮緊，他慘叫一聲，倒在地上。

賓客們驚呼起來，步帥趕忙請也是賓客的軍醫上前檢查。

「別擔心，我沒傷他性命，」羊舌奢面無表情，把坤劍收回劍匣：「不過，寒氣攻心，也得好好療養一番了。」

人們面面相覷，心中所想的是：此時此刻，朝中新黨、舊黨之爭蓄勢待發，這武官擁有如此厲害的寶劍，一旦被人誣以謀反，甚易株連……今晚來赴這場宴會，真是來錯了。

步帥何嘗不知？宋朝自建國以來，甚忌武人有權，只因開國之君宋太祖皇位來路不正，將心比心，害怕有才華的武人像他一樣奪權。事實上，大宋之前的五代十國大混戰，不停上演著武將弒君奪位的戲碼，所以宋太祖才會來個大反彈，只要武官有風吹草動，就會想辦法殺之，甚至連出兵都用文官領軍，故意把武人地位屈居文人之下。

步帥明知無法長期擁有「卦象劍」，只好以它做為升官的跳板。

「諸位見識過了吧？」步帥說著，面朝北方：「這八枚卦象劍，我將全數獻給皇上，皇上萬歲。」他自己也明白，他再也不能擁有它了。

羊舌奢將劍匣置於宴桌，一聲不響的走出大門。

他騎上租來的驢子，回到落腳的邸店去。

回到房裡，羊舌奢在几旁一人喝著濁酒，略解心中悶氣。

不久，他的小兒子也回來了，見父親在納悶地喝酒，於是便坐在几旁，放下剛從夜市買來的幾個包子。

羊舌奢瞟了一眼：「這是什麼？」

「我剛去州橋夜市，這是有名的鹿家包子，這是兔肉和鱔魚包子，我見老家沒有，買回來給爹嚐嚐。」

羊舌奢拿個包子咬了一口，總算有個東西可以紓解空腹喝下的酒，其實剛才他在宴會上都還沒吃到一口美食呢。

這兒子是他老么，才十九歲，名喚羊舌鐵離，上面還有大兒子羊舌精冶，以及次子羊舌龍文。老么這趟陪他上京送劍，順便遊覽一國之都，增長見聞。

「爹的事辦完了，要回家了嗎？」小兒子知道父親心有鬱結，柔聲慰問。

羊舌奢搖頭嘆氣，良久才說話：「鑄了『卦象劍』之後，我真不知要鑄什麼好了。」

羊舌鐵離不答話，等待父親說下去。

羊舌鐵離好讀書，想求功名，他遍覽古書，對天下事懂得不少，父親希望他學習鑄劍，但他就是不肯。

羊舌奢知道他在三兄弟之中資質最佳，實在希望他那出神入化的鑄劍術可以傳授給羊舌鐵離，而非天資不足的羊舌精冶與羊舌龍文，但偏偏事與願違。

羊舌奢說：「以前我鑄的劍很普通，大多是承包軍需，也打造菜刀耕具聊以餬口。後來我下定決心要鑄出好劍，按照古代名師法門，在鑄劍之前靜修練氣，隨著日子一天天過去，我鑄出的劍漸漸有了靈氣。

「可是我的劍有了靈氣之後，便無法再有突破，我的劍越來越進步，甚至可以解人心意……但除了有靈氣之外，我的劍還能再有什麼更特別的呢？」

「爹，天下再沒人可以超越你了。」

「可是連我也超越不了自己。」

當晚，他們再沒多說。其實他們原本就很少談話，因為羊舌奢把大部分時間都花在鑄劍上。

次日，他們啟程回家，京師的水路很發達，尤其是運糧用的漕運，沒幾日就回到了徐州。徐州乃產鐵之地，羊舌奢容易獲得各種品質的生鐵。

一回到家，羊舌奢就鎮日呆在房中，一個人靜思，家人送去的茶水飯食，他動也沒動過。

到了晚上，他不知想到了什麼，房中傳出翻箱倒櫃的聲音，不久回復平靜，之後竟是連串狂亂的笑聲。

第三天，羊舌奢還終於離開房間，直接衝進鑄劍堂，起火開爐。

到了中午，他忽然高聲呼叫婢女。

家人們對羊舌奢的行徑十分好奇，紛紛拉著那位被羊舌奢叫去的婢女，問老爺吩咐的是什麼。

婢女畏懼的說：「老爺要一碗羊血。」

家人都很驚訝，這是羊舌奢從未有過的怪異舉動。

「老爺看來樣子很奇怪，他看起來很高興，但好像太過高興了……」婢女猛然搖頭：「不行了，我要走了，老爺要立刻宰的羊，送去的血不能是冷的。」說著，便匆匆跑到廚房去了。

很快又到了晚上。

羊舌奢叫婢女喚他的大兒羊舌精治到鑄劍堂去。

鑄劍堂等於是羊舌奢的第二個家，裡頭有個很大的火爐，很大的熔爐，許多怪異的工具和試作品，雖然鑄劍堂很大，卻熱得像蒸籠一般。

羊舌精治不知道父親為何叫他進去，但他從來不反抗父親。

他一走進鑄劍堂，就感到腦門有個冷冷的東西透入，他想轉頭，但頭被卡住了，他從側面驚見父親拿著劍，而劍身正在他的頭顱中，接著熱熱的血漿染紅了冷冷的劍，冒出蒸蒸熱氣。

羊舌奢把大兒子的屍身抱起，看了一眼凝結在兒子臉上的驚恐和不解，滿意的點點頭，把屍體投入熔爐。

極滾熱的鐵液費了些時間把屍體化成灰燼，再把它混入其中。

整整五天，羊舌奢沒離開過鑄劍堂，而婢女們天天依照吩咐送素的飯菜去。

沒人懷疑羊舌精治出了事。

他們以為羊舌奢終於要將畢生絕學傳給長子了，而精治正在修習中呢！

整整一個月後，羊舌奢才憤怒的步出鑄劍堂，雙目紅絲滿佈，氣急敗壞地叫婢女去把次子羊舌龍文叫來。

羊舌龍文聽說父親召喚甚急，就匆匆忙忙的趕來了。

他跑向鑄劍堂，看見父親正站在不停冒出濃煙的門口前，羊舌奢狂喜的看著次子龍文，身上的汗水流得更快了。

「快來快來！」羊舌奢催促著：「不然趕不及了！」

羊舌龍文見哥哥不在，心下狐疑，正想發問趕不及什麼。

「來了！」羊舌奢大喝一聲，由身後抄出大刀，羊舌龍文還來不及想清楚，他的腦子就再也無法思考了。

大刀正好削去了他的天靈蓋。

※※※

「是真的，」婢女渾身發抖，無法停止，驚恐萬分的說：「老爺就這樣殺了二少爺……我看大少爺也……」

羊舌鐵離感到全身被強烈的氣流脹滿，他無法控制他的激動，拔腿便衝去鑄劍堂。

鑄劍堂的大門閉得緊緊的，門口的地上仍留著腥臭的血漬。

羊舌鐵離心裡很不平靜，他知道父親已經瘋狂了，他擔心自己也可能會被殺害，如今他真的不知道自己該怎麼辦才好。

他望著門口，聆聽裡頭烈火燃燒的聲音、打鐵的聲音，他下了個決定：等他父親出來。

他又等了一個月。

時而，他在鑄劍堂門口守候，在門外不遠坐著用餐，在廡廊旁的大樹後方睡覺——以免父親一開門便殺了他。

時而他叫婢女等待，只要一見門開就趕緊通知他。

終於某一天，羊舌耆推開鑄劍堂的大門，臉被火烤黑了，眼被火熱紅了，連牙也焦黃了。當他看見一臉驚愕的么兒時，他臉上的肌肉往上猛擠，極度亢奮的笑著。

他手裡還握著一把劍，一把天藍色、漾著不平靜紋理的劍。

「看見嗎，鐵離？」羊舌耆興奮的笑道：「我成功鑄出了這把『龍文』。」接著仰天大笑。

羊舌鐵離臉色大變：「為何叫『龍文』？」

羊舌耆「哼哼」嗤笑：「因為它是你二哥龍文。」

羊舌鐵離顫抖著唇：「那大哥呢？」

「那把劍失敗了，就跟他一樣不成器。」羊舌耆有點不高興，但很快又回復笑容，陶醉地看著手上的劍：「不過我到底完成了。」

羊舌鐵離非常激動，看著父親手上的劍，一把發出陣陣寒氣，彷彿不停在呼喊叫冤的劍。他很想發狂的大叫，不過他忍住了：「爹，這就是你的最高境界了？」

羊舌耆的臉色暗了下來，他把「龍文」劍仔細把玩了一陣，才嘆了口氣：「是的，我看我也該去死了。」他突然亮起雙眼，對羊舌鐵離笑道：「不過我要你繼承我，而且我要你殺了我。」

「爹，你在說什麼？」

「除非你殺了我，否則我便殺了你，」羊舌耆發起狂來了：「對，不如殺了全家，一人鑄一劍，怎樣？」

「不！爹！」羊舌鐵離後退一步：「我絕不會這麼做大逆不道的事！」他哀求道：「爹，放下劍吧，退隱吧，你已經登峰造極，名留史冊，可以歸隱了。」

「若我不死，就會想要更上一層。」羊舌耆興奮的喘氣：「若我不死，我不知我下一步將會做出什麼事。」他提高聲音：「若我不死，我將會更痛苦，我會想要鑄出更好的劍！」最後，他紅了眼狂叫道：「若我不死，你死！」

「你不能這麼做！」

「我——能。」劍砍下來，劍風劈向腦門。

羊舌鐵離急忙閃避，羊舌奢一劍殺不成，劍尖指著羊舌鐵離追過去。

羊舌鐵離一驚，心下生起一念，拔腿奔入鑄劍堂。他想的是：「鑄劍堂中有武器，至少可以弄傷爹，使他不得再行兇。」

羊舌奢也跟著跑入鑄劍堂，笑道：「孩子，你終於要殺我了。」

羊舌鐵離抄起打鐵架上的大鎚，感到吃力。

「好！我來了！」羊舌奢大喝一聲，奔向鐵離，舉起新鑄的「龍文」劍，奮力往鐵離的肩膀砍下。

羊舌鐵離心中一急，使盡全身力氣，把大鎚揮向羊舌奢。

「龍文」忽然在半空停下，發散出哀傷的空氣，羊舌奢控制不到劍，怒罵道：「龍文！你不遵父命？」在電光火石之間，羊舌奢的頭顱已破。

羊舌奢的腦漿流出，倒臥在地。

「龍文」在地上微微震動，發出哀痛的聲音。

羊舌鐵離手上垂著大鎚，呆立在原地。

羊舌奢臉上狂態已失，無力拉直他扭曲的身體，但他仍滿意的笑著，不理會那流著漿血的頭，忍痛說出最後的話：「袋中有幾本祖傳劍書，一定要讀……把我丟入熔爐……」

「龍文」躺在地上，沉默不語。

羊舌鐵離丟下鎚子，凝視那把不說話的劍，那把包含著他二哥羊舌龍文精魂的劍。

「快……丟進熔爐……不然冷了……」羊舌耆呢喃著，聲音越來越微弱。

羊舌鐵離沉痛的將父親抱起，拋進兩人圍抱大小的熔爐，極高的熱量很快把皮肉化成灰燼、骨骼化為粉砂，混入鐵液之中。

他睜大眼睛，看著父親的身體在熔爐消失，先是肩膀，然後是胸腹，最後是兩條腿。

鐵離看見地上有個布袋，裡面果然有幾本古書。

這些書，正是鑄劍的書。

使羊舌耆決定以人來鑄劍的書。

使羊舌精冶和龍文兩位兄長慘死的書。

使羊舌鐵離讀了之後，兩手抖個不停的書。

熔爐中的鐵液失去風箱和大火的加熱，溫度漸漸降低，羊舌鐵離學父親平日做的那般把熔爐小心傾斜，把鐵液倒入劍模。鐵液冷卻，收起，凝固，竟成了一把青褐色的劍。

劍身未經敲打，形狀凹凸不平，劍上紋理淩亂，使人看了眼花，且有狂亂的感覺。

羊舌鐵離拿起劍，在手掌中感覺到它的威嚴，它的瘋狂。根據劍書上的說法，劍有劍相，此乃不祥之劍，小則破家，大則亡國。

羊舌鐵離對劍說：「你的名字叫『狂』，你就是羊舌耆、華萊子。」

他將「龍文」和「狂」分開用厚布包紮好，和那幾本古書一起收拾好，背在肩上，離開鑄劍堂，離開羊舌宅第。

從那一天起，羊舌一家在江湖上滅跡。

羊舌家父子四人，一人永遠消失，兩人鑄成了劍，剩下的一人帶著那兩把劍消失在人間。

而羊舌耆，或叫華萊子，久而久之也被人淡忘了。

※※※

四海為家的遊方道士雲空，曾經聽師父破履告訴他一位名鑄劍師的故事，這位名師叫羊舌奢，別號華萊子，數年前離奇失蹤了。

據傳說，華萊子殺了自己的三個兒子，之後退隱江湖，不知所蹤。

「華萊子鑄過許多名劍，人人爭相收藏，」破履說：「而且往往一鑄就是一套，都有統一的意念，例如總名為『融』的『光』『暗』雙劍，總名為『靈』的『龍』『麟』『龜』『鳳』四劍，又有『天』『地』『人』之『三才』劍，以八卦命名之『卦象』八劍……越後來的劍越是精緻，越是神妙！」

到了雲空自個兒四處雲遊之時，又聽見一個傳說。

江湖上出現一名異人，不但精於鑄劍，還會鑄各種各樣的怪異兵器。

這人叫「鐵郎公」。

此人的外號之所以這麼怪，是因為人們總搞不清楚他是「郎」或是「公」，也就是說，不知他是年輕人還是老人。

那是雲空初出江湖不久的事，某次在路邊的攤子吃湯麵，正在撥弄湯裡頭可憐兮兮的兩片菜葉時，鄰桌有江湖人在談天說地，不知不覺將話題扯到「鐵郎公」身上。

一名黑衣漢子道：「鐵郎公又造了件新兵器，叫狼牙勾。」

另一名藍衣漢子問道：「長什麼模樣的啊？」

「說來可厲害了，」黑衣漢子大手一揮，準備口沫橫飛：「粗看像一根普通的狼牙棒，棒頭卻有四把利刃，利刃向四方伸開呈十字形，四刃以下有無數倒勾，分十六排……」

「這也沒甚稀奇！」藍衣漢子打岔道。
「老兄你有所不知，四刃中間還藏了個機關。」
「什麼機關？」
「只要四刃一觸動，中間立刻有更大的倒勾彈出，鑽入人體……」
藍衣漢驚道：「如此豈不五臟六腑全損？」
「豈止？只要用力一拉，便將肚腸全數抽出。」
雲空暗暗一驚，放慢了吃麵速度。
藍衣漢說道：「我也曾聽聞鐵郎公製造的兵器，還有比你說的更巧的！」
「哦？」
「似乎叫什麼飛血膽，是三顆含刃的鐵球，中間穿孔，」藍衣漢子比手畫腳，「由細鍊串成三角，連上飛索，只要套上脖子，輕輕一拉，人頭即落。」
雲空聽得心下冷了半截，心想：「竟會有人想出如此狠毒的武器。」
兩人又在繼續聊著鐵郎公，雲空越聽越心寒，他從未想過世間竟有如此陰狠的人。
藍衣漢又說：「鐵郎公實在厲害，任何人只要創了一套武功，他必然有法子將它轉成兵器來使用。」
「即使拳法也可以嗎？」
「嘿，這正是他厲害之處，連拳法也可以化為兵器！」
黑衣嚮往的說：「哇，不知鐵郎公是什麼來頭呢？」雲空豎起耳朵。
「誰曉得？」
雲空吃完了麵，又叫了兩個素包子，餡料少得可憐，只有些許切碎的菜，幾乎便是饅頭了。

「沒人曉得？」

「不，僅有很少人知道。」藍衣漢子降低了聲音，雲空站起來，故意經過。他聽見的是：

「陳捕頭。」雲空要了壺茶，走回桌子。

陳捕頭乃當時之名捕，破了好幾宗大案子。

他的原名並不好聽，叫陳大果。

江湖上傳說陳大果有三個有名的特點：記性甚佳，過目不忘；心腸奸險，性格陰沉；心胸甚窄，報仇必然加倍。

還有，他不喜歡別人叫他陳大果。

「鐵郎公行蹤不定，江湖上的朋友怎麼叫他打造兵器？」黑衣漢奇道。

「自然有人知道，也有無所不知的人啊。」

「哦，你是說……」黑衣漢子道：「無所不知的無生？」藍衣漢子忙叫他小聲說話，兩人鬼鬼祟祟的望了望周圍，只見攤子老闆正悶著打盹，另一張桌子只有個年輕道士在吃包子。

兩人付了錢，匆匆離開。他們經過雲空身邊時，不小心將斜靠在桌緣的竹竿碰倒了，竹竿掉在地上，綁在竹竿上的銅鈴抗議地響了一下，寫著「占卜算命．奇難雜症」的白布條揚起了一地塵埃。

兩人頭也不回，一走了之。

雲空把竹竿扶起，銅鈴又吵鬧了一陣。

他想起方才兩人提起「無所不知的無生」。

「無生」是江湖上的傳奇人物，來歷不明，學識亦不明，江湖上的人以訛傳訛，把他越傳越奇。

無生有鬼神不測之機，精通的門藝五花八門，無人知道他的樣貌、性別、年齡，除了他的弟子們。人們有事求教，總先經過他的弟子。

他無一不精，無事不曉，他的弟子也是各有所長。

無生有名的弟子共有五人，由於和本故事無關，在此不細表，留待日後交代。

「無生，」雲空心想：「此人亦來去無蹤，如何求教？陳捕頭甚難相處，最怕惹禍上身……捨此兩人，又要如何找到鐵郎公？」

沉思一陣，雲空有了主意：「好，先到處打聽鐵郎公行事如何，看看他到底是個怎樣的人。」

他對江湖充滿好奇，很有興趣會一會這些江湖奇人。

※※※

多年後，羊舌鐵離回到了開封府。

他穿著尋常的書生長袍，頭戴方巾，肩上掛個長布袋。

白天，他在不熱鬧的街市賣字，幫人寫書信，他借用店家屋簷陰涼之處，或不惹人注目的路邊，從長布袋中取出筆硯紙墨，坐著等待客人上門，人們總可以看到他擱在身旁的長布袋露出兩個卷軸和幾本書。

等待客人的時候，他會翻看那幾本破書，往往看得入神，連客人叫他也沒發覺。

他在不同的地方賣字，數天之後，某個晚上，他漫步走到城西，經過殿前司，走過一道長長的外牆。

當晚月光皎潔，星光燦爛，街上也不暗。

他慢慢走著，耳中聽著兩條街外夜市的喧鬧，確定他所走的路上沒有半個人。

不對，有人在打更。

打的是二更。

羊舌鐵離的臉上沒有表情，兩眼盯著前方的路，控制自己呼吸的節奏。他背上的卷軸藏著劍，萬一被巡夜的士兵查問，一切就完了。

劍也在安靜的等待著。

更夫沒轉過來，聲音漸漸遠去，羊舌鐵離才解下背後的劍，一把沒有劍鞘的劍，劍身粗糙，未經打磨，他看了看劍，淒冷月光像水一般在劍身上流動。

「以後再見。」羊舌鐵離對劍淡淡地說。

他將劍一拋，拋到牆後，牆後便是一個大戶人家的宅院。

他聽見劍在裡面回應他，發出清脆的聲響，羊舌鐵離點點頭，滿意地走向回頭的路。

次日清晨，那把劍被送至那家主人的跟前。

主人是退休的步軍都指揮使，靠著任職時剝削來的錢財安逸的生活著，正收拾這租來的宅院，準備告老還鄉。

他一見此劍，立時被劍上的紋理吸引住了。

劍上紛亂的紋理，並非雕刻上去，而是鑄劍時自然凝成的，有若絲絲柔弱的雲彩，凌亂地扭曲、掙扎著。

這把劍沒有利刃，不能傷人，卻令人看得頭暈目眩，好久才定過神來，看見劍柄上刻了一個小字：「狂」。

這把劍沒被收入搬家的箱子，退休的步帥對它愛不釋手，隨身攜帶。

他僱了好幾條大船，把行李和家眷全部運回家，行船才不過半途，便被一夥強盜半夜偷襲，全家被殺個一點不剩，財物全被搬走。
除了一把劍。
強盜頭子不想把這劍拿走。
不是因為它不夠漂亮，或不能殺人。
而是因為他在江湖上行劫已久，一眼便看出這是不祥之劍。
官府驚慌地追查強盜屠殺退休武官的案子，不過這和本故事無關。
重要的是，那把劍最終仍是回到羊舌鐵離手中了。
他查過了武官回鄉的路徑，不慌不忙的沿河行走，沒幾日，便見到被潮水推到河邊的死屍，成堆在水草間腐敗發臭。
他取出「龍文」在河岸漫步。
龍文在他手中一陣抖擻，彷彿在畏懼著什麼。
於是，他就在岸邊的泥地中找到形同廢鐵的「狂」。
事實上，他已經不只一次將這把劍丟進別人宅院中。
他十分清楚父親是因何而死的。
他憎恨這些有錢有勢的人，是這些人的貪得無饜，逼得父親步上瘋狂之路！
是這些人的慫恿，逼得父親一步步走向毀滅！
是這些人，使他家破人亡！
他的父親死於「狂」。
他要用這把「狂」劍的殺氣毀滅他們！
當他正在沉浸於復仇的哀痛中時，發覺到岸邊有人在盯住他。

那人穿著道袍，卻光著頭，手中還握了根長長的竹竿。

這道士長得很怕人，厚厚的眼皮差不多覆蓋了整個眼睛，整個頭部則有如頭骨鋪上了一片薄薄的皮，不僅頭上沒有任何一根毛髮，連眉毛、睫毛都沒有。

道士的手腕上繫了一顆銅鈴，死魚般的眼睛注視著他。

顯然這怪異的道士在跟蹤他，而且跟蹤了很長的路，一直跟到這荒涼的河岸。

道士身上發出一股殺氣，可是羊舌鐵離毫不懼怕，因為他發出的殺氣更加強烈，直教道士也忍不住打了個寒噤。

道士打破沉默：「你是鐵郎公吧？」

羊舌鐵離不回答，只是看著他。

「我是叫赤成子，家師乃龍壁上人。」道士說道。

羊舌鐵離仍是看著他。

「我有一套武功，乃槍法和棍法混合而成，」赤成子道：「我想有一把合適的兵器。」

「你使一使給我瞧瞧。」

「你答應了？」

羊舌鐵離搖頭：「我只是叫你使一使給我瞧瞧。」

赤成子於是利用手上的竹竿，將他的武功使了一遍。

赤成子的師父龍壁上人原是名武師，半路當了道士，他的弟子不免也學了些武術。

赤成子學的是刀法、槍法和棍法，他能將三者合一，實非易事，因刀乃短兵，槍棍乃長兵，兩者原則不同，手上使起來必有困難，除非刀置於棍的尾端，猶如關雲長的青龍偃月刀一般。

但兩者合一，各自精粹必有所損，赤成子悟性甚高，竟解決了此疑難。

赤成子使完之後，羊舌鐵離站起來：「告辭。」

「且慢！我曉得鐵郎公不是凡俗，所以我帶了些奇珍之物。」

羊舌鐵離回頭：「你打算以何物交易？」

「我有兩瓶毒藥，遠得自波斯，一名『灌天丹』，一名『龜塚丹』，凡抹上兵器，三年不消，只要殺人見血，中者立死。」

羊舌鐵離搖搖頭：「不夠。」

「還有神算張的批命書。」

「誰的命書？」

「你的。」

羊舌鐵離遲疑了。

赤成子趕忙接著說：「眾所皆知，神算張鐵橋，乃天下第一的批命高手。」他頓了頓，坦誠的說：「況且我跟他有些交情。」

羊舌鐵離當然知道神算張鐵橋。

張鐵橋是個有名的怪人，他若不想替你批命，就是不批，無論如何哀求、要脅，不批就是不批。如此怪人，後來有好事者將他名列「四大奇人」之中。

要得到他的命書確是很難。

他替人批命是沒有標準的，高興就批，下三流的販夫走卒也批，不高興時，皇帝老爺也請不動。

現在他竟可以輕易得到自己的命書！

所以羊舌鐵離說：「好。」並在臨走前說：「三十日後，到東京東水門外再見。」

數天後，羊舌鐵離回到市集，走進一家打鐵舖。

一踏入打鐵舖，便向正在打鐵的鐵匠說：「關舖，借我用十天。」

鐵匠正忙著打造剪刀，見眼前是一位書生，不禁怔住。他不高興的停下手中活計：「你誰？」

「我是誰沒關係，不過別人都叫我鐵郎公。」

市集上的人看見的是，打鐵舖關上了大門，貼出一張紙，寫著：「休業十日，所有訂單延期交貨，請諒」。

傳開鐵郎公冶鐵技術乃天下一絕，有機會親炙，哪個鐵匠會不把握良機？

到了約定的日子，羊舌鐵離將一把怪異的兵器交給赤成子。

長長的棍身，前端是一個精鐵打造的手，手只伸出食指和尾指，其他手指朝內呈爪形。

「我給它取名叫『摳心指』。」羊舌鐵離道。

赤成子將「摳心指」不停把玩，口中不住讚嘆，心中狂喜無比，待稍微冷靜之後，他將兩瓶毒藥「灌天丹」和「龜塚丹」交給羊舌鐵離。

赤成子滿意地說：「鐵郎公果然名不虛傳！」

「這個我不要，」羊舌鐵離把兩個小瓶交還，「你帶我去找張鐵橋就好。」

赤成子哼了一聲：「人言鐵郎公喜好珍奇之物，我看天下最珍奇者，就是自己的命運了吧？」他向羊舌鐵離拱手道：「我親自帶你去找他，不過你也知道，他人在南方，需走一段不短的路程。」

「路程沒有長短之分，」羊舌鐵離說，「只有值不值得。」

羊舌鐵離倏地想起自己走過的路程。

當他回想起父親亡故後的那段日子，他深深覺得命運的力量是如此的蠻橫，如此的不可抗拒。

※※※

羊舌奢留下了幾本有關鑄劍的古書。

在那一天之前，羊舌鐵離從未聽父親提起過這幾本書。

古代的鑄劍名師，鑄劍的法門總是親身傳授，而不著書立說的。

但這幾本古書，卻是鑄劍的秘訣，還有評量劍器的《劍相》，顯然是名師或高人所撰，因為裡面的秘訣，羊舌奢試過了。

而且很靈驗。

他依照書中所言，殺了自己的兒子。

大兒子羊舌精冶天資不足，連殺來鑄劍都鑄不成好劍，羊舌奢失敗了，鑄出的不過一把普通的俗劍。

可是當他殺次子羊舌龍文之時，他成功使他兒子在十分驚怕中死亡，心中積滿了冤氣。

所以「龍文」不停地透著冤氣。

羊舌奢也讓自己成了把劍。

一把不祥、狂亂、嗜血的「狂」劍。

羊舌鐵離受的打擊太大，一聲不響便帶著「龍文」與「狂」離家，沒人知道發生了什麼事。

除了羊舌鐵離。

當然他還攜帶了那幾本古書，而且還鑽研它們。

他越看越奇，越看越興奮，很快地明白了使父親陷入瘋狂和錯亂的原因。

因為讀了書之後，他也差點瘋了。

羊舌鐵離及時止步，讓自己冷靜下來。

畢竟他當時才十九歲。

他開始學習鑄劍，當然首要先學習如何冶煉金屬。

雖然自古流傳有削鐵如泥的寶劍，但是春秋戰國時代的劍大多是青銅製作，不可能削斷比它還硬的鐵。或許當時歐冶子或干將等人其實已經掌握煉鐵技術，所以他們的劍可以有足夠的硬度。

而且說穿了，其實以血肉煉劍就是加入了碳元素，所有地球上的生物都是以碳原子為基礎的有機物，碳和鐵的結合就能產生更硬的「鋼」，因而造就了寶劍神話。

羊舌鐵離領悟到這一點，他專心研究製造各種合金的技術，很多年過去，他成功將不同的金屬合鑄一劍，並且在劍身不同部位有不同金屬，更厲害的是，他想要哪一種金屬在劍身的哪一部分，完全可隨他意思鑄出。

這完全是技巧。

全在他使用風箱控制火力的法門，熔解金屬的時間控制，灌注金屬熔漿入模之技術，冷卻的速度控制，冷卻後重新加熱的時間和溫度，打擊劍身之力道、著力點、角度，折疊金屬的方法……

因為努力，他使自己由什麼也不懂，變成「匠」，再化成「師」。

據古書所言，最高明的鑄劍師有兩種。

一種能鑄出有靈性的劍，能夠以神馭劍。

另一種完全不懂鑄劍，因為他已是人即是劍、劍即是人之境界，有形之劍如同廢鐵。

父親羊舌奢追求的就是有靈之劍，但他走了捷徑，直接以生靈注入劍中。以此法產生的劍，惟有恐怖的怨恨和冤氣，乃下乘之靈劍。

羊舌鐵離不認同父親的做法。

正好有一次地方官府舉行的比武大會，在羊舌鐵離隱居的山腳下舉行，改變了他那茫然的人生。

宋朝從仁宗開始有武舉人考試，先在地方初選，再到京城赴省試（正式中央考試）。此時，各地習武又想求功名的人紛紛現身，除了必考的弓馬技術，還有自由比賽的項目。

由於居高臨下，羊舌鐵離坐在山腰的一棵大樹上觀看比武會場，悠閒地看著場中江湖人物交手切磋。

看了一些比劃之後，他心裡總覺得不舒服。

他覺得參賽者所用的兵器不稱手，無法盡情發揮武藝。

於是，他暗中記下幾位參賽者的招數，回到家中便立刻將自己在觀武時靈機一觸而想像出來的兵器打造出來。

次日，他扛著兩件兵器下山。

在這之前，他不忘喬裝打扮，在臉上抹汙泥，把牙齒塗黃，戴上邊緣有紗布的草帽，穿上又破又髒的舊布衫。

他來到比武大會會場，毫不忌憚地大步踏入，也不理會比武正在進行，則揖手大聲說：

「請問昨日上午比武的兩位是誰？」

大會中的人們有好奇的，有憤怒的，也有的立刻暗中防備、手扣兵器，有的差點便要出手了。比武中的人也停手了，困惑的注視羊舌鐵離。

眾人作出以上反應，不外幾個理由：第一，沒人見過此人，來歷不明；第二，他手上握著兩件形狀怪異的兵器，意圖不詳；第三，他沒有禮貌。

考官正要吆喝無禮，還是主持的老吏經驗老到，場面見得多，知道江湖中臥虎藏龍，便起身恭問道：「不知先生有何貴幹？」

羊舌鐵離一介書生，不諳江湖禮節，所以在這種場面顯得唐突，但他十分誠實：「我來送禮的。」

老吏愣了半晌，很快又接著問：「送給誰？送什麼？為何送？」

「我說過了，」羊舌鐵離道：「送給昨日上午比武的兩位，送的就是我手上的東西，我送，因為他們的兵器不夠好。」

才剛說完，立刻有兩人跳了出來，怒聲喊道：「誰敢說俺兵器不好？」

一人手上拿的是沉重的纓槍，他立即揮舞起來，舞得虎虎生風，落葉紛飛。

另一人手執蛇矛，寒光迫人，氣勢不凡，傲視會場中每一件兵器。

「兵器雖好，但不適合你們用。」羊舌鐵離說著，將手上的兩件怪異兵器恭敬地遞給兩人，道：「你們再用你們的招式，試試看舞一舞？」

兩人狐疑的看看他，再看看手上的怪異兵器。

「沒關係的，只是試試罷了，」羊舌鐵離道：「這裡高手如雲，我若有心害你，也逃不出這裡對吧？」

對。

舞槍的叫什麼名字？這可沒多少人去記得，江湖客喜用外號，以方便宣傳自己，他的外號是「攀天快槍」，使的是一百零八式的「神來槍法」。

「攀天快槍」瞄了羊舌鐵離一眼，開始舞動怪兵器，一把看來是槍，卻又似是打壞打鈍的槍一般的槍。

他使出第一招第一式，心下已暗地一驚。

他越舞越快，越舞越高興。

他開始是驚喜的笑，接著是高興的笑，然後是興奮的笑，最後是狂喜的大笑。

怪怪的一把槍，「攀天快槍」舞起來有若迷霧中的遊龍，神出鬼沒，風雲悸動。

每招每式都完美非常，每招每式都扣人心弦，會場中的武林人士有的莫名其妙，有的驚喜，有的甚至情不自禁的離開座位，張口呆望「攀天快槍」舞動怪槍，幫考官主持的老吏也忘了自己的身分，忍不住大聲叫「好！」

「呼」的一聲，「攀天快槍」使完第一百零八式，採了個犀牛望月式，槍鋒朝天，意氣風發。

會場中人高聲歡呼。

「不可思議！」「攀天快槍」望著手中的怪槍直喘氣。

「如何？」羊舌鐵離隨意問道。

「太好了！」「攀天快槍」道：「我不得不承認，神來槍法一百零八式，從未使得如此稱手，如此……淋漓盡致的！這件兵器真的將每一招、每一式的精華都使了出來。」

羊舌鐵離微笑點頭，但因為他的臉被草帽的紗布遮著了，「攀天快槍」看不清楚，但他也無意看清楚，他已經喜極忘形了。

「你的神來槍法確是十分純熟，只是兵器不適，因此許多招式發揮得不夠。」

「對對。」「攀天快槍」不住點頭。

另一位本來使蛇矛的，外號「精蛇郎」，一把穿腸透骨的蛇矛，不知多少矛下冤魂，所以他對自己的兵器甚有信心。

但看了「攀天快槍」的表現後，他對自己的兵器不免信心動搖起來。

「精蛇郎」咬了咬牙，右腳伸前一點，利用羊舌鐵離給他的兵器使出第一式。

第一式尚未使盡，他已不禁竊喜。

同時也慚愧，對他原本的強烈自信感到慚愧。

隨著第二式、第三式、第四式……他越來越慚愧，又矛盾得高興。

他的手腳停不下來，每一招每一式都太完美了，手上的兵器猶如能帶動他使出招式一般，把過去只有他自己才曉得的缺陷全都修補了。

「嚐！」的一聲，兵器脫手，「精蛇郎」側臥在地，使完了最末一式。

他立刻上前對羊舌鐵離揖手跪下，大呼：「佩服佩服！請受在下一拜！」語氣異常激動。

「不用了。」卻匆匆離開會場。

羊舌鐵離心中竊喜：他成功了！

他同時也十分擔憂，從此以後就會麻煩不斷了。

他只有避開。

他回去就收拾好行李，把隱居的草堂付之一炬，匆匆下山。

果然次日一早，許多武林人士上山尋訪，他們都希望有一把稱手的兵器。

一把可以將所習、所創的武術完全發揮的兵器。

當然，他們只找到一片仍在冒煙的廢墟。

於是，傳說開始了。

由於比武大會中僅有「攀天快槍」與「精蛇郎」兩人真正近距離接觸過羊舌鐵離，其他人都坐得太遠了，所以沒人知道他長得什麼樣子，再加上當時那兩人被高興沖昏了腦子，壓根兒沒去留意他的模樣，連他的聲音是老是少也搞混了。

當然，部分也是因為羊舌鐵離一開始便有意迴避，刻意掩飾了自己的真面目。

江湖中什麼人都有，自然少不了神通廣大的人。

他們四處尋訪羊舌鐵離。

他們連他的名字都不曉得，所以就使出了江湖人的拿手本事：取外號。

他們認為他是打鐵的，所以第一個字是「鐵」，因為不知他是少年或老人，便乾脆「郎」和「公」兩字撇在一起用了。

鐵郎公。

那些神通廣大的人，果真也有找到鐵郎公的。

本著自我挑戰的求勝心，羊舌鐵離接下了生意。

久而久之，他打造的兵器越來越多，人們發明的招式也越來越狠，所以他又再「避」。

他要避免犯下的殺孽越來越重，但他避不了。

處於江湖，他無法避開江湖。

神通廣大的人還是存在。

於是，他定下了條件。

要他打造兵器的人，除了酬金，必須還要有東西和他交換，他所能夠滿意的東西。不過有時碰上他很有興趣的武功，他甚至不理這些條件。

由於他不停地逃避，能找到他的人越來越少了。

而且除了要找他打造兵器的人外，還多了一批人。

想要殺他的人。

有人正義凜然，認為鐵郎公的存在，會使武林的殺戮加重。

也有曾經找他打造兵器的人，為了不想讓別人得到能夠與他匹敵的兵器，所以要把鐵郎公在江湖上剷除。

所以當赤成子提到神算張鐵橋的命書時。他馬上答應。

他需要知道自己的命運。

※※※

這幾年，雲空常在北方雲遊。

小時候聽師兄岩空說京城開封府有多豪華，他才作思遊方到北方來的。而今倦鳥知歸，想回南方看看，或往西邊去拜訪一下天師道正一派的祖庭龍虎山，在躊躇不決中，他便來到岳州了，想說先拜訪一下岳陽樓等諸名勝，再決定方向。

岳州果然熱鬧，風雅之士尤其多，全衝著岳陽樓和詩人騷客遺跡而來。

人多的地方就有生意。

雲空在市集中找到一個空位，便在地上鋪了張布，將竹竿靠上街牆，然後盤膝趺坐，等候生意上門。

許多經過的人只瞟了一眼白布條上的「占卜算命．奇難雜症」八字，便毫不理會地經過了，雲空也只閉著眼，等待有緣人上門。

雲空閉上雙目後，依然可以感覺到街上行人的氣色，大多數的人都是平穩中帶有焦慮的，正是一般市井小民的寫照。

但在來去匆匆的行人中，有一股異常濃烈的氣，在行人中分外突出，而且還混淆著幾道強烈的氣，一道是極度的怨恨，一道是極度的瘋狂，一道是極度的哀傷，問題是，全出自同一人身上。

雲空被那股氣懋得喘不過氣，不得不睜開眼睛。

他看見的是一位書生。

雲空更加疑惑了，一個書生怎會有那麼駭人的氣勢！

那只不過是一名白白潔潔的書生，模樣普普通通，走起路來也是悠哉遊哉的樣子，可是在他身上絕對有著三道驚人的猛烈氣勢。

雲空忍不住，走上前去叫著他：「公子！請留步！」

書生停下腳步，回頭看著他，臉色有些厭煩。

「公子，可否到我的攤子一會？讓我讚你兩句？」

「不了，」書生表情不屑：「我不信這一門的。」

「我不收錢，」雲空擺擺手：「我只想看看你的臉，能否借我學習面相？你的情況實在是太奇特了。」

書生對道士的說法深感好奇，說話也有些保留了：「抱歉，我正忙著……」

「不很久的，」雲空忙道：「只一會便行了。」

書生於是跟著雲空到他的攤子，站在雲空面前，等待雲空的下一步行動。

雲空端詳了好一陣，也借他的兩手研究了一下掌紋，心裡不禁冷了起來。

「公子，你曾遭遇過很大的劫數……」雲空嚥了嚥口水：「恕我直言，此劫牽連甚大，甚至今你家毀人亡。」

書生也有些動容了。

「你心中似乎有很大的怨恨，眉間有濃厚的紫氣，臉上顯露強烈的殺氣……」雲空搖頭嘆氣：「心病終須心藥醫，一天不放下此重負，你一天都活得不快活啊。」

「我已經這樣活著很多年了，」書生語氣冷冷的：「從來沒有不快活。」

「公子，當知道強暴之人，必死於強暴，你還是得放下心事，以免積怨日久，他日禍患來時，暴死他鄉。」

雲空見書生態度冷淡，便不再說話，書生見他說完了，便告辭回到街上的人群裡去，很快就失去了蹤影。

雲空望著書生離去的背影，見他走遠了，心裡嘀咕：「此人究竟是何來歷呢？」但他每天看見的人太多了，形形色色，各式各樣，方才忽起的好奇心也就這樣在不經意中消散了，於是又再閉目養神。

突然，他感到有人在前面站定不動，知道有客人上門了，於是抬頭道：「客人欲問何事？」雲空仍舊閉著眼。

「沒事，找你聊天。」

雲空好奇的睜眼一瞧，只見面前那人瘦如骷髏，臉上竟沒一根毛髮，於是笑著說：「原來是赤成子。」

赤成子也笑了笑，但他還是不笑比笑好，他笑起來的樣子太噁心了：「自從平安樓一別，倒有好幾年了。」

「閒話少說，來來，」雲空招呼他坐下：「我想問你一件事。」

赤成子蹲下，表示恭聽。

「看見你，令我想起一個人，我一直想找你來問問。」雲空道。

「唔。」赤成子示意他繼續說。

「替你打造『樞心指』的鐵郎公。」

赤成子神色不變，只是眼睜睜地看著雲空，半晌才呼口氣說：「我有好些年沒見過他了。」

「好些年前他長得什麼樣子？」雲空立刻接口問道。

赤成子再盯著他，原本已差不多看不清楚是否存在的小眼似乎大了不少。又隔了一些時間，他才再說話：「你知不知道江湖上的人都不喜歡提起他？」

「為什麼呢？」

「第一，很少人知道他的出身，人們也不太想知道，以免流傳廣了，他便躲起來不替人鑄造兵器，這是大家所不願的。」也就是說，江湖中人明爭暗鬥，人人都想超越他人，一旦少了鐵郎公這類人物，人們也就少了個戰勝他人的勝算了。

「第二，聽聞他脾氣甚怪，人們不敢隨便得罪他；第三，沒人知道他的武功有多高，不敢惹他；第四，人們擔心一些自認『正派』之士將他殺了……是以他的樣貌並不多人知曉。」

雲空聽了第四條，心裡震了一下。

「你想知道他幹什麼？」赤成子問道。

「什麼？」

「你為何要問他的事？」

雲空正了臉色，道：「我也不清楚……但製造如此多的毒辣武器流傳世上，這種人不會為患江湖嗎？」他看了看赤成子，發現赤成子的臉色並沒變化。

「哼，」赤成子歪嘴笑了笑：「人生而偏好自相殘殺，多一個少一個鐵郎公，世道也不由你我左右。」

「我明白你的意思，但我不相信你的說法。」雲空道。

「隨你說，」赤成子道：「不過我可以告訴你，我感到他在附近。」

「什麼？」雲空大為振奮。

「這裡有他殘留的氣息，」赤成子作勢仰首嗅了嗅：「很濃很濃的怨氣。」

雲空猛地想起那位書生：「我知道了！」

赤成子見雲空臉色微喜，心下有些明白，於是便說：「我不打擾你做生意了，來日有機會再見，告辭了。」說著一揖手，便大踏步走開了，雲空連手也來不及抬起來，只好目瞪口呆的看著他離開。

「那書生往哪裡去了？」心念一起，便很快地提起竹竿，用竹竿挑起鋪在地上的布，另一手一抓，將薄薄的一塊布抓成一團塞入布袋。

他鑽入人群，尋找那特殊的氣息。

好不容易才碰上鐵郎公，他不想又失去了他的蹤跡。天下如此之大，這般偶遇，是可遇不可求的。話說回來，今天短時間內就偶遇了赤成子和鐵郎公，還真是巧啊！

鐵郎公在人群中留下了一股怪異的氣，在雲空眼中就有如一絲模糊的線，他敏銳的感覺在尋覓著、跟隨著那條線。

他像獵狗般緊跟著那股氣，遙望遊覽的人群，可以見到雲空竹竿上的白布條在飄動著。

他撥開人群，脫離了擁擠的街市，進入一片翠綠的空地，有著綠蒼蒼的樹和半黃半青的草，有著沁涼的清風和孤獨的蟲聲，彷彿忽然遠離了塵世。

在這瞬間，雲空還以為自己聾了。

那是錯覺。

寧靜突然的包圍他，他的耳朵一時有些不習慣。

他聽見寧靜。

他也看見鐵郎公。

十步之外，鐵郎公迎著涼風，臉色一片祥和，衣角在風中輕擺，彷彿一點也不在乎。

他兩手握著劍，兩把沒有劍把的裸劍。

一把是天藍色的劍，絲絲不平靜的紋理散漫地伏在劍身上，劍在喊冤、在悲泣，吐出極寒的怨氣。

一把是瘋狂的劍、不祥的劍，它的紋理凌亂，令人目眩，它正將一股股肅殺的氣息灌入直視它的人的心中。

鐵郎公俯首看著地上的布包，布包中散出幾本古書。

鐵郎公顯然在等候。

雲空呆呆的望著這奇妙的情景，不知該不該打招呼才好。

「你來了。」鐵郎公說著，始終沒有抬頭，只是默望著腳邊的書，手上不著力的握劍，「放過我吧。」

雲空還正躊躇該怎麼回答時，旁邊有人答話了：「我找了你這麼久，豈能再輕易放過你？」

雲空驚視旁邊，原來鐵郎公說話的對象不是他，而是一個尖臉鼠目的男子，手中握了一把犁耙樣的怪異兵器。

「那你說說，為何要殺我？」鐵郎公的語氣平淡得像在討論天氣。

「嘿嘿，」尖臉鼠目說，「因為我要謝謝你幫我奪得武舉人，而我不想還有比我強的人出現。」說著，他舞起兵器，「我追查很久，知道你原來根本不會武功，所以……」

那人忽然不說話了。

他仆倒在草地上，眼珠子碰到草葉，也不會閉上，鼻孔仍徐徐呼吸著絲微的空氣。

赤成子從他背後現身，半蹲在地，從那人脖子上拔下一根細刺。

鐵郎公鬆了一口氣：「哦，是你，摳心指……那是什麼？」他望望赤成子，沒見他帶著摳心指。

「龜塚丹，記得嗎？我本來要給你而你不要的波斯毒藥。」

「他會死嗎？」

「他會作夢。」赤成子說，「我用的劑量很小，他會像烏龜一樣龜息，估計明天才會起得來。」

「這不是你第一次救我了。」

「不過是最後一次，因為張鐵橋給你的命書到此為止了。」

鐵郎公點點頭，然後凝望著雲空。

風在吹，雲空手上的竹竿微微在抖動，白布上的八個字在空中亂舞，揮出雜亂的線條。

正確的說，鐵郎公凝視的是雲空招子上那八個字。

「不要殺我。」鐵郎公嘆了口氣，兩手依然握劍。

「為何我要殺你？」雲空冷靜的問道。

「因為你就是那位道士，」鐵郎公道：「張鐵橋的命書上，最後一條批曰：『占卜算命，奇難雜症，雲遊仙家，空言道學，遇此人時，死於非命。』」

雲空不禁一驚、一奇、一喜。

喜的是他聽見「張鐵橋」這位鼎鼎大名的神算，另一位想會面的人。

奇的是張鐵橋的批語上，寫的竟是雲空竹竿上所繫的白布所書「占卜算命．奇難雜症」八字。

驚的是批語中竟隱著他的道號：「雲空」。

「但我並沒要殺你。」雲空苦笑道，「你瞧我手無縛雞之力。」

這下鐵郎公反而吃了一驚，這是出乎他意料之外的。

他已經又害怕又緊張的等待這位殺他的人許久了。

神算張鐵橋批的命絕對錯不了的，以前的批語都一一靈驗了。

「江湖上的道士不少。」雲空想了很久才說。

鐵郎公仍拿著兩把劍，望著地上的書，他不打算作出反應。

「寫著『占卜算命．奇難雜症』的自然也不少。」雲空又說。

「那你的道號呢？」

雲空嘆了口氣：「貧道雲空。」

「叫雲空的不會不少吧？」鐵郎公幾乎立刻注意到張鐵橋的批語所含之暗示：「雲」遊仙家，「空」言道學。這句話不但指出了行走江湖之道士，也點出了「雲空」兩字。

「最大的問題是，」雲空說：「我並沒要殺你的念頭。」

「本來你有，」鐵郎公道：「你在街上追尋我的時候，我感覺到有。」

「我不否認，只不過偶爾一現的念頭，」雲空謹慎的說：「但我一到此地，立刻斷了念頭。」

「為什麼？」

為什麼？

一個完全沒有殺氣、煞氣、兇氣的鐵郎公。

雲空突然感到眼眶熱了起來。

淚水很快包圍了眼珠，由眼眶邊緣湧出，流下臉龐。

他忽然痛哭。

他感到鐵郎公很可憐。

可憐的鐵郎公仍望著劍、望著書，憂鬱的眼神悠悠如少女，屹立在這片悲涼的大地上。

江湖上傳聞，鐵郎公的武功造詣很高，否則他哪來如此大的本事，只要看了他人武功招數，就能打造出可將招式完全發揮的兵器？

更奇的是，即使是不需兵器的掌術、拳術、腿功，他也有辦法化成兵器。
傳說中，鐵郎公的武功無人能及。
問題是，江湖中真正接觸過鐵郎公的人不多，更沒人見過他動武。
今天雲空才知道，原來鐵郎公完全不識武功。
任何人感到鐵郎公的殺氣，都會毛骨悚然，心驚膽戰。
事實上那不是鐵郎公的殺氣。
雲空一碰見鐵郎公，便立刻感覺他身上有三股強烈的氣。
一股是極度的怨恨，含著冤的氣，由「龍文」劍發出。
一股是令人驚恐非常的殺氣，由「狂」劍發出。
一股是異常哀傷、孤獨、寂寞和怨恨的氣，這才是鐵郎公真正的氣。
平時他把劍帶在身上，所以三股氣混淆了。
雲空追蹤他到這裡的時候，他已將劍解下，分別握在手裡。
三股氣因此自然分開，一目了然。
雲空因此直竄入鐵郎公的心，清楚地感受到他積了許多許多年的哀痛。
所以雲空很憐憫他，很同情他，甚至哭了出來。
但當他發現對方無意殺他時，他禁不住驚奇地問：「為什麼？」
雲空聳了聳肩，說：「因為我認為，你應該用賺來的錢，去做做生意，當個平凡人；或出家為道為僧，遠離俗世；又或做生意，同時在家修行，減輕罪孽。」他一口氣說完，看著鐵郎公，也望了一眼在旁邊不作聲的赤成子。
鐵郎公把劍扔在地上，轉過身子：「為什麼？」

「因為你應該不要再被過去束縛了自己，忘掉他吧。」

鐵郎公，或者說，羊舌鐵離，終於露出了微笑：「我明白了。」他笑出了聲音：「我總算明白了！」他狂笑：「這些年來，我就是等著有人告訴我這些話！」

雲空也鬆了一口氣，看著鐵郎公狂笑得撲在地上。

鐵郎公從未笑得如此痛快。

他嘲笑自己，甘於陷入他人的利慾之中。

他嘲笑江湖，為了他一個文弱書生沸騰不已。

「笑完了嗎？」赤成子作聲了，「不好意思，我想告辭了，還有些事要交代一下，然後我就要去忙別的事，不再照顧你了。」

羊舌鐵離止了笑：「照顧我？」

「我也是自找麻煩啦，帶你找張鐵橋，結果那兔崽子竟批了兩本命書，一本在我這裡。」赤成子遞出了一本薄薄的書，「他還要我依照時間和地點，恰時出現來保護你。」赤成子啐道：「麻煩透頂！」

鐵郎公開心的接過命書，翻開看了第一頁，不禁眉開眼笑：「是神算張的？」

「哼，害我苦候了這許多年，真是長命功夫！」赤成子歪嘴乾笑了一聲：「他要我待你不再打鐵時，才交給你，」他嘆了口氣：「還好，我用不著帶到陰司那裡。」

「神算張還說了什麼嗎？」

「有，他問你想跟著他算出來的路線走完人生嗎？」赤成子道：「他說，批命能批出命運的趨勢，如果任由命隨著業力運轉，你就乖乖照著跑，但若想有後天之變化，則全靠修為。」

羊舌鐵離沉吟著：「修為嗎？」

「你若當下有了答案，鐵郎公當下就死了。」

三人沉默了一陣，雲空說：「好了好了，你的事完了，我也沒事了，我要走了，告辭。」

雲空說完便回頭要走。

「稍待，雲空，」赤成子叫住了他：「自從平安樓一別，我的師兄弟們有沒找過你麻煩？」

「怎會沒有？」

「能告訴我事情經過？」

「你肚子不餓嗎？」

「哈哈……」赤成子大笑，笑起來的樣貌更難看了：「去吃點東西吧！邊吃邊談。」

「我可沒多少盤纏的呀。」雲空笑道，「只吃得起大餅。」

「我請客！」赤成子說：「鐵郎公，你也來吧！」

「鐵郎公不來。」鐵郎公道。

雲空和赤成子都怔了一怔。

「羊舌鐵離來。」

三人大笑，幫忙羊舌鐵離把地上的東西收拾了，一起離開這裡。

「待會兒幫個忙，」羊舌鐵離道：「我要將這些劍和書都毀了。」

「不忙，我先告訴赤成子他師兄弟的事。」

「不忙不忙。」三人走回市集。

風仍在吹，尖臉鼠目的武舉人仍俯躺在草地上，無人聞問。

但是，鐵郎公從此不復存在。

【典錄】劍

晉朝張華《博物志．器名考》提了十把古代名劍，有歐冶子所鑄的純鉤、湛盧、曹豪（又名磐郢）、魚腸、巨闕，又有楚王的三把劍，分別為龍淵、太阿、土布，還有楚王召風胡子去吳國請干將和歐冶子鑄劍，干將、莫邪夫妻造了兩劍，陽劍「干將」上有龜文，陰劍「莫邪」上有漫理。《吳越春秋》載有更詳細的干將莫邪故事。

戰國時代的寶劍大多出自南方的吳越，連《周官》也說：「鄭之刀，宋之斤，魯之削，吳越之劍……」或許由於南方戰事因地形關係而多近身戰鬥，因此比較常用劍。

南朝人陶弘景《古今刀劍錄》記載了上百把古劍，結集了他的時代以前的傳說。陶弘景本身也會鑄劍，還為梁武帝鑄劍十三口。

宋朝《太平廣記》廣集古書，分類條目，其中的「器玩」一條，分散有一些劍的傳說，以下略述數條：

引自《芝田錄》的故事說，唐朝人符載有一把夜晚會發出神光的劍，曾斬殺蛟龍，但某次他用來切粽子，劍就失去了光芒，這說明了靈劍不可用來做「有失身分」的事。又，引自《廣異記》有一把「破山劍」，可以削石破山，但只能用一次，然後劍的光芒就會失去。

引自《世說》，說戰國時有人盜發仙人王子喬的墓，墓穴中只懸有一劍，劍發出龍吟虎嘯之聲，破空飛去。這是說仙人用劍來代替屍身的例子，是為道士尸解法中的「劍解」。

引用《尚書故實》，說梁國人陶貞白的《太清經》又名《劍經》，就提到學道的人都需有好劍、好鏡隨身，用以辟邪。事實上劍、鏡二物是道士最重要的兩樣法器。

引自《王子年拾遺記》提到黃帝伐蚩尤時發現昆吾山有赤金礦，後來越王勾踐開採，鑄成八劍，曰掩日、斷水、轉魄、懸翦、驚鯢、滅魂、卻邪、真剛，應八方之氣而鑄，各有奇能。

最後提到劉邦的劍，《王子年拾遺記》傳說劉邦的爹遇上歐冶子，把他擁有的商代匕首鑄入劍中，後來劉邦用來殲敵，而劍上常有白氣如龍蛇狀，而《酉陽雜俎》則清楚描述傳說中劉邦斬白蛇的劍，在《異苑》中提到晉元康三年武庫失火，這把斬白蛇的劍才穿出屋子飛走，從此失蹤。

收於《道藏》的《上清韓象劍鑑圖》，有提到道士儀式用的「景震劍」，其序曰：「夫陽之精者著名於景，陰之氣者發揮於震，故以景震為名……劍面合陰陽刻象，法天地，乾以魁罡為杪，坤以雷電為鋒……」以象徵手法刻圖字於劍身，又說明了此劍的功能：「佩之於身則有內外之衛，施之於物則隨人鬼之用矣。」

之九

晴風湖

宋・大觀四年（一一一一年）

這一路走來，雲空已經猶豫了無數回，直到走至湖邊，依然沒能有個決定。

他猶豫的是，應該往南探訪幼年的來時路，抑或到西邊的四川探訪龍虎山，參訪天師道崛起之靈地。不知不覺，他進入了長江的流域範圍，已經走到兩種選擇的交匯點。

橫在他眼前的是一個大湖。

與其說是湖，根本是一個小型的海。

他左右望去，皆望不到邊際，往前遙望，也看不到對岸。

不過水是淡的，的確是湖。

「要怎麼過湖呢？」雲空東張西望，尋找擺渡的船家，「找人問問看，湖的對岸是什麼地方？」

此時正當中午，烈陽猛照，但都被雲空頭上的草帽遮去了。

雲空穿著道袍，腳踏厚墊的布鞋，肩上掛個黃色布袋，袋上畫了個先天八卦圖，手執竹竿，竹竿上纏了兩個小銅鈴，還繫了塊寫了「占卜算命．奇難雜症」的白布。

一道疾風吹過湖面，猛地拐彎，掠過竹竿上的銅鈴，銅鈴一陣亂響，狂風牽動白布，拉著雲空轉了個身。

這一轉身，他才發現不遠的湖岸有三個人，正朝他徐徐走來。

三人跟他一樣身穿道袍，卻三個都剃光了頭。

其中兩人似乎在爭論，神情激動。

這種光景似曾相識……

剎那，雲空打了個寒噤。

他猜到他們可能是誰了！

雲空不動聲色的悄悄轉身，背著他們離去，眼睛不斷在湖邊的小林子搜索，看有什麼避開的路徑沒有。

「嘿，連成子師兄，前頭也是個道士！」雲空聽見背後的聲音，整個人當場冷了半截。

「連成子！」

不會錯了，這三人正是赤成子的三名師兄弟：虛成子、連成子和半成子。

師父破履說過，赤成子的師父龍壁上人聲稱回歸道家古風，不修靜養性煉內丹，反而追求幾乎被當今道教所摒棄的丹藥。

破履曾說：「自古服食丹藥者，毒死有之，瘋狂有之，只因丹藥性熱，有的魏晉名士喜愛袒胸露肚，其實非關豁達，實乃服食丹藥，體熱難受也。」而龍壁上人不知服用何等丹藥，他和弟子皆性情怪異殘酷，說是瘋了也不為過。

師父警告雲空說：「他們雖然和我們一樣學習道術，不過心術不正，且要注意，在傷人之前，他們必先報上名號。」

雲空可不想聽見他們報上名號。

他終於見到林子旁有條小徑，正想鑽入林子時，忽然起念：「等等，他們未必認得我！我只是個無名道士……」但轉念一想，又不對了：「同樣是道士，他們一定會問我道號的……」跟著又自己罵自己：「真笨！我報上假名不就得了？」而且「……他們又怎麼知道我當時正和赤成子一塊呢？對吧！」

當時。

當時是指在「平安樓」那時。

其時赤成子在追捕師父龍壁上人的僕人，該僕人盜取了龍壁上人從別處搶來的刀訣，還騙走他的獨生女。

在成功逮到那個僕人之後，赤成子竟將那本刀訣燒了。

這形同背叛了師父龍壁上人，背叛了師門。

赤成子的師父學不成這搶來的刀訣，當然生氣，但他的三名師兄弟更是憤怒，他們都認為若是由他們先逮到那僕人的話，刀法早被他們學去了。

當時雲空在場。

所以連成子、虛成子和半成子極可能找他麻煩。

「他們學習妖術，還是小心謹防得好！」雲空依然走進了林子，躲去大樹後方，觀察動靜。

半成子注意到雲空，他指了一下樹林：「師兄，他……」

虛成子和連成子原本在爭論，見半成子叫他們，才剛轉頭來看，半成子已經又把頭轉回來了。

他們兩人習慣了半成子的行為，也不去理會，繼續爭論。

半成子乃龍壁上人最小的弟子，是個極陰陽怪氣的傢伙，什麼都是一半一半的。

他講話講一半。

吃飯吃半碗。

穿破了一半的鞋，穿爛了一半的衣，洗澡洗一半便算了，也不計較乾淨了沒。

幸好他說話也說一半。

他有注意到雲空，鬼鬼祟祟地躲到林中。

他們經過雲空藏身處，再走不遠，見水邊的蘆葦之間有幾艘扁舟，藏也似的在蘆葦間半隱半沒，有艘扁舟的中間還搭有遮雨的草篷，三人選定了，便走上前去：「船家！船家在嗎？」

呼喚人的是連成子。

連成子是大師兄，劍眉大眼，自命不凡，頭頂修理得乾淨溜溜，連蒼蠅站上去也會滑倒。

有人由船篷裡露出臉來，走上甲板，揮手回應。

「張老爹，是您的主兒了！」那站在甲板上的人朝另一艘船呼叫。

原來他們有輪流做生意的規矩。

連成子不高興的說：「我是在叫你！」

「抱歉！」那船家聳聳肩，「我家的船客滿了，要趕船的找張老爹去。」說著便鑽入篷子，還拉上一塊布擋著。

另一艘船上有個老頭兒，他遠遠招了招手，便將船槳伸入水中，把扁舟沿岸划來。

他笑咪咪的樣子，似乎是很高興有客人上門了。

虛成子兩隻陰森森的小眼瞪著前來的船家，並不是他不懷好意，而是他懷疑船家不懷好意。

虛成子乃二弟子，性格最陰沉，話說不多，殺人尤其快，傷人不動聲色，害人前毫無徵兆，害人後更若無其事。

船還有七步之遙才靠岸，連成子施展輕功，從岸邊輕輕一躍，雙足輕輕點上甲板，連船身都沒晃動，連成子於是向船夫得意的一笑。

虛成子本來就是陰沉的人，當然不輕示才能，只是平平穩穩的踏上船。

半成子把腳舉起，又伸出一隻手，要師兄幫忙拉他上船。

「三個人嗎？」叫張老爹的船家笑問，「這湖有幾百個渡口，短的個把時辰，要到對岸也需三四日光景，你們要去哪裡的？」

「三個。」半成子回答，「我們要去……」接著他解下背後的包袱，開始整理行李。

連成子道：「我們想去長沙，最近可以去長沙的渡口在哪處？」

「到清風渡就對了，到了再轉河船，老夫送你們去。」

「且慢，船資多少？」

「不過一百文。」

「每人一百文嗎？」

「對的，便宜啦。」

「放屁，在東京租匹馬也不過一百文，太貴太貴。」

船夫哼哼笑道：「客人是明理人，何必讓老夫難過？老夫在這渡口守候整日，也就等您這一程來開飯呢。」

連成子還在斤斤計較，船夫便說：「不如這樣吧，咱四個人乘一條船也不吉利，只要招多一位客人，老夫就讓你們少算一人如何？」

「等得另一個人，豈不天黑了？」

「不忙。」船夫是在湖上討生活的人，眼力甚好，早就注意到了，他朝林子大聲吆喝：「林中那位仁兄不也一起渡船嗎？」

雲空嚇了一跳，他原想先避開，待他們師兄弟三人過了湖才再邀船的。

「客官喂——」船夫不放棄。

連成子冷眼望向林子，笑容收斂。

虛成子陰陰地笑，不笑在面上，只在心中暗喜。

半成子只抬起手，說了半句話：「剛才就……」

雲空呆立不動，走也不是，不走也不對，只好死賴在大樹後方，假裝不在。

虛成子不說話就不說話，一說話就：「雲空兄！上船吧！」嚇死人。

雲空心下一震，心想：「完了完了完了完了完了完了……」他立刻強迫自己冷靜下來：

「如何是好？」對方有武功，又懂妖術，除了死路尚有何路？

不對。

雲空記得師父破履曾替他批命，他記得大劫不在此時。

該硬著頭皮出去嗎？

正猶豫不決時，連成子已從船上躍起，施招輕功來到他面前。

「原來你就是雲空，」連成子很得意很得意的笑道：「幸會。」

雲空自幼招逢大難，父母雙雙焚死，後隨破履當道士，又上隱山寺跟住了幾年，受到燈心燈火的指點，使他原本消極的性格變得較開朗了。

他尤其知道一個道理：禍從口出。

不說的時候不說，該說的時候才說。

但他現在不能不說，又不能盡說。

所以他說：「對不起，道兄，我不是雲空，也不認識雲空。」

連成子向他笑笑，再回頭大叫：「師弟，他不是雲空！」

虛成子沉沉的說話，但他的聲音卻遠遠也可以聽見：「他當然是。」

連成子又轉回頭來，笑道：「你是。」

雲空也不慌不忙：「誰是雲空？為何找上我？」

「沒關係，走吧。」連成子說著拉了他的袖子便走。

「等等，」雲空掙開袖子：「我自己走。」

雲空乖乖跟著連成子走去湖岸。

他本來思慮如何逃脫、怎麼講瞎話的，但一到達湖畔，他立刻把剛才的盤算完全忘個精光了。

他開始恐懼。

連成子武功高強，他不害怕。

虛成子陰沉奸狠，他不畏懼。

半成子深藏不露，他不擔心。

他恐懼的是，當他一來到湖岸，立刻感到頭暈目眩，噁心得不得了，想把體內所有的東西嘔出。

黑氣沖天。

漫天黑霾。

腥臭的黑氣佈滿了整個湖面，填滿了湖面上數十尺的高空。

雲空眼瞪瞪的呆立著，似乎一時忘了他們的存在。

虛成子見雲空面帶懼色的呆望天際，也覺得有些不妥，但他不發一言，只是移動眼珠子察看四周。

「客官啊！還要不要渡湖喂？」船夫又在催促了。

「不……」雲空呢喃道：「不要渡湖……」

連成子哪由得他？他把雲空推到扁舟上，哼了一聲：「想躲我們？現在叫你想飛也飛不掉！」

「坐好哦。」船夫叮嚀著，便將扁舟推離岸邊，漸往湖心划去。

眼見離岸遠了，連成子馬上威逼雲空：「快說，赤成子在哪裡？」

雲空只呆坐在船上，不打算回答，他還有更需要擔心的事。

在他眼中，小船已經被重重黑氣包圍，根本望不見扁舟以外的景色，他有個不祥的感覺：

「全都逃不了！」

連成子師兄弟三人不停逼問雲空，想知道赤成子的下落。

半成子說話老是說不完整，他只是不斷的說：「快……赤成子……快……赤成子……」說著說著說累了，只得走去一旁歇息。

連成子和虛成子也拿雲空沒辦法，雲空不但不回答，而且根本好像當他們不存在。

半成子窮極無聊，他走到船夫身邊，看了看船夫，數了數船夫臉上的皺紋，摸了摸船夫的船槳。他忽然覺得有些東西不對，是船夫的槳。

「老伯……你……」半成子才剛說了一半，船夫的手一抽，由槳柄抽出一把雪亮的直刀，在抽出的同時，便畫出一道圓弧，順便經過半成子的頸項。

半成子倒在甲板上，他壓住脖子，血水不停從他手掌下方冒出，沒想到他竟如此不濟！

連成子和虛成子立刻反身面對船夫，亮出利劍。

船家手上的直刀，透著鮮血反射陽光，真個是「刀光血影」。他很簡單的說了一句話：「留下物件，跳下船去。」

連成子狂傲的大笑數聲，道：「你先請跳。」

船家不打話，直刀電速揮來，三道兵刃相見，互不相讓，船上一片刀光亂迸，在烈陽下閃耀華美的光芒。

雲空也抽出了劍。

桃木劍。

桃木劍也能跟兵器交手乎？

當然不能。

況且他也不是想和兵器交手。

湖心衝出一條粗大柱子般的強烈的黑氣，遮蓋了烈陽，撥亂了雲彩。

雲空在甲板上盤腿而坐，心神凝定，手舉桃木劍，大喝一聲：「疾！」

接下來發生了幾件事。

首先，小船飛起，彈到半空中。

雲空急忙捉緊繫著船首的韁繩，連成子和虛成子毫無準備，被彈上空中。

船夫卻似乎早已料到此事，直接跳入水中。

最令人驚奇的是，半成子在半空中翻了個身，大叫：「這是……」

原來半成子未死！

他連死也只死一半！

這一連串事情的發生，是因為從湖中衝出一個龐大的物體。

扁舟整個翻轉過來，又掉回湖面，僅泛起小小的漣漪。

所有人掉落水中，幸好大家都略識水性，才能及時浮上水面。

眾人抬頭往上一瞧，全都大為驚震，只有船家似乎一點也不好奇，一面惱怒的搖頭，一面游去湖岸。

湖心矗立著一隻巨大的怪物，通身雪白，遠看有如一條大蛆，無口無眼，更看不出身上有任何器官！

它就像一條又粗又長的白肉，一條瑩潤的大香腸！

它挺立在湖面，令人不禁因為想像湖面下還有多長的身軀，而驚怕得渾身顫抖！

「那是什麼？那是什麼？」連成子一面撥水，一面驚奇的不停叫嚷。

虛成子只搖搖頭，死盯著巨怪，仍然緊握著利劍。

雲空盯著那怪物，口中背書也似的說道：「水之怪曰龍、蛟、罔象，木之怪曰夔、罔兩，土之怪曰豬羊，火之怪曰宋無忌。」

半成子叫道：「什麼時候了，你還在……」便不再說下去。

「在掉書袋子。」虛成子冷冷的幫師弟說完。

道士入山，要背下精怪名稱和樣貌，才能在危急時認出對方原形。可是……「可是這東西什麼也不像！」雲空說。

白色的大肉蟲，突然快速鑽出水面，長長的身軀在空中彎曲，又再鑽入湖中。

四人這才發現船夫早已游回岸上，沒想到一個老頭可以游得這麼多，而且岸上不知何時跑出許多人來，越聚越多！

那些住在湖岸的人家，不是渡船便是打魚的，此時全一股腦聚在湖岸，議論紛紛。

連成子、虛成子、半成子及雲空四人都靠到翻了底的扁舟上，雲空手中的竹竿是一刻也不曾離手，肩上的黃布袋也沒丟失。他們望著湖面的水波許久，見巨物不再上來，才鬆了口氣。

「看來那船家曉得此物。」連成子道。

「去問他吧。」雲空道。

虛成子精目一掃，把視線鎖定在雲空面前，冷不防叫他：「雲空！」

雲空不上當，自顧自說：「咱們游上岸去吧。」

「你是雲空！」虛成子不放鬆的說。

雲空忽道：「三位同道中人，敢問道號？」

虛成子狠狠瞪住雲空。

連成子明白雲空的意思，不禁哈哈大笑：「我叫車成子！」

半成子也嘻皮笑臉：「我叫十……」又不說了，傻乎乎地看了看虛成子。

虛成子沒好氣的說：「他叫十成子，我叫七成子。」

雲空心中不禁暗笑，也不禁暗喜。

他暗笑他們把道號改得如此古怪，但轉念一想，若他們報上真名號，便表示要傷人了，此時又不禁鬆了一口氣而暗喜。

「那麼，」雲空這個「那麼」是故意說的：「我叫雨工。」

四人小心翼翼地靠著船，靠船身的浮力，踢水游至渡口。

船快到岸時，虛成子道：「當心，剛才那船夫劫船，那麼人恐怕是同黨，必定有事。」

果然，只見岸上的船家們紛紛亮出兵器，專等他們上岸。

「且先不理會你這兔崽子是不是雲空，待我先收拾他們。」連成子笑著說。

連成子、虛成子的兵器仍握在手上，半成子沒拿兵器，而雲空手上只是一把打狗都打不痛、只有前臂那麼短的桃木劍。

連成子和虛成子一上岸，岸上立刻有人用魚叉、菜刀、長刀之類抵住他們，雲空和半成子看來不具危險性，每人僅由一人抵住而已。

連成子被數人圍著，又被他們用兵器指著各要害，自不敢亂動，他見虛成子亦是一般情況，兩人互相打了個眼色。

「你，什麼名？」一名年輕船夫耀武揚威的叫道。

「待會兒再告訴你。」連成子笑了笑，把衣服上的水擰乾。

「什麼？」年輕船夫被激怒：「你什麼名?說！」

雲空立時心想：「不好！」

「小兄弟，」連成子很好脾氣地說，「等叔叔弄乾了衣裳，再告訴你好不好？」

那名船夫為之氣結：「大哥我可沒這麼好脾氣，再不說就一刀了結你！」

連成子把身上衣服擰得稍乾之後，身子頓時輕了不少：「別急別急，我這就說了嘛……」

雲空睜大眼睛，等著連成子報出名號。

「我叫連成子！」話未說完，包圍連成子的人不約而同地叫了兩聲：第一聲是驚訝手上的兵器忽然消失了，第二聲是因為腳踝被傷而慘叫。

連成子話剛說完，包圍他的人全都倒在地上了。

而連成子手上的劍，只有少許血漬。

「要知道我的名字嗎？」虛成子向押著他的人問道。

眾人立刻驚怕的退回人群裡去。

「好啦，叫你們能說話的出來。」連成子道。

人群中走出了一名老叟，老得非常徹底。

所謂老得非常徹底，意思是說他不但皺紋滿面，還駝背、行路踉蹌、牙齒脫落、手微微顫抖等等。

「好，我是能說話的。」老叟一開口，雲空才驚奇他的聲音聽來並不很老邁。

「我問你，為何要行劫？」連成子笑著說。

「等等，道兄。」雲空舉手上前。

「誰是你的道兄？」連成子用鼻子哼了一聲。

「不是就不是，是不是也沒關係，」雲空道：「我只想說，你不該先問這問題。」

「我想問他老娘是公的母的都可以。」

「問題是，你剛才問的問題早就知道答案了，」雲空謹慎的說：「他們打魚、渡湖、行劫，無非為了生計。」

老叟微笑點頭：「那這位道長，你想問些什麼呢？」

「那怪物是什麼？」雲空不等他問完，立刻衝口而出。

老叟上前一步，指著湖面：「這湖叫清風湖，這裡叫清風渡，那你說的怪物是位神靈，喚作清風龍君，是從上一代便一直有拜祭的。」

「龍？」連成子皺眉道：「那不是龍。」

「更不會是神。」虛成子冷冷的接口道。

「你們的祖先由何時開始定居此地？」雲空又問。

「你何必問這廢話？」連成子生氣的說。

「兩百多年了。」不想老叟竟立即回答。

「那……龍君並非一開始便有的吧？」雲空又問。

老叟的眼睛立刻亮了起來，盯了雲空手上的桃木劍一眼，良久才回答：「不。」

「這就對了。」雲空點點頭。

見他們旁若無人的一來一往，連成子沉不住氣了：「對了什麼？」

「那東西是怪物。」雲空道。

「我們可沒這許多工夫清談，」連成子惱怒道：「我們要過湖，你們可別想再打劫！」

老叟立刻吩咐道：「李二！送他們四位過湖！」

「三位。」雲空道：「我不去。」

連成子一把抓著雲空的衣襟：「我要你去。」

「我不去，我要探查這怪物的來歷。」

「你不去，我就要你的命！」

「你要了我的命，便無法得知赤成子在哪裡。」

「可惡！你果然是雲空！」虛成子立刻迫向雲空。

「我不是雲空！我只知道赤成子在哪裡！」雲空立刻反駁：「若不讓我查個水落石出，就絕不告訴你們。」

「好！看我把你押上船去！」虛成子說著，由袖囊中一摸，拿出了兩個羊皮剪成的小人：「聽著了，我是虛成子！」

說著，口中唸唸有詞，跟著大喊一聲：「如律令！」兩個羊皮人立刻暴長數尺，有若真人般大小，走到雲空面前。

眾湖岸百姓一看，忍不住驚呼起來，這是他們生平從未見過的妖術！

雲空不慌不忙，從濕透的布袋中取出一面青銅鏡，向羊皮人一照，羊皮人立刻軟了下來，回復原來大小。

「好傢伙，你這鏡什麼來歷？」虛成子又驚又怒。

「師傳漢代古鑑。」雲空慢慢將鏡子放回袋中。

「好，師兄，就讓他……」半成子道。

「豈有此理！」連成子連連蹬腳：「若你查不出那怪物的來歷，又當如何？」

「跟你們走便是。」

「爽快！你查吧！我們等你！」連成子說著席地而坐，眺望湖面。

「謝了。」雲空作了個揖，轉向老叟道：「我想告訴你們，那清風龍君並非神祇。」

湖岸百姓聽了，竟不發怒，只是靜靜聆聽。

「不瞞諸位，我常常可以見到一些常人看不見的東西，」雲空道：「我常看見一些『氣』，一個人有沒殺氣，或是一團和氣，或滿心怒氣……」

「夠了夠了！」連成子不耐煩了：「長話短說！」

「好好，」雲空清了清嗓子，又說：「我常在經過墳場時，看見各種各樣的氣，因為各人死因不盡相同。但若經過宰殺豬牛的屠場時，有一股氣特別的明顯，那就是怨氣。」

「啥是怨氣？」一位船夫問。

「一人心中若存冤枉之事，無處可洩，則必有怨氣，死得冤枉的，怨氣更盛。」雲空說著，指向清風湖：「我一接近這湖，便立刻看見滿是黑氣，也就是佈滿了很濃很濃的怨氣！」說完，看著眾人。

眾人臉上露出恐懼之色，有人甚至開始發抖，尤其那名領頭的老叟，神情激動無比，但他仍然抑制著自己。

連成子和虛成子往湖面望去，交換了個眼色，由袖囊取出黃紙和朱砂筆。

「濕了。」虛成子搖了搖頭。

他們本來想試試雲空的猜測對不對，可是黃紙濕了，他們便也就畫不成符了。

他們又轉向雲空，看他還有什麼話說。

雲空有話說：「我看見這湖的第一個感覺，就是：這裡就像一個很大很大的屠場。」

眾人不禁哆嗦起來，面面相覷。

他們有理由如此恐懼。

連成子突然生氣的大叫：「你要說什麼就直接說完好啦！」他最不喜歡別人知道他不知道的事情。

雲空不睬他：「這湖底，想必有很多死屍。」

這句話用不著解釋，大家心照，雲空的意思是，他們已經殺了很多人，這些人都沉屍湖底。

老叟因強制自己的激動而微微顫抖，但他說話的聲音卻出奇地平靜：「你說該怎麼辦？」

「超度他們。」雲空道。

「那是和尚的事。」虛成子接口說。

「我知道，」雲空說：「一般而言，這確實是和尚的事。」

超度，只是一種儀式。

雲空幼年於隱山寺修行之時，他的佛門師父——燈心燈火兩人——曾告訴他，超度乃使亡魂回復安詳的方法。

死得安詳之人不需超度，他的魂魄自會去該去之處。死時心中不平靜之人，魂魄滯留於陽世，故需超度使其平靜，到該去的世界去。

和尚唸誦的經文和聖號具有令亡魂平靜的力量，令深困在痛苦中的亡魂感到舒服，繼而發覺自己不該滯留，願意輪迴，所以能超度。

雲空不是和尚，那他能用什麼辦法呢？

湖面上的天空有一股不尋常的氣息，跟四周的天空硬是不同。

這股空氣，冷峻得令人深感鬱悶，活著的人感受到了，沒有不會不舒服的，因為……

因為那是死人的氣息。

很多很多死人聚起來融成的氣息。

雲空手持桃木劍，屹立在清風湖畔。

他沒設祭壇，也沒用香燭紙錢。

他用的是人類天賦的本錢——心。

「心念凝聚，」他告訴自己，然後微閉雙目：「平心、靜氣……」一股暖暖的團塊漸漸在丹田形成，緩緩沿背脊而上，流向他的腦袋。

暖流湧入腦子，慢慢地包圍了一個區域，在那裡萌發、增長、膨脹，漸漸的想要脫離。

雲空感覺到它的悸動、它的活力，它那不凡的力量，即將要完成了。

桃木劍徐徐指向湖面。

雲空突然聽不見、看不見，也失去了對周圍的感覺，他已進入了自己的心，和塵世斷絕了。

他知道是時候讓它出來了。

「疾！」他大喝一聲。

暖流以比光速還快的速度沖下，鑽入雲空的手臂，透入桃木劍，整支劍立刻充滿了生氣，劍身內的乾燥細胞似乎再度活了起來，打算要生根、萌枝芽、開出清麗的桃花……

但那股心念很快又衝出了桃木劍，桃木劍不過一條軌道而已。

雲空的心念射入湖中，穿入湖底，喚醒了湖底的亡魂們。

這是它們今天第二次被喚醒。

湖邊的空氣突然變得異常冰冷，空氣凝固了起來，湖面飄揚著細雪，連蘆葦和湖岸的雜草湖面也結起細細白霜。

為首的老叟面色紙白，發著抖說：「此湖整年不結冰的……」

肅殺之氣已經甦醒。

雲空的心念已經找到它們，觸動了它們，與它們聯結起來。

湖水開始沸騰。

「嘩」的一聲，湖水衝了起來，形成一面水牆，猶如倒掛的瀑布。

才不過一瞬間，湖水落回水面，水花四濺，水牆有如布幕般降下，露出一條又粗又大的白色巨物，扭動著身體聳向天空。

清風龍君。

說它是龍，倒像是剝了皮光溜溜的龍。

連成子、虛成子、半成子三人心下不禁暗驚，雲空竟把這怪物叫出來了！

清風龍君慢慢的轉動身體，在午後的太陽下，它圓柱般的身體顯得雪白光滑，有如油膩的脂肪，高高的傲現眾人。

它那沒有眼、嘴和任何器官的身體似乎能辨識正確的方向，緩緩轉向指向雲空。

雲空並沒看它，也沒辦法看它，因為雲空已進入了自己的「心」，他用心來感覺它，和它聯絡。

但是雲空有些吃不消。

他面對的，不是一個，而是一群。

它們非常非常的憤怒和怨恨，它們不能接受雲空的勸告。

它們有的原是商賈，打算到另一個地方去做買賣，好賺錢回家，給家人一個高興。

有的正趕去考試，對前途充滿了抱負。

有的正在遊山玩水，旅行路過。

有的從官場上退休之後，滿心歡喜趕回家。

有的急著回家奔喪，欲送父母最後一程。

但他們全不明不白的死在這裡。

死在這個不明不白的清風湖。

它們不甘心！

雲空的腦子一片混亂。

所有的亡魂，把它們過去的經歷全都告訴了雲空，雲空的腦子像個記憶的垃圾桶，飛快的掠過一個又一個畫面，充斥著已經失去意義的不甘、不捨、不願等種種遺憾。

他明白了一切，所有人的誕生、經驗、悲樂、死亡，他都知道了。

他悲痛。

他一早就知道自己會悲痛。

他想勸它們，但難於啟口。

他能做什麼？叫它們忘掉一切嗎？叫它們接受自己的枉死嗎？

清風龍君突然裂開了，從頂端開始片片散落，瓦解成一塊塊肉片，掉入湖中。

「不！」雲空心中狂叫。

湖岸的居民們發出如雷的歡呼，狂喜的大叫。

連成子和虛成子一直冷眼望著雲空，手中握緊了武器。

清風龍君由頭到湖裡的身體，完全的崩裂了，湖面上浮著一塊塊油晃晃的白肉。

有人竟登上小船，划到湖中去拾取肉塊。

其他人紛紛倣效，也拖了自家的扁舟去撿肉。

領頭的老叟鬆了口氣，安心的不斷點頭。

但是，雲空還未停止害怕，他不停的發抖，無法控制不停湧出的冷汗。

連成子和虛成子抽出雪亮的劍，在陽光下映著寒光。

寒。

其實湖畔的寒意仍未驅散，一點也沒有減少。

為什麼？

因為令雲空害怕的原因尚未消失。

有人將船破開薄冰，划至一塊白肉旁邊，將肉拖起來。

肉很重。

肉在抖動。

撿肉的人還在高興，來不及有反應，肉中忽然伸出一雙手，抓著他的頭，把他的頭扭向背面。

然後，肉塊伸出了腿、頭，成了一個完整的人形。

但卻少了眼珠。

它們的眼珠老早被魚吃掉了。

湖面上的白肉一塊一塊伸出了四肢和頭，成了一具具半腐的人體，渾身都是雪白的肉——

因為皮膚早就被水浸泡得脫落了。

諸船上的人嚇得忘記了逃跑，眼巴巴坐在船上，任憑宰割。

他們習慣殺人越貨，不習慣被殺。

湖畔的人看見夥伴在扁舟上被半腐的死人殺死，無助的模樣令他們完全安靜了下來。

他們不知應該做什麼才好。

此時，他們的腦中浮現種種思緒：

回家泡茶去吧？

粥煮好了沒？

哪家的媳婦兒有喜了唷？

這些都不是正常的反應。

湖中的死屍們，半腐的肉中尚有骨骼，驅動著它們的身體，邁向湖岸。

老叟的兩腿發軟，他害怕得跪了下來，他不記得其中有多少人是他親手殺的，是他從年輕到再也沒力氣殺人為止所殺的。

他不記得他們的樣貌，因為太多了，也太短暫了，留不下記憶。

但它們記得他。

因為死亡前的強烈驚恐把他的面貌深深烙印在記憶中了。

死屍們快游起來，一上岸就奔跑，有如洪水般朝村民們一擁而上。

白色的洪潮包圍了岸上的人們，把他們全數吞沒。

連成子師兄弟三人走避不及，忙施展妖術，用羊皮人擋著死屍們。

但死屍們沒理睬連成子他們，因為它們不認識他們三人，一切與他們無關。

白色的洪潮中血肉橫飛，手腳的殘肢在空中飛舞，偶爾飛起一兩個頭顱，湖岸的泥土貪婪的吮吸著流滿地面的血水。

「找雲空！」連成子大喊。

但他們難於移動，雖然死屍們不碰他們，他們仍被圍困在這片混亂之中，脫身不得。

似乎沒人慘叫，任憑宰殺。

許久許久，湖畔才回復平靜。

完全的寧靜。

連成子師兄弟三人圜顧一番，只見一具具雪白的死屍倒在地上，怨魂們終於離開了軀殼，它們終於真正的死亡。

死屍們仆倒在一堆堆的血肉之中，五臟六腑、斷肢和頭混在肉塊中，分不清誰是誰。

看見地獄般的景象，連平日害人不眨眼的連成子師兄弟們也不禁為之顫抖。

連成子的腳移動了一下，似乎被什麼牽住了，才發現鞋子竟半淹在血水中。

「師兄，那……」半成子沒說完，又不說了，但連成子已看見他所指的。

尚有活人。

大概是未曾殺過人的人吧？

倖存的村民也瘋掉了，在成堆的血肉中吶喊著爬動，企圖爬離血池。

「雲空！」虛成子突然大叫，指向湖面。

雲空所划的扁舟已經划得遠遠了，他遙望著血紅一片的渡口，嘆了口氣。

他嘆氣是因為他無法解決這件事，悲劇仍舊發生了。

他嘆氣也是因為他逃離了這麻煩的三個人。

眼下他想划得遠遠的，找個安全的地點，晾乾布袋裡的道具。清風龍君把小船弄翻時，他可是竹竿一刻也不離手，連布袋也不曾從肩膀解下。

然後他忽然忍不住想笑。

因為他在划船離開前，將其他所有的船全都鑿了洞。

【典錄】鏡

鏡的古字曰「鑑」，前篇《鐵郎公》提過，鏡、劍二物乃道士隨身法器，有辟邪之功。明朝李時珍《本草綱目．卷八》云：「鏡乃金水之精，內明外暗，古鏡如古劍，若有神明，故能辟邪魅忤惡，凡人家宜懸大鏡，可辟邪魅。」

東晉葛洪《抱朴子．登涉篇》說明鏡子用途：「又萬物之老者，其精悉能假託人形，以眩惑人目，而常試人，唯不能於鏡中易其真形耳。是以古之入山道士，皆以明鏡徑九寸以上者，懸於背後，則老魅不敢接近。或有來試人者，則當顧視鏡中，其是仙人及山中好神者，顧鏡中，故如人形，若是鳥獸邪魅，則其形貌皆見鏡中矣；又老魅若來，其去必卻行，行可轉鏡對之，其後而視之，若是老魅必無踵也，其有踵者則山神也。」

鏡能照出妖物原形，這些場面相信大家並不陌生，《西遊記》、《封神榜》等明朝神怪小說都有。相傳是晉朝陶淵明寫的《搜神後記．卷九》有故事說淮南人陳氏，在田中種豆見兩美女，下雨卻衣不濕，用鏡一照是鹿，就殺了製成肉脯。但清朝袁枚《子不語．卷十四》記一書生被冤鬼附身，用鏡子照了也沒用，書生還是死了，或許鏡子對冤鬼並不太有用呢。

之十

疫狐

宋・政和二年（一一一二年）

小僕的扇子輕輕地揮動著，火焰也悄悄地在舞著，偶爾跳出一兩點兒火星，宛如螢火在夜空中一掠而過。

小僕呼了口氣，用手背擦擦額頭，雖是沁涼的秋夜，但一直蹲在園裡煮茶，火可是會把人給熬出汗來的呵！而且膝頭麻了，小腿也痠了。

「小六子！」房中傳出一把稚嫩的呼喚聲。

「少爺！」叫小六子的小僕回應道。

「茶怎樣了？」

「快到『蟹眼』了！」

「蟹眼」乃指茶水沸騰的狀況，到了這個程度，水也就開了。

梧桐樹下本來有著陣陣涼風，忽個兒風也沒了，庭園周圍倏忽靜了下來，連蟲叫也沒有，弄得小六子心裡都發毛了。

「少爺！」小六子朝房中叫著。

他想壯一壯膽子。

這麼大一個莊院，雖然住了一百多人，但一入夜也是挺荒涼的啊！

「少爺！」小六子又試著叫了一聲。

少爺並沒從房裡出過來，房間只有一道門，正是通往這園子的，小六子可以看得很清楚。為何少爺在房中卻又不回應呢？

「少……」小六子忽然頓住了。

他聽到了。

他聽見女人的笑聲，連帶著嬌喘，是從少爺房中發出的！

小六子由臉頰紅至耳根，整個人熱了起來。

這種男女間的事他是懂的，有時主人跟小妾行房，還叫他在房外準備熱水毛巾侍候呢！

不過，少爺房中何時多了一名女子？

水沸了。

熱熱的水蒸氣衝了上來，原本乾瞪著眼的小六子立時把眼一合，淚水禁不住湧了出來。

此時，同時發生了兩件事。

房中的笑聲突然停止，四周再度陷入一片靜寂。這是其一。

其二，小六子的背脊突然冷了起來，有如一大片冰塊壓上來般。

小六子打了個寒噤，全身立刻被嚴寒包圍了，任它滾沸的水也無法使他溫暖。

他知道背後有異。

他回頭一瞧。

「莊主！」小六子發抖著小聲輕呼。

「莊主」望也不望小六子一眼，他用他那威嚴又兇狠的聲音小聲說了句：「噤聲！」小六子立即嚇得跌坐在地，張口結舌。

他看見莊主的眉宇之間透出一股血氣，紅紅的光芒在黑暗中隱隱躍動。

莊主要開殺戒了！

莊主的右手輕輕往腰間移動，由懸掛在腰間的箭囊中抽出三支短箭，左手握了一把輕巧的連環神臂弩。

箭身透著冷冷的銀光，由反光中隱隱可見刻在箭柄上的符咒。

弓是精鐵打造的，所發出的光芒更為冷峻，把爐子中的火焰都嚇得停止晃動。

三支箭搭上連環神臂弩，莊主用強壯的手臂把板機拉緊，動作完美得安靜無聲。

莊主把神臂弩舉到眼前，箭頭興奮的微微顫動著，急著要尋找它的目標，正如蓄勢待發的猛獸，虎視眈眈的盯著獵物。

在莊主老態龍鍾的臉上，唯有一對精目，透發出和箭頭一般的光芒，一種熾烈的殺氣！

嚓！

三支短箭同時飛射出去！

穿過無風的虛空。

穿過門上的紙窗。

穿過溫熱的肉身。

折斷了一根肋骨。

慘叫聲是一名年輕男子發出的。

「少爺！」小六子嚇得大叫。

「少爺」的房門發出巨響，一股黑氣從房中衝開門扉而出，在莊主再次將箭安裝上神臂弩之前，它翻過圍牆，逃遁而去。

小六子衝入少爺房中，只見他的少爺臉如金紙，眼下不能活了，嚇得他嗚咽起來。

那名莊主尾隨黑氣翻過高牆，施出「八步趕蟬」的輕功窮追，身後有一群家丁和莊客，也舉著火把趕將了來。

他一邊追趕，一邊兩手裝箭，這連環神臂弩是他的得意作品，可同時射出三箭，也可以一支接一支發射。

「妖孽休走！」說著，莊主連發三矢，由三個方向包抄那股黑氣。

黑氣左右閃避，從三箭包圍之中脫出，竄到一棵大樹上去。

「來人！」莊主大叫道。

一名弟子飛也似地跑來，兩手捧上一支沉沉的鐵胎金矢。

周遭的空氣突地凝固了起來。

地上的雜草紛紛褪成黃色，垂了下來。

縱然是秋天不落葉的長青樹，此時也沮喪地落起葉雨。

黑氣在樹木之間鑽動，找機會逃出這一小片林子。

莊主一聲不發，以迅雷不及掩耳的速度，把鐵胎金矢發射出去。

樹葉叢間顫動了一下。

有一點一點的東西掉落下來。

一名弟子上前去撿起來，送到莊主面前。

是血。

是凝成冰塊的血。

※※※

雲空看看棋盤上的棋子，已然所剩無幾。

他情知自己絕不是松澗的對手——即使對方先讓了他三子。

「只在逸情，不求勝負。」松澗笑著把棋盤一抹，黑子白子去得一乾二淨。

雲空苦笑。

他向師父破履學過一些圍棋，但他就是不善於設立「圍」的機關，棋子老是被人圍了吃去。

因為他死守著姬昌「網開三面」的原則。

他師父破履曾告誡說：「得讓且讓，但有關性命大事，可不得胡亂讓了。」

反正下棋乃非關性命的小事，讓之無妨吧！

但棋藝不精猶讓，絕無生還之理。

道觀外傳來了二更鼓聲。

松潤把棋收好，道：「不早，我要去休息了。」

「道兄請！」雲空說，「我在此自坐一會。」

「你還在等你的師兄嗎？」

「我和師兄相約在新秋（七月）聚首，共同去拜候師父他老人家，但如今月份將盡，仍不見人影，不知出了什麼事？」雲空擔心的皺了皺眉頭。

「不會有事的，」松潤說，「我去休息了。」說罷，步入後方的走廊。

松潤是白泉道觀之主，雲空這一個月來掛單於此，兩人不免閒聊，漸漸熟絡了起來。

雲空已許久不得師父消息，去年陪鐵郎公回到他的故鄉徐州，途中遇見師兄岩空，遂約好在這小小的白泉道觀見面，然後一起走水路，若一切順利，可趕在八月十五去和師父團聚。

白泉道觀是在泰山腳下一個名不見經傳的小村裡不見經傳的道觀。

「泰山乃三十六洞天福地，等我之時，不妨四處逛逛。」岩空告訴他。

岩空還說，白泉道觀的觀主是他舊識，不會見外的。

可是，還剩沒幾天就到七月了，而岩空人還未到！

雲空望了望道壇上的老子像，便盤腿打坐，凝神靜修。

過了好一陣子，雲空感到一團熱氣往丹田之上湧去，正打算進一步做深入功夫時，道觀的大門嘰的一聲打開了。

「雲空！」

一股腥風闖進大門，雲空猛地醒過來。

站在門口的正是師兄岩空！他臉色蒼白的喘氣，似乎剛剛跑了一段長路。

雲空忙跑去把大門掩上，岩空跌坐在地上，喘氣不已。

「師兄！你帶了什麼來？」雲空之所以有此一問，是因為那陣腥臭的風實在太強烈了。

「在那邊！」岩空往旁邊一指。

牆上有一隻頗大的狐狸，全身皮毛黑得顯出光澤，牠的後腿插著一支金黃色的箭，狐狸則不停的發抖，不知在害怕還是寒冷。

雲空突然感到背脊發冷。

黑狐！

人道狐狸「千年白，萬年黑。」

此乃萬年狐不成？

萬年黑狐如此珍稀，為何會隨師兄而來？「師兄，怎麼會……」

「先別多說，麻煩你給牠敷上金創藥！」

黑狐也說話了：「不……請先給我起個火……」

黑狐會說話，他們可是一點兒也不訝異。

大凡天地間的靈物，只要有心，不怕學不會人類的說話，何況牠可能有一萬年的時間來學習。

目前乃夏秋交接之際，日夜溫差甚大，白天炎熱，晚上涼爽，但無論如何，天氣尚未冷得需要生火取暖，不過雲空住了這幾日，已經摸清楚松澗道人儲存東西的地方，他趕忙從道壇後方取出火盆子，還有一個裝煤炭的竹籃，好不容易將煤炭點燃，待它燒紅了，才用鐵夾置入火盆中。

此時的北方城市已漸漸在冬天燒煤取暖，不但熱度穩定，而且可以持久熬過整個冬夜，平日也方便儲存，不易受潮，所以木柴在城市地區已不若以往那麼常用了。

雲空也學會點燃煤炭的方法，他不只起了一盆火，而是起了好幾盆，但室內的溫度卻絲毫不見升高。

「是那支金箭……」岩空端詳了一陣，喃喃說道。

「箭上有道符……」雲空研究了一番，但看不出是什麼符。

黑狐瑟縮在牆邊，原本就有人高的牠，被火光照在牆上的影子更是爬上了樑柱。牠越抖越厲害，尖尖的下巴不停地打戰，一根根的黑毛也全豎立了起來。

「為什麼？」雲空忽然問他師兄。

「我突然碰上的，牠正在逃跑，所以我把牠帶了來。」

「很虛弱。」

「是那箭一直在吸牠的元氣。」

「為何不拔下？」

「不行，」師兄慌忙搖頭，「一拔下，牠的氣便散了。」

這是什麼箭那麼厲害？

雲空注意到箭柄上刻有三個蠅頭小字：洪浩逸。

「洪浩逸？」雲空聽過這名字，「洪浩逸！是他！」

「你認識？」

「他的外號師兄大概知道，近年來，人稱『北神叟』的就是。」

岩空點點頭。他知道。

最近幾年有人流傳，江湖上有四大奇人。說是四大奇人也是硬湊出來的，奇人何處不有？但此四人確是有夠奇的。

一是北神叟，他是百步穿楊的一等一神箭手。本名洪浩逸，年趨七十猶能健步如飛。洪浩逸本業獵戶，專門提供奇珍異獸，甚至妖精鬼怪。他以除妖為己任，見妖則殺，絲毫不手軟。

其他三人乃東海無生、南方張鐵橋及西方的五味道人，人謂「東無生，西五味，南鐵橋，北神叟。」

「我在好幾年前見過他，」雲空說，「當時我爬上高山去尋找山魈。」

「什麼？」岩空素來知道師弟的怪脾氣，此時也不禁皺起眉頭。

「……我果然遇上了山魈。」

「那是害人的東西！」

「不，牠們求我卜個卦，可是北神叟和他的弟子跑了上來，把一隻山魈殺了，」雲空繼續說道，「當時山上很冷，山魈為我生火驅寒，可是北神叟一來，我就冷僵了。」

「他救了你？」

「不算是『救』，他只是把我抬回家，給我一碗薑湯。」

「看來，」岩空嘆了口氣，「你對山魈比人還有好感。」

「師兄，人之所以為人，因為有惻隱之心，這道理和你救牠一樣呀。」

看著黑狐不停的發抖，岩空心裡非常不忍。

「雲空，」岩空說，「箭在，牠就必死，但箭一去，牠也必亡。如何是好？」

「如果將箭拔出來之時，仍可保住元氣，豈不行了？」
「話說來簡單。」岩空低頭沉吟了一回，問黑狐道：「你可懂得運氣之法？」
「我……修行千年……哪會不懂？」黑狐說得很吃力，看來已經很虛弱了。
「好，待會你先把氣運至百會，箭一拔出，立時循大周天周轉一回，我會同時把氣運入你的丹田，上下會通！」岩空一口氣說完。
「不行啊師兄！你會大傷元氣的！」
「捨命救生靈，乃師父的教訓，我不會吝嗇那麼一點元氣的。」
雲空只得無言。
岩空盤腿坐下，運了一陣氣，開口說道：「雲空，準備吧！」
雲空單膝跪在黑狐身邊，一手握住箭柄。
「兩位恩公……」黑狐掙扎著說話，「大恩大德……此生……」
「不需多說，趕快運氣！」岩空喝道。
一隊火光穿過大路，邁向小丘上的白泉道觀。
白泉道觀被一株參天老松覆蓋著，遙望有如車蓋，數道小溪在道觀旁側流過。
這就是觀主號稱「松澗道人」的緣故吧！
松澗道人回到內室之後，習慣性的看了一會兒書，才熄了燈火去睡覺。
他正要把油燈吹熄的當兒，感覺到一點異狀。
「好像……」他一時說不上來，總之感覺很怪。
就有如身子被掏走了一部分似的。
松澗道人心裡甚為不安，於是走出去看看。

他想：「該不會是岩空來了吧？」

當他快走到大堂之時，發覺一股異常冰冷的空氣從大堂傳來。

「難道是夜風不成？」

不是。這種冷是會穿透骨髓的那般不舒服。

待他進入大堂時，登時為眼前的情景大大的吃了一驚。

他從未見過如此巨大的狐狸，而且是黑色的！

三清像、太上老君、令旗、桃木劍、易經、照妖鏡等全在大堂中零散擺佈，何以這狐精不懼？

松澗道人見雲空正將黑狐身上的箭拔出，不禁輕呼：「雲空……」

黑狐哼了一下。

岩空把真氣貫入牠體內之後，黑狐才漸漸停止發抖，原本豎立的毛髮也慢慢的垂下了。

雲空手上執著金箭，人也不禁打著寒噤，金箭仍在吸收著四周的熱量，迫使雲空不得不把金箭拋入火盆中。

火舌吞噬了金箭，良久，道觀才逐漸暖和起來。

黑狐終於呼了一口氣，身上的嚴寒去了大半，身子也放鬆下來。

「多謝道長。」黑狐掙扎了起來，面向岩空，雙腳平伏在地，算是作了個揖。

松澗道人還是驚愕不已，他本能的想大罵「妖孽」，但卻又看見雲空、岩空二人在救治那隻頗大的黑狐，結果弄得結結巴巴起來。

「松澗道兄，」雲空走過來，想向松澗解釋，「請聽小弟一言……」

「這是妖狐！」松澗不由分說，叫嚷起來。

「可是……」

「雲空！身為我道中人，怎麼可以是非不分？」松澗氣得脖子也粗了起來。

岩空突然站了起來，喝道：「怎麼是非不分了？」

「牠……」松澗連臉也脹紅了，「牠是妖狐！」

「你怎麼知道牠是妖狐？」岩空咄咄逼人。

「牠會說人話！」

「會說人話何足為奇？牠是修行千年萬年的道狐，你我都比不上牠的精進，我們理應敬牠是前輩才是。」岩空把松澗拉過黑狐那邊，要他仔細看清楚，「你看牠渾身上下，哪來一絲妖氣？」

松澗看不出黑狐有沒有妖氣，他可沒有這種道行。

「總而言之，」松澗氣得跳腳，「我不容許牠在這裡出現！」

「無知小道！」岩空年紀比松澗大上許多，雖是舊識，也不輕易妥協。

雲空素知他師兄的硬脾氣，岩空只在師父面前才會恭恭敬敬的，雲空想化干戈為玉帛，正想上前調解，黑狐倒先開口了。

「兩位道長……」

松澗喝道：「妖孽！此處沒你說話餘地！」

「是嗎？」黑狐冷笑一聲，徐徐步向松澗，「你們說人乃『三才』之一，虧我苦心修成人形，你生為人身，卻如井蛙一般呱呱吵鬧，也不傾聽他人之言。」

「不需跟他多說！」岩空一旁插嘴。

雲空嘆了口氣，道：「這位狐先生……」

黑狐恭謙地回道：「叫我的道號素青子好了。」

「呃，素青子，」雲空道，「敢問為何受傷？」
「是洪浩逸傷了我的。」
「這……」這雲空早就知道了，「為何北神……洪浩逸會傷你呢？」
松澗此時大喜道：「那就沒錯了！北神叟專殺妖物！洪先生會射殺的，必是妖怪無疑！」
「噤聲！」岩空向松澗怒喝。
黑狐正待說出經過，道觀外忽然一片人聲鼎沸，令牠皺起了眉頭。
外面的人狂拍大門，嚷道：「松澗道長！松澗道長！」
「什麼人？」松澗回應道。
「我們是洪莊主門下！正在追逐一隻妖狐……」
松澗不待他說完，忙叫道：「牠在這裡！在這裡！」
岩空低咒一聲，忙叫黑狐躲去內堂。
大門「砰」一聲撞了開來，一大堆人持著火把湧入。
「妖狐呢？」人們到處走動，尋覓黑狐。
「咦？」松澗沒注意到黑狐已遁入內堂，一時不知所措。
人群忽然往兩旁閃開，一名老者手執神臂弩，背負箭囊，神氣的大步走了進來，游目四顧了一番，把眼神定在雲空臉上。
「年輕人，我好像見過你？」洪浩逸傲慢的說。
「是的，洪老先生。」
「你當時被山魈迷惑了。」
「你記性好，不過不是的，洪老先生。」

「嗯？」
「其實是我正在和山魈聊天，而你很無禮的把牠給殺了。」
北神叟的弟子、莊客們立即起了一陣騷動。他們對雲空的回答十分的不滿。
「這麼說，我是不該殺那隻山魈了？」
「洪老先生高見。」雲空拱了拱手。
「呸！」北神叟的弟子中有人不屑地大叫，「師父，不必和那牛鼻子扯淡！」
「臭道士！快把那妖狐交出！」
「松澗道長！快叫他把那妖狐交出！否則燒了你這道觀！」
松澗這下可慌了，連忙上前打躬作揖：「有話好說，有話好說。」
岩空慢慢的由後堂走出，沉著氣向北神叟作個揖：「貧道岩空。」
北神叟把眼神慢慢的轉向岩空，對他打量了一下：「你是何人？」
「我是把素青子道長帶來這白泉觀的人。」
「素青子是何人？」北神叟顯出不耐煩了，「那隻妖狐到底在什麼地方？」
「素青子是一隻修行逾千年的老狐，牠被閣下流矢所傷。」
「流矢所傷？」北神叟大吼一聲，眉頭立時現出血紅的光芒。
「若非流矢，難道是洪老先生刻意傷牠？」
北神叟臉上的皺紋全向眉心擠成了一團，口中卻發出陰冷的笑聲：「哼，你想拖延我的時間麼？」
岩空不語，只是用兩眼盯著北神叟，跟他對瞪。
「臭道士，我跟你說明白，」北神叟冷冷的說：「這狐狸乃修行萬年之狐，所謂修行，其實是專門吸取男人的陽氣，方才那廝傷了吾兒，我乃堂堂神射手，專以除妖為己任，這妖狐竟敢來我莊院傷害吾兒，不把我放在眼裡，我必殺之方為快意！」

「莊主！」一名莊客走上前說，「我們追出來時，已見少爺他氣若游絲了。」

北神叟眉間的紅光更烈了：「如此欺我！豈可不殺？」說著，向岩空逼近了幾步。

岩空仍是一副氣定神閒的樣子，兩眼也還是不放鬆的緊瞪北神叟，他慢條斯理的說：「你怎知那是隻萬年而不是千年老狐呢？」

「虧你是名道士，」北神叟的一名弟子道，「狐狸千年白、萬年黑，是眾所周知的事！」

「萬年之前，即使神農氏猶未出現，你又怎麼知道牠活了萬年？」岩空淡淡的說，「莫非您老比神農老朽，也修行了萬年不成？」

北神叟的弟子頓時為之語塞。

雲空心想：「師兄說得是，萬年老狐之說，恐怕是子虛烏有。」

「你別扯開話題，」北神叟道，「快將妖狐交出！」

松澗也在一旁說：「岩空兄！看在多年相識，看在小弟份上，你快把那妖狐交出，免多滋事吧。」

「好！」岩空說。

雲空吃了一驚，他知道師兄絕非如此容易妥協之人，不知為何這麼乾脆就答應了。

「洪老先生，不送了，」岩空仍是淡淡的語氣，「你還是趕緊回家看看令郎吧，否則恐怕連最後一眼都看不到了。」

北神叟臉色大變。

一時之間，眾人還未明白過來。

只見北神叟回身拔腿就跑，施展出一身輕功，飛快的離開白泉觀。
「莊主走了！」
「趕快回去！」
北神叟的莊客、家丁、弟子們頓時亂成一團，尾隨北神叟跑回莊院去。
黑夜中，只見一隊火光在不規律的跳動著，漸漸的遠離了白泉觀。
「師兄！」雲空困惑的說，「到底怎麼一回事？」
「素青子真的走了。」
「牠又去北神叟家了？」雲空有些吃驚，他沒想到那黑狐如此膽大。
「正是，」岩空道，「我看也該去湊湊熱鬧了。」
松澗呆呆的站在一旁，不知所措。
雲空和岩空似乎忘了他的存在了。

※※※

黑狐身上的寒氣還未盡除，時而覺得手腳會突而冰凍起來，不過大致上已能行動自如，跳躍起來也比較自在了。
他很感激岩空的相救，但牠不得不再回去洪家莊。
因為牠一定要了結一件事。

※※※

北神叟年已老邁，腳下輕功卻絲毫沒荒廢，他的「八步趕蟬」輕功一旦施展出來，年輕的家丁、莊客、弟子們，竟沒一個追趕得上。

北神叟跑得太快了，腳尖幾乎沒觸及地面，地上的草絲毫沒受損。

他心急如焚。

他擔心自己唯一的兒子。

當他知道自己為殺黑狐而誤中兒子時，心中的慘痛絕非他人能夠想像，他的妻子無子，於是在許多年來陸續納了幾個妾，試過無數偏方，妻妾們依然個個肚皮安靜，由此看來，問題是在他身上。

沒想到，那年他納了個少女為妾，竟有了身孕，還一舉得男。

這兒子是他半老方得，但是一生下來就非常羸弱，而後該妾也再沒生子。這些年來，他憑著家財充足而繼續娶妾、繼續努力想生下孩子，卻一無所獲。

他悉心照顧獨生子，務求洪家唯一的苗裔不至於斷根。

有人勸告他，說是殺戮太重，禍及子孫，當心無後，他嗤之以鼻：「我家世代獵戶，若要絕後，我祖父就該絕後了！」

他不信。

自他懂事以來，外祖父、父親都告訴他妖怪典故，傳授他除妖的法訣，數十年來，凡妖必殺已是他心中的不二法則，他沒辦法去改變，也沒意思去改變，對他來說，殺妖是理所當然之事。妖物害人，故逢妖必殺。

有什麼理由殺了害人的妖物反而禍及子孫？

他不信。

數十年來，喪命在他手上的山精鬼怪，不勝枚舉，他殺得痛快，心裡毫無異樣的感覺，他不覺得除妖有什麼不妥。

凡是人類見到有人類被殺害，必定為之動容。

但人可以毫無感覺的殺死一隻螞蟻，一隻耗子，一隻羊，一頭牛，一隻鳥，一匹馬……

螞蟻算啥？耗子算啥？羊算啥？牛算啥？鳥算啥？馬算啥？

說起來，人又算啥？

物小如蟻，也有其知覺，也會害怕，也會痛楚，也會求生存。

妖物也有生命。

妖物害人，人則殺之。

反之，人害妖物，人為何不能被殺？

北神叟想不通，他根本沒去想過。

他只在想，妖狐害我誤射了自己的兒子，所以妖狐該殺！

即使妖狐沒害我兒，妖狐仍是妖狐，該殺！

※※※

他姓洪，名叫浪。

浪由水構成，水柔似無力，一旦成浪，竟有排山倒海之能。

他一出生便體弱多病，看來是隨時都會夭折的樣子。

洪浩逸希望這孩子有反弱為強的一日，是以取名為「浪」。

洪浪年長至一十八歲，仍是喫藥的時日多，啃飯的時日少，臉色常常瘦黃無神采，毫無年輕人的朝氣。

那晚，他父親的寒矢忽然穿透睡房的紙門，貫入他的體內。

他看見自己的血在素衣上擴散開來，心裡面一陣迷茫。

他聽見外面鬧烘烘的，也不去理它，只是躺回床上。

他感到身體越來越冷，於是拉上棉被。

大門撞了開來，只見一名莊客慌慌張張的闖了進來，抬起他的臉端詳了好一陣。

洪浪知道這莊客的名字，但心裡懶懶的，不想叫他。

莊客看了他好一會，惶恐的跑了出去。

洪浪感覺到寒矢的寒冷一點一點的滲入身子，而溫熱的血液也一點一點的流出身子。

好睏！

不如睡個覺吧。

青兒呢？

方才青兒還和我在一起嬉戲，怎的這麼快不見了。

「青……兒……？」洪浪有氣無力的呼叫了一番，沒聽見回應，心裡有些失望。

外面沒那麼吵了。

很快的，回復了一片寧靜。

洪浪冷得在發抖，他從未如此冷過。

「少爺……」是小六子在輕叫他。

洪浪癡癡的仰視天花板，沒去理睬小六子。

「少爺，你怎麼了？」小六子看見血，急得快哭了出來，「少爺！」

洪浪徐徐道：「青兒呢？」

小六子不懂。

誰是青兒？

※※※

「雲空，師兄有事求你。」離開了白泉觀，岩空突然這麼說。

雲空吃了一驚，硬脾氣的師兄說出「求」字，令他大為不安：「師兄，有什麼事儘管吩咐，師兄弟說不上求字。」

「我知道你天生異稟，本來就是個上佳的道人種子，」岩空說，「師父曾告訴我，你的道行進步神速，師兄遠不及你。」

「不能這麼說。」

「這是事實，」岩空說，「所以我要你幫我……」說著，岩空突地吐出了一口鮮血。

「師兄！」雲空馬上察覺是怎麼一回事了。

「我……」岩空原本還強自支撐，終於兩眼一翻，倒在地上。

雲空忙將岩空扶起，讓岩空坐在草地上，把自己的兩掌壓上岩空背側，打算替他推血過宮。

岩空把肩膀抖去一邊，拒絕了他的幫忙：「不……雲空……」

「師兄！」

「我已經耗了七成元氣來救素青子，如果你再救我，誰去幫助素青子？」岩空喘息著說。

「既然如此，師兄又為何要告訴北神叟，素青子到他那裡去了？」

「是素青子要我說的。」

雲空怔了一怔。

岩空嘆了口氣道：「人世公案，複雜難明。我在這裡休息，不會有危險，你快去看看，能幫素青子就幫。」

雲空點了點頭，把岩空扶到火盆旁邊睡下。

夜空中繁星點點，星星們自在的閃爍，似乎人間的事事和它毫無瓜葛。

雲空深吸一口大氣，飛奔而去。

※※※

黑狐感到全身氣血沸騰。

一幕一幕的往事糾纏在心中，使得牠心情非常混亂。

牠不知應該怎麼做才好。

牠想起兩個月前，正是北神叟離家外出除妖之時。

黑狐乘虛而入，溜進了洪家莊。

牠大剌剌的在洪家莊園中行走，也不懼怕有人看見，因為這裡少了殺氣重重的北神叟。

牠看見一名病弱的少年，正被一位小僕服侍著吃藥。

牠知道，這位就是北神叟的獨生子洪浪。

洪浪正是牠的目標！

牠要讓北神叟絕後！

想到這裡，黑狐不禁低頭飲泣。

牠掠過一大片林子之後，終於看見洪家的莊子了。

在牠身後數里之處，北神叟正飛快的趕來。

北神叟眉間的紅光乍現，紅絲爬滿眼珠子，太陽穴鼓脹了起來，整個人像惡鬼一般：「妖孽！我要將你碎屍萬段！」

※※※

「青兒來了……」

洪浪臉上綻現了笑容。

小六子害怕得哭了起來：「少爺！你怎麼了？不要嚇我！」

一股腥風吹來，房中的燭火禁不住搖晃起來。

房門「砰」的一聲被撞開，一隻很大很大的黑狐闖了進來。

黑狐光是四足著地就已有人高，卻能毫無障礙的通過房門，進入燭火通明的房間。

小六子嚇得大叫不已，他從來沒有見過如此巨大的狐狸，而且狐狸全身烏黑，黑黑的皮毛竟反射著燭光，發出美麗的光華。

黑狐伏在地上，冷冷的望著小六子。

小六子被驚嚇得太過，竟然變得叫不出聲音來了。

黑狐的身軀漸漸縮小，臉孔開始扭曲，尖尖的嘴巴縮了進去，身上的毛髮也漸漸化成衣裳，出現了一位嬌滴滴的小姑娘。

小六子不再怕了，反而看呆了。

「青兒！」洪浪似乎一下子好了起來，欣喜若狂的叫著。

「浪哥，青兒來了。」小姑娘慢慢的走向洪浪。

「青兒，」洪浪不理身上仍在插著箭，血仍在慢慢流著，逕自站了起來，「你剛才怎麼不說一聲就走了？」

「浪哥，不要多說，」小姑娘用她小巧的手輕輕掩住他的嘴巴，「我要你答應我一件事。」

「青兒，」洪浪握緊了她纖細的小手，「什麼我都會答應。」

小姑娘把洪浪的衣服小心的解開，露出寒矢的創傷。

寒矢仍插在洪浪的右胸上，是以血流得不快，再加上射中他的只是一般的箭，不是有符咒的那支，所以寒氣也不很重。

「你忍一忍。」小姑娘要他咬著一方摺起的手帕，隨即飛快的將箭一把拔出，扔去一旁，另一手連忙貼上傷口。洪浪感到一股股暖意傳入胸口，身體頓時又有了生機。

小姑娘似乎變得很疲倦，趴在洪浪身上微微喘氣。

洪浪的傷口馬上開始復合，不過仍然看得見猙獰的洞口。他還是很虛弱，他盡力抬起手，輕輕的抱著小姑娘，低聲在她耳邊說：「謝謝妳，青兒。」

兩人在小六子面前繾綣，讓小六子看得傻住了。

「好了，浪哥，」小姑娘呼了一口氣，「我要進入你的身體了。」

只見小姑娘的身影逐漸消失，洪浪的眼神越來越有神，末了，小姑娘完全消失不見，而洪浪雙目變得炯炯有神。

洪浪弄好姿勢，坐在床上，等待著。

小六子目瞪口呆的站起來，走去院子裡繼續煮茶。

※※※

雲空在跑。

此時用「汗流浹背」來形容他，正是最恰當不過，汗水不僅透徹了衣背，鞋子裡也裝滿了水。
這可是初秋的天氣呵。
雲空把心神集中，一股氣集中於丹田之內，心中一想「疾！」那股氣衝至腳板，他飛奔得更快了。
他師兄岩空不明不白就捨命救了一隻黑狐，他可不能讓師兄白白浪費了這片心機。
他絕對不能讓黑狐死去。

※※※

北神叟的鐵胎金矢已搭上神臂弩。
他一縱身就躍過了自家莊院的牆，看見小六子仍在蹲著煮茶，壺中的茶水已快煮乾了。
小六子眼神呆滯，北神叟也不理會他，直往兒子的房間大步走去。
他可以感覺妖物的氣味，他可以立時察覺妖物的方向。
他把箭指向兒子的房間。
但他大吃一驚。
北神叟看見的是，他兒子正端坐床上，神采煥發的看著他。
他從來不曾看見兒子這麼有精神。
但他也嗅到了妖氣。
「浪兒！你是浪兒嗎？」
「爹！」是兒子的聲音沒錯。
「你沒事吧？」北神叟聽見確是兒子，關懷之心油然而起，眉間的紅光頓時淡了下來，手中執著的弓箭也鬆弛了。
但他仍沒忘記那股妖氣。
他不管了。
他知道他的箭射入了兒子的體內，他心裡非常的痛苦難受。
如今兒子活生生的在他面前，他高興得老淚縱橫，拋下了弓箭，不顧一切的抱著兒子。
他這一生從來沒有那麼懦弱過，從來沒有那麼感情用事過。
他知道他差點殺了自己的兒子。
他不管了。
即使那是妖物進入了兒子的身體，他也不管了。
「爹，」洪浪說，「是青兒救了我。」
「好好……」
北神叟激動得拍著兒子的背，「誰是青兒？」
「我……我認識她很久了……」
北神叟收斂淚水，定了定神，說：「她是狐精嗎？」
「我……」洪浪用舌頭舔了舔唇緣，「她本來是一隻狐狸。」
「她現在在什麼地方？」
洪浪看著父親的眼神。
他看不見殺氣。
北神叟的眼中盡是關愛、憐惜。
洪浪眨了眨眼，下了決心，說：「爹，她正在……」

洪家的莊客、家丁、弟子們終於看見了莊園。

輕功較好的已準備好要跳過圍牆了，較差的只好找莊門進入。

不料，此時突然閃過一條人影，趕到了他們一干人的面前。

眾人眼前一花，那條人影已是翻過了圍牆。

那是雲空！

雲空翻入莊園，只見一名小僕正在蹲著煮茶，那小僕竟一點也不理睬他，雲空挨過去一瞧，壺中的水竟早已煮乾了，茶壺熱得紅通通的。

雲空心下甚為不安，於是四下觀看。

只見有一間亮著燈火的房間隱隱透出一陣奇異的氣，令雲空更加覺得不安。

雲空緩緩走過去，看見北神叟和一名少年。

北神叟背對著雲空，雙手緊握，汗水由指間緩緩滴下。

雲空看不見北神叟的表情。

但他看見少年的臉被紅光照耀得通紅！

黑狐上了洪浪的身體之後，兩者之間發生了奇妙的交流。

洪浪突然發現自已窺見了黑狐——他的「青兒」——的心。

洪浪看見了一幕景象。

那是在高高的山上，洞穴中的一個狐窩。

山中空氣清爽，古松參天，充滿了靈氣。狐窩中有十來隻大小不等的狐狸，每日過著渴飲甘泉，飢餐松果的日子，生活甚是閒逸。

諸狐中有一隻全身棕褐色，是其中最年長的，牠總是盤曲在一塊大石上，做著吐納功夫，或觀看周圍動靜，以保護族人。

只聽得「嗖」的一聲，老狐發出哀鳴，從大石上方翻了下來。

隨之而來的連珠三箭，又殺了三隻狐狸。

有的狐狸反應很快，轉身便逃，有的還未從吃驚中回過神來，硬生生被射殺。

有一把蒼老的聲音在叫著：「快殺！快殺！免得那些畜牲行使妖術！」

黑狐當時已年逾百歲，牠情知不敵，只好飛快逃離窩子。

在逃走之時，卻聽得另一老狐在哀叫：「我們在此修習仙道，何來妖術？」話猶未盡，已被利箭穿喉。

黑狐回頭看得清清楚楚，發箭的是一名十多歲的小伙子，他的眉間正透出血紅色的光。

牠一世也忘不了那道紅光。

那裡可是人間仙境的山林呀！

竟濺上鮮血，成為屠殺之場！

黑狐灑淚奔馳，牠的心中燃起了一個念頭。

牠一定要讓這少年後悔！

歲月又過了一甲子，黑狐已是滿身靈氣，心中的怒火卻從未平息。

牠終於找到了那位少年，少年已老，白髮稀疏，眉間的血色卻依然如故。

牠知道這位當年的少年只有一名獨生子，於是打算讓他也嘗一嘗家人逝去之痛，讓這從來在殺戮時絕不動容的人痛不欲生！

洪浪看到這裡，驚覺那少年的兒子正是他自己，「青兒」是要來殺他的。

洪浪感覺到青兒第一次碰見他時的心情。

那是憐憫。

兩個月以前，黑狐看見這羸弱的少年，一年三百六十五天差不多都躺在病床上的少年，每天吃藥、休息，唯一的朋友只有小僕人小六子。

從牠的眼睛，牠可以看見無數的怨靈環繞在洪浪四周，都是一些獸形的怨靈，或長相奇特不知為何物的怨氣。

這是報應呀！

黑狐的憐憫之心大起，殺戮不是牠的本心，牠知道少年也沒多久可活，不如讓他活得高興一些。

洪浪的淚水沿著臉龐流了下來。

這是他有生以來第一次哭泣。

他自小都在受人照顧，一口飯一口水都有人侍候，從來沒擔心過任何事。

他自小身體就很弱，自一出世就未曾哭過。

他自小一個人獨處的時間比任何時間都來得多，不懂人情世故，也不知何謂傷心。

但是，當他感覺到「青兒」的心思時，他是感激得掉淚。

洪浪抬頭一看，父親從門口進來了。

他看見父親的眼神，他知道那是一種最濃的關愛。

「爹，牠正在我體內。」

北神叟的眉間竟瞬間亮出紅光！

他以為他會不在乎。

但他敵不過從小以來的教育。

他敵不過下意識的殺戮。

他止不住理所當然的行動。

這一切這一切，正瘋狂的摧毀親情的力量。

北神叟手臂上青筋暴現，汗水全身猛冒。

他的頭很痛，很痛。

眼前的是他唯一的兒子啊！

「爹，放過牠吧……」洪浪哀求道。

北神叟全身顫抖了起來，整張臉孔紅至耳根，眉心緊皺。

「爹，你曾殺死牠全家，難道不能放過牠嗎？」

「胡說！」北神叟叫道：「牠是妖孽，是來害你的！」

「可是……」洪浪扯開上衣，露出箭痕，「牠救了我……」

人聲開始嘈雜，家丁、莊客、弟子們全都湧了過來，聚集在房門外。

雲空心裡異常焦急，卻不知該如何是好。

北神叟覺得自己快要瘋了。

他聽見外祖父的聲音：「殺妖除怪，天公地道！」

他聽見父親的聲音：「妖者非人，殺之何妨？」

他的頭非常的痛。

他一生中不知殺了多少山精鬼怪，從來沒有一刻遲疑過。

眼前的，他竟遲疑了這許久。

雲空不敢出聲，靜觀其變，他擔心會引起不良的後果。

突然，一件令眾人難以置信的事情發生了。

北神叟跪了下來，雙手抱頭痛哭。
莊客、家丁、弟子們，一時不知如何是好。
北神叟哭號道：「求求你！快走吧！」
雲空頓時鬆了一口氣。
北神叟狂叫：「你再不滾開！我就要動手殺死浪兒了！」
洪浪低首眨了眨眼，忽然全身頓了一下，軟倒在床上。
一道黑氣很快的由房中竄出，飛越圍牆。
雲空反應很快，立刻把氣一提，飛快離開這裡。
「是那道士！」眾人中有人起鬨。
「快追他！」
「把他捉起來！」
北神叟轉過身來，怒目大叫：「大家噤聲！」
眾人頓時鴉雀無聲。
秋夜涼風，在這突然安靜下來的園子裡，聽起來分外沁涼。
秋蟬聲嘶力竭，但那低弱的聲音，卻也在安靜的園子裡響亮得很。
「啪！」那泥壺熱得乾裂開來，碎落在小火爐中。
在寂靜中，泥壺裂開的聲音多麼清脆。
小六子仍在呆呆的搧火，似乎是個永遠無法完成的工作。
洪浪慢慢的張開雙目，低吟道：「青兒……」

【典錄】狐

「狐」在古典小說中被大量提及，總是以作怪的、魅惑的形象出現，已經成了典型的樣版角色，但我們所知的狐魅形象，是經過了千餘年才發展出來的。

早及東漢許慎《說文解字》已經釋「狐」為：「祅獸也，鬼所乘之。」文中的「祅」是一種除穢的儀式。到魏晉南北朝的小說中，已經能幻化為人，晉朝葛洪《抱扑子・對俗篇》便引《玉策記》說：「狐狸豺狼皆壽八百歲，滿五百歲則善變為人形。」

又《玉策記》佚文有：「千歲之狐，豫知將來，千歲之狸，變為好女。」晉朝干寶《搜神記・卷十二》論妖怪時也說：「千歲之狐，起為美女。」而晉朝（？）佚書《玄中記》則說：「千歲之狐為淫婦。」又云：「狐五十歲能變化為婦人，百歲為美女、為神巫，或為丈夫，與女人交接，能知千里外事，善蠱魅，使人迷惑失智，千歲即與天通，為天狐。」

北魏楊衒之《洛陽伽藍記》有故事：「後魏有挽歌者孫巖，娶妻三年，妻不脫衣而臥，巖私怪之，伺其睡，陰解其衣，有尾長三尺，似狐尾，巖懼而出之。」

唐宋時期，狐已經被人設廟參拜，而且十分流行，唐朝張鷟《朝野僉載》說：「康初以來，百姓多事狐神，……當時有諺曰：無狐魅，不成村。」宋朝《太平廣記》以十二卷的數量記載狐事，其中唐朝的就佔了絕大部分，可見唐朝傳說之盛。

到了清代，狐的面貌更見豐富，蒲松齡在《聊齋誌異》寫下了各種不同的狐，而狐的故事最多的是紀曉嵐《閱微草堂筆記》，可以說俯拾即是，我隨意翻開一頁，翻到卷九《如是我聞三》：「有與狐女遇者，雖無疾病，而惘惘恆若神不足，聞有遊僧能劾治，往祈請，僧曰：

『此魅與郎君夙緣，無相害意，郎君自耽玩過度耳，然恐魅不害郎君，郎君不免自害，當善遣之。』……」其中有狐女、少年、睿智老狐、學問狐等，跟人已經沒什麼差別了。

之十一

人蠱

宋・政和二年（一一一二年）

五月五日。

天氣熱得連風也懶得吹了。

鳥兒們無精打采的站在樹枝上，老狗也伏在樹蔭下喘個不停，原本該是一片生機勃發的夏日，卻顯得死氣沉沉。

田中不見有人行農事，偶爾有人去敲別人家的大門，笑顏將一包衣服遞進去。

外面的大地一片靜寂，百姓家中卻熱鬧得很。

原來，大多數人都待在家裡沒出門。

只因那天是一年中最炎熱、毒氣最盛的日子。

夏天毒蟲活躍，又天氣暑熱太過，所以多毒蟲咬傷，易受瘟瘧，或容易中暑，或久病難癒，所以人們發明了各種各樣的解熱解毒法。

他們在門口插上桃符，因為桃木能驅百怪，能將穢物擋在門外。

婦女把曬乾的香花從容器中取出，等待火爐上的一鍋子水燒滾。

說起這一鍋熱水，裡面可加入了不少花草，叫得出名堂的有菖蒲、艾草、茱萸、車前葉、桃葉、柳心、斷腸草、夫妻蕙等等，再加入一些蘭草、蘭花、菊花和乾桑葉，一陣陣甜甜的香氣撲鼻，嗅了倍感通體沁涼。

待這鍋「百草湯」煮好冷卻後，媳婦和老太太們就先用來替兒孫們沐浴，再給他們在掛上「雄黃袋」，然後家人再各自沐浴，聚在一起喝了用燒酒浸泡蜈蚣、蠍子、蛇虺、蜂、蜮等物的「五毒酒」。

五毒酒可是一般老百姓在端午必喝之酒，大官紳爺們不敢喝它，改成喝「雄黃酒」和「蒲艾酒」，據說一樣可以驅除蟲毒。

這些都是南方古國千年以來的遺風。

然而有一戶人家，卻是裡外一致的死氣沉沉。

這家人務農，姓莫。

說是一家人，其實只剩下一個人，人家都叫他莫二叔。

莫二叔呆坐家中，守著身邊的農具。

這些農具自他出生就陪在身邊，如今已是鏽斑累累，它們靜靜的躺在他腳邊，有若忠貞的老狗，陪著主人沉思。

莫二叔眼睛紅紅的，臉上的皺紋裡也積了塵沙，一隻蜘蛛在他的背後織了一張網，正吃著多汁的綠頭蠅。

看來他坐在這裡很久了，一動也沒動過。

他思考了很久，躊躇不前，不知是否應該動手。

午時快到了。

他聽見隔壁的女人跟小孩興致勃勃的出門，提了水桶，要去村中公用的水井跟大家一起打水。

因為據說當天午時之「午時水」能解百毒，可以儲下來煮湯熬藥之用。

五月五日的午時，是一年中陽氣極盛，升至天中的時刻，也就是最惡毒的時刻。

但這個時刻對他來說另有意義。

午時快到了。怎麼辦？

莫二叔想起七年前的同一天，他的第一個孩子出生，竟是個男兒，這可使他高興得口也合不攏了。

可是他娘卻臉色黑沉沉的，神色甚是不對。

那天也是端午。

「兒呀，」莫二叔的娘說話了，「把他用塊布包起來，扔到崗子上去吧。」

莫二叔怔了怔，惶恐的看著他娘：「為什麼呢？這是妳的長孫呢！」

「五五出生的孩子，會害得我們家破人亡的呀……」

莫二叔的腦子立刻混亂了起來。

村裡是有此種說法，尤其是他們這條村。

他娘叫他把孩子丟到「崗子」上，所謂崗子便是亂葬崗，常有野狗去挖死人出來吃的，到了晚上還有夜貓子掏死人的肚腸，若將孩子送去，第二天就連骨頭也不剩一根了。

為什麼要殺了這孩子？何況是活生生的被禽獸撕咬？

五月初五出生就有錯嗎？

這句話是什麼人開始說的？他跟五月五日出生的人有仇嗎？

「不……」莫二叔顫抖著說。

他的妻子在生產過後，非常虛弱的躺在床上，卻也聽見了丈夫發抖的聲音，心下還以為他是高興太過了。

誰知道，莫二叔心裡正在作著極大的掙扎。

「兒呀，把他扔了吧！」他娘在旁不住的說道。

「不！」莫二叔終於下定了決心，堅持把兒子留下。

想不到第二天，他娘便不小心摔跤撞到後腦，昏迷了一天就沒了呼吸。

他妻子後來又懷胎，生下個女兒，竟難產力竭而死。

他那五月五日生的兒子跟其他村童們玩耍時，因負氣打了凌家少爺一拳，凌家的家丁把他兒子活活打死。

這帶凶的孩子死了，莫二叔以為再也沒事了，想不到凌家乘機藉口來霸佔了他祖傳的一塊小田地，還把女兒也擄走了。

凌家是鄉中有權有勢的一家，村中的佃農幾乎都向他租田，與官府關係甚好，莫二叔往哪兒去申冤？

莫二叔癡癡的望了一眼他腳旁的農具，心想它們已沒有用途了，連田地也沒有了，還種什麼田？

五月五日午時即將到了。

莫二叔站起來，灰塵從他身上掉落。

他去打了一桶井水，把全身洗乾淨，把屋子也打掃得清清潔潔，一切弄妥了之後，他換上一身乾淨衣服。

莫二叔取出一個甕，再拿出大小不等的數十個簍子、容器或袋子。

「七七四十九天之後，我大仇得報，以自殺謝罪。」說著，莫二叔便跪著往那些簍子等容器磕了三磕。

他為了要殺一人，竟要先殺死上百隻的生命，是以他先磕頭，並許下諾言，報仇之後必自殺。

他由簍子中取出蟾蜍、蠍子等毒物，再由其他容器取出青竹蛇、金線蛇、蜈蚣、黃蜂、蜮、恙等毒物，謹慎的一隻隻置入甕中，待全都置入之後，用一把濕黃泥將甕口封了。

莫二叔把頭伸出窗外去看看，窗外老樹的影子已經很短了。是午時三刻到了嗎？

莫二叔在甕前盤腿坐下，凝視著甕。

看來很普通的這個甕裡頭，正進行著一場殘酷的戰爭，甕中的毒物正相互撕咬、吞噬，非要鬥得個你死我活，剩下最後一隻為止。

莫二叔開始唸唸有辭。

※※※

「江南景色秀麗，果真名不虛傳！」雲空遠眺山峰良久，終於嘆口氣說。

雲空和師兄岩空結伴同行，要赴師父中秋聚首之約，兩人遇水路就逆著水流走，遇陸路就使用「甲馬術」趕路，總算跨過長江，來到桂林地方。

此時天氣已入秋，頗有涼意，師兄弟二人路經桂林最美的山區，不禁停步觀望。

桂林山形屹屼，群山如撐天之柱般峭立，卻原來是石灰岩層層剝落，被風雨雕塑出來的罕見景致。

一座座大山小山被雲霧包圍著，看久了還以為已經到了神仙境地，尤其修道之人到此，更是錯覺已羽化飛升，感動不已。

「師兄，此地距師父那裡也不遠了，何不找家客棧逗留一、二日？」

岩空低首想了想，搖頭道：「好不容易趕船上來的，遲了可不好。」

「可是，師兄自從救了素青子之後，體力一直不曾恢復，」雲空望著岩空蒼白的臉色，擔心他會病倒，「行舟勞頓，又耗神使用甲馬術，底子再好，也怕你撐不住。」

岩空的身體的確比一般人硬朗，但天下沒有磨不破的臼，岩空心底雖然明白，口中仍舊說：「身體事小，失約事大。」

兩人邊逛邊觀賞山景，沒去留意路旁的客店，不覺走過了路頭，山景被黑幕籠罩，兩人才驚覺天黑了。

抬頭一瞧，半邊的天空已黑透，星辰也鋪上了天空，可是兩人已走到一個前不巴店後不巴村的地方，無奈只好野宿了。所幸桂林地方和暖，雖是入秋，夜晚也不至於太寒冷，兩人生了堆火，也就把秋寒和濕氣給驅走了。

師兄弟二人吃了些乾糧，聊起各自的遭遇。

雲空提起跟鐵郎公相遇的岳州：「跟他一談才知道，洞庭湖旁邊的岳陽，正是汨羅江流入洞庭湖的河口呢。」

「哦？就是屈原跳河的地方嗎？」

兩人閒談了個把時辰，也不覺時間飛逝。

星夜無月，四周烏黑，夜貓子在毛骨悚然的啼叫著，夜行動物也在靜悄悄的活動，寧靜的夜充滿了生氣。

忽然，夜貓子閉嘴了，林子驟然陷入一片死沉沉的靜謐。

只見林子之中，乍現一點一點靈動的光芒，有如夏夜可見的螢火蟲，但光點輕輕的在樹林之間流動，又不像螢火的移動方式。

雲空一見，心下大奇，不禁凝神觀看。

那些光芒彎彎曲曲的飄動，有如醉酒的仙子在舞蹈，所經之處，留下一道淡淡的線，在空中久久才散去。

「師兄，那是什麼？」雲空回頭一問，不禁怔住了。

岩空竟神色畏懼，正全副戒備的凝視著那些光芒，全身肌肉硬邦邦的。

雲空小心的再說一遍：「師兄……」

「且慢。」岩空一手微揚，示意雲空稍待。這一來，雲空也不禁緊張了起來。

那些光芒飄動良久，終於到了水邊，靜靜的聚在水岸，發出微微的啜水聲。

「……在飲水。」岩空挨近雲空，在耳邊小聲說。

兩人觀看了許久，那些光點才冉冉升起，四散而去。

岩空立時鬆了口氣，全身軟趴趴的垂了下來，癱倒在地。

雲空大驚，忙將師兄扶起。岩空揮手道：「不礙事，是我太害怕了。」岩空脾氣倔強，卻向師弟坦言害怕，足見真的非常害怕。

雲空不再發問，等岩空鎮定下來。

岩空長長呼出一口氣，眨了眨眼，感到山風徐徐、通體清涼之後，才轉向雲空。

岩空說：「世上類似此態之物有三。一是燐火，乃屍骨燐質所生，浮於半空，有如向人招手一般，故有人稱為鬼打燈籠。」

雲空點點頭，他知道。

「其二為瘴氣，乃沼澤腐土之氣，在空中偶爾一現亮光，隨即逝去，故也有人以為乃山精鬼怪在懾人。」

岩空吞了口唾液，聲音也有些哽塞了：「這……第三種是……原本只在江南地方才有的民間邪術……」

雲空見他欲言又止，不禁急問：「那是什麼？」

「蠱……」岩空說，「是蠱。」

「蠱。」雲空聞後沉思了一陣：「那麼這附近養蠱的人，想必不少。」

雲空這麼說是有原因的。

養蠱並非一朝一夕的事，而且亦非一個人的事，每養一蠱，須花上七七四十九日，必須全家淨身素服，一起唸咒。平常人家除了農事休憩，實在難有如此時間，所以一家要養多蠱，實是不易。

此地如此多蠱，想必非一家一戶所能為，所以雲空會這樣說。

岩空閉上雙目，靠著樹幹而坐，整個人形似癱瘓。大凡一個人受了很大的刺激之後，精神忽然鬆弛，就會這個樣子。

「師兄似乎受到了很大的驚嚇。」雲空想，「為什麼？」

岩空緩緩張眼，有氣無力的說：「雲空，我們明日一大早趕路……」

「好！」

岩空似乎沒聽見雲空的回應，仍在呢喃：「一大早……不可再留了……」

※※※

「蠱」本來是農人用來幫助農田肥潤的，但凡人手上掌握了如此異物，一旦對人產生怨恨，則很容易濫用來復仇。

一旦濫用了，即使是小小的仇隙，也會輕易出手。

誰能想像這從宋代以來被譽為山水甲天下的旅遊勝地，竟有如此黑暗的一面！

想到這裡，雲空不禁哆嗦。

眼見斗轉星移，夜已極深，不禁眼皮漸漸加重，在岩空身旁躺下。

雲空在朦朧之中，時而好像醒來了，時而又好像在作夢，一直熬到了半夜，卻忽然驚醒。

雲空發現冷汗濕透了衣服，心臟猛烈的衝擊胸口，背脊還有些麻痺。

不祥！這是不祥的感覺！

大樹後方透來大片強光，照亮了四周，雲空嚇得趕忙跳起來，回身去瞧，竟見到一個人，全身發出淡黃耀眼的光，正徐徐步行而來。

說是步行而來，似乎並不貼切，其人腳步輕飄飄的，有如半浮在空中。

那人很矮，身材宛如小童。

雲空定睛一看，心下一懍：「是個女童！」

只見那全身光燦的女童飄行至水邊，發呆了一下，便低下身去飲水。

雲空看了一會，突然感到非常憤怒。

他很生氣，氣得腦子發熱，氣得全身毛孔剎那收緊。

而且生氣的不只他一個。

雲空聽見背後有聲音，回頭看見滿臉潮紅的岩空，兩眼要噴火似的滿佈血絲，不覺用力便將地上的草一把拔了起來。

憤怒驅走了岩空心中的恐懼。

女童喝完水，又慢慢按照原路回去。

師兄弟倆交換了眼色，心下會意，便小心翼翼的跟著女童走。

女童浮在半空，搖搖擺擺的滑行著，宛如一個失魂的軀體。

兩人心裡都十分明白。

這是一個巨大的蠱，一個人蠱！

竟有人以人來作蠱！

這表示必須犧牲多少條人命？

岩空似乎忘了身體的疲乏，好管塵俗事務的心情不覺中佔據了他的心。

他也忘了不久前的恐懼，還吩咐雲空明日早些啟程。
女童漸漸移近一所莊院，身上的光芒不時散落一些在地上，或掉在草上，輕輕泛著粉光。
雲空在憤怒的同時，心中也不禁感動，感動女童人蟲脫俗妖異的美。
莊院響起了更鼓聲，在靜夜裡聽起來格外的安詳。
是三更天了。
女童飄過圍牆，進入莊院，雖然兩人已看不見她的身影，柔和的光仍自圍牆後方透上天空，然後才逐漸淡去。
「雲空，」岩空的聲音恢復了活力，那種倔強又回來了，「去不去？」
「師兄，大莊院應該有很多人守著呢……」
「去他的！」岩空說著，已經一足蹬起，意欲前行。
「師兄。」雲空用手擋住他的去路。
岩空總算冷靜了一些：「好，且先休息一晚。」
「你的元氣尚未恢復，這樣太……」
「明天，我們再來！」
岩空都這麼說了，雲空便只好不再說話了。
兩人悄悄低身離開，以免驚動莊院的家丁。

※※※

懶懶的日頭徐徐攀上山崗。
雖是晨曦初現，岩空和雲空已經來到莊院門前了。

莊院被一大片田野包圍，恍如田園中的皇宮，在晨間朦朧的霧氣中，愈發透出一股煞氣。

岩空抖了抖道袍上的露水，虛弱的身子不禁打了個寒顫。

雲空步上大門台階，用竹竿叩門。

不久，便聽見有跫音自門後傳來，大門嘰的一聲，開了一道縫。

只是一道縫。

「是道……道長，有什麼事啊？」說話的人甚有禮貌，只是怯生生的。

「我的師兄身體不適，很是虛弱，昨天又一日未進餐……只求貴莊能借個方便歇一歇腳，求些粥水，不過個把時辰，便會離去。」

雲空迎面便說了一大段，應門的家丁反而不知如何是好。

「如……如此，道長請稍待，我去問問管事的。」

大門又急急的合上了。

不過在合上之前，那一小道縫，已經讓雲空窺見了一點東西。

並不多，不過一點。

他看見家丁身後有一隻小手，發著淡黃的光，在半空中載浮載沉。

或許把門再開大一些，便可以見到那個小女孩了。

不久，家丁的腳步聲又漸漸逼近。

這一回，大門開得足於容許一人通過。

「管事的請兩位進去，請跟我走。」家丁的語氣依舊黏著一絲恐慌。

雲空謝過，便大步跨入。

竹竿上的布條忽然沒來由的掀起，拉動了竹竿。

雲空還在困惑，馬上迎面撲來一股濃濃的悶氣，他打了個寒噤，意識瞬時模糊，趕忙單膝跪地，以免自己倒下。

「雲空！」聽見師兄叫他，雲空才回過神來。

他感覺身上每一個毛孔都通了風，緊握著竹竿的右手仍在微微顫抖。

是怨氣！

很濃很濃很濃的怨氣。

雲空兩眼昏花的抬頭環顧，覺得這裡充滿了死靈！

這裡禁錮了千千萬萬的怨魂，在莊院中四處遊蕩哀號。

家丁見雲空跌倒，忙上前扶起他。

「師弟，你不是餓昏了吧？」岩空故意問著。

雲空只得報以苦笑。

他吸了一口氣，直灌丹田，強打起精神，用正氣抵抗那股怨氣。

師兄弟二人隨著家丁，步入大堂。

「我去拿吃的，道長請稍坐。」說著，家丁便離開了。

空無一人的大堂，頓時一片死寂。

「師兄，這裡不對勁。」雲空忍不住說。

「我知道。」岩空睜大了眼，仔細觀察大堂。

「此地不宜久留，我們還是離開吧。」

「噓！」岩空的眼神往大堂門口一瞥，雲空急忙回頭望去。

大堂的入口站了一名高大的男人，肩上還騎了個小童。

高大的男人眼神呆滯，全身披著一層淡淡的光。

小童俯視著他們，露出陰沉的猥笑：「你們是誰？」

雲空趕忙起身作揖，道：「我倆乃雲遊道人，在此叨擾了。」

「嘻嘻……」小童像是看見了什麼有趣的事物般，吃吃笑著。

原來那位家丁端著個盤子來了。

盤子裡放了幾枚燒餅，燒餅上撒了一層薄薄的麵粉。

家丁見到小童，登時臉色大變，變得跟燒餅一樣白。

「少……少主人……」家丁結巴了起來，眼珠子幾乎要從眼眶掉出來了，兩手還不聽使喚的亂抖。

「小心哦，」小童笑道，「餅屑……不要弄髒了地板。」

家丁怕得要死，慌忙將盤子擺好在桌上：「兩位道長，請慢用。」家丁的眼珠子四處亂轉，不知在害怕什麼。

「餅屑，餅屑。」那被稱為少主人的小童不斷提醒說。

「道長……吃餅的時候，不要弄髒了地板……」家丁說著，突然朝天花一瞥，「千萬不要……千萬不要弄髒了……」

雲空也被他的恐懼感染了，變得異常小心，連動作也僵硬了起來。

小童以期待的眼光，瞪著雲空手上的餅。

岩空假裝輕鬆的斜坐在地上，他知道自己身體的狀況欠佳，但他試著不去在意它。

他知道眼前這名高大的男人，是另一個人蠱。

他也知道家丁的眼睛為何往上瞟。

因為蟲，喜好住在屋樑上，或屋角的陰暗地方。
他知道為何餅屑不能弄髒地板。
他看著師弟雲空謹慎的吃著餅，盡量把頭伸到盤子上方，好讓餅屑不會掉出盤子外圍。
「少主人……」家丁慌張的向小童鞠躬，「我先退下了。」
「哼。」小童不理那家丁，不懷好意的笑著緊盯雲空。
家丁如釋重負，逃出生天似的溜走了。
岩空見家丁離開了，開始伸出右手的尾指。
接著，他將尾指伸入鼻孔。
四周的空氣立刻變得十分沉重。
雲空停止吃餅，因為他感覺到一股鬱悶直迫胸口。
岩空的尾指在鼻孔中慢慢的挖著。
小童的臉龐，已經由原來的白裡透紅，漸漸轉成青色……
扛著他的那名高大男子，身上的光芒也變了色。
岩空似乎沒察覺周圍的變化，兀自悠閒的挖鼻孔，不久，挑出一小團黃褐色的東西。
小童青白的臉龐，仍然在猥笑。
岩空腳步不穩的站起，踉蹌著走向小童。
他笑著問道：「是少主人嗎？……」
「哼。」
「少主人姓什麼？」
「我是淩家的大少爺。」小童冷冷的說。

「好。」岩空說著，縱身一躍，將手指點去小童的臉頰。

小童怪叫一聲，翻了下地。

那高大的人蟲，和剛才一樣面無表情，一點動作也沒有。

小童在地上翻著、叫著，恐懼的想把臉上的鼻屎撥走。

「你這臭道士！臭道士！」小童失去理性的狂叫著，「我爹說得果然沒錯……臭道士！」

岩空跳上前，一手按住小童，另一手的尾指飛快插入小童的耳道：「剛才騙你的，這個才是真的。」

小童發出恐懼的哀嚎，惶恐的瞻望屋樑。

屋樑上起了一陣騷動。

十數個光點在屋樑的陰影中亮起。

「蟲！」雲空不自覺的驚叫。

「走吧，師弟。」岩空無力的拍拍雲空，催促他離開。

「不要！道士！救我……」小童顯然是看見了死亡，他的聲音沙啞，雙眼蒙上一層絕望的烏氣。

說時遲，那時快。

屋樑上大放光明。

十數個小小的光點，颼的從屋樑飛射而出。

一時，這帶著旭陽晨光的大堂，出現了一道又一道淒厲的亮光。

光點瘋狂的衝向小童，把空氣摩擦出嘶嘶的聲音。

小童來不及慘叫，就已經安靜了。

只不過瞬間，他便癱瘓了，連最後一絲鼻息都來不及呼出。
他兩眼呆滯的仰望空中，四肢無力的攤開，表情似笑非笑。
岩空等了一會，再走向小童的屍體。
「雲空，來摸摸看……」
雲空依言上前，用手壓了壓小童的身體。
小童的身體頓時崩潰，猶如洩氣的氣球，軟軟的平鋪在地上，薄薄的皮膚像舊布般皺巴巴的，浮出裡頭骨骼的輪廓。
他的身體被抽空了。
所有能量來源的三磷酸腺苷被瞬間抽空，所有細胞乾涸成薄片，連五臟也變得像肉乾一般。
岩空對雲空說：「你明白我當初為何這麼害怕了吧？」
蠱是十分厭惡污穢的，岩空的這一著，觸發它們攻擊自己的主人。蠱攻擊主人時，比攻擊他人來得更兇狠。
「我……師兄，我知道蠱可怕，但並不知道如此可怕。」
「今日，也算是讓你增長了見識。」
「可是……」雲空瞟了眼那高大的人蠱。
「很顯然，這不是淩大少爺養的，蠱只反攻主人。」
「那麼剛才的蠱呢？」
「剛才的蠱……它們跟主人斷了聯繫，自由了。」
「自由？那豈不是變回怨魂？」
岩空疲倦的垂下頭：「大概吧……據說在南北朝時侯景之亂時，江南很多人家在戰亂中滅族，他們所養的蠱失去宿主，因此四處流散為害，叫做『野道』，唐代醫書就有治野道方。」

雲空聽了，愈發毛骨悚然。

大堂恢復了可怕的寂靜，此時此地，只有兩名活人、一個死人、一個人蠱，還有數不清的怨魂。

「走吧，師弟，找這莊院的人去，偌大的一個莊院，一定有個煉蠱的地方。」

「師兄，小心為上。」雲空已經不想再待下去了。

「我是師兄。」岩空雖然衰弱，依然不失威嚴。

雲空收斂精神，深深吸了一口氣。

這凌家的少主人不過十歲許，卻已經煉了如此多的蠱。

究竟這家的主人是誰？

他們才剛要走出大堂，就有一把發抖的聲音傳來：「你們殺了少主人？」

大堂門外走進來一名中年男子，留著長鬚，頭戴布帽，看起來像是管家。

他望著地上小童乾扁的屍身，惶恐的走向他們，一把拉著岩空的袖子，夢囈般的呢喃個不停：「完了……你會死的呀……不，不僅如此，我們全都會……」

「你的主人是誰？」岩空不理會他的歇斯底里。

「凌老爺。」回答得很簡潔。

「你主人幹什麼的？」

「幹什麼？收田租的……賣米糧的呀，這條村誰不認得？」

「甚好，是誰讓我們進來的？」

管家樣的男子忽然眼神一愣，眼睛僵硬的定住了。

「誰？誰？」他開始像回聲蟲一般嘀咕，不斷重複幾個字。
「有一名家丁帶我們進來，說是管事的吩咐讓我們進來的，誰是管事的？是你嗎？」
「管事的？管事的？」
岩空這才發覺，管家的眼睛不會轉動了，像是在眼眶裡凝固了一般。
剛才明明是正常的。
剛才那一剎那，究竟發生了什麼事？
岩空還發覺，那男子拉著他衣袖的手，似乎失去了力道。
岩空輕輕推他一把。
那男子身體一斜，竟硬邦邦的倒在地上。
「怎麼回事？」雲空大吃一驚。
「是個死人。」
那男子全身僵直，表情像人偶般詭異的微笑。
「看來，我們該四下去瞧看了。」
「師兄，太危險了。」
「反正也出不去了。」
雲空聽師兄這麼一說，忙往大堂門口一瞧。
門外的中庭站滿了人，擋住通往大門的去路。
那群人有男有女，有老嫗，有婢女，有壯丁，也有老漢，卻個個眼睛發白，靜止不動，狀如傀儡。
也不知他們打從何時就站在那裡了。

突然，其中一人的眼珠子轉了一轉，瞳孔轉過前方，直盯著他們：「你們殺了少主人？」

「走吧，師弟。」岩空不耐煩的將雲空推去大堂後方，那兒有通往更裡面的後廊。

那望著他們的人的骨骼響了響，便骨碌骨碌地走進大門。

「雲空！」岩空吼了一下，雲空才趕忙跟隨他走去後廊。

後方的腳步聲一步步吃力的蹬著：「你們殺了少主人？」

太陽升到半天，為微寒的秋天早晨帶來一絲暖意，又是個神清氣爽的早晨。

※※※

偌大的一座莊院，竟不見一個活人。

師兄弟倆在大屋裡到處亂闖，如入無人之境。

他們曾闖入廚房，看見有許多大鍋在煮著粥，表示還有需要食用的人，難道會是方才那群死人般的人嗎？。

他們並不會在一個地方逗留很久，因為只要一待久了，便會聽見那煩人的：「你們殺了少主人？」陰魂不散的追來。

那些像傀儡一般的人到底是怎麼回事？

「這到底是什麼鬼地方？」岩空忍不住抱怨。

雖說不見人影，卻總是覺得上方的屋樑有許多東西，正困惑的觀望他們。

兩人在大屋裡走了許久，不覺已近中午，胃部已經有酸酸的感覺了。

兩人於是再度折回廚房。

沒想到，盛粥的大鍋已經全被清洗乾淨，倒置在一旁，還有很多洗好疊起的碗，火爐也熄滅已久，已經冷了。

兩人對望一眼，只得無奈的嘆息。

大概是在這地方待久了吧，原本的恐懼和壓迫感已漸漸變淡了，但雲空仍然能夠感受到許多怨魂在四周徘徊不去。

屋外的樹影也越來越短了。

屋樑上也開始有些騷動。

「雲空呵……」岩空低聲說，「你說蠱這種東西，是陰還是陽呢？」

雲空冷不防師兄這麼問：「大凡妖異之物，不全是陰類嗎？」

「蠱是一種毒物啊。」岩空引導他。

「毒……有陰毒亦有陽毒……」雲空沉吟道，「俗曰端午煉蠱最毒，因為陽氣最盛。」

「所以呢？」

「蠱是一種陽毒？」

「知道了吧？所以我們要準備好了。」雲空聽得出，師兄的聲音十分虛弱了。

岩空從懷中取出兩對紙馬，遞給雲空一對：「綁在鞋上……」

雲空一陣心悸，這是師兄擅長的「甲馬術」。

這表示說，他們將需要逃跑了。

「快綁。」

原本陰暗的走廊，上方漸漸亮了起來。

亮光悄悄從天花板爬下牆壁，沿著兩側冉冉流下。

雲空感到頭顱上方漸漸沉重，下意識的想要抬頭察看。

「別抬頭。」

「啊？」

「別抬頭，中午快到了。」

這下子，雲空才真正明白。

群蠱必定有人在操縱，他之所以遲遲沒有行動，就是為了等待中午的到來。

尤其在午時的中間，乃一日之中陽氣至極的時刻，其時，群蠱將發揮最大的力量。

這麼一明白，雲空立時全身雞皮疙瘩。

屋樑上的光芒越來越明亮了。

外頭的樹影即將完全躲到樹根底下去了……

「跑！」岩空作一聲喊，雲空便拔腿沒命的奔跑。

屋樑上的光點聞聲衝下，把空氣劃出一道道嘶嘶聲……

光點或沿著牆滑行，或在地板上曳行，或破空直竄，但全都追逐同一個目標。

岩空凝神運氣，口中一聲：「疾！」腳上的甲馬立刻帶著他飛跑，速度頓時加快好幾倍，連走廊也起了陣陣亂流。

雲空見狀，也想運氣啟動甲馬，無奈太過緊張，竟一時全身真氣亂流。

追在後面的飛蠱，有如兇狠的蜂群，飢渴的撲向這兩名活人。

它們貪婪的想要吸取人類的精氣，好加強它們的生命。

忽然，雲空只覺衣袖一緊，整個人被衣袖往前扯了一下。

原來有一隻飛蠱衝得太快，竟穿過了他的衣袖。

這下雲空猛覺不妙，忙將一口氣強灌丹田，迅速導向兩腿：「疾！」一股強大的力量將他往前一拉，他飛跑起來，疾風竟擦熱了耳朵。

「師兄！」眼看快追上師兄了。

「小心轉彎！」岩空提醒他。畢竟甲馬術是給在外頭趕路用的，而不是用在宅屋中奔跑的。後方一片光明，卻是撲面而來的地獄，成群的飛蟲絲毫不放鬆的窮追。

不知跑了多長的路，繞了多少個圈，不知這宅院到底有多大。

雲空只見眼前的景物瘋狂的後退，根本來不及看清楚前路，也看不清楚師兄是否仍在前方。

「師兄！」

沒有回應。

「師兄！」還沒喊完，腳底下忽地變得一片空無。

「空了……」正在想著的同時，雲空便掉入了地面上的一個洞口。上面便傳來一聲巨響，顯然是有門關上了。

四周一片黑暗，但也幸虧在漆黑之中沒見到光點，表示沒有飛蟲。

雲空摔下時跌得不輕，他摸摸疼痛的骨盤，摸摸地面，是潮濕的泥土。

他在黑暗中站起來，以敏銳的空間感感覺這片空間，感覺到這裡並不深，但仍比一個人來得高，伸手也摸不到頂部。

「師兄！」師兄是否也掉落此地呢？

「雲空，繼續說話，我會過去……」不知哪一個角落傳來這聲音。

那不是師兄，而是一把蒼老的聲音。

「是師兄嗎？」

「快講話！讓我找你。」

雲空終於想起來了，已經好久好久沒聽過這把聲音了：「師父！師父！」他狂喜的叫著，心情激動極了。

「低聲……低聲……」

雲空聽見衣裳摩擦地面的聲音漸漸迫近，更是高興得想哭。

不一會，一隻瘦瘦的手抓住雲空的肩膀。

「師父！」

「轉身，快轉身。」

雲空疑惑的轉身，便覺背後一陣刺痛，那隻老瘦的手正用力的挖他後背。

雲空突然懷疑起來。

真的是師父嗎？

「雲空，拿出你的鏡子。」

雲空依言從布袋中摸出銅鏡。

「還有兩隻……」背後的老者這麼說著，一隻手便伸來前方，手上抓著一個淡黃色的光點。

這下子，雲空才明白，原來他中蠱了！

「雲空，不要運氣，否則精氣會更快被它吸掉。」

「是……師父……」

師父破履將那隻蠱移近鏡子，那蠱被銅鏡吸引，依戀的黏在鏡面上，不願離去。

雲空小心的將鏡子拿在手上，靜待破履替他除蠱。

不一會，鏡面上有了三個光點。

「幸好還沒鑽進肉裡面去呀，否則就拿不出來了。」破履鬆了一口氣。

雲空的背後仍然感到有一波接一波的灼熱，破履用手指從牙齒邊緣刮下一些牙垢，沾了些口水，抹到雲空被蠱咬過的小洞口上。

「師父，你有看見師兄嗎？」

「他昏過去了。」

「那怎麼辦？」

「其實更好，岩空的氣很弱，現在又昏過去了，這麼一來，蠱大概就不會去騷擾他了。」

畢竟岩空耗了七成元氣去救素青子一命，果然還是太勉強了。

「原來如此……可是師父怎麼會在此地呢？」

在三隻蠱的光芒照耀下，雲空看見師父在眉宇間透出一絲怒氣：「因為呀，我生氣了。」

※※※

他們師徒當然不是約在這個地牢見面的。

兩年前，破履見此地山水秀麗，便在在山中建了個草廬修行。

某日，他在屋外澆菜，看見有個男子在山林間躲躲閃閃，令他大為起疑。

那男子形貌粗獷，卻穿著十分清潔，髮冠也弄得整整齊齊的。

他看見破履狐疑的望著他，便不再躲避，蹣跚地上前問道：「老先生，不知可否給我一些吃的……我餓了好多天了……」

「好的，不過我只有果菜。」

「什麼都行，拜託你了……」

破履到菜圃裡頭摘了些黃瓜給他，那男子便細細的嚼著，動作異常小心。

「你不會是迷路了吧？」

「不……不是迷路。」說得也是，這片山林不大，迷不成路的。

破履不再多問，讓他慢慢吃著，自個兒回到屋裡，不一會便端出兩碗熱湯。

「來，喝了它，是我養氣用的。」

「多謝老先生。」

破履低頭喝著自己的養生湯，眼角不經意的一瞄，見那男子腰間掛了個小囊。

小囊是深色的，卻透出淡淡的光……

破履頓時臉色大變。

「年輕人，」破履嚴厲的苛責道，「誰人得罪於你，你要以如此狠毒的方法回報？」

那男子怔了怔，呆呆的望著破履。

「你可知道養蠱者，最終難逃慘死惡運？」

男子支吾了一陣，放下湯碗，站起來想走：「老先生……我告辭……」

「住口！看你年歲尚輕，有什麼深仇大恨？」

那男子很是老實，不懂得編造謊言，受到破履痛斥，竟一時不知如何是好，只得在原地激動得跺腳，淚水便忽然盈出眼眶了。

他蹲在地上，全身抽搐著，忍耐許久的他，終於情緒爆發，號啕大哭起來。

這一來，破履反而憐憫起他來。

「哭吧，哭完了再告訴我經過，看貧道能幫上什麼。」

那男子一五一十的說出他的故事。

他姓莫，人家稱他莫二叔，年近四十才娶了一個姑娘，不久便懷上孩子。

問題是，孩子在五月五日，俗謂毒月毒日出世，毒上加毒……不但老母橫死、妻子難產而亡，那不祥的孩子亦被大戶凌家打死，小女兒也被搶走……

「不但如此，我家一片薄田也被搶走，投訴無門……」

破履毫不動容，只是看著他。

「世間無公理可以助我，我只能自己想辦法了……」

「你這麼想……」

「道長，不要阻攔我，我已決定報仇之後必定自戕，以謝那些因我煉蠱而亡之百蟲……」

「你說凌家是吧？」

「是……」

「不如這樣，你且先住下，別忙報仇，我且先去打聽打聽。」

「打聽？」

「若你執意要報仇，不管何時報仇也是一樣，對吧？」

「……」

「如果你想要回你的女兒，何不讓我先去探聽，再作決定如何？」

「不勞費心了，道長，這是我一個人的事。」

「此言差矣！你想要用蠱，就不只是一個人的事了！」

「這是凌家和我的恩怨，而且……我那個剋死家人的兒子……」

「有關你的兒子，」破履鄭重的說，「你錯了。」

「錯了？」

「你知道《史記》這本書嗎？上面說，戰國四君子之一的孟嘗君，便是端午出生的，還有漢朝的大賢人胡廣、大將軍王鳳，還有孝子傳裡的孝子紀邁等等，全都是五月五日生的。」

「這些人是……」

「這些人都是有名的古人，不但沒剋死家人，還光宗耀祖呢。」

「……」

「可見端午出生的孩子，跟一般人並無不同，只是你運氣不好，碰上了凌家而已。」

莫二叔不吭聲，默默低頭，但他心中的沉重感，已釋放了許多……

「你們這附近的人家，似乎有不少人養蠱？」

「是不少……」

「他們用蠱來做什麼呢？」

「肥田……種田時放蠱，田會收成很好。」

「可是一旦觸犯了蠱，便會不得好死。」

「我……我知道……」說著，莫二叔突然恐慌的抬頭，「道長，你要小心……凌家老爺很會養蠱，他養了很多很多……」

「很多？」

「真的很多。」

破履於是深思起來。

蠱會吸取主人的精氣，但只需一點點氣便可以生存，不過，若是很多的蠱，該人豈不枯乾？

「竟然是養蠱大戶，讓我去會一會。」

結果是，莫二叔執意要跟去，破履便將他打扮成隨從模樣。

接下來的情形如出一轍。

首先，應門的是一位膽怯的家丁，然後說是「管事的」請進，接著端來燒餅……不同的是，凌家少主人並沒出現。

「我們正想吃餅，便見門口站了許多人，一個個好像受操縱的玩偶……」

「這樣說，」雲空說道，「凌家少爺的出現，是一件意外？」

雲空也向師父敘述了經過。

破履和莫二叔同樣也是被追趕，不過不是被蠱攻擊，而是被那些狀如活死人的人追著逼來此地的。

「那位莫二叔呢？」

「也在，」破履往後揚了揚手：「在照顧岩空呢。」

「到底……為什麼我們會被禁錮在此呢？」

在黑暗的地牢中，也摸不清這裡到底有多大，更搞不清外頭是什麼時間了。

在黑暗中待久之後，時間感也會混淆的。

雲空覺得耳朵很不舒服，一陣陣煩人的鳴聲在耳中細細的迴響。

在黑暗中閃起了一、兩點火星，原來是破履用火石點火了。

破履從衣服撕下一片布，算是點火照明的引子。

這下子，地牢的輪廓才逐漸明顯，隨著火光的加強，四周的景物也悄悄溜進眼簾來了。

原來這裡尚有其他人！

靠著的、臥著的、伏著的，一個個看來面黃肌瘦，彷如乾癟的棉布般攤在地上。粗略一數，少說也有十餘人！

「雲空，快找一些東西來點火！」

聽見師父吩咐，雲空忙交出每日伴著自己的白布招子，布條上書八字：「占卜算命，奇難雜症」。

「徒兒呀，怎麼可以燒了謀生工具呢？」

「對哦，還有火筒……」他趕忙翻找布袋。

雲空見到地牢裡尚有許多人，心裡很是不安。

那些人呆呆的沒有動作，對火光沒有反應，又不像死人，死人有死人的樣子，雲空是熟悉的。

他擔心他們將變得和那些人一般，半死不活的，因為他十分了解身上剩多少乾糧不多了。

這些人顯然被囚禁了不少日子，或許也是用相同的手段被引來的吧？

「雲空啊，你有什麼好計策沒有？」

「沒……沒有……」

「坐以待斃也不是什麼辦法，何況八月十五，咱們師徒相會之期未至呢。」

雲空苦笑：「師父……」

「我想過了，這裡應該是煉蠱之地。」

「煉蠱？」

「你們看見的人蠱，大概便是在此地煉出來的。」

「那……豈不是會大家互相廝殺……」雲空想了想：「樓上那些像人偶的人又怎麼回事？」

「很明顯的，這家主人專習邪術。」破履說，「那些人應該是失去了魂，只剩下魄，魂有情而魄無情，所以才可以像傀儡那般，也是被人操縱的。」

「那麼說，這家主人不只會養蠱，還會其他邪術呢！」

破履搖頭：「不，或許這不是其他邪術，也同是蠱術，古書有載，放蠱的人把人害死之後，不只佔有被害人的財產，還可以役使他的魂。」

「師父的意思是，樓上那些是受蠱之害，然後失去了的魂的受害者……」

「樓下這些也是，有魄無魂的人不會思考，只剩下動物一樣的反應，再加以蠱咒，就成為人蠱了。」

雲空聽了，渾身發冷，他不敢想像如果自己成為這些死屍般的生物，會是如何？「這家宅院如此巨大，恐怕就是以蠱聚財……」

「噤聲……聽聽……」破履用手指著上方。

雲空豎起耳朵，仔細聽著。

有人在喃喃唸著不知什麼，似是咒文，咒文中滿佈了詭異的血腥氣息，侵蝕著地牢中死寂的空氣。

「是蠱咒，煉蠱用的咒文。」破履肯定的說，「蠱之所以成蠱，便是這種咒文……雲空，塞起耳朵。」

「是。」雲空忙由布袋中取出一些棉紙，塞了耳道。

破履走到莫二叔和岩空那裡：「咱們先移去空曠的角落，待會可能會有事發生。」然後也替他們塞了耳朵。

待四人都聚在一起後，破履便將火撲滅，在漆黑一片中靜靜等待。

咒文仍在潮濕的空氣中低吟，水分子也被咒文弄得不安的顫動。

咒文漸漸加強之時，黑暗中也有了動靜。

那些枯瘦的人一個接一個站起，轉動乾縮的眼珠子，在烏黑裡搜索。

毫無預警的，地牢忽然大放光明，高高的天花板上垂下了數盞燈籠。
這一回，雲空他們才真正看清了地牢的內部。
這是個中庭一般大小的巨室，除了牆壁有塗上石灰之外，地面上全是濕答答的黑泥。
那些人已經全部站起來，紛紛抬頭用力猛嗅。
不知從何處飄來一陣香氣，是肉的氣味！
那些人貪婪的四處搜索，喉嚨中不斷發出咯咯的吞嚥聲，卻忘了唾液早已乾掉了。
不久，有人開始尖聲吶喊，宛如淒厲的風聲。
哀叫的人一個接一個增加，地牢裡迴響著地獄般的鬼哭聲。
「砰」的一聲，頂上的洞口打開，一大塊熱烘烘的帶肉肋骨投了進來。
肉塊不偏不倚的掉在正中央。
剎那之間，哀叫聲驀然而止，留下一片死水般的恬靜。
「肉……」
有人低吟道，語氣中帶有少許的疑惑。
「肉！」
「肉呀！」
飢餓的人們發出駭人的嘶喊，全都朝那塊僅有的肉衝去。
他們推開其他人，踢打快要接近肉塊的人，用乾燥的嘴巴亂咬同伴。
他們的眼睛開始發赤，胃酸開始分泌，腸道開始蠕動。
「雲空，你瞧。」破履暗暗一指，只見洞口已經開啟，雖不見有人，卻可見有人影遮著部分光線。

「你跳得上去嗎？」

雲空斟酌了一下：「行。」

「那麼你先上去，師父隨後便到。」破履小聲說，「當心別著了那人的道。」

雲空取出桃木劍，背靠土牆，謹慎的避開那群爭奪肉塊的傀儡。

他不忍去觀看眼前的景象，他看見地面上已倒下不少死去的失敗者，他看到人們在相互擊殺，摧毀對方的生命……

他很想做些什麼，卻無法做些什麼。

他凝神運氣，把氣往下一推：「疾！」縱身往洞口跳去。

成功了！雲空一躍便躍出地牢，趕忙一個箭步閃去旁邊，想用桃木劍攻擊方才看見的人影，卻不見周圍有半個人。

雲空心下大奇，因為方才他的確見到人影的。

外面已經天黑，走廊上有幾盞燈籠，把走廊照得黃澄澄的。

雲空朝地洞大叫：「師父！沒人！」忽然才想起大家都塞了耳朵，趕忙先將自己耳中的布塊拿掉。

才剛取出布條，細如蠶絲的低沉咒文立刻闖進了耳朵。

「有人！」雲空警戒心剛起，背後已感到一股黏黏的熱痛。

他的感覺比常人敏感，這種又黏又熱的痛覺，是攻擊者抱著殺心的敵意！

恐懼瞬間使他全身發麻，他回頭看個究竟，便看見一個光點迎面衝來。

雲空驚慌的在布袋中搜索，才驚覺銅鏡還留在地牢。

他才遲疑一兩秒，光點便毫無聲息的鑽入了胸襟。

他的耳中響起一陣朦朧的聒噪，彷彿有人在腦中大火炒菜，然後身體就不由自主的往後倒下，兩眼茫然的望著天花板。

天花板在笑。

不，是天花板上的人在笑。

雲空心裡嘀咕：哦，原來唸咒的人在天花板……

那人滿頭白髮垂掛在兩耳旁，上身裸露出猙獰的兩排肋骨，全身散發出可怕的邪惡氣焰。

他對雲空微笑，口中不忘緊唸咒文。

咒語是有力量的語言，蠱咒攜帶著邪惡的意念，從雲空的耳根入侵意識，再從意識轉化他的肉身。

雲空感覺到惡咒像熱油灌入耳朵，燃燒他的神識。

於是，他合上雙眼，心念凝定……

破履叫莫二叔抬了岩空到地牢洞口，他們已將塞耳的布條去掉，咒文馬上壓迫而來，卻不見雲空人影。

破履心下狐疑，便抄起地面的銅鏡，躍上地面。

映入他眼簾裡的，有兩個人，一個是躺在地上不動的雲空，一個是走廊末端的家丁，那名帶領他們入莊的家丁！

家丁畏懼的不斷抬頭仰視上方。

「糟了！」破履忙用銅鏡往前一擋，正好迎上數隻迎面而來的飛蠱。

他聽清楚了，咒文是由上方不停的傳來的……

破履到底老練，立時兩腿與肩同寬，膝蓋輕輕一頓，心神收斂，抱元守一，立刻把四面八方的喧鬧聲隔絕，雖然聲音依舊傳入耳道，雖然大腦聽覺區依然有接收到神經訊號，卻完全不對他的意識產生影響。

他融入了背景，他忘卻了自我，到物我兩忘的境界，對四周而言，他成了一棵路邊的樹。

忽然，群蟲失去目標，四處亂飛。

因為它們不會攻擊無血肉無意識的樹。

破履將氣息由丹田一點一點的發散，流注入全身脈絡，與周遭的天地融和，化為一股清涼的安逸之氣。

周遭空氣中蘊念的暴戾和血腥，正一點一點的被化除、淡去。

連天花板上的人也發愣了，忘了唸咒。

莫二叔已將岩空推上地牢之外，然後正自個兒努力地攀上來，當他看見眼前的一切時，一時不知所措。

破履宛如入定老僧，屹立不動。

雲空躺在地上，面如金紙，要不是還在呼吸，還真以為是死人。

走廊的末端，那名老是在發抖的家丁，仍然在發抖，總是不知在害怕什麼……

一陣陣清涼由破履身上迸出，吹拂到莫二叔身上。

莫二叔也看見了……

那人在天花板上，雖然他已瘦得不成人形，但他就是那個人！

那個凌家的老爺！

他是見過凌家老爺的，常常帶著幾個家丁去收田租，惡形惡相，幾時竟變得瘦骨嶙峋，比以往更加面目猙獰不知多少倍！

顯然破履的方法產生了效果，凌老爺已停止了唸咒，地牢中也不再有人嘶叫。

「可恨啊……」凌家老爺發出拉鋸般的怨聲，「可恨啊……」

他從天花板慢慢飄下，降落在破履跟前。

他只著了一條褲子，全身肌膚白得毫無血色，只有眼睛和牙齦是血紅的：「可恨啊……臭道士……」

破履停止守一，凝視著凌老爺：「請問，現在是晚上了嗎？」

「是晚上了。」

「這樣啊……是初更過了嗎？」

凌老爺回頭大聲吼：「你！報時！」

那名家丁嚇了一跳，忙回道：「是老爺，初更快過了……離二更尚有一刻……」

「謝了。」破履笑道。

凌老爺的樣子直想一口吞了破履，忿恨的說：「臭老道，你想怎樣？」

「我不想怎樣，你傷了我的徒兒，你殺了很多很多的人，你還搶了這位老弟的小女兒……你問他想怎樣吧。」

凌老爺冷冷的瞄了莫二叔一眼：「你女兒？」他發出哨聲，走廊上便傳來奇怪的低吟聲。

只見那家丁慌忙退去旁邊，一大一小兩個泛光的人蠱並肩出現在走廊。

「我喚來了，你瞧瞧，是你女兒不是？」凌老爺道。

莫二叔發出慘烈的哀叫。

他看見了！那通體黃光的女童，正是他失蹤的女兒！

他的女兒已經成了人蠱！

也就是說，他的女兒曾在剛才的地牢中跟許多人爭奪一塊肉，想辦法把其他人打倒，並且殺完了其他人……

女兒身上那件褙子還是被凌家捉走時那件，只不過已經十分破舊，邊緣散脫得垂下絲絲脫縷。

「兒呀，爹沒照顧到妳……」莫二叔痛苦的哀號，淚水湧個不停，沿著他緊皺的面孔流下臉龐，他痛苦的跪下，一手解開腰囊。

他發出充滿恨意的命令，腰囊裡的蠱立刻向凌老爺飛射過去。

莫二叔培養的是蜈蚣蠱，它發出閃閃金光，尾巴飽脹，尾鉤興奮著要泌出毒液。

然而凌老爺只不過張了張嘴，便將那隻蜈蚣蠱吞下去了。

「不好吃。」凌老爺嘟嘴道。

莫二叔發著抖跪下，全身的力量因恐懼和憤怒而一點一點流失。

他的蠱被吃了。

他用滿腔的恨意、耗上無窮精神所煉的蠱，這麼輕易就被吃了。

「好了……」凌老爺聳了聳肩，「輪到我了。」

女童突然發動攻擊，她依指示衝向莫二叔，一口咬住她爹的耳朵。

莫二叔任由她咬。

反正是自己的女兒嘛。

破履又忍不住說話了：「呃，現在是二更天了吧？」

凌老爺這次不再是憤怒的看著他，而是滿心的警戒與狐疑。

那家丁瑟縮在走廊尾端，怯生生地說：「是，二更……差不多了。」

「這裡只有你可供使喚的嗎？」

「是……道長。」

「其他人都死了嗎？」

「我不知道算不算死了，我才剛侍候他們吃完粥。」

「那沒辦法了，只好麻煩你帶我們出去了。」

他瞟了眼凌老爺。

凌老爺當然不會讓他走，這家丁是專門留下來的活人，畢竟有些工作，不是活著的人還辦不到。他在大門跟岩空應對的時候，小女孩的人蠱就在監視他的舉動，萬一有個違反規矩，凌老爺也會抽走他的魂的。

凌老爺完全搞不懂破履葫蘆裡賣的什麼藥。

但他很快便懂了。

因為那女童放開了莫二叔，往走廊飄去。

那高大的人蠱也緩緩的離去，身後跟著一大堆光點，雲空銅鏡上的蠱也不再眷戀，加入蠱群，其他光點也紛紛從屋樑上飄進來加入。

凌老爺猛地怒視破履。

「是的，該去喝水了。」破履說，「難道你忘了？」

蠱是每日喝一次水的，每晚在固定時間都會聚在水畔飲水，然後才再緩緩回到主人身邊。

「不行！」凌老爺大叫。

離去的蠱忽然凝在半空中。

「回來！回來！」

蠱在空中迴旋打轉，似乎在遲疑著這個命令，一時不知該如何是好。

「回來……」凌老爺臉上的肌肉緊皺，太陽穴爆起，全身骨骼喀喀作響，他正拚命的集中精神，好控制他的蠱。

群蠱最終仍是屈服了，不甘心的徐徐飛回來。

凌老爺張開大口，伸出長長的舌頭。

他讓蠱兒一一飛入口腔，然後再一隻一隻的吞下去。

不一會兒，他所飼養的蠱，竟全被他吃得一個不剩！

哦不，還有兩隻在雲空身上，另有兩個人蠱由於太大了，他吃不下。

他不滿的舔舔唇緣，用眼神向那高大的人蠱發出命令。

高大的人蠱走向女童人蠱，一把抓住她小巧的頭。

咔！

女童的頭被扭斷，高大的人蠱再用力扯了幾下，將頭整個從頸部撕下，扔去一旁。

女童的血由斷口猛噴，將四周染成瑰麗的鮮紅色。

凌老爺急忙將女童的身體拉過去，把嘴巴湊上斷頸的部位，大口大口吸吮鮮血，他蒼白的肌膚也漸漸出現血色。

接著，高大的人蠱兩手抓住自己的頭，用力一扭，竟也折斷了自己的頭，供主人享用。

凌老爺把女童的屍身往旁一推，又再去吸食他最後的一個人蠱。

這一切都發生在電光石火之間，現場的任何一個人還來不及作出反應，凌老爺便將他的蠱逐一解決掉了。

「老道！你明白嗎？」他狂妄的回身向破履吼道，「現在我是唯一的蠱了！沒有人能夠控制我！你還能怎樣？」

破履漠視他的存在，只是替莫二叔療傷，莫二叔的耳朵差點被咬成兩半。

「老道！」凌老爺大吼一聲，一拳便把走廊的牆壁打了個大洞，沙土在空氣中飛揚，迷濛了眼睛。

破履淡淡的說：「你已經是個蠱了？」

凌老爺沒回答。

他身上漸漸湧現光芒，黃光緩緩鋪上他的寸寸肌膚。

「那個……你……」破履叫著廊尾的家丁。

「道長叫我？」

「去收拾你的東西吧，一塊兒離開這裡。」

家丁遲疑了一下，才說：「是……我沒什麼好收拾的。」

凌老爺的眼珠子漸漸變淡，變成清澈的粉綠色。

「雲空，醒一醒。」破履替他救治了一陣，便想辦法叫醒他，否則便不知該如何將他帶走才好了。

凌老爺的腳已經浮離地面了……

雲空吃力的爬起，只覺滿天星斗，頭痛劇烈，他知道仍有蠱毒在他體內。

破履擱下徒弟，走到地牢的洞口去觀望一下，只見那些人已經恢復了意識，正茫然的走來走去。

破履於是問那家丁：「有沒有梯子？幫底下的人上來吧。」

「有，有的。」

「如果其他人也回魂了，就帶他們一起離開吧。」

家丁總算打起精神：「我，我馬上去看！」

「莫二，你去幫他吧。」

莫二叔馬上答應，趕忙跑去跟家丁一起行動。

凌老爺已經浮到半空中，有如醉醺醺的鬼魅。發光的身軀，在這一大片血色的背景中，更是顯得華麗。

「好了，好了……」

破履自言自語的環顧四周，憐愛的看著他那兩個受傷的徒弟，雲空已經掙扎著爬起，而岩空仍在昏迷之中。

然後，他轉頭向浮在空中的凌老爺說：「你不受任何人的控制，但是，你可別忘了天地，天地仍會控制你的呀……所以呀，二更早就過了，還不趕快去喝水？」

凌老爺嘴唇微微張開，突然像是恍然大悟。

他在頃刻之間衝上天花板，將屋頂撞了個大洞，往外飛得無影無蹤去了。

三更來臨之前，破履趕忙帶著眾人逃離凌家莊。

因為三更一到，蠱便要回巢了。

【典錄】蠱

《周官．誦訓》已提到蠱毒，有專除蠱毒之官「庶氏」，在此蠱毒似乎是指未開闢地區的毒草、毒蟲之類的。

東漢許慎《說文解字》解「蠱」字：「腹中蟲也，《春秋傳》曰皿蟲為蠱晦淫之所生也，梟磔死之鬼亦為蠱，從蟲從皿，皿物之用也。」接清人段玉裁所注：「腹內中蟲食之毒也……《左氏正義》曰以毒藥藥人，令人不自知，今律謂之蠱……顧野王《輿地志》曰主人行食飲中殺人，人不覺也。」等等，可知從「蠱」字的造型來看，是蟲在皿中，人隨著食物吃入肚中，由於中毒後會昏迷或死亡，故又引申為「惑」解。

但「蠱」字「蟲在皿中」，又像是傳聞中煉蠱的方法，清末民初張亮采《中國風俗史》（台灣商務出版）說：「接隋書志云，江南之地多蠱，以五月五日取百種蟲，大者至蛇，小者至虱，合置器中，今自相啖，餘一種存之，蛇則曰蛇毒，虱則曰虱毒。欲以殺人，因入人腹中，食其五臟，死則其產移入蠱主之家。三年不殺人，則蓄者自種其害，累世子孫相傳不絕。自侯景之亂，殺戮殆盡，蠱者多絕，既無主人，故飛遊道路之中則殞焉。」可見魏晉時江南一帶有養蠱之術，而現今的養蠱傳說大都在更南方的區域。張亮采繼續說：「後其俗移於滇中，每遇亥夜，則蠱飛出飲水，其光如星……至於野番之行蠱毒，則今黔粵之苗黎最著焉，然粵地之胡蔓草麻藥，亦蠱毒之類也。」

晉朝干寶《搜神記．卷十二》就有三則蠱的故事，其中說：「蠱有怪物，若鬼，其妖形變化，雜類殊種，或為狗豕，或為蟲蛇。」這裡便提到了蛇蠱、犬蠱。又提到解蠱之方，方法是

「密以蘘荷根布席下」，病人會發狂說出下蠱人的名字，蠱主也因此死亡，「今世攻蠱多用蘘荷根，往往驗。蘘荷或謂嘉草。」前面《周官》提到的「庶民」也是用「嘉草」攻蠱的。葛洪藥書《肘後方》也說：「以蘘荷葉密著病人臥席下，其病人即自呼蠱主姓名。」而《搜神記》又說婦人中了犬蠱後，「吐血幾死，乃屑桔梗以飲之而癒。」

「鴨蠱」，是父親少時在家鄉聽說的，說某商人到泰國邊境工作回來後，因未守約回去娶一名女子，腹痛幾死，後有老者教他用一盆水引出腹中之蠱，才因此得救。

順便一提，《周易》六十四卦有「蠱卦」，是個上艮下巽的卦，但卜辭中似是蠱惑的意思，不是我們所知的那種妖物，硬體證據是考古發現的馬王堆漢帛周易，其蠱卦作「箇卦」，果然沒有關聯。

【典錄】南方

一般在歷史所謂的「南方」，是從黃河以南的長江流域開始歸入南方的，基本上就是亞熱帶地區，在人口較少、山林較多的東周時代，被認為是充滿「瘴氣」的地區。

東周（春秋+戰國時代）之時，南方有華麗的楚國文明，國境涵蓋長江南北兩岸。屈原是楚國大夫，他寫的《天問》就包含了許多我們熟知神話傳說，才知道原來古時北人輕視的南方蠻荒之地，竟是許多中國神話的來源。

屈原跳河自殺的汨羅就是長江的支流，在以岳陽樓聞名的岳陽流入洞庭湖。端午節的習俗會跟屈原扯上關係，也是因為端午是源自南方的風俗，風俗中解蟲毒、解熱毒的方法都是為了對付亞熱帶地區山林的毒蟲和暑熱。

中國溫帶和亞熱帶地區的分界線，幾乎跟楚國的北方國境重疊，可見氣候造就了風俗，風俗造就了原始的國家雛型。

長江以南在戰國時代有吳王夫差和越王句踐的慘烈事蹟，江南就是長江以南。江南的桂林已經不在長江流域，而在更南方、從廣州流入南海的流域系統。桂林在宋朝屬於廣南西路地區，就是今天的廣西。宋朝的旅遊活動發達，桂林更是旅遊熱門地區。宋朝之所以旅遊發達，因為政府允許自由遷徙，是人民最自由的時代，對人民戶籍沒有強烈限制，不像漢、唐、元、明諸朝代，必須申請通行證才能出遠門，或像明代限制依職業登記戶籍，然後代代相承不得改業。

然而自古蠻荒之地，隋唐之時逐漸被北方政治勢力滲入，人煙漸多，還發展出重要的貿易港口，在宋代重要的南方港口就有廣州、泉州、明州（寧波），前往東南亞的貿易巨船都來往這三大港，尤其是最南端的廣州。

唐朝時，廣東人惠能到北方出家，被譏為南蠻子，然而他後來得到禪宗六祖印證，以南宗跟北宗分庭抗禮，後來南宗還勝過北宗。南人才子不少，不僅科舉多人中舉，令宋朝官場出現前代沒有的南北混雜，也將南方社會觀點帶入朝廷和法律之中，宋代理學開山的周敦頤亦是南人。

之十二

破履遊蹤

宋・政和二年（一一一二年）

不知哪一日開始，亳城的天空開始出現奇異的現象。
城郊上空老是聚了厚厚的雲，像一片倒掛的海洋，風久不散，黑沉沉的樣子教人心情沉重。
不特此也，雲中似乎藏了什麼東西，偶爾透出奇異的光芒，時而是紅紫色的炫光，時而是翠玉般的粉綠光芒，若道只是尋常的雷擊現象，也未免太離奇了。
最後連亳城裡頭的天子也沉不住氣，先喚來貞人：「此雲象是何徵兆？」
貞人，就是占卜師，負責為朝廷記錄天象、星象、歷史，負責祭祀、醫藥，還有為國家大事占卜。
貞人翻查先賢紀錄，不見類似「雲中有光」記載。
天子只好叫貞人占卜。
占卜的程序是十分繁瑣費時的，首先貞人必須先將一尾龜活活煮爛，挑出骨肉，再取其腹甲，刻上凹洞，然後在凹洞裡炙燒直到產生裂痕，再利用龜甲裂痕的形式來占斷。
貞人得到結果後，便火速趕到宮中呈報天子：「卜文昭示：有客自遠方來相會。」
「遠方？來自何方？」
「……卜文王未明示，此方並非四方，無可知，無可知。」
天子聽了很是困惑。
他剛奪取了夏桀的天下，將夏桀放逐去南巢，並將國都改設在亳城，以族名「商」為國號。
一國初立，人心未定，一有風吹草動，天子便很是恐慌，現在還聽貞人說有不明遠方來客，更是心驚膽戰。
「莫非是異族來襲？」
城郊的大片烏雲已經移到了亳城上方，依然閃著異光，卻沒雷聲閃電。

「是凶兆啊……」謠言在城民之間流竄著。

「是湯王奪取桀王之位，所以上天在震怒吧？」

「不，是妖怪吧，妖怪想要吞噬太陽呢！」

「有龍在天上啊，是吉兆！雲不是跟隨龍而來的嗎？」

陰霾了許久的天空不發一言，任憑人們去猜測。

秋意濃濃，西風漸勁的那日，雲中終於有了變化。

有東西自雲中鑽出，冉冉的飛入亳城。

城裡城外無不驚動，人們無一不仰視天空，觀看這奇特的物體。

商天子湯也和群臣聚到高台之上，心裡又興奮又害怕的期待著。

該物遙望有如兩輪車，兩側伸出長翼，籠罩在一層銀白色的光芒之中。

「那是什麼呀？」湯王呢喃道。

沒人懂得該如何回答他。

那東西竟慢慢飛到高台上空，然後再緩緩下降。

「保護大王！」一群衛兵立刻重重包圍湯王，將兵戈齊齊指向那奇特的飛行物。

飛行物狀如戰車，裡面站著一個人。

無論是平日養尊處優的文官，或是沙場上殺敵千百的老將，此時都不禁屏住鼻息，直愣愣的凝視那飛行物。

那人……不，該說是具有人形的生物，全身包著一層銀色布料，他徐徐步下了飛行物。

沒人敢說話。

「是上天的使者嗎？」有人這麼想著。

他們很快就知道了答案，因為那人說話了。
「王……我是……切……孔……」他說得很生硬，像孩童在牙牙學語。
「唏！」一名衛士上前喝道：「你是何人？報上名來！」
「切……切孔來，切孔來的……」
那人並未察覺他的飛行器早已被衛兵們包圍了。
數日之後，天空的那片大雲突然不再發光。
某個早晨，人們發現地面比平常光亮，天空比往日清明，方知雲朵已經不知在何時散掉了。

※※※

「世間之物，雖然都是氣聚而生、氣散而亡，卻各有其物性。」破履一邊替雲空運氣。一邊教誨著徒弟，「就因為有物性之不同，才有相生相剋的情況出現。」
破履吩咐莫二取來一盆水，放置於雲空面前。
「飛蛾之所以撲火，因為易被光所吸引，所以要是所煉的蠱是蟲蠱，便可以用鏡子迷惑它，使它無法作惡。」
「原來如此。」雲空面色青白，豆大的冷汗不時從額角湧現，「師父可知我體內是何種蠱？」
「不知道，不過蠱皆好水，乃共通的特性，」破履將水盆移到雲空面前，「徒兒，張嘴吧……」
破履已經叫雲空絕食斷水兩天，此刻他肚裡的蠱已在痛苦的翻騰，令他渾身內外都不舒服。
雲空張大嘴巴，面朝水盆。
水面揮發的水氣一接近嘴巴，他頓覺五臟六腑有東西在猛烈扯動，有東西正欲掙扎著從肚裡出來，一路往他的喉嚨擠去。

雲空發不出聲音，只是超級想嘔。

他的脖子忽然脹得十分粗大，不一會便從口腔裡擠出一團毛茸茸的黃色東西。

那東西掉落水中，漾起波紋，牠一翻身，開始愉快的撥水。

「是小鴨！」莫二在一旁驚道。

破履示意莫二安靜：「還有一個。」

雲空痛苦的仰首，痛苦的往後仰直身子：「鼻……鼻子……」

一隻小手從他的鼻孔伸出，是一隻蟾蜍充滿疙瘩的手臂！

破履將雲空的頭壓到水面，讓蟾蜍的手碰到水面。

撲通一聲，蟾蜍不知如何便擠了出來，肥大醜惡的身體滾入水中，舒服的游動，但小鴨一見到牠，便開始啄牠，蟾蜍受驚，也用強壯的後腿踢打小鴨。

兩隻露出原形的蠱在水盆中相鬥，破履於是吩咐莫二：「此害人之物，拿去燒了吧。」莫二端了水盆到外頭去了。

雲空如釋重負，整個人軟倒下來。

「好好安養，我還得忙你的師兄呢。」破履擦了擦手掌，便去照料岩空。

岩空也大約五十歲了，本來煉神煉得面如青年，因拯救一隻狐精而耗去七成元氣，逸強行甲馬之術趕路，又硬撐去管凌家莊的事，終於不支暈倒，整個人又瘦又面色枯黃得像個老人。

如今在破履的山中草廬靜養兩日後，已是大有起色。

莫二自凌家莊一事後，便隨破履生活，為他種菜打水。

破履曾問他要不要學道，當他的弟子，他回道：「我天資愚鈍，這種事學不來的。」

「那你的煉蠱之方何來？」

「祖上傳下的，很多人家都懂得。」

日子久了，岩空和雲空都恢復了氣力，破履便找了一天跟他們細細談話。

「咱中秋師徒之會，不想竟變成這樣子，實在是意料不到啊。」

「大難不死，都是師父相救。」岩空嘆息道，「弟子太過自負，還是師父厲害。」

「為師也是福大命大，然而今年已七十有四，不宜再在江湖行走，餘生大概要在此草廬度過了，或許這是咱們師徒最後一次相聚了。」

雲空聽了，心中十分感傷。

破履把年幼的他養大，如同親生父親般照顧他；岩空本應獨自雲遊，也因為他而陪伴師父一同照顧。三人一起在江湖上度過許多艱苦歷程，也有過在隱山寺安逸學道的日子，而今即將各分西東，說不定此生緣分將盡於此。

北風颼過樹林，預告冬日的來臨。

破履盤腿正坐，準備講他的故事，做為與徒弟別離的贈禮。

※※※

破履出師之後，在江湖上四處雲遊尋訪明師學習道術，時常夜宿荒郊野外，偶爾幸運覓得無人破屋，可免風雨之虞。

夜宿荒野，常可碰上奇異的現象，例如在南方番地見過飛越夜空的人頭，人稱飛頭獠的，或在荒山見過鬼妖聚會等等。

可是最不可思議的，要數尋找夜遊神時，遇上之非人非鬼、非仙非怪的夜遊神。

「岩空記得仙人村的事嗎？」

岩空嗤道：「怎麼忘得了？」

「記得夜遊神得到覆天印之後，便聚往孔廟，然後有一個很大的圓光從旁邊的那片林子飛升，最後林子變成了湖嗎？」

「記得。」

雲空蹙眉道：「我年紀太小，沒什麼印象，只記得有片山林，我常去撿柴的。」

「那你記得林子裡頭有什麼嗎？」破履說，「我印象很深刻的是，小小年紀的你告訴我，你知道林中有妖怪，而你一點也不怕。」

雲空想了一下：「我見過發光的人，很美，就是夜遊神吧？因為很美，所以才不怕吧……？」

「雲空幾歲了？」

「二十八了，師父。」

破履默數了一下：「唔，那麼你獨自行走江湖也有七年，我收你為徒、我們碰上夜遊神那年，也過了二十四年了。」

「時間飛快呵。」岩空發出了感嘆。

「別忙，老夫還有下文，」破履欠欠身子，凝視他們師兄弟兩人，「只不過兩年前，我又遇到夜遊神了。」

雲空和岩空露出驚奇表情，眼睛睜得老大：「什麼？在哪兒？」

「距此很遠，我沿著東海，尋找仙島的傳說，在揚州附近。」

自從在仙人村會過夜遊神後，破履對夜遊神消失時出現的圓光深感好奇，卻無人能解答他的疑惑，直到他在隱山寺遍覽群書時，才發現距當時不過三十年前，揚州和杭州都發生過類似的奇事。

揚州在長江下游出海口附近，杭州在浙江出海口，兩城分別在太湖南北，地理上算是接近。

而且記錄下這些奇事的，是近代的兩位大人物：沈括和蘇軾。

破履年輕時，蘇軾是名聞天下的大才子，其名聲之盛，只要他題過詩的酒樓都會吸引許多客人，儼然今日之超級巨星。可是在他文集中寫到宋神宗熙寧四年，他貶官去當杭州通判時，路過江蘇鎮江，夜宿金山寺，在夜晚二更月落之後，望見江心發出強光，照亮山林，嚇壞了夜棲的鳥群。

他以七言古詩《遊金山寺》記下這件事，年月日時地點全都精確記錄，並說該火光「非鬼非人竟何物」。

破履後來又在《夢溪筆談》找到更離奇的紀錄，博學的沈括四處旅行，提到他友人在揚州讀書時，親眼見湖上明珠。那是一顆巨珠，在揚州很有名，天黑後很常看見，而且會從一個湖換去另一個湖。他朋友的書齋就在湖上，某夜明珠十分接近，朋友看見像個蚌殼，光線從蚌殼相合的縫中透出，當它頃忽張殼時，頓時露出明珠，光線如初升的太陽，紅光如野火焚天。當它倏然離開時，速度飛快，當它浮在湖面時，就像日光杲杲明亮。

這件事發生在嘉祐年間，比蘇軾早十年左右，而且巨珠出現時間長達十餘年，揚州人都知道，還有人特地租船夜遊等它現身。

說到這裡，破履說：「會發光的蚌，不就是我們看見的樣子嗎？」

岩空盼著破履：「師父，你剛才說你又再遇上夜遊神的。」

「哦，我已經非常確定，夜遊神是乘著那發光的碟子離開的。」

「乘它離開？」雲空困惑道。

「不特此也，他們除了有圓光，還有飛車。」
岩空苦笑著搖頭：「師父越說越奇了。」
「要說奇，也不是我發明的，」破履說，「寫了夜遊神的《山海經》，也寫了有『奇肱國』，說他們是一臂三目……」
雲空眼睛一亮：「《博物志》也有說到奇肱國，說他們能造飛車！」
「沒錯，就是這個，還提到商湯時有奇肱國人飛到豫州，卻被商湯弄破飛車，以免被人民看見，過了十年才放他修好車飛回去。」
岩空問：「回去何處？」
「《博物志》說奇肱國在玉門關西方四萬里。」
岩空噗哧笑道：「那張華[1]也是位吹牛高手，難道四萬里之遙，他也去過？」
「可是《山海經》說奇肱國在刑天與『帝』爭神之處。」
「那是何處？」
破履聳聳肩：「這多年之謎，為師反覆推敲，終於有機會親自向本人問到答案。」
破履兜了個大圈，終於進入正題，岩空和雲空引頸期待。
「兩年前，我為了沈括的記載，特別去到揚州，找到書中提及的幾個湖，還有個叫樊良鎮的地方，都是明珠曾經現身的地點。」破履說，「某夜，我找到間破廟過夜，半夜裡，就被一陣異聲吵醒……」
那異聲伴著低頻的震動聲，岩空是熟悉的，當初覆天印就曾在接近夜遊神時發出類似的嗡

1.《博物志》作者，晉朝人。

嗡聲。

異聲出現時，廟外燈火通明，把本來陰森森的破廟照亮如中午。

破履白天走了許多路，甚是疲憊，但此刻好奇心蓋過了警惕之心，於是他顧不得休息，走出破廟去看個究竟。

沒想到，破廟外頭站了三個人，三人皆全身泛著一層銀澤，臉部是一片光滑的黑色琉璃。

三人背後有兩部外形奇特的車，形狀像街上常見來運貨的獨輪車，後方天空浮著個發光的碟子，一如雲空幼時在仙人村所見。

破履聽著圓光發出的嗡嗡聲，不禁精神恍惚，心想這或許是仙樂吧？而那光芒不正是傳說中的瑞霞嗎？

「我碰上仙人了！」當時，破履作如是想。

原來仙人的皮肉是銀色的，怪不得古代煉丹者說服食金銀之物能成仙呢！

正胡思亂想之際，銀色的人上前請他登上其中一部車。

破履興奮的上車，忍不住四下打量車內的構造，沒一樣是他認得的。

「你們是仙人嗎？」他忍不住問了。

三人怔了怔，其中一人生硬的答道：「不是……」

「不是？」破履更感到困惑了，除了神仙，還有誰能有如此稀奇的東西呢？

破履還來不及多想，車便升空了。

※※※

破履的草廬外，繁星滿天，寒風更勁了。

莫二生了一盆火，為大夥兒燒熱水，破履還取出珍藏的一小塊磚茶，磨成細粉，拌入熱水中飲用。

破履從火盆中撿起一根燒焦的柴，在地上畫圖：「大約是這樣子的車，我畫得不好……」他不太有把握的說。

那車有兩個輪子，卻不能轉，不是用在地上跑的。

那車還在輪子上方伸出直翼，也不知有何作用。

飛車很快就筆直升空，破履低頭望底下的破廟，才看到破廟後方的雜草叢中還有兩三間荒廢的破屋，正在思索間，他們飛快的靠近圓光，強光迫使他用衣袖掩著眼睛。

四周突然沒有強光了，他們已經降落在堅硬的地面，四周被銀色的牆壁及柔和的光線所包圍，破履找不到光線的來源，他沒看見任何燈火。

溫度剛剛好，空氣也很舒服，甚至嗅起來會隱約有些亢奮，感覺更有精神。

他也不記得是怎麼來到這裡的，依稀記得有一瞬間，圓光中忽而有一張唇打開，所以他們進入圓光裡面了嗎？

破履幾乎失去了自由的判斷力，或許是太過興奮，也或許是所見所聞都超出了他的認知，過於驚奇令他無法正常的思考，只能呆呆的隨著三個銀色的人步下飛車，走入一條短短的走廊，抵達一個頗大的房間。

房內有很多見所未見之物，有一張光滑的桌子，桌上有許多凸起，他看見那些人去按壓凸起物，有的凸起物發出彩光，周圍的牆壁還發出低沉的嗡嗡聲，牆壁還有幾個窗口，每個窗口內有不同的圖像在活動……

帶他進來的三個銀人把手放到頭兩側，輕輕一扣，他們的黑琉璃臉就掉落下來，露出另一張臉。

那張臉，令破履永生難忘。

「一張蛇臉。」

「蛇？那麼是妖精了。」岩空馬上反應。

「其實像從上方望下去的蛇頭，臉是扁的，下巴是尖的……」破履再次拿起焦柴在地上畫起來：「小鼻小口，眼睛卻很大，眼睛一方就變成一道縫，沒睫毛，也沒有眉毛，沒頭髮……」

雲空想起龍壁上人的弟子，他們的頭上毛髮盡除，只不過不是一張蛇臉。

雲空從聯想中回神：「師父剛才說的奇肱國人，就是他們嗎？」

「嗯……」破履沉吟道，「我本以為『奇肱』是指只有一隻手臂，《山海經》就是這麼說的，」奇就是奇數，肱就是手臂，「事實不然……或許古人並沒流傳奇肱國人樣貌，反而望文生義，妄加一臂三目的說法。」

「如此說來，奇肱國人如果跟我們一樣二臂二目，為何仍稱奇肱？」

「或許不叫奇肱，應該叫切孔。」

「切孔？」

「不，不是這樣唸的，非我中原唸法，是切——孔——」破履費盡心思，也無法完全複製原本的發音，「切……孔……哎，算了。」破履用抹茶潤了潤喉，眨眨浮腫的雙眼，吩咐岩空在火盆裡添柴。

當時，那位銀人脫下臉盔，引破履到一面牆壁去，牆上窗口忽然換了一張畫面，顯出一張同樣是蛇一般的扁臉。

「梭！」銀人指著窗口的那張臉，重複了好幾次，「梭，梭，見過梭沒有？」破履實在分辨不出這張臉和他們的臉有什麼差別。

那銀人見破履歪頭擺腦的困惑模樣，便用手在窗口掃了一下，換了一張圖畫，是一群發光的白衣人，分成三排整齊並列。

破履驚奇的揚眉張口，他認得，是夜遊神，不過圖中的人數比較多。

銀人見他有反應，又換了一張圖，是夜遊神在空中連成一串飛行的樣子。

破履發出啊啊聲。

「知道？知道？」銀人問他。

破履點點頭。

「在何處？」

銀人要問他夜遊神現在在何處嗎？他怎麼知道？上次見過夜遊神也是二十餘年前的事，況且他也不知對方的目的是什麼？

破履正在支支吾吾時，一名銀人忽然從後面抓住他雙臂，力氣之大，破履完全無法反抗，另一名銀人將手放在他頭上，破履只覺腦子暈眩了一剎那，很快又恢復了。

「師父沒受傷吧？」岩空和雲空聽了大驚。

破履搖頭：「他們不像要傷害我，不過感覺很奇怪，當時，各種跟夜遊神有關的記憶一個個閃過，覆天印、黑林子、仙人村、孔廟等等都像夢境般現在眼前，然後……好像有十分細微的東西不斷從我的頭流去他的手掌心。」他望著兩位徒弟：「聽起來像什麼？」

「他心通！」雲空率先叫了出來。

「是，為師也認為是他心通，他們看遍我的心了，所以，他們也知道你們的事了。」

三人沉默了一陣，岩空才說：「所以，他們是來找人的。」

「顯然是，想必是很重要的人。」

破履也問他們問題：「如果不是神仙，那你們是什麼人？」

三名銀人商量了片刻，他們試圖跟破履溝通，但口齒不清，破履雖極力想要瞭解，依然皺著眉沒聽懂。

一名銀人又將手掌輕放在他頭上。

然後破履看到了。

他們來自很遠很遠的地方，何止玉門關西方四萬里？而是飛過群星、穿越虛空，無法以人間尺寸度量的路程。

他們住在某個星星上。

「切孔人來自星星？」岩空不敢相信：「星星那麼小，又是天穹中之虛氣，能住人嗎？」

「咱們在隱山寺時，燈心燈火曾告訴我，佛門中有三千大千世界的說法，有一部叫華什麼的佛經還說此世界之外的他方世界，此世界的十方皆有不同的世界，有世界之人以琉璃為體，有世界之人以香氣為食，有世界之人以水為堅固大地，比神仙還離奇。」破履嘆了口氣：「我聽了還笑他，說：『釋氏打妄語，把世人當小兒唬弄。』」

燈心燈火是雲空的半個師父，他對他們知之甚詳：「他們只是一笑置之吧？」

「沒錯，說起來是為師淺見了，果然天外有天。」破履轉向岩空：「由此看來，星星並非虛氣呀。」

他們讓破履知道，他們來尋找一個人，此人從切孔逃來，有一群侍從在護衛他，他們找到侍從，就能找到那人。

他們很久以前就來了，當時考慮了很久，決定直接找上中原的統治者，沒想到派遣的使者才一下飛車就被捉了起來，飛車也被拆解了。

他們聯絡那名使者，叮嚀他切莫慌張，靜觀變化。

那位統治者下令研究拆解的飛車，試圖複製，好做為開拓疆土的工具，但他的臣下根本沒人能弄懂飛車的結構，試了十年，那名使者因不適應而生病，病得奄奄一息時，才被叫去把飛車重新組裝。

那位統治者派了巫史記錄下使者組裝的過程，並派了衛兵執著武器監視，一旦瞭解飛車的組裝法，便殺了使者。

但兩個文化實在相差太遠了，他們還沒弄清楚發生什麼事時，使者已經把飛車啟動，攻擊衛兵，銷毀巫史手上的紀錄，毫髮無損的逃脫了。

回來的使者報告了許多珍貴的資料。

這是兩個世界的第一次正式接觸。

破履相當驚奇，他們說的這件事就是晉人張華在《博物志》上提到的商湯事蹟，算起來也有兩千年了。

兩千年是個什麼概念？根本差點就把歷史走完一遍了。

切孔人見破履再也提供不了什麼資訊，仍舊帶他登上飛車，從原來的入口飛出去。

置身於滿天星斗之下，感受著高空的夜風，破履只覺滿肺沁涼。

他回望浮於空中的扁圓形光碟，難以置信，不久前他仍身處於那巨大的圓光之中。說真的，除了曉得他們來自切孔，並可能是古書記載的奇肱國人之外，他對他們仍然一無所知。

此時此刻，他的身體仍感覺到絲微興奮，一如完成大事後的餘熱。

「可以飛久一點嗎？」他問帶他回去的切孔人。

切孔人不解的望著他。

「很美，我從未從高空瞰望地面，我想多看一會兒。」這種機會，說不定此生不再。

月色皎潔，清冷的月光把大地照得像鬼斧神工的雕像，泛著銀光的河流，像靜止不動的凝脂，看起來十分落寞。遠方的揚州城燈火通明，燈光投照上雲層，令空中浮著一片薄薄的黃光。

破履陶醉於夜色之中。

「斯托——！」切孔人忽然作喊。

破履嚇了一跳，他不明白那人在喊什麼。

那人從飛車裡面拿起不知什麼，朝著那東西喊話，說了一大堆話。破履只聽那人手上的東西也發出說話聲，心裡正在訝異，那切孔人則轉首向他說：「你……不要動……」

話還沒說完，飛車忽地往前一衝，直直往下方的林子衝去。

破履看到了。

有一個光環在林子上空打轉，看起來悠哉悠哉，宛如孩童在快樂嬉戲。

跟圓光或飛車一樣，此光環並非世間之物。

切孔人看起來很緊張，他不知按了什麼，一道耀目的強光自飛車射出，林中的光環立刻起了變化，拉成一條直線，避開那道強光，往天空逃竄。

強光投入樹林，立刻冒起一團火焰，破履遠遠望見幾根樹幹飛上半空。

那條光帶子在空中蛇行，忽在空中拐彎，竟向飛車直直衝來。

破履終於明白，他已經陷入危險了。

光帶子急速逼近，只不過瞬間便迫到了面前。

是人！是一串人！

十六個人手連著手在空中飛舞，如同一串華麗的夜明珠，發出奪目光華，與明月爭輝。

這十六個人面無表情，像玩偶的臉孔一般冷峻，只是冷冷的望著破履。

他們在破履眼前一掠而過，飛車頓時大大的震動，冒出陣陣火花。

破履嗅到嗆鼻的濃煙，伴有從未聞過的酸味。

「明多呵——」切孔人一邊嚷著，一邊拚命操弄飛車的儀板，令飛車不再搖晃。

在他們頭頂上的圓光又吐出兩艘飛車，紛紛追向光帶子，朝光帶射出強光。

破履身旁的切孔人嘰哩咕嚕說了一堆之後，將飛車緊急下降。

一陣強風過後，飛車又回到了破廟門前。

切孔人催促破履下車，然後自己也下車，不知拿了什麼朝飛車一噴，噴出一堆香甜的白煙之後，方才飛車冒煙出火的地方即刻熄滅。

切孔人望了破履一眼，又再躍入飛車，一溜煙的衝上空中，加入戰役去了。

破履眺望明月下有圓光浮空，三艘飛車在夜空追逐光帶子，像蒼蠅和游蛇在空中互相追逐，不時發出閃電似的白光。破履不禁搖了搖頭，懷疑自己是否在作夢。

他當然知道不是。

「次日，我在破廟中睡醒，還走到外頭去瞧瞧，希望看見一些什麼留下的痕跡。」

「師父，那十六個人不就是夜遊神嗎？」岩空忙問。

「正是。」

「太巧了。」雲空沉思著說，「兩個一起出現，不會太巧了嗎？」

「怎麼說呢？」

「師父，我忍不住猜想，與其說你找他們，說不定他們也在找你，甚至跟著你。」

破履笑道：「你說得不無道理，我後來再推想了一下……《山海經》說奇肱國的位置乃刑天與『帝』爭神之處，刑天在該處被斬首，而夜遊神又是為『帝』守夜的神人，莫非是說，在奇肱國曾經有過戰事，而且……在三千年前？」

雲空道：「師父懷疑此『帝』是何帝嗎？」

破履笑道：「只怕此生難解這謎團啊。」

剛才默不作聲的岩空忽然說：「師父，我明白了。」

「你明白了什麼？」

「你可記得仙人村的孔廟，那群夜遊神得到覆天印之後，不就從該處消失？然後就有發光的碟子……」

「是。」

「那孔廟，我們之前去過，我當時就很困擾，沒有見到廟祝，擺設幾乎沒有，彷彿一間廢廟，村中也沒人知道它的來歷。」岩空說，「如今想來，依照師父所知，那間並不是我們所知的孔子廟、夫子廟。」

破履笑道：「原來如此，我倒沒想到。」

「此孔非彼孔，那是切孔人的根據地，夜遊神是被追殺的那批切孔人，他們躲在仙人村，孔廟就是夜遊神的光碟子的入口！」岩空興奮的拍擊大腿，「這麼一來就說得通了！」

破履同意岩空的想法，但是，如果岩空是正確的話……破履蹙眉道：「我開始疑心，我的師父究竟是如何得到覆天印的了……」

破履說了這話之後，腦中靈光一現，他陡然一驚，忽然注意到各種事情之間的關聯。沒那麼簡單。

他偷偷望了一眼雲空。

此時此刻，他只恨自己內境的修行不夠深，沒有能知過去未來的神通。事實上，這就是他當初帶雲空上隱山寺的本意呀。

夜已深沉，寒風更勁，火盆裡的火似乎也顯得衰弱了。外頭的風在咆哮，吹得這草廬也有些搖晃。

三人都睏了，而莫二呢，早在一旁和衣蜷曲著入睡了。睡夢中的他，眼角盈著淚水，夢鄉似乎是他的思念之鄉。

這個冬日，是破履最後向兩名弟子傳道授業，春天到時，他們便要再度踏上孤單的旅途了。而破履也要專心修行，完成他人生最終的課業了。

【典錄】奇肱國

破履的線索如下：
奇肱國：《山海經・海外西經》
奇肱民：（晉）張華《博物志・卷二・外國》
明珠：（宋）沈括《夢溪筆談・異事》
江心飛焰：（宋）蘇軾《遊金山寺》（七言古詩）
《山海經》文中沒提到飛車，只說他們是一臂三目；《博物志》沒說他們體形，只提了飛車。其實自古《山海經》有圖，但早已佚失，近代山海經有附圖，實乃清人依文繪圖，卻畫奇肱民坐在飛車中，可能乃依《博物志》所繪。

之十三

坐觀陰陽

宋・政和三年（一一一三年）

聽說他出生的那晚，曾經發生過百鬼夜行。

聽老年人說得繪聲繪影，卻依然不太明白。

猶記得小時候，每隔一年半載，土共便會來店裡大肆搜掠，將貨物撇個一空，還辱罵他們是土財主、毒蟲。

他記得家人看著生計被搶，欲哭無淚的說：「這些土共啊，比鬼還兇呵！」

土共鬧了幾年，竟然在中國當家了！

他只記得在長大的歲月裡，共產黨人便不斷來騷擾，最後土地也沒了、店舖也沒了，不僅如此，還被冠上「黑五類」的名號，時不時要被人凌辱。

到了文化大革命那幾年，家裡的人不時被拉出去踢打批鬥，老祖母便這樣不支死去，父親也是常常滿身青腫回家，不久之後也內出血死掉了。

一個原本四代同堂的大家庭，變得支離破碎，到他長大得可以當家時，只落得寥寥數人了。

奇怪的是，家裡的多年波盪，總是惹不到他身上，雖然文革時已是二十多歲的青年，卻沒人把他拉去批鬥。

家裡的老人家說，那是歸因於百鬼夜行，要是出生時發生百鬼夜行的話，表示他是剋鬼之人。

「……這種人啊，牛鬼蛇神是不敢挨近的。」

話雖如此，他的一家人都曾被冠上「牛鬼蛇神」的名號。

說到這裡，還是不明白什麼叫百鬼夜行。

現時家中輩分最高的便是母親了，已經是位七旬老嫗，而他本身也有五十上下了，此時他才驚覺自己在這麼多年歲月中，竟沒好好問母親何謂百鬼夜行。

或許太忙了吧？

忙著生活，忙著被批鬥，忙這忙那。
政局安定後，他娶了妻子，又到工廠上班，朝九晚五的。
沒關係，只要母親還活著就好了。
那天自工廠下班，在回家的路上，他便想著該如何去問母親了。
待用過晚餐，母親走到屋外去乘涼，他便乘機問了。
「百鬼夜行？」母親呆滯的望了一陣子天空，一直沒有回答。
到底是七十多歲的人了，有時候會很輕易忘掉某些事情吧。
正當他以為母親健忘，想要再問一次的當兒，母親就回答了：「我帶你去瞧瞧。」
「帶我去？」
「去跟媳婦說一聲，咱們出去遛遛。」話未說完，他母親已經動身了。
他家坐落在一個丘陵地帶，四處山地連綿，他母親率前走上了一處山坡，直往小林子走去。
天空掛有一輪新月，乍看還以為黑夜在咧嘴傻笑，四周襯著滿天如鑽的繁星。
他追著母親的腳步，迎著月亮的殘光，踱上山坡。
「這附近一帶，在你誕生時，發生過百鬼夜行。」
他正想發問，卻被母親阻止了。
「不要說話，我們在這裡等一等。」
他只好不說話，靠在母親身邊，也不知到底要等些什麼。
母子倆就這樣守候著。
「以前聽你祖母說呵，如果你在晚上來這裡，會再發生的……」
「嗯……」他輕聲應道。

「真靜呢。」

的確。

雖然這裡混亂了很多年，千變萬化的政局把大家弄得昏頭昏腦的，什麼大批鬥，什麼大躍進，什麼又什麼的，現在總算安定了一些。可是即使人不斷在變，這地方卻是恆常不變，依舊如此安詳。

天地才不理人在搞些啥呢。

或許對天地而言，人所做的一切都是可笑的，或是無意義的。

或許天地根本無動於衷，祂的安詳，只是必然。

樹葉依然隨風輕拂。

蟲兒依然費勁的求偶，為了那片刻快活，為大地奏出各色樂音。

只是必然……

「來了……」他母親沉聲說。

他凝神聆聽，卻沒聽見什麼。

「那邊……」他母親指向林子深處。

林子深處發出細微的隆隆聲。

他開始繃緊神經，睜大眼睛，試圖看見一些什麼。

隆隆聲逐漸變大變近，變得細碎，一如許許多多零落的跫音，在這片山地中奔跑。

他開始毛骨悚然，感到皮膚被豎立的毛髮拉緊了。

他的心臟亢奮的撞擊胸口。

他的手指不時伸握，因為他正熱烈的期待著。

哦，原來這就是百鬼夜行！

奔跑聲洶湧衝來，滿山遍野盡是震動山林的奔跑。

草葉驚怕的彎腰，樹皮被刀刃般的疾風削落。

風，不是一擁而來的，而是分開一道又一道，在空氣中穿梭，將空氣擦出焦味。

他塞在褲子裡的上衣被拉扯出褲腰，他稀疏的頭髮被擾得胡亂顛擺。

風中夾有哀號，不時在耳際掃過。

他可以聽得一清二楚，一個又一個單獨的奔跑聲經過身邊，慌張的逃竄。

咻——咻——咻——

咻——

最後一個奔跑聲越過他身旁，遠遠的在後頭消失。

山林倏然陷入一片死亡般的沉默。

真正的沉默。

一絲風也沒。

他還是站著的，只是全身冰冷，連冷汗都流不出來了。

「兒呀，回家吧。」母親老邁的聲音催促著。

他呆呆的望著前方，眼前一片模糊，尋不到焦點。

新月吝嗇的在他身上披上少許光芒，然後又捨不得似的藉雲掩去。

「兒呀……」

※※※

自從體驗過百鬼夜行後，他便沒好好睡過。

他很清楚那種感覺，那種興奮，不是因為初次身臨夜鬼疾行而引起的。

不是初次。

曾經有過一次。

是很久很久很久以前，曾經有一次……

太久了，是出生時的記憶嗎？

不對，他不是在林子裡出生的，並不是初生時的體驗。

不，從小到大，他是第一次感受百鬼夜行。

為什麼會有那種強烈熟悉感呢？

他很是困惑，他不知道自己在困惑些啥，只知道是困惑。

自從那次之後，每當入睡，他便作夢。

夢醒之後，身軀依然是那麼疲倦，彷彿從未睡過一般。

而且，他每次都夢見同一個人。

一個道士。

一個青年道士，頭戴涼帽，穿著僧鞋。

道士也是十分困惑，時而撫弄下巴的長鬚，面帶憂色。他坐在一處高山上，身旁放了一根長竹竿，竹竿上紮有銅鈴和白布，白布上有斗大的八個字，另外還有一個繡上八卦圖的黃布袋。

道士不時看著手上的一張紙，不知在沉思什麼。

忽然之間，他覺得這位夢中的道士十分親切、十分熟稔。
「我認識他……」
不可能，道士看起來是很久很久以前的人，不是紮辮子的滿清人，而是打髮髻的，比清代更早更早以前……
道士手上的紙，不知寫些啥？
只見道士沉吟了一會，高聲朗讀著：「深山撒灰燼！」
原來如此，但不知是何意義？
深山撒灰燼。
道士將那張紙放回袖囊，放下思緒，眺望遠山。
已經是好幾個晚上了，夢總是一成不變。
雖然如此，他還是很喜歡。
夢中那種悠逸，正是他一向渴望的。
遠方的雲，隨著天色變化而現出萬般姿采，在天穹之下隨緣聚散。
豔陽高照時，是迷離的清雲。
近晚之時，便成了詭異的橘雲。
即使在夢中如此看雲，他也是十分舒暢。
他漸漸發現，看雲的不再是那道士，而是他自己了，道士不見了。
不，不是不見了。
道士的竹竿正置於身旁，他的腳上也穿著那道士的僧鞋，用手一撫，下巴還有水簾般的長鬚呢。

他便是那名道士。
他知道他是。
他一向都是。

※※※

如常用畢清粥青菜，他便騎著自行車往工廠去了。
他被迫離開沁涼的晨風，進入沉悶的工廠，對那種不流動的空氣總感到有一絲不快。
但是今早的空氣，卻跟以往有一點兒不同。
空氣有些陰沉，還帶有一點黏黏的潮濕。
他的心底，浮現了從未有過的警惕感。
他抬頭環顧，細看這工作了二十年的地方。
他看見上方的空氣中浮有一層淡淡的霧，一團令人厭惡的霧，似是包藏了許許多多沉重的念頭。
他走到工作區，開始熟練的操作機械。
但他知道，那團霧……該說是那股「氣」，仍在工廠高高的天花板上盤旋不去。
自那天開始，他一改數十年的習慣，不再把鬍子刮得乾乾淨淨，反而不時修理，好長成漂亮的長鬚。
妻子見他蓄鬚，還心情愉快的幫他修剪。
說起這妻，也挺離奇的。
數年前，他四十歲剛出頭時，家門外跑來個十來歲的小姑娘，拎著個藍色印花布包袱，說是遠方親戚，由於家破人亡，無親無故了，小女子一人生活不安全，所以特來投靠的。

他問母親，可曉得這位遠房親戚？

母親也沒看小姑娘幾眼，便咕噥道：「是也好，不是也好，就住下來吧。」

很久以後，母親才告訴他：「人生在世，互相扶持沒啥不好。」依然沒得個答案。

小姑娘住了兩年，對他很是體貼，他一生窮困，幾曾靠近過女人？何況是個可愛的姑娘？所以他規規矩矩的，不敢造次。

反而是姑娘向他娘提出了：「外頭閒話，說我一個姑娘家，身分不明不白的，不如跟妳兒子去領個結婚證了好唄？」把他給嚇壞了。

洞房那夜，他交出守了四十年的童身，每每想起那夜溫存，總回味無窮。

真不知妻子喜歡上他哪一點了？他總覺得自己平凡得不得了，擁有太多幸福是會折壽的。

那天在工廠感覺怪怪之後，他心裡還起了個怪念頭。

趁著傍晚用過飯後的閒暇，他跑到附近的山坡地去尋覓桃樹，這些地區的人都會種植些桃樹，只是要找一棵好的不容易。

他找到一根筆直粗壯的桃枝，鋸了下來，便回家用功的削了起來。

母親見他最近的行事和往常不同，便兜來瞧瞧他在忙些什麼：「兒呀，在幹啥呢？」

「做劍。」他一面回答，手中依舊不停地忙著。

「劍？做來玩玩的嗎？」母親慈祥的笑說，「小時候也不見你愛玩。」

「不是，我本來有一把的，弄丟很久了。」

這下可難倒他母親了，她可不記得他曾有一把木劍。

她兒子已經五十歲左右，原本已是微露疲態，最近卻是神采煥發，似是遇上了什麼，使他愈加有精神……

她很好奇。

「這劍有什麼用途呢？」

「還不知道，明兒便知曉了。」他停下製劍的工作，撫了撫鬚。

他母親笑道：「你留了這玩意兒，活脫脫像個老朽。」

「我是老了。」

「你比你娘我年輕十幾年呢。」母親指著在縫著嬰兒衣服的妻，「媳婦那麼年輕，你好歹也配得上人家。」

妻回頭道：「娘，我更喜歡他現在這樣子。」

他臉紅著輕輕一笑，繼續弄劍。

憶起工廠裡頭的那股氣，他心中感到納悶。

那晚，夢境有些不同了。

他知道那張紙的來歷了。

是道士的師父寫的。

他能看見當時的情境。

一名十分老邁的道人，將這張紙交給他，說：「雲空，自你誕生那日開始，便已有種種徵驗，在暗示你的前生了。」

「我的前生……」

「首先，是你出生那天，你父親奔下山去找產婆，便遇見百鬼由山上奔至山下，在村裡大亂一番。」

「我聽說過。」

「然後你娘不知被何人闖入家裡，幫忙接生，才將你順利產下，可問題是，當時雖聞人聲，卻不見人影。」

「……」

「然後你四歲那年，火精無故侵襲你家，又在隱山寺附近也攻擊過你一次。」

「這……」這些他都知道。

「還有，你能夠看見別人所不能見之怨氣，你可知道為什麼？」

「我不知道。」

「這是你前生的業，延續到今世的果。」

「師父……」

「這是你另外兩個師父告訴我的。」

「您是指燈心、燈火大師？」

「正是，他們能觀陰陽、洞察輪迴，本來可以直截了當告訴你前生之事，但他們要你自己去探尋。」

「師父，從何尋起？」

「從這裡尋起。」破履取出一張紙來，遞給雲空。

雲空恭敬接過，唸出紙上的字：「深山撒灰燼……」

「燈心燈火曾說，你出生時的夜鬼奔行、火精屢次攻擊、仙人村的夜遊神、孔廟的圓光，凡此種種，只是重重因緣的一角，如果參透了，就能看清事實，擺脫你命運的枷鎖！」破履嘆口氣道，「無奈為師參不透，幫不了你，為師今生或許無法再教你什麼了，你便去吧。」

「師父，辦完這事，我會回來的。」

「十年，」破履感傷的說，「十年之後，若見吾墓碑，便是緣盡，否則便是尚在人世，還有再聚之日。」

「十年……」

雖在夢中，他也不禁感到熱淚流了滿面。

※※※

晨曦正露，他已顯得殺氣騰騰。

他的長鬚迎著晨風，兩眼炯炯有神，發出欲吞人的烈焰。

他的背後掛了一把短如前臂的桃木劍，正散發出一股新木的香味。

工廠內的工友莫不訝異的望向他。

這位平日甚少說話，平凡得不能再平凡的傢伙，莫非發瘋了？

他仰首大喝：「呔！何方妖孽？在此作怪？」

隊長見他行事詭異，忙跑來責罵：「你不去你的單位工作，在這裡發什麼神經？」

「噤聲！」他向隊長喝道。

隊長氣紫了臉，不禁提高了聲音：「你不服從指示，你……」話猶未完，他已一腳踢開隊長，一劍凌空刺去：「疾！」

半空中爆出一朵紅雲，在那裡旋動了一會，竟伸出了一個奇特的頭。

那頭似乎是人頭，卻是十分破碎，黏了數處血塊，滿頭亂髮披著。

工廠裡頃刻墜入恐慌，有人被嚇得呆立不動，有人亂蹦亂喊，尖叫聲立刻擾亂了死寂的空氣。

清晨的朝氣本來就不存在於工廠之中，此刻愈發沉重。

那顆頭露在紅雲的上端，先是惶恐的環視四周，最後直瞪著他。

他冷靜的用劍指向妖物，沉聲道：「你在此流連多年，為何不速速投生？」

那妖物瞪了他許久，突然怒目猛睜，眼露兇光，狠聲道：「你……你……我想起你了……」

他愈加冷靜，集中心神，左手結劍印，二指點上桃木劍尖端，閉目運氣。

「你為何在此？為何在此？」妖物痛苦的呻吟著，紅雲也開始混濁了。

「解除孽怨，平靜是福……」他不理妖物說什麼，只是唸著這些話。

「雲空！你為何在此?!」妖物嚷道。

雲空猛然驚醒，衣衫之下冷汗迸流，心臟仍在激動的大力跳動。

他看看周圍，仍然是那片山頭。

「睡著了……」雲空擦擦眼睛，繼續觀望綺麗的山色。

方才他想著想著師父的字句，竟不知不覺的沉沉入睡，想必是這種涼涼的山氣、幽幽的懶風使然吧……

雲空心底揚上一股喜悅，在觀看大自然的時候，便會有這種感覺。

「老子說得真不錯啊，」雲空想道，「任萬物運作而默默無言，生長萬物而不去據有，作育萬物而不自恃其能，成就如此大功績而不自居，正因為不居，所以能夠不朽，這正是天地之心……」

正是如此。

日月沿著天空上的軌道運行，創造了時間。

亦是這種晝夜、四季寒暑，使萬物依循著生長收藏，由生生不息之中創造不朽。

雲空坐觀陰陽來去，耳聞天籟地籟相和，心中甚是爽朗，師父留給他的字句，竟然漸漸清晰了起來……

深山撒灰燼。

「深山，是指山之深處，自然無法輕易看見，必有山石林葉遮掩……如此跟灰燼會扯上什麼關係呢？……灰燼是燃燒之後的殘餘……」

雲空伸手將布袋拉近身旁，取出乾糧。

山氣迷濛，輕輕疊在遠山之前，使得眼前景色若隱若現。

偶爾，幾隻山鳥破空越過，發出清脆的啼聲。

不知什麼忽然出現在雲空面前。

一團紅雲，頂端有個猙獰的人頭。

雲空還來不及反應，那景象便一閃而逝。

他呆呆的坐著。

「那是什麼？」

對了，那是方才夢中所見呀！

他吃驚的站起，想捉住那影像。

「究竟是什麼？」

他眨了眨眼。

人總會眨眼的。

眨眼是為了潤濕眼球。

但雲空在閉上眼簾的電光石火之間，竟又見到了那東西。

雖然只有一瞬間，卻已使他憶起了整個夢境。

他不知是什麼時代的人，穿著一身藍衣，戴著奇形怪狀的藍帽，身處一座很大的建築物內，四周有許多金屬製的大型器物，發出吵鬧的聲音……

這些東西都是他從未見過的！

不知道為什麼，夢裡的他也有一把桃木劍，也能看見「怨氣」，然後便赫然出現一朵紅雲，露出一個充滿恨意眼神的頭。

那頭認得他！

人頭向他叫嚷：「雲空！你為何在此？」

那叫聲猶在耳際徘徊。

不！是正在耳旁！

雲空大驚，反射性的躍身一躲，警戒的抽出桃木劍。

不對，一切感覺都不對。

他的神經變得敏感，周遭的一切頓時變得險惡萬分。

到底出了什麼事？

工廠的凝重氣氛已經感染至外頭，大門口擠了一堆人，觀看這場奇景。

他們廠內的這名老工人，竟然莫名其妙的成了驅鬼師！

「裡頭發生了什麼事呵？」

「大白天出現鬼啊。」

「什麼？有這回事？」

有人即刻反應：「文明時代了，哪來的鬼呀？鬼是唯心主義的糟粕思想……」

「嘿，不知哪一名同志，竟然一下子變成驅鬼的，還拿了桃木劍呢。」

只聽那妖物在工廠中亂竄，撞擊著鐵皮天花板，製造擾人的聲音，並且不停的在悲號。

那老工人依舊如如不動，在原地紮著沉穩的馬步，閉著雙眼，口中不停在呢喃。

大門口又起了一陣騷動：「公安來了，公安來了。」

兩名公安推開人群，擠進工廠，但當他們看見那幅景象時，也不禁傻呆了眼。

「那是什麼？」他們下意識的抽出電棒，迫向那老工人。

毫無徵兆的，裹著妖物的紅雲風馳電掣的衝向公安，一把用紅雲包著其中一名的頭。

眾人紛紛驚叫閃避，眼睜睜的看著那公安無力的揮動電棒，接著軟倒在地，只剩下微弱的呼吸。

那朵紅雲哭叫得更是厲害了：「雲空，你為何在此？你不是死了好幾百年嗎？……」

老工人將桃木劍往妖物一指，又是一聲：「疾！」

妖物在半空中怔了怔，便撥開四周的空氣，直往老工人胸部衝去。

老工人睜大雙目，一口真氣直湧百會，將心門擴大，任由妖物闖入。

他首先看見一大團紅色，紅色擠入了他的每一點細胞間隙，煮沸他體內的每一滴水分，他的神經因極度痛苦而麻痺。

他窺見那妖物的心。

他也明白了一切前因後果。

他看清了八百多年前的一個人物。

一個頭髮邋遢散亂的年輕男子，支離破碎的軀體倒在地上，隨時要瓦解。

他的生命一點一點的流逝，再也無法支撐他不成人形的身體。

他垂死的眼睛望著一名道士，一名叫雲空的道士。
那男子知道自己有五條命，如今他已用盡了最後一條命……
這是另一個故事，在此恕不贅述，以後再談。
雲空憐憫的望著他，卻不知他心中正燃著怒火。
他惱怒自己竟然就這樣死去了。
他滿胸滿腹的抱負猶在燃燒，譏諷他濫用生命。
他還有大仇要報，而這位道士竟阻撓他的滿胸大志。
他尤其覺得雲空在譏笑他。
在他死後不久，便發覺自己脫離了軀殼，飄浮在空中。
他在塵世四處飄遊，等待了數十年，直待雲空也去世了，才鬱鬱的逗留在葬身之地，一直盤旋不去。
沒想到八百多年後，當年的雲空竟又再度出現在眼前！
他遁入老工人的心，頓時發覺被一股祥和的暖意包圍了。
他感到一陣迷茫，緊接而來的便是滿腔感動。
原來當年雲空的憐憫，是真的！
是真的！
老工人的馬步依然穩固，紅雲穿過他的身軀，化作一縷白煙，緩緩散去。
數百年的怨念，一夕化解。
滿場的人們，無不看得目瞪口呆。
他們還沒搞清楚真正發生了什麼事。

「公安，逮捕他呀！」隊長氣憤的吼叫，沖散了一場的靜謐。

外頭又來了幾名公安，將老工人押出大門，帶去公安局。

老工人毫不反抗，只是手上堅持握著桃木劍。

※※※

雲空倚靠著老邁的孤松，意識逐漸清楚。

張眼一瞧，天色未晚，山間已湧現白氣，映照著日光，顯得潔白輕盈。

雲空掙扎著爬起身，抖了抖腦袋瓜，企圖驅走腦中的納悶感。

他已經不在意方才的夢。

他的思路已經變得敏銳，師父給他的五個字也有了頭緒。

「深山……灰燼……這兩者必有關聯！」

他回想了一下，忽然感到靈光一現：「師父曾提到另外兩位師父……」雲空四歲投入破履道人門下，十二歲那年和師父、師兄一起造訪隱山寺，一住多年，跟師父的好友燈心、燈火大師結緣。他的青少年時期都在隱山寺度過的，自此雲空的思想便非僧非道、是僧是道。

「是了！」他恍然大悟，「燈心燃燈火……當年兩位大師乃形影不分的孿生子，如今已是風燭殘年，『灰燼』二字不正暗喻二人壽終？『深山』不正喻隱山寺？」

他一得知答案，立刻收好行裝，奔馳下山。

這兩位老人家，是他最大的精神導師呀！

他離開這片令他心神閒逸，能觀陰陽變幻、氣魄雄偉的山頭。

雖然他已離開，此山再無雲空，卻依然不變其氣勢。

午後的山雨來了，潤濕了每一寸泥土。

吸飽了水分的草木，紛紛顯得更嫵媚了。

※※※

他待在公安局的拘留所已經一日夜了，滴水未進，肚子餓得不得了。

他抬頭看著高高的鐵柵窗，坐觀天空的變化，一點也不感到無聊。

砰的一聲，鐵柵門在身後打開了。

「吃飯！」

他微微一瞥，清楚的看見一大碗白飯，旁邊竟有一塊流著肥油的豬肉！

他撫了撫桃木劍。

用過飯後，公安便把他攜出監牢，很快的辦好手續，便將他帶去一間辦公室。

辦公室裡坐了一位肥胖的人士，他把自己埋在舒服的皮椅中，桌上擺了個「局長」的名牌。

「是你會捉鬼嗎？」他單刀直入的問道。

老工人不回答。

那局長故意用輕蔑的語氣說道：「沒想到幾十年不見的驅鬼捉妖，這種舊思想又再捲土重來了嗎？」

「鬼妖不會因為思想而消失，一如日月不會因為思想而停止運轉。」老工人憨直的笑說。

「你的思想成分受到污染了，不怕被思想糾正嗎？」

「局長賞我一頓好吃的，我猜是有求於我，局長別客氣，就請說吧。」

那局長也不生氣，從菸盒裡抽出一根香菸，在桌上輕輕敲著：「你是個直爽人，這樣可不容易混日子呀。」他盤算至盡，覺得還是直接說比較不麻煩，於是嘆了口氣：「老實告訴你，這裡有很多東西，常常會作怪……」

「我知道。」

「咦？」

「昨晚我在牢裡有看見。」

「太好了，」局長一笑起來，滿臉的油脂便將眼睛擠得不見了，「你願意幫忙的話，我會想辦法讓你當個隊長，好不好？」

老工人點點頭：「隊長的話，就名正言順了。」

「爽快，那你什麼時候開始？」

「現在。」他將桃木劍往上一指，一股念力立刻拋出，天花板上赫然出現一隻妖物。妖物被現了形，驚慌的低頭望著自己的身體。

局長驚奇之際，老工人又喚出了另一隻。

桃木劍興奮的顫動。

之十四

胡桃記

宋・政和三年（一一一三年）

夜深沉，人籟漸沒，只留下蟲鳴和來歷不明的夜啼聲。

徐家屋宇只剩下一盞燈是點亮的，燈光映照著徐老爺的算盤，以及他蒼老枯瘦的手指，那在算盤上靈巧撥弄的十指。

他翻看帳簿，時而愁眉時而展眉，為一大堆的數目字煩躁。

他口中唸唸有辭，數著帳目。

這帳目不對！他從筆跡知道是妻子親手記的帳，但她記的帳從來不會出什麼紕漏的。

徐老爺強打精神，更加不想去睡了。

此刻驟然一陣寒意襲人，徐老爺拉拉披肩，好略擋寒意。

但寒意不去。

寒意硬是不去。

他皺了皺眉。

他皺眉有兩個原因。

一是因為他本來就沒什麼精神，又在燭火下看字太久，眼睛已經十分疲倦，淚水也驅不掉眼球上的灼熱。

二是由於他發覺後面有人，從眼角餘光睇望，應該是個小童。

徐宅裡頭的小童僅有一位，便是他的長孫。

這孫兒，他寵得不得了。

為何孫兒三更半夜還沒睡呢？那乳娘是怎麼照顧孩子的？明天得罵罵她。

「平兒啊，怎麼還不睡呢？」他沒回頭，仍在忙碌的撥弄算盤，「爺爺忙著呢，不陪你了，快睡去……」

孫兒沒回答。

徐老爺回頭去瞧瞧，臉上帶著慈祥的微笑。

但當他看見孫兒時，那笑容頓時僵住了。

那並不是他孫兒。

更大的問題是，這小童是誰？

「你是誰家孩子？」他滿心的疑惑，慍容責問：「緣何夜半來我家？」

小童額前留了一小片劉海，身上的衣著看得出是衣食裕足之家，兩個紅騰騰的臉蛋兒，在燈火下煞是好看。

「你是誰呀？」徐老爺見他十分可愛，不免放軟了語氣。

小童依舊不回答，只是陰森森的笑著。

其實他笑得很可愛。

或許是昏暗的燭火，使他純真的笑容變得詭異。

徐老爺端詳了他一會，見小童手上持一布囊，便改變問法：「你手上拿的是什麼呀？」

這問題問對了。

小童粲然一笑，將布囊反過來一倒，囊中的東西悉數傾出。

地面上咚咚聲的落了一地，盡是一大堆軟軟有彈性的眼珠子。

眼珠子在地上骨碌骨碌地滾動著。

徐老爺怪叫一聲，從凳子直翻落地，疲倦的神經即刻變得異常興奮。

他在地上亂爬，殺豬似的叫嚷，平日的威嚴蕩然無存。

小童終於發出聲音了。

小童發出笑聲。
是十分清脆悅耳，教人聽了忍不住滿心歡欣的笑聲。
眼珠子像是有生命一般，紛紛滾到徐老爺身邊，好奇的打量他的醜態。
有些不聽話的眼珠子沿牆而上，在牆上、天花板上隨意閒蕩，或滾到桌下，或卡在地磚的縫隙。
徐老爺恐懼得連聲音也叫不出了。
他感到寒意沿著小腿而流，湧上小腹，直貫心房。
當寒意包圍心房時，他昏死了過去。

※※※

「夫人！有道士！」
雲空聞聲轉頭，見到一名年輕婢女正站在半掩的大門邊，往內院叫著。
有道士？
他左看右看，確定這路上只有他是道士。
他經過亳州城時，心想是否師父說過商湯捉到飛車的那個亳城，不過他怕耽誤了所以沒進去，特地從城郊繞路，經過一間宅院，還是被人叫住了。
那婢女走下台階，朝雲空招手道：「道士，請過來呀。」
雲空微微皺眉，很快讓思緒轉了一圈。
其實他正在趕路，要上隱山寺去找燈心、燈火兩位大師。
他知道兩位大師或許將要不久於人世，於是必須趕路。

問題是，他已經盤纏不足了。
他急需要錢。
雲空邊走過去邊想：「不知這家人找道士何事？」心中患得患失。
「道士，你會驅鬼捉妖嗎？」婢女問道。
雲空指指手上的白布招子，上面只寫了「占卜算命、奇難雜症」八字，沒有驅鬼捉妖。
「可是，」婢女瞪大眼，嘟著嘴問：「道士不都會捉妖嗎？」
這一路上，雲空已然經歷過許多大小險惡，數次都危及性命，所以他咬了咬下唇，強硬的說：「不，我不會。」
大門後傳來一把聲音：「明香，怎麼不速請道長？」聽來是位中年婦女。
「夫人呵，他不會。」
「他不會什麼？」
雲空接口道：「我不會做你們要我做的事。」
「你不會？」那夫人的聲音道：「那你會什麼呢？」
「我的招子上寫得很明白了，我專替人占卜算命、解奇難雜症。」
「竟然如此，要病人的話，我們也有，你便來醫治醫治吧。」
雲空直覺不太對勁。
「敢問是府上何人有疾？」
「是我夫君。」
「……何不喚大夫？」
「請過了，是大夫也不會醫治的奇難雜症。」

雲空有一種不祥的預感，是以躊躇不前，見眼下無法拒絕，只得答應幫忙。

「這蹚渾水……不知會有多渾？」他一面步入大門，一面懊悔。

「道士呵，這邊請。」那喚作明香的婢女在前引路。

雲空進了門，望見門後的夫人，她年近五十，不見十分老態，容貌端正，舉止沉著，教人一見就肅然起敬。

只不過，臉色有些憔悴，或許是因為丈夫生病了吧？

徐夫人對雲空微微點頭一笑，算是打了招呼。

雲空也向她點頭答禮後，便尾隨婢女進去。

這宅院不大，穿過了迴廊，便到了一處幽靜的書房。

書房外面雖然僅有小片庭院，卻是營造得綠意盎然。

「道士呵，」明香軟酥酥的說：「你且坐坐。」說罷，便輕輕的離開了。

雲空在書房裡踱步，東看看、西瞧瞧。

他看見書桌上的算盤，旁邊放著一疊帳簿，還有文房四寶，墨條還放在硯台上，磨出的墨汁已乾成一層黏稠的濃漿。

他不明白自己為何將視線逗留在算盤上。

雲空走近算盤，手指在算珠上撥了撥，有顆珠子立刻滾了出來。

他撿起來一看：「胡桃？」是乾了的胡桃，果皮已經乾透變硬，整顆黑黑的，顯然曾經破皮流出汁液。

才走幾步，腳底又踩到兩顆乾胡桃。

雲空心裡的疑惑漸漸擴大：「明明道是主人有病，為何帶我來書房？」

他踱出書房，到庭院張望，果然見到一棵胡桃樹，葉子濃密，樹蓋蔽天，為院子帶來陰涼，應該是棵很老的樹了。

「道士呵……」是那婢女明香：「夫人有請。」

雲空無奈，只得再跟婢女一塊走，走著走著，果然來到一處臥房。

雲空忖道：「這才是正主兒。」

婢女一推開房門，冷不防一股陰寒之氣撲來，登時令雲空倒退三步。

冷峻的空氣，源源不絕的自房中湧出。

「不好……」雲空更後悔了，「看來這渾水是越來越渾了。」

他強打精神，讓一股真氣遍流全身，待軀體發熱了，才敢放心步入。

臥房內的光線十分昏暗，但仍可看見有許多人在裡面。

真的很多人。

男女老幼全都站著或坐著，剛才的徐夫人也在，雲空心裡粗略數了數，有二十餘人。

房裡安靜得恐怖，沒人說話，也聽不見鼻息聲，甚至沒人有任何動作。

要不是有的人在滾動眼珠子，雲空還真以為他們全是木頭。

徐老爺躺在床上，氣息微弱，面如金紙。

雲空看清了徐老爺，也只不過是位五十多歲的人，雙頰竟瘦得深陷了下去。

「你們……」他回頭問那些呆立不動的人，「你們老爺是何時開始這樣的？」

徐夫人原本冷冷無神的臉孔，忽然便如綻開的花朵，微笑著道：「不過兩天以前。」

「他……看來是驚嚇太過，你們知道原因嗎？」

「知道，老爺撞見東西了。」

「是什麼東西？」

「是……」徐夫人笑容漸漸僵了起來，「是……那些東西……」

「髒東西？」

徐夫人臉色大變，鐵青著臉，仍在強笑。

雲空心裡一陣毛毛的，便避過那些人的視線，為徐老爺把脈。

如他所料，脈象甚弱，且有凝滯之狀。

雲空側頭想了想，再看了看眾人。

「得罪了。」

他大吸一口氣，一掌擊去徐老爺胸口。

眾人大驚，徐夫人一聲驚叫，背後閃出一名男子，撲向雲空。

「不要驚慌。」雲空一喝，那男子便也停下腳步，放開握著雲空的手。

徐老爺在床上奮力大咳，咳出了一口黃痰。

雲空忙替他在胸口按摩，另一指強按在他的「人中」上。

徐老爺恢復神志了。

但是，雲空也有了更多更深的疑問。

方才撲過來的那名男子，曾一手緊握雲空手臂。

當他握到雲空時，雲空頓時全身寒毛直豎。

為何會有這種感覺？

房間仍是寒寒的。

即使沒有如斯寒意，雲空也會不寒而慄。

他搞不懂為什麼。

※※※

徐老爺喝下一碗薑湯後，呼吸順暢了許多，也可以坐起來談話了。

「請問道長如何稱呼？……」他有氣無力的說。

「貧道道號雲空。」

「雲空嗎？……」徐老爺雖然虛弱，一對眼睛卻是十分有神，他用商人的精明眼神打量了雲空一番，評估了他的能力，才說：「我家裡有妖魅。」

雲空點頭，示意他說下去。

徐老爺緩緩的把經過說了，然後便瞪著雲空，等他回應。

「老實說，我並不想幫忙。」雲空說。

「你不想？」

「是的……對不起。」

「為什麼不想？」

「我很忙，我在趕路。」

「既然如此，你又為何答應救治我？」

「因為你的家人硬要我來的。」

「這表示說……你其實是很好奇的。」

「好奇？」

「我是商人。」

「我知道。」

「而且我閱人無數，我知道你是個好奇心很重的人。」

「這……我不否認。」

「既然如此，你姑且留下，看看究竟，如何？」

「不行，我在趕路。」

「天色暗了。」徐老爺提醒他。精明的商人總是輕易抓到重點。

雲空嘆了口氣。

這一晚，他便只好留了下來，陪徐老爺清談。

徐老爺雖是大病初癒，卻很有精神，聊個滔滔不絕。

正因為他滔滔不絕，雲空才搞清楚了來龍去脈。

原來徐老爺四天前去參加酒宴，乃一戶大商家兒子娶媳婦，那酒宴設在宴主城裡的家，而徐家是在城郊的。

那日他喝得酩酊大醉，便被酒宴主人留宿，睡了一晚，直到第二日，又在城內順便辦了些事，近晚才騎驢回到家。

大概是精神不濟吧，他一回到家便感到頭暈目眩，但只歇了一陣，擔心兩日未整理帳目會出岔子，便索性起床，處理起帳簿來了。

雲空截道：「從回家到遇見那怪事為止，你有沒有感到任何異樣？」

「異樣嘛……」

徐老爺還在回想，房門便「嘰」的一聲被推開了。

「爺爺……」有個小童跑了進來。

雲空的視線擺在小童身上，見小童笨拙的跑到床邊，爬到徐老爺身上。

雲空下意識的不停在注視那小童，他自己也說不出來為什麼。

徐老爺吩咐小童坐在床緣，摸摸他的頭，對雲空說：「我唯一的孫子。」

雲空點點頭，朝小童親切的微笑。

小童畏懼的望向雲空背後，雲空留意到了，回頭一瞧，發現小童的視線是落在置於八仙桌的黃布袋上。

那是雲空的布袋，繡有先天八卦，裡面是各種道士的常備物。

雲空回身，一手將布袋拿過來，作勢要將手伸入。

小童驚怕的畏縮著身子，撒嬌道：「爺爺！」

「道長，休要嚇著我孫兒了。」

「不會的，小孩子怕生罷了。」雲空邊說邊取出銅鏡。

小童尖叫一聲，號啕大哭起來。

「道長啊！」徐老爺忙抱著孫兒，輕拍他的背胛。

「銅鏡而已，銅鏡呀。」雲空出示手中之物，以說明自己的無辜。

雲空的疑惑越來越重，重得不可開交了。

這下子，即使徐家要把他轟走，他也不想走了。

「乖乖，回房睡去，去……」徐老爺催著孫兒走了，便端坐正視雲空：「道長，你在想些什麼？」

「我不知道。」

徐老爺露出不信任的表情。

「應該說……我目前還不確定。」

「你說，說來聽聽。」

「不，不了，免得徐公您先入為主。」雲空走向房間角落，從理容架上取來掛在上面的銅鏡，「你且拿著銅鏡睡，若再有妖魅，直接照它便是。」

徐老爺這回已有了心理準備，不再那麼懼怕了。

「希望您今夜平安。」

「謝了，道長……明香！」徐老爺一喊，婢女便在房門外應聲了，「帶道長回客房。」

「是。」明香的聲音，依然是軟酥酥的。

是夜，徐府十分平靜。

事情發生在次日早晨。

徐夫人死了。

※※※

徐家的發跡，徐夫人也出了不少力。

她為徐老爺治理家中，井然有序，使他能在外安心的用心經商，徐家才漸漸富裕起來。

雖然徐家已經衣食無憂，徐夫人仍是不敢怠惰，每日早起打理，安排下人們一日的工作。

雲空來到徐家的第二天，徐夫人如常天未亮就起來，便直接到廚房去了。

她聽見一種惱人的嗡嗡聲。

是胡蜂。

胡蜂繞著她打轉，死纏著她不放。

她抽出腰間的摺扇，瞄準了胡蜂飛行的軌跡，便重手一揮，將胡蜂擊落。

但是，掉落在地上的，不是胡蜂。

是胡桃。

徐夫人大惑不解，將胡桃撿起，放在爐灶上。

她不假手下人，親自動手做早飯，忙碌的當兒，並沒發覺到身邊的異狀。

胡桃變大了。

越來越大。

徐夫人終於察覺不對勁時，剛剛把米洗好。

胡桃一躍而起，裂開兩半，撲向徐夫人。

她放聲尖叫，把手上洗米用的木盆拋向胡桃，立即往廚房門口衝去。

她來不及。

她從小就很會跑，每年大節慶時，她也在家裡四處奔跑監督下人工作。

但她還是來不及。

她尖叫救命，巴望有人能聽見，能及時趕來救她。

她依舊來不及。

分成兩半的胡桃奮力一合，夾住她的半個頭。

胡桃內響起了清脆的碎裂聲。

徐夫人自己也聽見了。

她還感覺到整個鼻子陷了頭裡面，熱滾滾的漿液由耳朵噴出，淹過她的眼睛。

下人發現她時，她的手足仍有反射作用，不停的抖動。

她已經成功衝出廚房，仆倒在一棵大樹下。

不知怎的，她的牙齒咬在樹幹上，下巴連著身軀黏著樹幹，有些搖搖欲墜的樣子。

家人拿起那顆大胡桃，將它剝開。

剝開的同時，掉出了兩顆眼珠、一堆血液摻著腦漿的熱液，還混了無數碎骨，以及連著青絲的頭皮。

這是徐夫人的死。

徐老爺聽了，激動得差點又暈過去。

因為他的身體太虛弱了，連激動的力氣也不夠。

他小聲的嗚咽，家人趕忙端來人參湯，以免他支撐不住。

良久，徐老爺才平靜下來，只是背脊仍不停的抽搐。

徐夫人可是跟他一同自年少熬到今天的好伙伴呀。

雲空聽見消息，即刻趕來徐老爺的臥房，安慰了他一番後，便問：「徐老爺，你還可以說話嗎？」

徐老爺無力地點點頭。

「我要告訴你一件事。」

「說吧……」

「我方才去見過尊夫人的屍身了。」

「嗯……」

「你也知道，她是不知為何被一顆很大的胡桃給夾死的。」

「……」

「她的牙齒咬著的那棵樹，是胡桃樹。」

「庭院那頭，確是有一棵胡桃樹。」徐老爺應道。

「三天前的晚上，你說在全家人睡著後，看見一個小孩倒出一大堆眼珠子，眼珠子四處亂爬，那些眼珠呢？」

「……不知道，」徐老爺呆望著雲空，「家人們也沒說。」

「總不會是他們撿來扔掉了吧？」

「不知道。」

「我去過你的書房，在地面上和牆壁的隙縫找到了這些。」說著，雲空由布袋裡倒出一大堆乾胡桃，都是尚未除去外層果肉的。

「胡桃？」

「是的，胡桃，目前為止……如果沒錯的話，已經有兩件事跟胡桃有關了。」

徐老爺不知所措，他的疑惑也被雲空點燃起來了。

「而且，」雲空續道，「尊夫人在我到達時，已經腐朽了……」

徐老爺愣了一下，才說：「怎麼會？」

「是的，已經發出屍臭，連白骨也隱然可見。」雲空肯定的說。

「道長……」

「請說。」

「你想怎麼做？」

「我還不知道。」

他向徐老爺告辭之後，走到廚房去繞繞。

他四下察看了一陣，不見有什麼稀奇之處，那棵胡桃樹也沒發出他常見之「怨氣」。

他不懂。

這裡並沒有任何險惡的氣息，四周的空氣十分平靜。

一絲妖魅的氣氛也沒，卻在連日來發生如此多的怪事。

雲空忙著思考，早已將趕路的事拋到九霄雲外去了。

他踱著踱著，便坐到廚房外的胡桃樹下去。

「為什麼？」他捂臉自問。

一顆胡桃掉下，擊中他的涼帽，彈跳了一下。

他沒理會。

第二顆胡桃繼而落下，打中他的肩膀。

他仍是不理。

霎時，十數顆胡桃同時掉下，亂打在他身上。

他不能不理了，忙抬頭望上去。

樹上沒人。

他只覺有些蹊蹺，又不知有什麼問題。

他將仰起的頭轉回原來的位置。

這一回，他注意到了。

離大樹五步許，有一口井，井口蓋了一方木板。

雲空不覺站起，一面盯著那口井，一面慢慢走過去。

一股急欲掀開井蓋的衝動，正不斷湧向他手臂。

他很想很想去掀開……

五步之外的井，他已走了四步。

「道長呵。」

雲空趕忙回頭，見明香正笑盈盈的走來。

「你在幹嘛啊？」明香扭著腰肢，嫵媚的眼中藏有一絲不安。

雲空沒理會她扭擺的腰、她軟綿綿的聲音，只留意到那絲不安。

「我想看看那口井。」

「哦？」明香眼中的那絲不安，又增了幾絲，「為什麼？只是普通的一口井，我來陪你聊聊好不好？」

「不好。」雲空對於自己的回答如此強硬，也略感不安，但他注意到，他的回答又令明香的不安，交纏成一縷恐懼的亂絲。

明香呆立在原處，不敢走前。

雲空問道：「你在害怕些什麼？」

「我害怕？」她語氣裡頭的做作已然消失，開始有些發抖了。

「妳究竟在害怕什麼？害怕我看這口井嗎？」

「我不知道……」

雲空打量了她一陣，便作勢道：「我要開了。」

「不！不行！」明香驚怕的大叫，惶恐的猛搖頭，卻又不敢上前。

「好吧。」雲空轉手收回，往後退了幾步。

明香整個人軟倒，重重的鬆了口氣。

「好了，我不去掀開……告訴我為何妳如斯害怕？」雲空柔聲道。
明香搖頭，表示真的不知道。
「是不知道，還是想不起來？」
雲空這一問，是問對了。
「想不起來……」明香出神的望著那口井，「想不起來……好像，真的有什麼是想不起來的……」
忽然，胡桃樹起了一陣騷動，樹上的葉子忽然吵鬧起來。
雲空抬頭，又望望其他的樹。
果然，沒風。
只有胡桃樹在騷鬧，葉子不停沙沙作響，胡桃也不斷在亂掉。
雲空撿起胡桃，注意到一件事：這些並非新鮮胡桃，新鮮的是綠色的，剝破皮會流出汁液，汁液很快就變黑，沾了手很難洗淨，而這些從樹上掉下來的，卻是乾燥很久很久了的。
再者，雲空憶起，胡桃是秋天才結果的，現在才剛春天呢。
雲空盯著胡桃樹，盯了很久很久。
終於，他注意到樹旁放了一塊粗木幹，是殺雞時斬首用的。
樹旁的土地有些深色的痕跡，是殺羊或殺雞留下的血池吧？
「是了……」雲空自言自語。

※※※

「今晚，便在今晚，或許我便可以得知真相了。」
「你已經知道了什麼？」徐老爺已經可以爬下床了，但他還是坐在床緣說話。

「我不敢確定……」雲空道。
「那你還需要什麼才能確定呢？」
「這樣，」雲空靠近他耳邊，小聲說：「今晚去見你孫子。」
「嚇？為何呢？」
「去看看他的睡相。」
才剛入夜不久，徐府很快便進入一片死寂。
由於徐府坐落於城郊，四處人家稀落，故而十分安靜。
雲空不提燈火，趁著殘月星光，扶著徐老爺，靜悄悄的走向他孫兒的臥室。
走廊上毫無聲息，整個徐府直如一座無人的空宅。
他們推開徐老爺孫兒的房門，便聞到一股異味。
「唏……是何氣味？」
「且先憋一憋氣。」雲空說著，扶著徐老爺跨越門檻。
他的孫兒沉靜的睡在床上，一絲聲息也沒。
孫兒身邊另有一張床是乳娘睡的，平日都是她負責看顧這孫兒的，也睡得無聲無息。
「睡得真好，」徐老爺說著，踱上前去，憐愛的細看孫子，「你要我看什麼？」
「你不覺得……睡得太安靜了嗎？」
徐老爺把頭探近，是的，他的孫兒睡得十分僵硬，連呼吸的起伏也沒有，宛如死人一般。
徐老爺不由自主地伸出手，又不禁猶豫了起來。
「試試看。」雲空率先伸手去探看鼻息。
「如何？」

「沒有呼吸。」

「什麼？」徐老爺一慌，忙伸手探察，得知果然，不禁大為吃驚，他急忙跪在床邊，俯耳聆聽孫子的胸口。

雲空看見他在發抖，一切正如他所料。

正如他所料。

「平兒……」徐老爺正欲叫喊，雲空趕緊阻止他。

「徐老爺，先別驚動他人，且先離去。」

「什麼？道長，我的孫兒死了啊……」

「不要弄醒他了，我們出去……」

「道長，他……」徐老爺未說出口的是：他怎麼還會醒呢？

「噓，他要醒了。」雲空忙拉起徐老爺，強拉他離開臥室。

平兒在床上翻了個身。

※※※

雲空來到徐家的第三日，準備要離去了，否則真的趕不上路了。

昨晚徐老爺要求雲空待在身邊，陪伴過夜。

連自己的家人都無法信任，他已經不知道該相信誰好了。

雲空在徐老爺身邊靜坐煉神，整夜安靜無聲的度過了，沒有任何騷擾。

好不容易等到清晨，雲空在房中靜聽外頭的動靜，徐老爺也是一夜沒睡好，他爬起身坐在床緣，等待婢女進來。

婢女明香準時進房來了，她端著洗臉水，見雲空席坐在地，不免愣了一下，臉色一陣慘白。

徐老爺吩咐她：「去叫人放一張交椅到胡桃樹下，然後叫所有人早飯後到樹下集合，我待會過去跟大家講話。」

雲空也說：「麻煩妳，叫人放一把斧頭在胡桃樹下好嗎？」

明香不知老爺想做什麼，雖然心裡不安，依然應了聲是，便退出去了。

不久，所有人都聚在庭院了，雲空扶著徐老爺走到胡桃樹下，讓他坐上交椅之後，雲空環顧周圍的家人們，道：「徐老爺，這是所有的家人嗎？」

徐老爺觀望了一遍，說：「不，我的長子外出經商，還要個把月才回來。」

雲空道了聲謝，便回頭去把胡桃樹下的斧頭拿起，故意在手中稱了稱重量，果然，他感覺到身旁的胡桃樹很不安，樹幹內的水分和養分流動都被打亂了速度。

「好，且聽我敘述……」雲空輕輕放下斧頭，面對徐家眾人：「五日以前，老爺到城中去參加酒宴，當晚並沒回家，對吧？」

家人們有些畏縮，竟無人願意回答。

「……徐老爺在第二天也沒直接回家，直到傍晚才到家，然後便倒頭大睡，直到很晚又起來算帳，接著遇見一名偽裝成小童的鬼怪，你們都知道了……」雲空嚥了嚥唾液，「小童闖入書房，倒了一地的眼珠子……為什麼？」

徐老爺不發一言，掃視他的家人，一個個打量他們的表情。

「連日之怪事，都跟胡桃有關，」雲空道，「我在書房沒找著小童倒出的眼珠子，倒是找到了不少胡桃……徐老爺，請問這胡桃樹可是你家所栽？」

「不，」徐老爺道，「我買下這座宅第時，已有此樹。」

「這樹下有血跡，你們平日在此樹下殺雞宰羊的是吧？」

終於有廚娘點頭了：「老爺買下這裡時，樹下便已經是這樣子了。」

雲空望了廚娘一眼：「原來如此，謝謝。」猜想她是為徐家工作很久的傭人了。「平日家人殺生，畜血都積在樹根處，此樹，」雲空指著樹根旁的積血處，「或已成精。」

胡桃樹抖了一下，數片葉子飛落。

「樹呀，樹！」雲空朝向樹，誠懇的說：「若已成精，何不現身？」

沒有人發出笑聲。

沒有人罵他神經病。

所有人皆沉住氣，瞪著雲空，他們既期待又害怕雲空即將要揭露的事實。

「樹呀，樹！」雲空更大聲嚷道，「若不現身，休怪我砍你！」

雲空言畢，卒然彎身握斧，猛地砍去樹身，裂口不深，卻流出了淙淙血水。

眾人大吃一驚，嚇得發出怪叫，這樹真的成精了！

「樹呀，樹！快快現身吧！」說著，又是一斧要砍去。

胡桃樹全身搖晃，一個個胡桃擊到雲空的涼帽上，迫使雲空停下手中的斧頭。

緊接著，樹葉上一陣騷動，兩個人翻身下來，同時喝道：「道士不得無禮！」

雲空定睛一看，是一名老者與一名小童，小童穿綠衣，老者穿棕衣，說話時一起張口一起閉口，就如同分開成兩個身體的同一人。

老者與小童齊聲道：「我在此院棲身逾百年，為何打擾？」

「多有得罪，還請見諒。」雲空深深作揖，同時放下斧頭。

徐老爺看見小童，驚道：「那小童……」

小童與老者立刻打斷他的話，二重唱似地說：「徐老爺還請包涵，那晚我並非執意要嚇你，只是要提示你，不想你竟如此不濟！」

在樹妖說話的同時，樹身的傷口竟會漸漸癒合，雲空見狀，不禁讚嘆：「果然是有修行的妖怪！」便放心地上前再三作揖：「貧道多有得罪，請兩位千萬莫怪，只因兩位不願明確表示，貧道又要趕路，急上心來，不得不然。」見樹妖面色稍緩了，雲空忙問：「敢問大仙，你們要提示徐老爺的是什麼呢？」

「這……」

他們有些顧忌的看了看眾人，猶豫著。

「但說無妨。」雲空鼓勵他們。

「不，不能說……只要，」兩個樹妖一起看向那五步之外的井，「去掀開那井口的蓋子，便知端倪！」

此言一出，每個家人立刻露出警戒的神情，空氣立刻變得十分凝重。

徐老爺從交椅掙扎著站起，厲聲問道：「吾妻是你們害死的嗎？」

「不是，我們並沒害死她。」

「那麼夾死她的大胡桃，又是怎麼一回事？」

「胡桃是我們弄的，但我們並沒夾死她……」

「這……這……」徐老爺滿腦子混亂，他弄不懂這兩個樹妖的意思，「既是你們的胡桃……明明是害死她了……」

「她早已經死了！」

「啊？」

「我夾她的頭時，她早已死去多日了！」

「啊？」徐老爺仍是不懂。

「她早就已經死了，我只是提醒她，以免她在塵世遊蕩！」

雲空忙上前，擺手意圖安撫樹妖：「願請詳言之。」

樹妖已經忍受不了，便高聲對大家道：「我有該說的和不該說的，今天我一概不理了……告訴你們，這宅院只有兩個活人，一個是道士你，另一個則是這位當家的！我一直想好心提醒你們，免得你們害怕呀！」

眾家人驚恐的大聲叫喊，個個猶如從惡夢中驚醒，忍不住恐懼的尖聲吶喊。

慌亂之中，也有人喊道：「妖精的話，何足信矣！」話猶未完，他身邊便已有幾人恍然大悟的慘叫，轉眼便崩潰成一堆腐肉和白骨。

也有人惶恐的四下逃跑，一面跑便一面掉下剝落的皮肉，還不停地濺出屍水，弄得滿庭惡臭。

雲空抓緊機會，快步走去掀開井蓋。

臭氣熏天。

猛烈的屍臭一擁而出，熏得雲空登時坐倒在地，猛咳不止。

他趕緊用衣袖捂口，再站到井邊，引頸探看。

井中填滿了屍體，橫七豎八的堆疊在一起，全都處於高度腐爛的狀況。

「徐老爺，」雲空慘然嘆氣，轉頭問徐老爺，「這些都是你的家人嗎？」

※※※

木之怪曰躑。

木怪多藏於樹身之內，一株樹木未必只有一個木怪。

現在站在胡桃樹下的一老一幼兩個樹妖，大略的向雲空和徐老爺說出了事情經過。

原來在徐老爺去城中參加酒宴的那晚，外頭來了一夥強盜。

當時所有人都已經就寢，故沒人察覺異樣。

當他們發現不妥時，已經是冷冷的刀刃過頸之際，也有的乾脆是整個頭飛脫。

大多數人都在睡夢中迷迷糊糊的死去，或在驚醒時死亡，他們在奄奄一息時，還以為不過是一場惡夢。

強盜把屍體集中在庭院，全部扔入井中，才揚長而去。

兩個樹妖看得一清二楚，卻愛莫能助。

但令他們驚訝的是，次日早晨，屋子裡的一切活動竟如常進行，所有應該死去的人又出現了。

這些人顯然忘了自己的死亡。

但他們應該其實略有所知才是。

因為自從那日之後，他們都去避開那口井。

徐老爺回家後，正好天色已經晦暗，樹精不想他發現，以免一時精神會承受不下，才出了個下策，想法子慢慢提示他。

「現在我說出來了……」老者與小童一同嘆氣道。

徐老爺頹喪的垂著頭，全身無力的軟倒在交椅上。

沉重的打擊，將他的身心瞬間被掏得空蕩蕩的，這就是樹妖們原本極力想要避免的。方才還在身邊的家人，只剩下滿地狼藉的殘骸，一個也不存在了。

「徐老爺。」雲空柔聲呼道。

徐老爺沒回應，只是把頭深深埋入兩手之間。

直等到金烏西墜，天色漸轉成澄黃，雲空去煮了些粥來吃，也遞了一碗給徐老爺。徐老爺一直沒吃。

他只是呆呆的坐著，兩眼呆滯，找不著焦點。

木怪不知何時消失了，雲空也沒理會，只是陪著徐老爺，一起呼吸著滿院的腐臭。

雲空只好多待一日，以免徐老爺尋短。

一直到次日告別時，雲空仍見徐老爺呆坐在原地。

雲空走到胡桃樹前，對樹說：「貧道不能留下，徐老爺就拜託你倆了，我知道你們有心行善，一場賓主，還希望你們照顧他，直到他兒子回來。行嗎？」

胡桃樹的枝葉搖晃了一下，掉下五串銅錢，重重的落地。

雲空怔了怔，才明白樹妖的用心：「謝謝你們，不過五貫太重了，不方便上路，貧道取三貫就好。」

其實三貫還是挺重的，不過考慮到這一路上沒什麼增加收入的機會，雲空還是需要的。

※※※

多年後，世局大變，宋廷南渡，北方成了胡人的天下。

某年，雲空因緣未盡，又再經過此地。

他步入荒涼的宅院，找到那棵胡桃樹。

樹下的交椅子當然不在了，但井中還是積了一大堆朽骨。

雲空巡視這殘破的空宅，沒看見什麼有意義的東西。

他又回到胡桃樹下。

胡桃樹顯得憔悴，葉子也似乎稀少了，看起來很沒精神，孤零零的站在院子中。

「樹呀，樹。」雲空喊道。

樹沒回應他。

他再逗留了一會，才悵然而去，將這片記憶留下。

他終究只是過客。

【典錄】木怪

五行之物皆能成精作怪，在《搜神記．卷十二》中，孔子說：「木石之怪，夔、罔兩；水中之怪，龍、罔象；土中之怪曰賁羊。」王子說：「木精為遊光，金精為清明也。」這些文字亦可見於《國語．魯語下》、《說苑．十八》、《史記．孔子世家》及《漢書．五行志》。據說知道精怪的名稱，可以令它們不敢作祟，所以道士入山都要記下這些名字。

東晉葛洪《抱朴子．對俗篇》說：「千歲松柏，四邊枝起，上杪不長，望而視之，有如偃蓋，其中有物，或如青牛，或如青羊，或如青犬，或如青人，皆壽千歲。」《述異說》說：「千年木精為青牛。」宋朝李昉《太平御覽》也引《玄中記》說：「千歲樹精為青羊，萬歲樹精為青牛，多出遊人間。」《古小說鉤沉》還引了《玄中記》的一個故事，說漢桓帝出遊河上，有青牛從河中出現，被太尉用斧殺死，並說「此青牛是萬年木精也」，可憐的牛。

《抱朴子．登涉篇》說到入山時會遇到的精怪，其中和樹有關的有：「山中有大樹，有能語者，非樹能語也，其精名曰雲陽，呼之則吉。山中夜見火光者，皆久枯木所作，勿怪也。」又說在山中見到各種假借人形的精怪，其中「見秦人者，百歲木之精，勿怪之，並不能為害。」萬一那人來搭訕，則「稱仙人者，老樹也。」

宋代百科全書《太平廣記》中還專門有「木怪」條目，蒐集各書中的木怪。

之十五

灰燼記

宋・政和三年（一一一三年）

這山很是崢嶸，山路更是崎嶇，不知誰人在亂石雜草之間開了一條小路，好讓來人有個上山的依據。

這條上山的小路已經不能算是路。前人將泥地整修成階梯的樣子，或鋪上木板，或蓋上石片，但經過常年雨水沖激，早已不成梯形，要是一個不留神蹬空了，便會滾下山去。

雲空用竹竿支撐著身體，一步一步地小心登山。

他已經磨破了四雙草鞋，腳底也磨出了水泡，水泡又再被磨破，陣陣的刺痛不斷傳入心坎，加上連日趕路，又沒吃到多少食物，直教他走得直冒冷汗。

雖然登山如此艱難，但由於一心一意想要完成目標，精神心思全花在登山的每一步之上，反而能夠心無旁騖。

終於雲空覺得小腿痠痛得受不了了，才靠去路旁休息，小心按摩堅硬的小腿，讓緊繃的肌肉放鬆下來。

他知道若再爬下去，萬一小腿抽筋，就更加寸步難行了。

不過他也不能休息太久，否則會失去登山的動力的。

所以雲空只歇了一陣，便繼續上山。

隱山寺應該不遠了。

燈心、燈火兩位恩師應該還沒圓寂吧？

此番上山，是因為師父破履提示，要他上山去見兩位恩師最後一面。

破履是雲空傳道授業的師父，而燈心、燈火是雲空貫徹哲理之恩師。

當年破履帶著年幼的雲空上隱山寺，為的是求助於燈心燈火的神通力，希望瞭解雲空的前生因緣，同時也因為隱山寺的大量藏書方便雲空學習。

當年燈心燈火便已告訴破履，他們將在何年離開人世，其時便是雲空解開前生之謎的「起點站」。

玄機不方便直說，破履於是給了雲空一句謎語：「深山撒灰燼」。

燈心燃燒而生燈火，一旦心盡火熄，惟有灰燼留下。

心火俱滅。

不管消逝的是心是火，灰燼最終仍是回歸塵土，萬物皆空。

雲空知道，師父是告訴他二位大師快將圓寂。

所以他趕上山，趕著見兩位恩師最後一面。

雲空不知道的是，其實兩位大師也準備了開啟解謎之路的鑰匙，引導雲空逐步解開自己身上的謎題。

好不容易在天黑之前，雲空抵達了山門。

山門下有位僧人在盤腿趺坐，一見雲空來到，便緊皺眉頭，臉色陰沉的上前施禮：「施主，不知來本寺何事？」

稱施主而不稱道長，是有意或無心？雲空沒想太多：「貧道來此，為的是拜見住持。」

雲空見這僧人十分年輕，便知道對方不認識他。他幼年在隱山寺住了四、五年，寺中僧人都像家人一般親密。

「本寺近日有事，恐怕不太方便，還望施主見諒……」

「是住持燈心燈火兩位大師要圓寂了麼？」

守門僧嫌惡的看了雲空一眼，訝異著這位不明來歷的道人怎麼會知道。

「麻煩小師父傳報一聲，告訴住持，說是雲空來了。」

「雲空……」僧人遲疑了一陣。

「煩請通報。」雲空道。

守門僧只得叫他稍待，才快步走進去了。

雲空在山門來回踱著，等待那僧人回報，忽然眼角窺見一個身影，不禁高興起來。

那是一位在樹下掃落葉的老僧。

「凡樹叔叔！」雲空揮手嚷道。

那老僧聞聲，瞇著眼望出山門：「是誰呀？」

「雲空呀！」

「雲空？」老僧歪著頭沉思了一下，「不認得。」

「十多年前，住在寺裡的那位小道童呢！」

「哦……？」喚作凡樹的老僧緩緩走近他，「有這個人物麼？」

正當雲空感到焦慮，極力想讓凡樹憶起他的當兒，凡樹忽然沉聲道：「汗仔，這廂不宜說話，今夜子時初，我會去竹林邊獅子石叫你……」

雲空心中一涼，明白事態有異，正想進一步說話，凡樹便大聲叫道：「唏！霉氣霉氣！哪來的野道，還拿了招魂幌子！去！去！去！」

雲空正在錯愕，才望見方才的守門僧跑回來了。

「施主，」那僧人看來挺高興的樣子，「大師說不知誰是雲空，寺中不便，請回吧。」

雲空皺眉道：「天色已晚，教我如何下山？」

「多多得罪，還請見諒。」守門僧彬彬有禮的合十行禮，擺手請他離去。

雲空看了凡樹一眼，凡樹便圓瞪雙目，作聲道：「還不速去？」

雲空點了點頭，便往山下走去。

走了一會，他鑽入路旁的竹林，再徐徐從竹林內走回隱山寺，耐心等候。

竹林是上佳的遮蔽地帶，雲空躲在其間，無人發現。

他跟凡樹約好的獅子石是一塊貌似獅子伏地的平石，就在通往竹林的側門外，他幼時雖不允許離開寺院範圍，也是站在門裡面望過此石的。

他聆聽牆後隱山寺的晚課唸頌聲，在空靈的木魚聲與竹葉聲交織之間，天空快速的拉下黑幕，星光也逐一現身了。

他屈膝靜坐，調息養心，等待時間溜過。

不知過了多久，蟲兒的求偶聲已遍佈山林，連寺內的清規戒律也禁不住蟲兒傳宗接代的天性。

有一個不太協調的聲音混在蟲聲裡，雲空差點沒注意到：「汗……汗……」

雲空俗名陳汗，幼時住在隱山寺時，凡樹便是喚他「汗仔」的。

如今必然是凡樹來找他了。

雲空沒坐在獅子石上，他在竹林中低聲喚道：「這裡……」

「是汗仔嗎？」

「這裡，凡樹叔叔……」

凡樹摸黑進入竹林，循聲找著了雲空，才放心的鬆了口氣。

「叔叔。」雲空惦念地叫道。

「噓，我帶你尋住持去。」

「到底……」雲空拉著他，「發生了什麼事？」

「是火化之後的事。」

「火化？莫非兩位師父……」

「大師尚未圓寂，眾僧已在爭論火化之後的事了……這一言難盡，且先見住持再說。」言畢，凡樹便往寺院走去。

雲空掛起布袋，放下涼帽，捲起竹竿上的白布條，把銅鈴也捲進布裡，才靜悄悄的溜進寺院側門。

一時，他誤以為自己又回到了兒時。

住在隱山寺的五年中，是他過得最安逸的日子。

這個寺院後院，也曾是他魂繞夢牽之地，是他幼時常常玩耍的地方。

凡樹悄悄帶他繞過僧房，直往方丈室去。

他們不先通報，也不先叩門，便直接推門進去，方丈室內，燈心和燈火正趺坐在蒲團上。

進了門，凡樹便急忙回身將門掩上。

「師父。」雲空恭恭敬敬的向兩位大師作了個揖。

燈心毫無反應，只是燈火瞇了瞇眼，道：「你師父給了你什麼話？」

「大師，師父給我『深山撒灰燼』五字。」

「甚好，甚好……」燈火又再閉上眼睛，久久沒有動作，彷如死了一般。

「汗仔。」凡樹牽了牽雲空的衣袖，將他拉去一角說話：「讓我代替大師對你說明……」

「到底寺中有何變化？」雲空著急的問道。

「這要從去年秋天說起了……」

前一年的秋天，正是黃葉遍地之際，一位道人來到隱山寺求見住持。

其時，凡樹也是正在掃地。

「你們住持在嗎？」那道人八面威風，很不客氣。
「請問施主道號，小僧好去通報。」凡樹施禮道。
「沒名字就不能通報嗎？」
凡樹忙道：「不敢，只是有個道號，較為方便。」
「既如此，說是五味來了。」
說到這裡，雲空不禁驚道：「五味道人？豈非四大奇人？」
「正是。」
北宋末年，江湖上開始流傳有四大奇人。
奇人當然非僅四人，然而不知何人把「東無生，西五味，南鐵橋，北神叟」合稱四大奇人。
五味道人來自西嶽華山，他奇是奇在道術奇高，有喚鬼使神之能，但卻最喜歡挑弄是非，往往一時興起，用語言弄得他人陷入困境，是以取號「五味」，出自《老子》第十二章：「五味令人口爽。」
此人正是一時口爽，害人無數，是江湖出了名的。
所以凡樹一聽他的道號，頓時渾身不自在，忙道：「住持……在忙……」
「和尚，」五味道人冷冷的說，「別造口業，說謊可是要被閻羅王割舌的。」
「住持確是不在，下山做法事去了。」割舌也比擾亂一寺僧人來得強！凡樹抱定了想法：我不入地獄誰入地獄？
「和尚，」五味道人歪嘴笑道，「你欺我不知麼？燈火燈心這兩個禿頭是從不為人做法事的。」
「施主請勿口出惡言。」凡樹慍道。
「難道躲著玩女人麼？怎的不敢見我！」五味道人放聲叫道，開始撒野。

「是五味道長嗎？」凡樹的背後忽然響起一把慈祥的聲音。

燈火大師竟在不知不覺中來到了背後。

五味立刻笑容滿面，像對老朋友打招呼般說：「住持，別來無恙乎？」

「老衲無有操勞，還算健朗。」

「今日偶經山下，是以上山來敘一敘舊。」

雖然兩人似是在親切的對談，凡樹卻感到一股淡淡的火藥味。

五味道人說：「只是山門閒聊，不是怠慢了客人嗎？」

燈火點頭道：「凡樹呀，勞煩引道長去方丈室。」

五味道人突然很想笑。

凡樹也發現到五味道人很想笑，不知他想做什麼？

五味道人忍著笑，一直走到僧人多的地方，才忽然嚷道：「住持，來年三月便要圓寂了，是吧？」

這一著，引得在場的僧人紛紛抬頭注視。

五味道人收斂了笑容，認真的說：「不知住持之位，欲傳何人？」

燈火毫無反應，只是輕笑。

「聽說住持有一位弟子是道士嘛……住持是否有傳位之意？」

四周的氣氛立時十分凝重。

「朝廷越來越重視道教，如果你們改成道觀，朝廷一定會大大褒獎呀！」五味道人越說越順口。

僧人們紛紛停下手上的工作，注視著五味的背影。

五味道人心中暗笑。

進了方丈室，燈火也不說話，只是和燈心並肩而坐，靜靜用小炭爐煮茶。

這是南方產茶地方的寺院的喝茶方式，將茶葉壓成茶磚，撕一塊磨成細粉沖熱水飲用，此法後來傳至日本，是為抹茶的來源。

燈火慢條斯理的磨茶，動作沉穩有若入定，五味道人很不自在，他很希望燈火能說些話。一個愛說話挑起是非的人，一旦對方不說話，就失去下手處了。

「和尚，」他終於忍不住了，「你說一說話吧。」

燈火仍舊泡茶，倒是燈心傻傻的吃吃笑。

「和尚，你明年三月就要死了，也不和老朋友告別嗎？」

五味也有能知過去未來之宿命通，所以能知燈心燈火的死期。

「過去奪舍的事，反正你也要捨去了，就別生氣計較了，我向你道歉好不好？」

五味難得的低聲下氣，幾乎要哀求了。

「至少你不要再借你弟弟燈火的軀殼了，真心與我談一談好嗎？」

燈心忽然停止傻笑，端正了臉色。

五味道人高興了：「好兄弟，終於肯說話了。」

燈火癡呆的坐在蒲團上，停止了泡茶的動作，反倒是燈心露出了清澈的眼神，對著五味，緩緩的說了一句話：「一切依舊。」

五味明白。

生命來了又去，有因緣則聚，因緣盡則散。

一切如常，人生蜉蝣於天地，無須太過執著。

燈心燈火道行雖高，亦不過是人。

住持之位只是因緣生起之暫時雲煙。

說起來，何事不是雲煙？

一切依舊，世間無不變之恆常，常變亦即無常，然而無常若是不變之理，是變中有不變，無常反而是一種恆常了。

一切依舊。

五味明白了，滿意了，也就下山了。

但他已在這平靜的隱山寺投下一顆不大不小的石子，泛起陣陣波瀾。

原本要在圓寂前一個月才宣佈的燈心燈火，被五味破壞了計畫。

五味所說的那位道人弟子，引起眾僧的不滿。

「住持要圓寂了，不知傳位與誰？」

「五味道人不說是道士嗎？」

「莫非住持真有一名弟子是道士……？」

「聽說是十多年前收的弟子。」

「讓道士來主持佛寺，成何體統！」

「破壞佛門清淨，欺辱本寺無人乎？」

大宋崇尚道教，尤其十三年前這位後世謚號徽宗的新帝登基後，崇尚道教的他有意降低佛教地位，有的大型寺院也已經嗅到不安的氣味了。

「趕走道士。」

「對，拒絕所有道士！」

平日清修的僧人，也被挑起了欲望之焰。

隱山寺的僧人說多不多，說少不少，老少共有二十三人。

但已經足以讓不安之火在寺內四處跳動，伺機待發了。

連月來，已有不少道士上山被趕走，連平日相熟的道人也不例外。

「原來如此。」雲空瞭解事情始末之後，連連嘆氣，「不想大師將欲離世，卻生起這股風波。」

一直沉默不語的燈火開口了：「沒什麼，沒什麼，人世何處無風波，小事耳。」

「其實這五味道人，我小時候也曾有一面之緣。」

「哦？」

「我還年紀很小，不是很有印象，只聽師兄提過，五味道人有一幅吳道子畫的龍圖，會跑出真的龍……」

「有這等事？」凡樹聽了頗有興趣：「待會才說，正事要緊。」

雲空忙問燈火：「師父，現在我該怎麼辦？」

「沒怎麼辦，」燈火道，「你還是你……我專等你來，竟然來了，再過兩日，交代完寺中事務，我便圓寂吧。」燈火說得輕鬆平常，一如只要出去逛逛便回來的樣子。

想到故人將逝，雲空不禁十分傷感：「師父，還希望您能再多多教誨，當年我年紀小，很多道理無法弄懂，我有好多事想請教您呀！」

「凡樹，」燈火吩咐道，「多添些油，我和雲空徹夜長談。」

「是。」

凡樹依言添了燈油，便陪伴雲空並肩而坐。

「師父，」雲空馬上問道，「家師破履告之，您倆知曉我前世因緣，我出生時山中鬼奔，有鬼神為我娘接生，又有夜遊神盤踞我村，還有孔廟旁的林子藏了會發光的仙碟，這些全都和我有關聯，師父可否悉數告訴我？是何因緣？該如何化解此因緣？」

「你依然急性子，」燈火笑道，「能夠回答你這些問題的，有兩個人，但並不是我們兩個。」

「師父何不直接告訴我呢？」

燈火沉思片刻，說：「命運像因陀羅網，牽一髮而全局動……」因陀羅是印度諸神之首，其有一網，每個網眼上都有寶珠，所有寶珠互相映照，當一珠有微小變化，其他所有寶珠都會馬上感應！「我在不該說的時候說，是在因緣中再妄加因緣，會影響你的命運，結果可能變成更加無法預期。」

「那麼，師父可否指點，那兩人是誰？」

燈火哈哈道：「你問錯了，你該問那兩人是什麼東西？」

雲空有些錯愕，這顯然不是斯文的話，也不像燈心燈火平日的言行。

可是燈火又繼續說了：「面對那兩個東西時，如果平日修行不足，你的心會錯亂，會把你帶往輪迴，令你周而復始，一遍又一遍重演相同的惡運。」燈火正視著雲空：「所以，在你遇上他們之前，你的功課是先把『心』照護好、端正好、安頓好。」

「回師父，我道門中人，每日修心是日常功課。」

「你修的心，是什麼心？」

「是我的心。」

「你喚它叫『我的心』，有個『我』字，是你胸口正在噗噗跳那顆肉團心嗎？」

「師父明知不是的，心是神識，吃飯睡覺是這個心，修行證果也是這個心。」

「那麼我也有這個心。」

「師父的一心二用，比較特別。」

燈火哈哈笑道：「那我死了之後，此心仍在嗎？」

「在。」

「此心還是我嗎？」

雲空一時語結，他知道燈火的意思，人死之後，神識和肉體分手，那個神識仍叫肉體的名字雲空嗎？神識投生之後，想必不叫雲空了，不過仍然保留了「我」的念頭嗎？仍舊是同一個我嗎？

「仍是我！」雲空斷然道，「心是連續不斷的念頭，所謂念念相續，從上一世到這一世，從這一世到下一世，從不中斷，雖然不再用雲空的名字，但依然是我。」

「此心若是我，那就超脫不了輪迴了。」

「我道家修不老不死，成為神仙，不再輪迴。」

「仙人不是不死，只是活得比凡人久，同樣活得很久的是天道，福報大的人投生在天，雖壽萬年，依然不免一死，再墮輪迴，繼續遊戲。」燈火嘆氣道：「相比之下，仙人只是堅固了原有的形骸，《楞嚴經》說輪迴不說六道而說七道，第七道即仙道，仙道亦歸入輪迴，所以壽命也有盡時。」

雲空不禁臉色黯然，感到萬念俱灰。他相信燈火所說的話，只因他與師父遊歷天下名山，的確未曾見過真神仙，作假的、自誇的神仙倒是不少。

燈火見雲空不語，又繼續說：「不老不死另有一法，名為『奪舍』，當身體或老或病，或有殘缺而不堪使用時，則奪人形體為己所用，你願不願意用這法子？」

雲空想也不想：「如此狠毒，當然不用。」

燈火嘉許的點點頭：「只要不造惡業，不結冤，念念是善意，未來命運自會逢凶化吉。」

「師父修行這麼久，能超脫輪迴嗎？」

「《心經》說『照見五蘊皆空，度一切苦厄』，破了五陰虛幻之相，依然擺脫不了輪迴，但可以不被輪迴所轉。」五蘊是心念運作的五個層次，分別為色、受、想、行、識，修行者層層破解，就能找到心的本質，在禪宗叫「開悟」。

「連師父也辨不到……」

「雲空，有差別呢，不被輪轉，而是轉輪，是進非退呀。」

雲空略有所悟：「原來如此……」

「雖然仍在輪迴，但我已經找到正確的路徑，只要生生世世努力精進，不怕走不到盡頭。」燈火欣然道，「生死何足畏？怕只怕死時迷迷糊糊，到了下一世會忘記修行，所以，雲空，我等你來，就是要你幫助我清醒的離開！」

原來如此呀！雲空聽了十分感動，原來師父如此信任他！

凡樹在旁邊插嘴：「五味道人擾亂本寺僧眾，意圖令住持心神不寧，不知是何居心？只怕死時一念不清淨，會跑到不好的地方去。」

「師父放心，雲空不會辜負所望！」

「我還有一事要提醒你的。」燈火欣慰的笑道：「我剛才說過，當你過去生的因緣把你推向死亡的危險時，那兩個東西會讓你知曉過去的因緣，如果你安然度過此生死大關，還另有一關等著你，這一關比生死之關更難過，更加能令你困在輪迴之中。」

雲空聽了，更為好奇：「有什麼比死亡更可怕的？」

「當然有，遇上了，你便知道。」

「若是遇上時，我怎麼知道呢？」

「所謂一葉知秋，遇上時，你不會不知。」

燈火給了他太多謎題，令雲空更加想快快知悉命運的路徑。

燈心的臉色猝然一變，而燈火憂容道：「你想去問神算張鐵橋？」

雲空陡然一驚，他的心念才剛動，師父竟已察覺！

燈火搖頭：「你別再想他，當你起心動念，就已經害死他了。」

但念頭如何能不想？越想要不去想，就越是在想。

「令師破履還好嗎？」燈火才問，雲空腦中的張鐵橋即刻閃去一旁，被破履的容貌所取代。

念頭不能中斷，就用另一個念頭來掩蓋之。

「師父他老人家呀……」雲空開始述說遇上人蠱的故事。

凡樹站起來，再去添了些燈油，深夜的方丈室頓時更明亮了。

※ ※ ※

次日早課之後，眾僧紛紛用豆沫淨手，然後到齋堂集合用膳，在預備唸誦早飯前的揭齋咒時，有人向大眾宣佈：「住持召集，膳後大殿講經。」

沒有人意識到，這是住持最後一次講經了。

昨天傍晚有一名道人來到山門的事，就和以往好幾個被趕走的道人一樣，很快從眾人的記憶中消失。

然而，當僧人抵達大殿時，卻見到昨天的道士竟已堂堂進入隱山寺，還陪侍在住持身旁。

這一來，眾僧無不譁然，有心性未定的，紛紛驚疑的交頭接耳。

鐘聲敲完後，全寺二十三位僧人已全部聚集於大殿。

引磬聲一響，所有僧人紛紛合掌，安靜無聲。

燈心燈火如同平常一般齊肩而坐，一個露出癡笑，一個祥和的微笑。

他們平日最親信的凡樹和朽樹兩僧，分別守在兩位大師後方，燈火身邊還不倫不類的坐了一位青年道士。

凡樹和平常一般如如不動，而朽樹的神情卻不太自在，看來他也沒預料到雲空的出現。

朽樹也是雲空自小認得的，但他總是板起一張臉，不如凡樹隨興，是以雲空不很親近。

燈火徐徐開口了：「今日召集汝等，要講的是生死一部大經。」

眾僧雖然無人作聲，但許多人卻無法專心，腦中蕩漾著無數念頭：「這道士是怎麼來的？」「難道道士繼承住持的傳說，是真的嗎？」「那次來的五味道人，說住持三月圓寂，如今不正是三月了麼？」

只要燈火繼續說下去，他們的疑問便有解答了。

而燈火說了。

燈火說：「老衲明日將要圓寂。」

講經堂內的空氣驟然沸騰，僧人們忘了合十齊唱「阿彌陀佛」，反而有的激動站起，有的忍不住大哭起來。

陪侍的朽樹見狀，呼喝道：「唏！大家止靜！」

驟時之間，僧人們的情緒難以平息，大堂內顯得十分悶熱。

此時，雲空緩緩站起。

這位眾僧一直在猜疑的人物一站起來，大堂頓時鴉雀無聲。

雲空傲然站著，兩眼在僧人之上掃描了一遍。

三十八隻眼睛僵硬的盯住他，灼燒他的每一寸身軀。

燈火又說話了：「老衲主持本寺多年，明日便要卸下此職，休息去了。」

由於燈火平日待人甚寬，眾僧很是尊重信服，對這批出家人而言，隱山寺便如他們的家，而燈火便是大家長。

如今燈火即將辭世，眾僧有的便忍不住滿臉淚水，在大堂上抽泣起來。

「住持，不要走……」終於有人哭叫著說出這句話了。

「再住世幾年吧……」

「留下是可以，」燈火道，「但最後也仍舊是要走，如此又何必違背自然生滅呢？」

朽樹和凡樹是一動一靜，凡樹對大家微笑：「此乃人生最後的大事，大家應該幫助住持，你們都知道啼哭是會擾亂心神的呀。」

朽樹卻是大聲喝道：「住持要走了，大家哭哭啼啼的，豈不浪費時間，聽不到住持的教誨了？」

朽樹這一說，大殿才漸漸沉靜下來。

雲空依然站著，顯得分外搶眼：「諸位師父，貧道在此想先說幾句話。」

僧人們以沉默回應。

雲空接著說：「貧道十三歲那年，由家師帶上山，拜住持為師，隱山寺收藏了好多書，師父又教我許多道理，住在本寺那幾年，是我生命中最安樂的時光，雲空感激住持，也感謝大家……今日再來，是早在月前便得知恩師將去，所以特地前來送行。」

有老僧在座中頻頻點頭，也是當年跟雲空相處過的。

雲空忍住眼中盈淚，平靜的說：「此寺雖是個安樂處，畢竟貧道以天下為家，我在這兒只是浮雲過客，所以今日在此，不為其他，只為送行，送了便走。」言畢，雲空作了個揖，才坐回蒲團上。

燈火對雲空點個頭，對眾僧說道：「這位道者道號雲空，是老衲好友的徒弟，今日，我要拜託他三件事。」

眾僧聽見重點終於出現了，立刻凝神靜聽。

「一是託他替我點火，燃我肉身。」

朽樹聽了，臉色稍變，他以為這是他應享有的榮譽的。

「二是我之骨灰交給雲空，由他代為處理。」

「住持，」一僧說道，「住持之舍利必定留在寺中，不知這位道兄要如何處理？」

「老衲不知。」

「不知……？」眾僧議論紛紛，心中好生疑惑。

「住持，」另一僧人又道，「如此，弟子們實在不能放心。」

燈火「嗯」了一聲，道：「虎死留皮，人死留名，名是什麼？不能穿以禦寒，不能食以抵饑，如此之物，虛無而已，一無是處。」

接著又說：「我今未死，說不定道行不夠，沒有舍利，即使是有，舍利又有何用？擺於塔中給人瞻仰嗎？如果把我燒了留下的殘骸，會令你們只求舍利，不求佛法，如此之物，又有何用？」

凡樹、朽樹追隨燈心、燈火多年，未曾聽過燈火如此大論，不禁驚訝地睜大了眼。

僧人之中有人急欲移開話題，便問：「住持，另有一要事亦要早些定奪……不知住持之位，欲傳何人？」

「這件事，就是第三件了，」燈火直截了當地說：「也交由雲空決定。」

「大師！」這下連雲空也大吃一驚，「事關重大，弟子不敢造次。」

「雲空，昨晚我與你說些什麼來？」

雲空一怔，腦海裡立刻迸現了昨晚的情境。

「雲空，你周遊於混濁之世，腳下不能停止，日日為兩餐苦惱，如此，塵世是修行的好地方嗎？」

「師父，我行走江湖，身不得安，然而我的心卻時時能夠安寧。」

「你如何安心？」

「在行路時，我數呼吸、數步伐，不知不覺，略有微淺入定之意。」雲空誠實的回道，「在市井中，我於人群中靜坐等待，觀照自心，也能達到人聲過耳不留痕。」

「如此說來，你也有一些成果了。」燈火欣慰的說：「我居於孤山，身陷四面土牆、層層房室之內，誰又敢說才是好地方了？佛法是出世間法，卻也不曾離開過世間法。」

「如果佛法不離世間，又如何出世間呢？」雲空弄不明白，兩個相對的概念如何是等值的。

「你讀過《金剛經》嗎？經中說『所謂佛法，即非佛法，是名佛法』。」

「我小時候讀過，至今依然弄不明白。」

「第一層執著於佛法，是執著於『有』；第二層參透了空性，明瞭佛法即非佛法，但若執著於『空』，依舊是一種執著；須到第三層，才了悟非空非有，是不偏不倚的『中觀』，才是佛陀本懷。」

「我還是不夠明白，所以對我而言，所謂世間，即非世間，是名世間？」

「可以。」

「對師父而言，寺院即非寺院，是名寺院？」

「也可以。」燈火道，「套弄文字只是遊戲，口頭說禪沒有意義，悟了之後還要修證，否則只是泥碗盛水的功夫呀雲空。」

「對不起師父。」

「道法自然，佛法自然，塵世有情似無情，無情似有情，看清楚兩邊，不拘泥中間，這是你今生的考驗。為師能幫你的，是提早給你考驗，你日後會用上的。」

原來如此，燈心燈火以他的圓寂為題目，讓雲空考試嗎？

不過這是一場沒人批改考卷的考試。

「大師，弟子謹聽吩咐。」雲空站起來，向住持深深的作了個揖，久久不起。

眾僧交頭接耳，場面逐漸混亂之際，朽樹忽然宣佈：「開經——！」

此言一出，眾僧立時整好坐姿，恭聽住持開示。

「今日，是我為各位最後一次講經，」燈火緩緩道，「今日說的是阿難被佛陀問心的公案，《楞嚴經》開經便說，阿難七次回答心之所在……」

※※※

山風蕭瑟，竹聲稀零。

這日的天空也沒分外悲壯，依舊閒雲輕迴。

燈心燈火一起來到寺院外竹叢下，在吹過竹林的涼風中靜靜的圓寂了。

凡樹朽樹徐徐來到眾僧聚集的院郊，合十呼唱：「阿彌陀佛。」

眾僧慘然，抽泣嗚咽之聲很快便遍佈了全場。

高高的木架已經準備妥當，昨日還祥和講經的住持，下一刻便要灰飛煙滅。

燈心和燈火雙雙被抬上木架。

他們端坐在柴堆上，表情姿態一如生前，似乎是正要準備講經的樣子。

雲空高舉火把，瘦長的身子迎著疾風，低語道：「借火引路，教師父一條回歸天地之徑吧。」

這句話連他自己也聽不見，每個字才剛吐出，便被風颳得老遠去了。

火把才剛碰到柴枝，烈焰立時吞噬了住持的身軀。

先是住持的皮肉水分被燒乾，逐漸乾裂，血管中的血液開始沸騰，沖破了血管，由肌肉裂隙間湧出，淋得火焰也不禁吱吱地叫。

他的頭皮漸漸碳化，臉上的皮肉逐一被火焰剝落，終於露出底下的白骨。

雲空一直緊盯著這些變化。

火葬象徵釋放。

燈心燈火要他一邊觀看一邊領會。

古印度修行人在棄置屍體的尸林中靜坐觀想，從觀察死屍的腐爛過程，了悟生死無常，稱為「白骨觀」，而雲空在火葬中觀想，道理雷同。

「噗」的一聲，燈心燈火的腹部裂開，流出的漿水令大火冒出白煙，所幸兩人早在圓寂前三日停止進食、前一日不飲水，才沒有太多液體流出。

雲空看著師父的皮肉在火焰中化成碳粉飛散，剝露出支撐皮肉的骨架，彷若褪去舊殼的春蟬，迎向一個新的生命。

火燒了一個上午和一個下午，才將軟組織燒得乾乾淨淨。

骨骼在火中化灰，如同人與天地的完全交融。

燈心與燈火兩兄弟，似乎是一出生就被開了個大玩笑般，兩個身體，卻只有一個神識。

此時此刻，藉著火焰的幫忙，他們總算真正成為一體了。
火焰慢慢的平息了下來。
被大火燒得崩塌的木架上，有木灰和骨灰混雜的灰燼。
眾僧的懷念之情，早已被大火燒得一乾二淨，現在他們所急切欲知的，只是住持有沒有留下象徵修行功夫的舍利子。
雲空拿出一個布袋，將骨灰一把一把抓進去，偶爾摸到一些硬塊，便放置在木架旁邊。
眾僧無不興奮的注視增加中的硬塊：「住持果然是得道高僧啊。」
只有凡樹漠然的走到雲空身旁，幫他撿骨灰。
「汗仔，那些舍利不一塊帶走嗎？」
「不了，凡樹叔叔，」雲空說，「他們想要，就給他們吧。」
雲空將灰燼拿完了，留下舍利，便辭行下山去了。
即於住持付託他決定下任住持之事，他便交由寺內眾僧自行去決定了。
他知道即使依照師父吩咐，由他指定住持人選，也沒人會服氣，徒增寺中混亂而已。所以最好的方法，仍然是由他們自己去決定，雖然雲空也可以猜到他們會選擇誰。
如果有修有證的人佔大多數，他們會選凡樹。
如果注重外表和權威的人較多，他們會選朽樹。
燈心燈火也瞭解，所以他們不作選擇。
雲空明白師父的意思，所以他也不作選擇。
他只需要為這兩位恩師完成一件事而已。
他一路下山，一路撒骨灰，任骨灰隨風揚去，或落入濕土草根之間，或掉入山澗沼地之中，或驚動勤奮搬運的工蟻，或混入朦朧的霧氣。

燈心和燈火真正的回歸天地了。

雲空下到山腳，抖了抖布袋，清出最末一些灰燼。

他再回頭望了望那座山。

隱山寺隱於亂石之後，再也見不著蹤影。

也許他再也不會回來了。

※※※

雲空沒留神，在他撒骨灰時，路邊的草叢裡躺了個人。

他一骨碌坐起來，拾起撒在他身上的骨灰，用手指揉了揉，眼神平淡的望著指尖粉末：

「是你們呀？」想了想，又問：「還是你才對？」

那人嗤鼻一笑，輕輕撥走身上的灰燼，冷傲的凝視雲空下山的背影。

「你長得這麼大啦？」他用沒人聽得見的輕聲說，「再好好的多活幾年吧。」

該來的來了，該走的也走了，五味道人站起來，尾隨雲空下山。

※※※

「這孩子真離奇。」那屠夫抱著初生的女兒，瞧著她那光禿禿的頭顱，還有飽滿的耳垂。

「說不定呢，」他妻子疲憊地躺著說，「是大和尚投來我家了。」

「嘿嘿，我豈非要改行不成？」屠夫放聲大笑。

女嬰並沒被他震耳的笑聲嚇哭，只是滾著兩眼，對他滿臉的鬚碴瞧個不停。

歲月如梭。

女嬰平安的長大了，常常喜歡和鄰近的野孩子玩耍，只不過五、六歲，便已懂得好些玩意兒了。

那日正在玩耍，她遠遠聽見鈴聲傳來，就離開同伴，呆望鈴聲的方向。

她看見一名道士。

鈴聲是由道士手上的招子傳來的，兩枚黃舊的銅鈴，不斷被風吹得互相敲擊。

她愣愣的看了道士一會兒，便迎面跑去。

道士見她跑來，也停下腳步，好奇地看著她。

路旁長了好多燈心草，女童去摘了一根，遞給道士。

道士覺得好玩，便逗著她道：「小妹妹，這是送我的嗎？」

女童並不回答這個無聊的問題，只是惡作劇地微笑，然後說：「雲空。」

雲空怔了一怔。

女童得逞，便連跑帶跳的走了。

雲空出神的望著她離去，轉了轉手中的燈心草。

他見天色不早，才將燈心草放入腰囊，急急趕路去。

【典錄】舍利

依《佛光大辭典》所記，「舍利子」應指佛祖十大弟子之一的舍利弗，其梵名Sariputra，putra乃「子息」之意，故又譯為舍利子。而我們所知道火葬後之硬結物，應稱「舍利」，若有人稱舍利子，乃表示其呈丸子狀的意思。

按，舍利梵語sarira，乃死屍、遺骨之意，又意譯為體、身、身骨、遺身，通常指佛陀之遺骨，故又稱佛骨、佛舍利，另外又指高僧火葬後之遺骨。《金光明經》卷四〈捨身品〉曰：「舍利者，是戒、定、慧之所熏修，甚難可得。最上福田。」

根據巴利文佛經《長部經註》，sarira指死屍，指連結完整之身體，而火焚後變成如磨過之珍珠、黃金等之粉末者，稱為dhatuyo（dhatu為單數），可知後者才是指火焚後之遺骨。前者稱「全身舍利」，後者「碎身舍利」，又有將遺骨全收入一「舍利塔」者，也稱全身舍利。全身、碎身之分，或許源自古印度土葬、火葬之別。

《浴佛功德經》分舍利為「生身舍利」（或「身骨舍利」）和「法身舍利」，前者指佛骨，後者指佛之遺教、戒律，亦可以舍利比喻之）。

《法苑珠林》卷四十即分舍利為三：骨舍利（白色）、髮舍利（黑色）、肉舍利（赤色）。而我們所知的舍利，大多乃豆狀，一般指骨片。

據說佛涅槃後，舍利被三分予諸天、龍王和人間，佛在拘尸城涅槃，其他八國的人請分舍利，拘尸王不肯，還差點大動干戈，才再八分舍利，各國人民起塔供養。當今有人以舍利來區分一人得不得道，不知是否真正公正，人們以舍利為奇，使舍利失去了精神象徵的意義，如分佛舍利而差點戰爭一事，大失「色空」本義，所以我在〈灰燼記〉才有如此這般的故事。

黃風記

之十六

宋・政和五年（一一一五年）

什麼也看不見，更是叫人恐懼。

破屋外頭的地面，有許多東西在蠕動，看來，這間破屋已經完全被包圍了。

牠們用腹部的鱗片摩擦草地，令草葉發出騷擾人心的沙沙聲，令雲空的冷汗滲透了逐漸發麻的身子。

「霉氣呀！」雲空不禁在心中哀嘆。

一時三刻之內，牠們還闖不進來，但雲空不確定還能撐多久。

屋外的風很大。

大概過不了多久，撒遍屋外的雄黃末就會被吹散，再也起不了作用了。

雲空還不想點火，他要備在牠們闖進來時才使用。

在漆黑一片中，他碰到了身邊的那個人。

那個隨他一起躲進來的人。

或者該說，是由於那個人，他才會落到這個田地的。

※※※

不到半個時辰前，雲空還只是個隻身走在老驛道上的雲遊道人。

他孤孤單單，沒人陪伴，因為在一般江湖警語中，行旅路上碰見僧、道、婦人等，最好是不惹為妙，因為這些人隻身旅行，必有蹊蹺，所以沒人願來與他結伴。

他也樂得單獨一人，心無牽掛，只是太久沒說話，聲帶太過鬆弛，偶爾跟自己說說話，才驚覺自己的聲音竟是如此沙啞。

驛道上鋪了小石片，經過百年踐踏，石片也碎成了沙礫，雲空穿的僧鞋底部已經磨薄了，甚至可以感覺石子在腳底下的刺痛。

他還在考慮是否要脫下僧鞋，做個赤足道人，看看是不是會走得更舒服些。

他正想嘗試時，卻已經來不及了。

因為他同時聽見三種聲音。

十萬火急的腳步聲。

石子嘈雜的滾動聲。

路邊草叢的沙沙聲。

一股腥風由後方襲來，冷不防穿過他腋下，扯動他的衣袖，擦過他的耳背，令他打了個大大的寒噤。

他正要提高警覺，但仍舊來不及。

腳步聲已然逼到正後方了。

來人是個莊稼人模樣的漢子，膚色黝黑，雙臂粗壯，身上披了件粗麻衣，肩上綁了個包袱，邊跑邊喘氣，還不時慌張的回頭看望。

雲空正躊躇著想問道：「何事慌張？」

他還沒問，那漢子先說話了：「道士！道士！快跑呀！」話還說著，便已經越過了雲空身旁。

石子的滾動和吵亂的草葉聲，意味著有大批東西正快速迫近。

驛道的那端萬頭攢動，倏忽出現大群黃蛇。

「蛇？」雲空吃驚得一時沒了主意。

要是一隻蛇也罷了，如今卻是數不清的蛇，從驛道上浩浩蕩蕩而來，把路旁的草都壓平了。

其時正是春氣勃勃，諸蛇冬眠才正醒來不很久，爬行的速度並不十分快，也或許是由於石子路不易走，所以游走得稍微吃力。

雲空因此有機會逃跑。

他忘記了奔跑會加重踩在石子上的力量，使他腳底更加疼痛。

他忘記了他錯過了午飯，如今肚子正餓著，沒有多少力氣跑。

但他還是趕上了那名莊稼漢。

「前面有間破屋！」雲空嚷著，由布袋中取出雄黃粉，「我們快躲進去！」

「不行啊！會被殺的！」那漢子繼續奔跑。

「你這樣逃不了多久的！」雲空道：「我有雄黃，可以驅蛇！」

雲空忙跑到屋子周圍去撒上雄黃，屋子不大，很快便撒完了，莊稼漢遲疑了一陣，還是隨雲空躲進了破屋。

果然蛇群游近破屋，不敢再貿然進入，只在屋外吐舌亂游，伺機闖入。

雲空進到屋內，總算有機會緩下了急促的呼吸，他一邊撫平心跳，一邊爭取時間苦思逃走的方法。

真是平白無故招來的禍事啊！

雲空又是自艾自怨，又是滿腦子飛快的思考，希望整理出一些頭緒來。

對了，那些蛇並不是來追他的！

雲空立刻一把拉著那漢子：「不知該如何稱呼？」

漢子一臉惶恐，結結巴巴的說：「人家……人家叫我大牛……」

「大牛嗎？好，這些蛇是你招惹來的嗎？」

「是……」

雲空走到窗口探頭一看，見每一隻蛇都是背上一道粗粗的黃帶，而且游動得甚是靈活，但他從未見過這種蛇。

他再問大牛：「這蛇是什麼名頭？」

「黃風……」

「黃風蛇？」

「是的。」

好，雲空聽說過。

黃風蛇的背上有黃帶，是其特徵，由於爬行甚疾，故稱黃風。

黃風蛇很毒，被牠一口咬上，若來不及救治，不出三刻必亡。

也就是說，他們一口都不能被咬上。

問題是外面的蛇少說也有數千，應當如何衝出去才是？

「大牛，」雲空冷靜了下來，便坐在大牛面前，直盯著他問：「你怎麼把牠們惹來的？」

大牛吞了吞口水，閃了閃憨直的眼神，道：「都怪我要釀蛇酒。」

「告訴我經過，快點。」雲空平日溫厚，現在也著急得失了常態。

「兩天以前……兩天，那時我在耕田，看見田邊大石土中有很多蛇頭露出，正曬著太陽……」

「太陽？」

「是的，蛇在冬天會藏起來睡覺，一到春天日頭和暖了，便會露出頭來曬……」

蛇在秋冬時進入冬眠，由於是變溫動物，不像恆溫動物的身體有自行調節體溫的能力，所以在太陽出來時，要先曬得血液回暖了，才能夠正常行動，要是體溫不足，便會看來懶懶的。

嶺南（兩廣一帶）地方春天來得早，所以雲空在此過冬，正要動身北上，不想竟碰上了麻煩事。

大牛繼續道：「我看見蛇多，又容易捕捉，所以便放下手中活計，取繩子做了個活結來套蛇頭，捉來打死釀酒，只一個上午便打殺了一、二十隻，便帶回家裡去……」

「我一回到家裡，先是把蛇一一清洗，還刮出蛇膽，吃了一個，打算把其他的存到井底冰好，慢慢吃用……那時候，家中老母竟然大叫，叫我快快逃走。」

雲空雖然聽得入神，也還是不斷注意四周動靜。

他聽見外頭的蛇不耐煩的蠕動，貪婪的吐著信。

「原來老母看見我打死的蛇裡頭，竟有兩隻黃風，想是我一時未注意，便一手打死，老母見是黃風，知我大難臨頭，叫我快逃。於是我匆匆收拾細軟，奪門而出，逃了半日，便見這些黃風蛇已經追上來了……」

「這怎麼說？」雲空一時不很明白，忙截問：「只有黃風蛇不可殺？」

「道士你有所不知，俗話有道：『黃風追人三千里』，便是此蛇！殺了公蛇，母蛇必定窮追而來，即使追個三千里，也要報仇方休！」

「等等，追來的不只一隻蛇！你只殺了兩隻，要是有配偶，何以來了一群？」

「這……莫非此蛇妻妾成群？」

「不，不……」雲空一指搭上唇間，腦筋不住兜轉著念頭，漸漸覺得腦子有些過熱了。思索了一陣，他想到了：「有了，是報冤蛇。」

大牛忙問：「是什麼東西？」

「唐朝人張鷟有一本《朝野僉載》，記有報冤蛇，亦說在嶺南一帶……便是此地，這種蛇若有人碰到牠，便三、五里亦緊緊跟著，要是打死了一隻，就百蛇相集……」

「書中有說報冤蛇長得什麼顏色嗎？」

「沒有，」雲空說，「但兩種蛇之性情如此相近，恐怕是同一類。」

「道士你記得這段書，又有何用？」

「當然有用，我們雲遊四方的，知道這些是可以保命的！」雲空立刻說，「書中說，把蜈蚣帶在身上，就可以倖免。」

「一時三刻之內，哪來的蜈蚣？」

「這是舊屋，如今正是初春，冰霜正融，勢必潮濕，且找一找，或許牆角會有蜈蚣也說不定！」

「太麻煩了，不如拿個棍子，亂棍打出去算了！」大牛孟浪的嚷道。

「不行！」雲空道，「第一，如果被咬上，你便是死路一條，第二，如果再打死幾隻，你豈不是惹上更大的禍事？」

「不理了，這般逃，要逃多久才得了呢？」大牛急得眼淚都流下來了。

「大牛！你聽著！打死蛇的是你！」雲空喝道。

這一喝果然有效，大牛靜了下來，坐在地上嗚咽。

雲空硬著嗓子說：「大牛，今天算是你我有緣，無論逃得過或逃不過，我都會盡力助你。」

雖然雲空知道這些蛇的目標只是大牛，而他自己也怕得要命，但仍是硬著頭皮來救人。

日已西斜，趁著天色未黑，雲空開始在牆角搜尋蜈蚣。

※※※

破屋很小，小得令人懷疑是否曾住過人。

此屋在驛道旁，有磚有瓦，不似尋常人家，或許曾是驛站也不一定。

自從那天下午雲空與大牛躲進來後，便不再聽見有人車經過此屋，大概這條驛道已近荒廢，少人使用了吧？

也就是說，他們不能寄望被人解救了。

「早知道會這樣，我就不跟你躲進來了。」大牛哭著說道。

雲空找了半天，尋不著蜈蚣，早已鬱悶得很，聽他這麼一鬧，更加是惱了：「大牛，黃風蛇追的可是你呢。」

大牛不聽，只是一味哭泣。

太陽只在天空盡頭留下一抹金黃，破屋裡已是一片昏黑。

此時，強風乍起。

這道風說來便來，事前毫無徵兆，吹了個飛沙走石，天地愁暗。

說愁，雲空更愁。

風一來，撒在屋外的雄黃豈不被越吹越少？

「道士，黑呢……」大牛又在叫了。

雲空見他如此依賴，不禁忽然想遺棄他，自個兒逃走。

一個人逃總比兩個人容易。

「道士……」

雲空抽出了一把刀。

「道士，你……你幹嘛？」感覺到冷冷的刀口壓在後頸，大牛不禁驚叫。

「別叫，」雲空說：「我只是要割你的頭髮。」

「為什麼？」

「趕蛇。」

風吹得更急了，破屋旁的老樹也在彎著腰低泣。

屋頂上「砰」的一聲，有東西掉在上面了。

兩人不約而同的往上瞧。

「樹枝……」大牛叫道。

「不要亂動，小心切到你的頭皮。」

「為什麼只割我的頭髮？」

「因為，」雲空忍著脾氣道：「我有把握不割傷你，可是我對你沒把握。」

屋頂上響起了七零八落的聲響。

雲空停下刀，將大牛的落髮緊握在手中：「大牛，起火。」

「起火……？我的火石呢？」大牛的眼睛已漸漸適應了黑暗，便在包袱裡搜了起來。

「快點。」雲空一面催促，一面把頭髮摻入乾草中。

乾草散佈在破屋裡頭，可能是被風吹進來的，四處皆是，十分方便。

「有了，有了。」大牛找到火石，便從身上衣服撕下一片麻布，點將起來。

火光忽然照耀，雲空的眼睛還一時無法適應，一面用手掩光，一面抬頭。

幸好他抬頭。

他看見屋樑上糾纏著幾隻面目猙獰的蛇，背上都滾了條黃黃的帶子。

頓時，雲空全身寒毛豎立。

他立刻憶起剛才屋頂上的聲音。

他取過大牛手上的火，往窗外一照，只見許多蛇已爬上樹幹，正沿著樹枝到屋頂上方，再摔下屋頂，從屋頂瓦片的空隙鑽入屋內……

「嗚呼！」雲空情急之下，一腳把摻了頭髮的乾草踢去門口，將點著火的麻布拋過去。

乾草燃起，頭髮立焦，一股刺鼻的惡臭衝上天。

雲空拉了大牛，叫他靠在門口旁邊站著。

果然，屋樑上的黃風蛇紛紛受不了煙燻，墜落在地，頓時摔得癱瘓，許久才會稍稍蠕動。

「好……好……」雲空全身流著冷汗，緊張得不住舔弄唇緣，「現在要闖出去了。」

挨近門口的蛇群見到火光、聞到惡臭，紛紛退避。

門口空出來了！

雲空謹慎的踏出一足，踩上諸蛇讓出的小圈子：「大牛！快跟來！」

「不要……」

「大牛！」

「不！我不要！」

雲空正在焦急，冷不防一陣大風颳來，將那團燃火的雜草吹得老遠。

雲空暗呼不妙，正想跳出圈子，黃風蛇果然其疾如風，已然一擁而上，將雲空一下便包圍起來，還有的捲上了他的小腿。

「我命休矣！」雲空閉上雙目，心中苦叫。

※※※

《莊子．知北遊》曰：「人生天地之間，若白駒之過隙，忽然而已。」

雲空深諳老莊的道理。

尤其是此時此刻，他更是有深刻的體會。

他可以想像被黃風蛇一口咬上的刺痛，然後麻痺感如何往上傳遞，如何使他的腿失去力量，如何侵襲他的心臟。

他想像他跌倒於蛇群之中，手掌接觸到冰冷的蛇身，慘白的臉逐漸被蛇爬上，淹沒在蛇群裡。

可是他錯了。

《列女傳》有云：「有奇福者必有奇禍。」此乃警世之句，但在雲空而言，卻應該倒反來唸。

因為蛇對他沒興趣。

也就是說，沒有任何一條蛇咬他任何一口。

雲空愕然，睜眼俯視腳下的黃風蛇，在星光下反射出潤滑的光澤，彷如萬千條雪白的銀帶，舞著千變萬化的舞姿。

他終於確定，黃風蛇果然只追殺害死同伴的人。

牠們的目標僅有大牛！

但他不能捨棄大牛，雖然只是萍水相逢，他就是不忍見人於危急而不幫忙。

「道士！道士！」是大牛在哀叫，「爬進來了！」

雲空不敢作聲，他不清楚蛇性，其實蛇的聽覺甚差。

「道士！」

雲空屹立在原地，任黃風蛇翻過他的腳背，輕輕的擦過他的鞋側，令他錯覺自己正站在河岸，感受懶懶的河水流過腳旁，留下軟綿綿的觸感。

風已經將雄黃末吹散得差不多了。

黃風蛇已經突破雄黃末的防線，興奮的游入破屋。

「道士！」大牛的哀叫已經變成哭號了。

雲空仍然不敢太大聲說話，以免驚動眾蛇。

他試著把聲音凝成一線，對著咫尺之外的門口說話。

這不容易做到。

首先他深吸一口氣，小腹便鼓得硬邦邦的，然後他將面部和額頭肌肉抬起，看起來似笑非笑，最後才將嘴唇微張，將丹田之氣下沉，把聲音自咽間發出——

「大牛，後退。」

大牛驚惶而不知所措，一面看著腳下的蛇，一面又向雲空發出求救的眼神。

「大牛，聽我說，後退，去窗口那裡。」

大牛怔了怔，才慢慢後退。

由於尚在初春，入夜降溫得很快，所以黃風蛇變得比較遲鈍，大牛才能稍稍從容的後退。

但他不瞭解，退去窗口又有何益？

雖然他不懂，但還是靠到窗邊去了。

「大牛，看看窗外。」

大牛照做了。

「道士……」

「如何？」

「窗口外，沒蛇！」

雲空鬆了口氣，自言自語道：「果然不出所料。」

原來諸蛇本來包圍破屋，現在門口處找到缺口，於是魚貫而入，其他的蛇便也紛紛跟著湧來前門，所以才在破屋後方挪出了空間。

「道士，怎麼辦？」

「怎麼辦？快跑呀！」

大牛「哦」了一聲，忙翻出窗口，頭也不回的飛逃。

雲空見他走了，便尋思脫身之計。

黃風蛇紛紛擠到窗口下方，但卻不見仇人蹤跡，嗅不到大牛的氣味，困惑的扭動身體。

後方的蛇不明就裡，仍自不斷的湧入門口，雲空只覺雙腳泡在蛇溪之中，癢癢的很是難受。

他悄悄伸手入布袋，取出兩個紙馬。

這是他師兄岩空最擅長使用的「甲馬術」，雖然他使用起來不很稱意，但在危急之時，確是十分好用！

他在等待。

等待最後一隻蛇溜過腳邊。

但他的如意算盤不靈光。

因為那些蛇又回頭從屋內游出來了！

「嗚呼，這還得了？」雲空心下一懍，立刻毫不遲疑的將紙馬綁在腳跟上。

要是再遲個一、兩秒，他又將再度陷入蛇群之中了。

他默唸口訣，凝神運氣。

「疾！」真氣瞬間直灌小腿，肌肉突然猛烈抽動，他立刻飛跑起來，將黃風蛇群遠遠地拋在後頭。

他在星夜下狂奔，臉龐因刺骨的寒風而變得僵硬，耳中只聽見刀削般的風聲。由腳板的觸覺，他知道他在石子路上奔馳，或許他仍舊在驛道上呢。

突然之間，他想確定一件事：剛才他有沒有踩死蛇？

方才他拔足之際，腳下是否有軟軟的……

他不記得。

算了。他想。

他沒命似的奔跑，直到路旁出現了旅店，他才閉氣止步。

他大口大口的喘氣，疲倦的踏入客棧。

客棧老闆已在收拾桌椅，想來是快要打烊了。

雲空在此時此刻，莫名的很想洗個舒舒服服的澡，睡個安安全全的覺。

他摸了摸腰囊，估計了盤纏，才要了一間小房間。

夠了。他想。

「不知大牛怎樣了？」

※※※

第二日的早晨，雲空是被熱烘烘的陽光曬醒的。

昨晚還是冷得要命的空氣，竟在太陽一出來就變了樣，烤得雲空不停冒汗。

昨夜的狂奔，令他一早起來便覺關節痠痛，差點兒連起來的力氣也沒了。

不想嶺南的初春竟會如此燠熱！

他點好行裝，布肩袋、竹竿招子、草帽、外披，一件不缺。

趁著太陽猛照，雲空準備趕路到下一站去，於是到櫃台去退了房，並要了些白水和包子。

「唏，那是什麼？」不知哪個客人在客棧門口大呼小叫。

跑堂的也走去觀望，惹得掌櫃的責罵。

雲空沒有興趣，只管填飽肚子。

聚在店門的人越來越多，最後連掌櫃的也忍不住去湊個熱鬧。

「這麼多的蛇，好釀酒呀！」

「不行不行，蛇要到秋風起才肥呢！現下釀的不好喝。」

「胡扯什麼？這些是黃風蛇呀！」

雲空一驚，大白天的暖意剎那消失得一乾二淨。

果然大家知道是黃風蛇後，原本的嬉鬧即刻變得鴉雀無聲。

客店外的驛道有一大群黃風蛇，顯眼的黃帶子朝著天，滙成一道黃河，在石子路上緩緩前進。

牠們是一群，行動起來卻像是一個單獨的生命。

牠們懂得合作，懂得分工，就像蜂蟻一樣的集體行動。

雲空躲在人群後方，窺看這支壯觀的行伍，心裡期盼他的氣味會被眾人的掩去。

他心底忽然靈光一現：難道黃風蛇真的是憑氣味找人的嗎？

光憑氣味，牠們不可能知道同伴是被誰殺的。

燈心燈火師父曾說，蛇是聚冤而生的生物，心腸惡毒的人，或死前有冤仇而產生惡毒念頭的人，死後轉生為蛇。

莫非牠們有特殊的神通，專門復仇用的神通？

想到這裡，雲空打了個冷顫。

黃風蛇並沒發現他，黃色的河流在路上大搖大擺的游著。

行伍中並不僅有黃風。

黃風蛇匯集的小河中，還載有一個人。

那是全身發黑，正散發著陣陣異臭的大牛。

大牛的兩眼望向天，只是眼珠子已不知去向，只留下兩個詭異的洞口。

他的嘴巴微張，露出黃褐色的牙齒，臉孔怪異的扭曲著。

雲空頓感大片寒意襲來，整個人像泡入寒夜的河水之中。

他回到座位，呆呆的看著包子。

他躊躇著，不知該不該動身。

他還在極力的回想，前一晚是否有踩到黃風蛇？

萬一有呢？

萬一弄死了呢？

他不敢再想像，他只在想該怎麼逃。

現在外頭氣溫很高，蛇的行動會比昨晚快。

到了晚上，氣溫雖然低了，可是在黑暗中卻見不著有沒有蛇。

雲空遲疑了很久。

他翻翻布袋，取出兩個紙馬，也是他最後的一對紙馬。

他將紙馬綁在腳上，付了帳，走出店門。

客店外的黃風蛇已經不在了。

雲空不再等待，主意一定，立刻將一口氣直逼下去，兩腿飛拔奔跑。

這一跑，足足跑了五個時辰，一直跑到天黑方休。

這一跑，竟跑了三天的腳程。
雲空找到間路邊的破木屋，飢腸轆轆的休息了一夜，才再拖著發腫的腿上路。

【典錄】報冤蛇

報冤蛇的紀錄，在《太平廣記》卷四五六引《朝野僉戴》，云：「嶺南有報冤蛇，人觸之，即三五里纏身，即至若打殺一蛇，則百蛇相集，將蜈蚣自防乃免。」

民間說法中，蛇和蜈蚣是相剋的，《抱朴子》卷十七〈登涉〉便說：「南人入山，皆以竹管盛活蜈蚣，蜈蚣知有蛇之地便動作於管中，如此則詳視草中……蜈蚣見之而能以炁……禁之，蛇即死矣……」

不特此也，《抱朴子》還提了以豬耳垢、麝香丸、蝦龜尾、鴆鳥喙等剋蛇物，以及以法術防蛇、治蛇毒等法。

黃風蛇是否就是報冤蛇呢？傳說之所以為傳說，就是在於它會「傳」，同一個題材的傳說，可以被別的地方納為該地區的傳說，最終其出處也不可考焉。

之十七

風燈亂影

宋・政和七年（一一一七年）

街市常常被用作刑場。

進入秋天之後，往往有三五獄吏，將犯人押到街市人多之處，命令眾人清出一個空間，讓犯人跪下，官吏向圍觀群眾宣佈罪狀之後，劊子手大刀一刷，地面塵土又添鮮血。

這地方不知已經落了多少人頭，又不知有多少人頭落地時是朝天悲望的，有多少是黃土撲面的。之所以選在秋日處決，是由於四時之中，「秋」代表了萬物衰敗、肅殺，人要應合天地，所以古時便定了「秋決」的刑例，除非特殊情況，才會有「斬立決」的判決。

可是今天的街市有些不一樣。

首先，秋天還遠遠未到，夏天正酷熱難當，尤其江東地方，夏天更是悶熱得像蒸籠般難受。接著，今天的街市並不處決犯人，而是把一干人犯的屁股全露了出來，朝著烈辣的太陽，曬得紅通通的，眼看快要脫皮了。

原來這些年來下了令，將城中的「相公」們全捉了來，便在街市上鞭打屁股示眾。

也不知道「相公」這行業由來有多久了，近年來更是大量增加。有姿色的男子擦脂抹粉的，在達官貴人中周旋者有之，年紀較大、姿色較衰的，只好在老皺的臉上擦了紅的白的，在花街柳巷中拉攏落單的客人。

「相公」的人數日漸增加，衙門覺得不行了，才捉來打屁股，打得皮開肉綻，淚水和亂髮把臉上的脂粉弄得亂糟糟的，比戲台上的大花臉更像花臉。

那年夏天，雲空來到江寧府。

他經過街市時，看見許多人正在圍觀相公被鞭打，也去瞧了一下熱鬧，但很快就失去了興趣。

因為他有更重要的事。

好幾年前，他曾經問過赤成子，知道神算張鐵橋住在長江下游的江寧府，由叫化子們保護著，因此凡是找張鐵橋的人都必須由乞丐帶路。

不過他的盤纏也不多了，必須趕緊找個人多熱鬧之處，站在惹人注目的位置，亮出寫了「占卜算命‧奇難雜症」的招子，好掙兩個子兒。

他找了個酒樓外面的角落，鋪了張布，趺坐在上，靜候客人。

他那寫了「占卜算命‧奇難雜症」的白布招子，已黃舊斑駁，在人來人往的街市中，分外的不顯眼，但還是有人上門問卜。

雲空在等客人上門時，便閉目靜坐調息，心中默數今天賺來的錢，不禁暗暗嘆氣。

「雲空。」

一片黑影掩去了光線，雲空忙抬頭看去。

這一看，真個又驚又喜。

眼前的人竟是赤成子！

「赤成子！」遇見故人，他高興得叫了出來：「你怎麼在這裡？」

他和赤成子闊別多年，不想如今竟這麼巧遇上了。

赤成子仍和以往一樣，骷髏似的臉上不見一根毛髮，教人看了都會躲得遠遠的。

不同的是，他比以前蒼白得更厲害了。

「赤成子！」他又叫了一聲，興奮得想拉他的手。

赤成子不動聲色，很快一手掩住雲空嘴巴。

他的手掌散發著濃烈的血腥味，直迫雲空的大腦。

他的眼珠子不安的用力轉到最角落，像是企圖要看到不可能看到的後面。

他的衣襟輕輕的掀開了。

映入雲空眼前的，是一片血肉模糊。
「……快逃。」他說。
雲空趕忙站起來，一手扶著搖搖欲墜的赤成子：「坐下！坐下！我拿金創藥！」
四周的行人好奇的慢下腳步，朝他們望來。
「雲空……」赤成子用屍骨般的手，一把拉著雲空衣襟，「嘶」的一聲便扯裂了一道：
「我的師兄弟來了……」
這句話猶如灼熱的鐵棒，驀地燒紅雲空的腦子。
七年前的清風湖一事，差點讓他沒命，現在那三人竟又來了。
惡夢宛如突然來襲的猛虎，雲空徹徹底底的慌了。
「不行，先救你要緊。」他有些失去頭緒，只得先揀重要的做。
「雲空！」赤成子一急，一口鮮血噴出，硬邦邦的仆到地上。
街市的行人忽然嘈鬧起來，遙遙聽到有人在大聲叫罵，也有人在喊痛。
因為有三個人將擋在眼前的人粗魯的推開，直往雲空快步迫近。
他們發出的蒸蒸敵意，把空氣都燒熱了。
雲空還來不及反應，人群中就鑽出了三個人。
這三個人，清一色的頭臉上沒半根毛髮。
連成子快速繞到雲空後面，一把扣住雲空兩手。
虛成子伏下去探看赤成子是否仍有鼻息。
半成子一掌往雲空的胸前擊來。
但半成子畢竟是半成子。

他只擊了半掌，便對雲空笑笑，去取雲空的行裝。

「混帳！」連成子怒罵一聲，一腳踢翻半成子，虛成子立即回身，完成半成子的那一掌。

雲空還搞不清楚虛成子對他做了什麼。

他只知道在這幾秒鐘的混亂之間，他眼前一黑，四肢五官、七情六慾，陷入一片泥澤。

※※※

政和七年，春正月乙未日（初六日），天子下詔。

詔文大意，天下道士免下台階迎接官吏，並免除對道觀的徵稅、攤派、捨貸索求等。不特此也，各路監司、州郡長官會見道士，必須比照會見長老之法。

如此，道士地位大大提高。

一些有心的道士，紛紛乘機建立自己的道觀，以圖個安穩的所在。

這所「六合觀」，正是由此而來的。

六合觀本是一家荒廢舊宅，長久以來沒有主人，在天子詔令下達後，便悄悄掛了個寫上「六合觀」的木牌，才知原來早就給人佔用了，如今改稱了道觀。

道觀中的道士鮮少有人朝過相，平日出入的三人雖然身穿道袍，卻形貌恐怖、毛髮全無，不知是何等異人。

三人看來不似善類，所以也沒人敢接近他們。

這麼一來，六合觀更顯神秘了。

※※※

雲空發現自己不但沒死，而且連重傷也沒有。

只是胸口有些鬱悶，沉沉重重的叫人很不舒服。

他發現自己躺在床上，身邊還躺了另一個人。

他坐起來看，是赤成子。

落日的昏光透入小窗，像被單一般披上赤成子，看起來直如粉白的乾屍。

他的呼吸平順，呼出的是腐臭的惡氣。

雲空四下環顧，確定自己是在一間斗室之中，房中除了那張木板床，便啥也沒有。

沉悶的空氣在房中僵著不動，彌漫著一絲硫礦味。

雲空的腦子暈糊糊的亂七八糟。

他正想開始搞清楚狀況時，房門就被推開了，擠進一個高大的身影。

這人雲空沒見過。

可是這人身後的三個人，卻是雲空最最不想見到的人。

「你就是雲空嗎？」那人問。

雲空模模糊糊的回道：「不，不，我是雨工……」

「雨工？」

「師父，」連成子道，「是這渾小子幾年前碰上我們時，胡扯的名字。」

顯然這人便是他們的師父龍壁上人了。

龍壁上人微微頷首，劍眉下的精目往雲空身上一瞪，雲空頓時又清醒了幾分。

「令師可安好？」

「……是，師父還算硬朗，我……晚輩五年前才見過他老人家。」這一來，雲空也醒了八九分了，才趕忙走下床來，恭敬的拱手道：「晚輩雲空，破履門下，見過前輩。」

「唔，」龍壁上人蹙了蹙眉，「破履他怎麼老是收些不像樣的徒弟？」

雲空不語，暗暗吸了口氣，在體內運行一周。

「破履不是有個叫岩空的弟子嗎？」

「是我師兄。」

「他豈非讀書讀不成，才轉行當道士的嗎？」龍壁的語氣寒淡如水，令雲空感到很厭惡，不過轉念一想，他的確從小就沒聽過師兄自道來歷。

「你又是什麼來路？」

「晚輩自幼父母雙亡，師父可憐收留的。」

龍壁點了點頭，這才把視線徐徐移開：「既然是破履弟子，總得賣個交情……來，你們，三個！」

「是，師父。」連成子、虛成子、半成子齊聲回應。

「以後不准再對雲空無禮。」

「是，師父。」

「去，拿些吃的喝的，給雲空壓壓驚。」

「是，師父。」

那三名平日作惡多端的傢伙，此時此刻竟是絲毫不敢違逆龍壁上人的話，一回身便趕忙去準備了。

在床上的赤成子還未醒來。

龍壁上人的臉色忽然緩和許多，關愛的望著赤成子，語氣變得十分慈祥。

他用對待兒子一般的慈愛叫出赤成子的名字：「赤成子，他……」

他大概想告訴雲空什麼。

但雲空聽不到他接下去想講的話。

因為他那四個字還未講完，眼睛突然一滾，只見他太陽穴跳了一下，語氣立刻變得兇狠：

「他已經被我施了五雷灌頂，只是等死罷了！」

雲空見到龍壁上人的變化，一時搞不清楚狀況。

但龍壁上人的表情可清楚得很。

他的臉沒轉動，眼睛卻一直往後方瞟去。

他後方是門，門外是炎夏的悶熱。

雲空不知龍壁上人在瞟什麼。

門外傳來腳步聲。

是四隻腳的蹬音。

可是在接近門口時，才又加入了兩隻腳的聲音。

雲空的心，突然有如洞開了一扇窗。

※※※

六合觀常常大量購入多種藥石，這是馬家藥鋪的學徒透露的。

馬家藥鋪的學徒說，消耗最多的是朱砂，另外也有雄黃、鼠毒、石青、元武石等。

事實上，六合觀並不僅僅從馬家藥舖購入這幾色藥物，道觀的那三位詭異道人，幾乎踏遍了江寧府各大小藥局。

真不知他們究竟打算搞什麼鬼。

簡單說一句，雲空被軟禁了。

他和赤成子被禁錮在原來的斗室之中。

赤成子還是沒醒，而且呼吸越來越微弱。

回想起來，雲空已被關上四天了，所以赤成子也有四天滴水未進了。

雲空的一切物品俱在身邊，他們如數還給他了。

顯然，他們並不擔心他會逃跑。

他們有把握他絕對逃不了。

雲空在房中來回踱步，腦子忙著在思考。

他思考這些日子來所見到的、所聽到的。

那天龍壁上人的三名弟子把飯菜送來時，他從他們手中接過盛菜的盤子。

他無意中看見連成子的手。

手很紅。

潮紅。

他細想了一下，事實上虛成子、半成子，甚至龍壁上人皆有潮紅的手背。

他以前從未見過龍壁上人，但他覺得龍壁的眼中有一縷狂亂。

他不知道，此刻他們師徒四人正在做些什麼。

赤成子是龍壁上人的三弟子，多年前追捕逃走的僕人「小狸子」時，把小狸子盜走的刀訣燒掉了。

那是他師父鍾愛的刀訣。

他等於背叛了師門。

赤成子的三名師兄弟在追殺他，看來他們不但捉到他了，而且龍壁上人還給了他重重的懲罰。

五雷灌頂！

雲空回頭望望赤成子，他的胸前包了塊沒沾藥的白布，乾硬的血已經把皮膚和布緊緊黏著。

但是，龍壁上人眼中曾經掠過一絲關愛。

雖然只有一絲。

雲空漸漸由這一絲之中釐清些許頭緒。

他每日都聞到一些怪氣味。

哦不……還有。

怪氣味混淆了多種不同的成分。

其中最清楚明白的，是硫磺味。

※※※

龍壁上人花了大部分的錢財購買材料，其他的工具只好將就了。

他在一個大鐵盆中盛滿沙子，盆下生火，把沙煮得燙熱。

他又把許多雞蛋頂部開孔，倒出蛋黃和蛋清，再注入朱砂，將一個個注了朱砂的蛋殼插入熱沙中加熱。

然後他在大鐵盆上又蓋一個大盆，用「六一泥」將兩盆之接口封好。所謂「六一泥」乃戎鹽、鹵鹽、礬石、牡蠣、赤石脂、滑石、胡粉等七種藥品，研磨成細粉再混成泥狀，用來密封用的。

蓋在上方的大盆有一條鐵管通出，將裡頭的熱空氣循著一條彎彎的路徑導入一個瓦罐，瓦罐置入一個裝滿冷水的容器中，好讓通入的熱空氣冷凝。

這個大室除了龍壁上人之外，其他三名弟子也在忙得團團轉。大室內煙霧彌漫，白煙和黃煙混雜，把空中的蟲子全都熏得昏厥落地。

「師父！既濟爐可以開了！」大弟子連成子嚷道。

「澆之，然後淋之！」龍壁吩咐道。

「是！師父。」

「澆」是把溶了的液態化合物傾出，俟其冷卻。

連成子將黃色的液體倒出，熱烘烘的黃煙衝上眼鼻，熏得他眼淚直湧。

接下來，他在急速冷卻的化合物上加水，將溶去的物質和殘渣分開，是謂「淋」。

虛成子看著師兄的工作，心中的興奮感令他手舞足蹈：「已經是八轉了，再一轉……」

東晉的葛洪寫了本《抱朴子》，其〈金丹〉篇有云：「一轉之丹，服之三年得仙。」可是「九轉之丹，服之三日得仙。」

可見丹藥燒煉越久，成仙的效力越大。

只聽半成子在一旁叫著：「火熄……火熄……」

連成子詛咒了一聲，一步搶過去，賞了他一巴掌：「你這孬種，啥事都辦不好！」任何一個煉丹爐的火熄了，都可以讓經年苦煉的丹藥功虧一簣的。

半成子苦著臉，看師兄又將火點上。

「你給我用心點！用力搧！」連成子把草蒲扇塞入他手中。

為了避免真氣外洩，大室的每一扇窗都被封得緊緊的，裡頭熱得不得了，大家都搞得滿身臭汗，卻無人發出怨言。

因為這一刻的辛苦，是為了永恆的生命。

成仙！

這是他們的終極目標，他們正邁向成仙之路！

龍壁上人見爐火穩定了，才站起身走走。

他走到弟子身邊時，不忘勉勵幾句，拍拍他們的肩膀。

他偷偷留神弟子們的表情，看見他們都有滿意的表情，他才敢稍稍放心。

他告訴自己：「再忍耐吧。」

忍耐是一種等待。

他在等待。

※※※

雲空把右手三指輕置於赤成子手腕，由「寸、關、尺」三個部位感受脈搏。

沒有脈搏。

他再放細心神，凝神注意指尖的感覺。

脈搏的跳動悄悄的傳入他指尖的末梢神經。

赤成子仍活著，只是生命之火極其微弱，到了隨時要熄掉的程度。

雲空鬆了一口氣。

房門猛地被撞開，虛成子跳了進來。

虛成子細小的眼睛冷冷盯著雲空，嘴角不安好心的浮出笑意。

「吃飯吧。」他說。

他剛說完，便把手中的飯菜翻倒在地上。

接著他狂笑。

雲空皺著眉看他的狂，擰著心聽他在笑。

虛成子在笑時，眼睛不住的睜大又縮小，眼神中流出無法自制的狂態。

雲空不再望他，盤腿靜坐。

虛成子止不住笑，停不下全身的顫抖。

他忽然停止狂笑。

他十分狼狽的看著雲空，四肢克制不了的顫抖令他感到惶恐。

他連忙跑出斗室，急急鎖上房門。

他發現他在害怕，他開始產生疑慮。

「師父！師父！」他的心在吶喊。

虛成子找到龍壁上人，先察看兩名師兄弟是否在附近。

不在。

龍壁上人正於竹蔭下乘涼。

由於煉丹至少每次要有兩人守爐，他想那兩人應該還在丹房。

「師父……」他焦急的走向龍壁。

「是虛成子呵。」龍壁半閉著眼，懶懶的回道。

「師父，弟子有一事不安。」

「說。」

「弟子……近日感到很是毛躁，全身甚是不自在。」

「如何不自在？」

「皮膚……狠癢難當，肌肉常會不由自主的抽搐……五臟六腑似會翻騰不已。」

「依你之見，如此該當是何事？」

「弟子不知。」虛成子不敢說

「但說無妨。」龍壁仍舊一副閒逸的樣子。

「弟子……聽聞，是否丹毒之兆？」虛成子說完，焦急的看著師父，希望他能給予回答。

龍壁上人默不作聲，眼睛幾要閉上的樣子。

虛成子以為他睡著了。

龍壁上人長長的吁了一口氣，耳朵隱約紅了一下：「你會懷疑是丹毒，也難怪……記得我跟你們說過什麼嗎？」

「弟子不敢忘。」

「好……」龍壁伸直身子，「當知道，得仙者，則已脫離人身，化身為另一種生物。逢此重大變化，人身不免有變化之前兆。」

「是。」

「一旦成仙，進入仙界，列入仙籍，臭皮囊須經過激烈的轉變過程，蛻去穢氣，注入仙氣。」龍壁上人一字接一字，語音清澈有力，「為師共爾等服食丹藥，已近功成圓滿，若你仍無不適之感，便是成仙無望。」

「師父之意……？」

「此是喜事。」

虛成子仍有些狐疑，但聽了師父的話，內心也不禁欣喜。

「師父一席話，直教弟子為無知而汗顏。」

「身體生變化時，自然會有疑慮，無須慚愧。」

「謝師父教誨。」

龍壁上人望著虛成子離去的背影，心中默數了一下時日。

只不過三、四個月前，丹藥初成，師徒四人服食之後，頓時渾身有飄然的感覺，腳底好像浮離了地面幾寸。

當時，他們初次感到莫大的震驚和狂喜。

服食成仙果然是真的！

但這種感覺只維持了一段時間而已。

「想必是丹藥效力不足。」他告訴三名弟子。

大家都惦念著那種淩雲的感覺，對成仙的渴求更為加強。

九轉金丹！

九轉金丹，服之三日得仙。

龍壁上人帶領弟子們往這個方向努力。

他的四名弟子中，唯有曾經背叛他的赤成子無緣服用金丹。

想起赤成子，他的眼中掠過一絲遺憾。

因為赤成子是他所有弟子中，最得真傳的一位。

是他最鍾愛的弟子。

※※※

自從那天之後，每當輪到虛成子送飯菜時，他的態度總比連成子或半成子緩和許多。不但緩和了，臉上還時而露出喜色。

雖然他仍然覺得全身很不舒服。

雲空見他比他人和氣，便放膽試探他的話：「虛成子兄。」

「啥事？」

「不知龍壁上人……意欲如何發落赤成子？」

虛成子臉色一變，變得更高興了：「不消發落，他反正也活不了多久的。」

雲空聞言，知道龍壁上人是不會來幫助這名弟子的了。

赤成子的脈象已經虛弱得無可再弱了。

「那……我呢？」

「你？師父可未提起。」虛成子也不再多話，回身便把門掩上離去。

到底龍壁上人的葫蘆裡賣什麼藥？

雲空已經被關了太久了，多日未曾洗滌的油垢，使皮膚黏黏的很難受。

皮膚使他的思緒集中不起來。

他完全無法決定現在該怎麼做。

弄開房門逃出去該不難，但一旦失敗卻可能引起更壞的後果。

何況他並不想獨自逃走。

※※※

六合觀靜得死沉沉的。

烏雲把慘淡的月光遮去了大半，把六合觀送入黑濛濛的夜霧中。

禁錮雲空和赤成子的斗室，有一盞豆大的燈光。

那是雲空隨身攜帶的燈具，現下燈油也快耗盡了。

燈光在黑暗中吃力的延伸，卻老是驅不走強大的空寂感。

雲空憑著這一點燈光，來確認自己的位置。

他走到躺著的赤成子身旁，聆聽他的呼吸，感覺他的脈搏。

他發現到，赤成子的鼻息雖然幾近消失，卻有著一股源源不絕的力量，在維持著一個穩定的頻率，似乎每次只要稍稍的呼吸一次，便足夠了。

十餘日不吃不喝也未曾醒過來的赤成子，臉色反而漸漸紅潤了。

雲空檢查了一番，發現他原本受傷的胸口也長出新皮肉了。

細細的風不知由何處透入斗室。

是由窗紗的細隙？或是土牆的孔縫？

原本很辛苦的燈焰，更是慌張的被風擾動了。

雲空沒動。

只是他的影子在牆上十分不安。

影子猶如魂不守舍的鬼魅，在斗室中四處盪著。

它由這個牆角翻去那個牆角，又從床緣急急的爬上屋樑，探看樑上的蛛網。

它宛如發狂的人，在牆上瘋癲的亂游，像在尋找怎麼樣也找不著的東西。

雲空看著看著自己的影子，皮膚上揚起一層薄薄的異樣不安。

他有十分不祥的感覺。

他知道有事情將會發生。

但他怎麼也猜不出是怎麼回事。

死寂的六合觀中，有一間大室，其實裡頭正亮如白晝，只是窗口全被封死了，由外面壓根兒看不見燈光。

大室入口旁的牆上，用墨汁書了「丹房」二字。

龍壁上人和三名弟子圍著煉丹爐席地而坐，連成子則注意著一部水漏計時器。

丹房四壁燒著炭火，把夏日的熱再加熱，四人的汗水把衣色都滲得深染了。

之所以把丹房弄得如此悶熱，是為了保留住真氣。

開爐的時刻快到了。

金丹的第九轉即將完成。

煉了九次，煉了再煉的金丹，已經是精華中之精華，神物中的神物了。

連成子是大師兄，聲音總是堅實有力，他望著水漏計時器，以慣有的語氣，語帶興奮的說：「亥時正。」

「開爐。」龍壁上人輕聲命令。

《諸家神品丹法》卷二有云：「萬卷丹經，秘在火候。」

龍壁上人教弟子們日夜輪守爐火，詳細守時，控制火候，以期煉出最完美的丹藥。

他們耗費了多少日子的心力，專注在「火」的操縱上，今日之後，將不必再被火熬得渾身熱汗，而要進入仙人的清涼境界去了。

爐蓋開了。

說起爐蓋，不過是個金屬盆子，顯得很寒酸。

爐中有一灘液體。

液體映照著滿室火光，漾著金光。

連成子用濕布包裹手掌，把盛著金液的容器由爐中取出。

一旁的虛成子、半成子已經準備好陶杯，陶杯裝了冷冷的井水。

金液傾倒而出，分別倒入四個陶杯之中。

金液一倒入冷水，凝成一塊塊跳動的小花，在冷水中充滿了生機，就如有生命的一般，在冷水中亢奮的躍動。

連成子和虛成子大喜，等候師父的吩咐，便要喝下去了。

半成子做什麼都一半一半的，所以他並沒特別欣喜，但也並非不高興。

龍壁上人，在偷偷的皺了眉頭。

偷——偷——的。

※※※

壁縫透入的細風霎然一急，燈火晃了一下。

牆上的雲空也抖了一下。

燈芯已結成燈花，壯烈的破了個大燈花。

雲空猛然一瞧，牆上多了一道影子。

不是他的！

一道溫熱的氣息吹上雲空耳朵。

「雲空……」赤成子的嘴唇正靠上了他的耳聒子。

雲空嚇了一跳。

赤成子不知何時坐起來了：「我師父呢？」

雲空驚愕之餘，忙答道：「我不知道呢……我們被關在此十多天了。」

赤成子死人般的臉龐，在微弱的燈光下如同初醒的死屍，他似乎還很羸弱，乾乾的唇在輕抖著。

「師父……」赤成子掙扎著下床。

他的皮幾乎是緊貼在頭顱上的，雖然慌張，卻看不出表情變化。

「師父……」他跌到地上，吃力的爬向門口。

雲空趕忙將他扶著，滿心的疑惑油然而生：「赤成子，你歇歇。」

「不能歇……師父……」赤成子的聲音似是快哭出來了。

「你師父用五雷灌頂傷了你呀！」

「胡說！」赤成子不知哪來的力量，差點把雲空推倒在地，「師父焉會傷我?!」

「是他親口說的！」

「胡扯！」

「你的師兄弟們，一個個都願你死去！」

「雲空！」赤成子的太陽穴暴起，青筋浮現得連脈動都瞧得見，「是我累你一同被捉來的！」

「這……」赤成子突如其來的轉移話題，令雲空一時接不上口。

「那日是師兄虛成子發現我的蹤跡，然後三人一起暗算我的。」

「你師父並沒阻止。」

「他們三人欲置我於死地，是師父趕在他們之前，補了我一掌！」

「……」

「這一掌，將我任、督二脈，在剎那之間打通。」

雲空「啊」的一聲驚叫出來。

任督二脈乃十分奇特的兩條經脈。

人體有十二經脈，六陰六陽，通手足，接五臟六腑。然任督二脈屬「奇經八脈」，無陰陽雙配，故曰「奇」（單數也），且不通臟腑，但八脈中只有任督二脈有自己的腧穴，其餘六脈的穴位都寄附在十二正經上。

任脈在身體前方，從下體會陰穿過腹部，再被陰毛處出來，沿腹而上，過「關元穴」，經咽喉、上頤，繞過唇緣，從眼球下方進入。

督脈在背部，亦從下體會陰始，沿脊柱而上，至腦後「風府穴」進入腦子，再上頭頂，沿額而下到鼻子，穿入至上齒列的「齦交穴」。

以上是「醫家任督」，多行表面，然而「道家任督」在體內上接腦子、下接薦骨，背後延髓而行，在體內像地底河一般的存在。

此二脈乃「氣」與外界交通之大道，一旦通行無暢，便可與天地百氣任意交感，達至天人相應之境界。

原來龍壁上人明是打傷弟子，暗是助他增長道力！

在打通任督之後，赤成子便陷入了近乎「龜息」的狀態，猶如神龜入殼之呼吸，細如綿絲，卻周行全身，在體內培養更多氣力。

「龜息」之後，赤成子竟進入更進一步的「胎息」，彷如胎兒在母體中之呼吸，似有似無，弱不可察，卻有排山倒海之力量，生出無窮神妙之功，使胎兒可以發育成長，使赤成子比受傷之前更健康百倍。

現在，他甦醒了。

但他還不懂得使用自己的力量，他太緊張了，以致任督各穴未能全數開通，整個人難以使力。如果真氣能順利繞著任督二脈運轉，達到有如地球自轉的「小周天」，就宛如利用身體來煉丹，在體內結成「內丹」。

「雲空，我要去見我師父。」

「可是門鎖了。」

赤成子張目四顧，但丁點的燈光無法幫助他看見什麼。

這下子，赤成子才悄悄冷靜下來。

一旦冷靜，他的思路便活躍了起來，一條一條清晰分明。

他先是盤腿而坐，靜心觀察體內真氣運行，漸漸令任督二脈的「小周天」運轉。

這一運作，體內有如長浪排空，源源不絕的真氣衝擊全身穴道。

「好！」赤成子若不是正處危急，真的會對自己的狀況感到非常高興。

他緩緩舉起一手，挨近桌上的油燈。

燈芯已經在努力的吸食最後一點油脂，弱得再也禁不起一點擾動。

「雲空，」赤成子沉聲道，「請讓開。」

雲空不知道該讓去哪一邊。

其實他讓不讓都一樣。

赤成子的手掌暴張，燈火忽然大亮，燃起猛烈的藍焰。

只見火光倏然一收，完全沒入赤成子的手心，斗室頓時陷入墨黑一片。

赤成子隨即把手掌迅速轉向門口，五指一展。

那扇門震動了一下。

在震了一下之後，倏忽火花迸現，整扇門轉眼化成片片木屑，如煙火般散落在地，發出星點似的火花。

雲空看得嘴巴怎麼樣也無法合攏。

他記得師父破履曾說，龍壁上人是學習邪術的，似乎是屬於茅山派的分支，而茅山就在這個江寧府的東南方不遠處！

茅山祖師乃南朝人陶弘景，是道家的江東派別，到了後世分支漸多，有上下茅山之別。下茅山有以幻術懾人之輩，往往被視為邪道。不過其實在北宋時代，道家才剛開始分宗分派，派別紛紜，此消彼長，很多派別也在後世消失了。

但雲空一看赤成子的手法，根本不能歸入邪道，只能說是神技。

落地的火屑輕輕照亮了路，門口外水靜河飛，連落葉的聲音也被寧靜吞沒了。

赤成子全身經脈皆已打通，只覺渾身輕盈，動作靈巧。

他一個箭步飛奔出門，要趕往龍壁上人的丹房。

雲空緊跟其後奔出門外，在他正要踏出之際，聽見赤成子急呼：「雲空！別出……」

但他已完成了那一步，結結實實的踩到了地面。

四周忽然大霧暴湧，把雲空推入一個白茫茫的地方。

「是師父設的陣！」赤成子急得蹬腳。

看來，龍壁上人還不想他最喜愛的弟子來到身邊。

※※※

四只陶杯已經擺回原位了。

龍壁上人逼視連成子、虛成子和半成子，注意他們的變化。
他們在喝下金液之後，神情隱隱現出緊張，期待著成仙的徵兆出現。
龍壁上人也在期待。
如果他算得沒錯，那天的一掌，會使赤成子昏死十餘日。
赤成子的呼吸、脈搏會不停減弱，由「龜息」進入「胎息」，然後……
然後他會在今晚醒來。
或許已經醒了。
但他不想赤成子這麼快來到丹房，所以在門口佈下了一個幻陣。
這個陣或可阻撓赤成子一段時間。
現在，龍壁上人正期待他的到來。
或許是半個時辰，或許是一個時辰……
他相信他的好徒兒不會拖太久的。
於是，他開始指導三名弟子靜坐養氣，促進金液作用。
金液進入了消化道。
混入了唾液、胃液、胰液、膽汁……
被小腸壁細胞一點一點的吸收，進入血液，隨著熱血奔流到全身每個角落。
他們每一運氣，金液的作用就更加強烈。
照這樣下去，書上說，三日可得仙。

※※※

「陣」，本是軍隊排列的隊形。

善用陣者，可以把軍隊指揮得出神入化，發揮隊形之莫大功效。

由於陣法難學，被人神化之後，更被傳言成有鬼神之機的神術。

使用幻術的道士，將「陣」的概念加入幻術之中，形成後人難解的迷離幻陣。

現在，雲空和赤成子正是陷入了龍壁上人的幻術。

「道家之陣不同於兵家佈陣，咱道家喜用八卦之象，按八方列陣。」赤成子道。

「此是何陣？」

「不理它是何陣，只要洞察陣術之玄妙，百川歸海，道理是完全相同的……」

赤成子靜下心來，讓腦子再度回復敏捷的思路。

他總是很能夠收斂自己的緊張。

他懂得何時該放鬆自己。

他打量四面八方的迷霧，搜尋其中的頭緒。

陣有「八門」，在兵家是謂天、地、風、雲、龍、虎、鳥、蛇，在方術家謂之休、傷、生、杜、景、死、驚、開。

通常「生門」應指逃脫之口，其餘各門或死，或受驚嚇，或被困，或動彈不得。但依陰陽運行變化，生門亦可死，死門亦可生。

龍壁上人給了赤成子一個很大的難題。

雲空朝天一看，也是大霧紛紜，月色絲毫見不著蹤影。

「赤成子，」雲空低吟道，「大霧之象，是屬於『開門』。」

「開門屬金。」赤成子睜大雙目觀察四方。

「土生金，此陣必然土旺。」

「火剋金，八門中惟景門屬火……景門必為出口。」

「景門在南！」

「且慢，務必要小心……」赤成子望向南方。

雲空慢慢移向南邊。

他的腳一進入景門地界，便見周圍湧現華麗的虹霓，還有波浪般的極光橫貫其中。

雲空腳履平地，放眼望去，綺麗的虹霓沖上雲霄，在夜空中結成萬千星波，恣意在空中迴盪。

雲空不禁停住腳步，欣賞這美景。

但他很快又驚覺不對，急忙回頭一瞧。

赤成子不見了。

※※※

一聲巨響，把連成子、虛成子、半成子三人都嚇了一跳。

這一驚，體內真氣頓時繚亂，一股帶著腥味的噁心立刻湧上後腦。

丹房中的溫度驟然下降，外間的冷風冒失的急急湧入。

丹房的大門，站了一個跟他們一樣，沒有毛髮、沒有眉毛、形似骷髏的人。

「赤成子?!」連成子的怒吼充滿了憤怒和懷疑。

因為他們全都知道師父給了他一掌五雷灌頂，是活不了的。

龍壁上人冷冷的望著赤成子。

連成子率先發難，飛身搶到赤成子面前，同時對準他頭頂上的腦門、咽喉、心坎三個部位狠狠擊去。

連成子一向狠辣高傲，攻擊他人一定由前面下手，他自恃武藝高強，毫不將這位三師弟放在眼裡。

虛成子則不同了，他陰狠，喜歡由後面暗算，所以他在連成子剛發動攻擊時，便已繞到赤成子背後，出手連攻啞門、風池、天柱三個部位。

這些全是「禁穴」。

一旦受到強烈的重擊，便會心跳突然停止，或是窒息而停止呼吸。

只不過瞬間，赤成子身上有六個禁穴全陷入了危機。

半成子沒有出手。

他做事老是一半一半的，所以看見大師兄和二師兄聯手攻擊三師兄時，一時猶豫起來。

也幸好他還沒出手。

所以他可以親眼目睹，兩位師兄是怎樣還未碰上赤成子，便已慘叫一聲，全身倒退十餘步，差點仆倒在地。

兩人驚愕不已，任涼風頻頻灌入大張的嘴巴。

他們滿腦子的疑問在打滾。

這些疑問，全都指向一個人。

龍壁上人！

師父不是下了重手，五雷灌頂嗎？

師父不是常常在他們面前毒罵赤成子，誓要除去這徒弟？

師父不是好些年未見赤成子了，為何赤成子的內功忽然精進如斯？

赤成子的太陽穴微微凸起，眼神中透出隱隱精光。

這表示說，他的內功已經到十分深厚的地步了。

連成子不敢相信，再向赤成子展開攻擊，一連三次，完全還沒有機會靠近，便被硬生生震開，彷彿有一層隱形的氣牆在保護著他似的。

虛成子低下眼瞼，眼珠子偷偷的瞄視師父。

龍壁上人的臉孔冷如冰雪，透出陣陣寒意。

赤成子見師兄攻擊他不成，便不再顧忌，立定身子，對龍壁上人深深一鞠躬，道：「師父安好？」

龍壁上人不但面容冰冷，還好像要把赤成子瞪得也冷起來似的：「汝來何事？」

「師父！」赤成子跪了下來，「請勿棄弟子而去！」說完，他已經快哭了出來。

這下子，連成子、虛成子、半成子完全摸不著邊際。

他們有太多不知道的事情了。

他們終於發現，師父隱瞞了許多內情。

「你來得太早了。」龍壁上人道。他沒料到這弟子破陣竟如此之快。

「弟子掛念您老人家。」

「我叫你等我羽化之後才來的。」

「羽化」者，成仙飛升之意。

連成子聽了，心中大悟：「原來師父要待咱們四人飛升了，才把所學傳予赤成子……」

師父瞞得好！

明是助長赤成子功力，竟說是五雷灌頂的懲罰。

瞞得好！

連成子一轉念，忽覺大大的不妥：「師父還瞞了什麼？」

這麼一想的同時，一陣劇烈的痛楚忽然自腹中暴發，痛得他冷汗立時湧出毛孔，背脊反射性的彎成弓狀。

連成子痛得倒在地上，眼睛睜得大大的，一點也不明白。

他的腦子火熱，烈焰似乎想要穿出頭顱，焚燒他的頭皮。

他只覺嘴巴乾得快裂開了，銅腥味不住在喉頭打轉，四肢漸漸麻木了起來。

虛成子正驚奇之際，也開始感到不對勁了。

他雙足忽然軟倒，便再也站不起來了。

他求助的看著師父。

龍壁上人望著虛成子說：「虛成子，恭喜你呀。」

「師父……」

「這是尸解的前兆了。」

只有半成子，似是完全不干他的事一般，傻愣愣的東看西看。

他望向那四個陶杯。

他知道，方才他用的杯子，還留下半杯金液。

他知道，方才師父囑咐努力運氣，他也只用了一半功。

但沒人注意他。

他一向不惹人注意。

※※※

雲空發現赤成子失蹤，本來應該會慌的。

可是他瞭解赤成子。

「或許是這樣……」他揣測，「必須要有一個人在景門，真正的出口才會開啟。」

他認為有這個可能。

赤成子讓他走去景門，然後自己便由另一道門出去了。

是生門或是死門呢？兩門都是屬土的。

或是屬水的休門。

不理了。

雲空不再思考，他揮起手中的竹竿，在濃霧中撥弄。

他想此陣並不會很大，只是局限在斗室門外的小範圍而已。

竹竿在地面胡撥了一陣，碰到了一個障礙物。

他把它弄倒。

然後他再繼續尋找，碰到一個便弄倒一個。

漸漸的，大霧徐徐淡去。

黑夜慢慢的闖入霧中，皎白月亮也露臉了。

雲空環顧四周，發現已經離斗室之門有丈餘之遠了。

這是他第一次真正看到這軟禁他的地方。

圍牆外傳來更鼓聲。

他再望一眼斗室。

斗室中已經沒有任何光線，油燈早已耗完了最後一滴油，光榮卸任了。

月光灑到地面，還擠了一點進去斗室。

雲空嗅了嗅空氣，發覺跟以往有些不同。

哦，原來如此。
少了硫磺味。

※※※

連成子和虛成子有如煮過的蝦子，蜷曲在地上，皮膚紅通通的。
他們正感受著極大的痛苦，腦子、四肢、胸部、腹部全都像要碎裂似的。
他們一點也使不出力氣，只能扭曲在地上，慢慢等待。
他們又是驚恐又是期待：這會是成仙的先兆嗎？
只有龍壁上人知道。
是的，龍壁上人知道。
他說：「赤成子，為師再不能教你了。」
赤成子朝天哀號，哭聲震散了滿室迷煙。
他屈膝跪地，用力把頭磕下，壓到龍壁上人的腳掌上，哀傷不已：「師父！弟子早就說了，師父明明內丹有成，為何要煉外丹？」
「這是師父的不是，」龍壁上人嘆道：「為師太急於有所成，希望成仙呀。」
「黃白之術，歷朝歷代十死九傷，非死即瘋，師父大智大慧，為何仍要信之？」
最早發動攻擊的連成子，他接二連三猛烈的運功加速了丹毒運行，丹毒已攻入心坎，僵死在地，皮膚開始發黑。
還剩一點生命之火的虛成子，感覺四肢從末端開始往身體的方向痲木，不甘心的怒瞪著赤成子，意識飛快的模糊……
「丹藥一轉時，確有飛升之妙，」龍壁上人回憶道：「其時，毒已入肝，雖煉氣亦不可排出，此時我想，即如此，何不師徒同歸於盡……」

「要殺死師兄，不必也害死自己呀！」

「若不如此，他們未必肯信。」

「師父……」

「若非以成仙來誘惑，讓他們以為我仍有不傳之秘，他們早就幹出弒師的事來了。」龍壁上人依舊神色泰然，「如此一來，你就再無後顧之憂了。」

「師父，還能有救嗎？」赤成子紅了眼，「你遍覽天下奇書，必有解救之方！」

龍壁搖搖頭：「沒了，我煉的丹，乃是純粹水銀、鉛、硫等物，一入體內，便只有死而已。」他仰首望天，似乎在遙望某樣東西：「況且，自從繡姑死後，我已生無可念……」

繡姑是龍壁上人的獨生女，是他掌中之寶，卻被好心撿來收養的僕人小狸子誘逃，繡姑後悔背叛父親，親自為小狸子下了「全生追命符」然後自戕。

喪女之痛，令龍壁上人早就失去了生存的念頭。

赤成子明白師父的心意了，他停止哭泣，開始聽師父吩咐後事。

龍壁上人道：「我平生所學，皆已寫成書，全都放在地窖中……」他一一說明了地窖的位置以及書籍的數量內容。

「師父，請再吩咐。」赤成子還希望再聽聽師父的聲音。

「不必了。」龍壁上人長嘆一聲，「你的師兄死了，我也安心了，以後好好發揮我的技藝，揚名立萬去吧。」

「師父。」

「不妙！」龍壁上人忽地眼睛一亮，在室內掃視

龍壁上人不再遲疑，深吸一口氣，頭搖晃了一下，便垂了下來，赫然驚道：「半成子！」

半成子兀自呆呆的坐在原地，他不敢怠慢，忙回應了一句：「師父……」

龍壁上人看不見他，眼前只有整片黑影。

「赤成子，」他小聲道，「你看著辦吧。」。

氣息從他鼻子徐徐溜出，一直到完全沒氣為止。

龍壁上人的皮膚開始變冷，一團團的黑氣開始從皮下浮現。

※※※

黎明的風感覺分外濕冷，不知不覺便寒透了骨髓。

雲空在六合觀的院子裡吹了一陣子風，沒覓著赤成子，反倒是赤成子打開丹房大門，邁步向他走來。

赤成子不等雲空說話，便搶先說：「我師父，以及連成子、虛成子，全都死了。」

「為什麼？」雲空驚問。

「中了丹毒，」赤成子慘然一笑，「九轉金丹，所謂的羽化、飛升、尸解！」他一個字比一個字說得沉重。

「半成子呢？」

「半成子……他也中了毒，雖然中毒不深，恐怕也要成廢人了。」

「你……放過他？」

「他沒作惡，只是平日陪著兩位師兄，跟在後頭作怪。」

雲空鬆了口氣，他不希望赤成子再添殺業。

「後會有期。」赤成子忽然走去打開大門，請雲空離開。

「啊？」雲空的一口氣尚未鬆完，一聽這句話，竟回不過神來。

「後會有期。」赤成子斬釘截鐵的說。

雲空躊躇了一陣，也只好點了點頭，作揖離去。
他對赤成子的做法有些生氣，雖然他明白赤成子做的任何事都有原因，但未免太見外了。
赤成子目送雲空離去後，落寞的眨了眨眼。
他慢步走去師父所說的地窖，心裡盤算著找出藏書之後，要把六合觀一把火給燒了。
他找了一陣，才找到地窖。
打開地窖。
是空的。
赤成子兩眼一睜，只覺腦後熱風悄然而至，神經還來不及反應，整個腦袋便有若掉入了泥漿，在混沌中旋轉。
在昏過去以前，他看見兩件事。
他看見攻擊他的人。
他不敢相信是那個人。
他還看見那人背後放了一大疊書。
是半成子。

※※※

雲空心中正惱，邊走邊在惱怒赤成子的惡劣態度。
清晨的江寧府城，陽光漸將天頂殘餘的藍紫色驅去，街上的景象也越來越清楚了。
他還沒見著半個行人呢。
他聽見背後有腳步聲，很自然的回首。
還沒看清楚，便已被震得五臟翻滾、六腑錯位。

雲空本來便只會一般的防身術，這下突遭襲擊，更是連還手都來不及。

半成子毫不放鬆，一拳又一拳，一掌又一掌的加在雲空身上，雲空根本沒法還手，只能躺倒在地，眼睜睜看著一列大雁飛越天際，多麼雄壯。

半成子平日都是一半一半的。

今天大概是把平日累積下來的所有一半全數用盡了。

他一下打倒了兩人，有點不敢相信的不住喘氣，看看重傷的雲空，想想昏死的赤成子，最後還看看自己的兩手。

他驚慌的東張西望，拎起一大袋書，急步往城門走去。

他害怕赤成子醒過來，追上來把他殺了。

師兄們沒一個對我好。他想。

連師父都想殺我。

他混入聚在城門的商賈行人之中，等城門一開，便匆匆離開江寧府。

啊！清風！

他大吸一口清涼的空氣，心中揚起無限欣喜。

雖然丹毒仍沉積在他體內，阻礙他呼吸，妨礙他思考，但他感到前所未有的自在！

他興奮得想高聲大叫。

他不再回頭，根本沒想要再看江寧府一眼。

江寧府內有他憎惡的六合觀。

去他的六合觀。

【典錄】煉丹

無可疑問的，不論中外，歷史上那股煉丹的風潮，是今日化學的源頭。文中龍璧上人所用的「既濟爐」是反應物的下方加熱、上方有水幫助冷凝，依照《易經》六十四卦的「既濟卦」命名，因為該卦的卦象是上水下火，因此也有反過來上火下水的「未濟爐」，是反應物上方加熱、下方用水冷凝。這類化學提煉方式，今日仍在使用。

古人相信有不死之藥，如《山海經・海內西經》提到崑崙山群巫有不死之藥。不死藥可以是植物、動物或礦物，基本上是相信吃了什麼就可以得到它的特質，而最早服用黃金的記載在漢代《鹽鐵論》。

另一方面，古人也相信物物之間可以互相轉化，比如《列子・天瑞》。因為所有物質皆由「氣聚而生」，因此植物、動物、礦物、土石皆能互相轉化。

結合以上兩個概念，認為可以從非貴金屬（鉛、銅、汞等）轉化為貴金屬（黃金、銀），雖然事實上只是看起來像黃金的「假金」，煉丹者認為，經轉化產生的人造金，比自然金更有效力。

煉丹術古稱「黃白術」，西漢王室劉安（劉邦之孫）贊助煉丹研究，他和門人編輯的《淮南子》有許多佚失了，《漢書》說「有中篇八卷言神仙黃白之術」，人稱「淮南萬畢術」，是煉丹術的一個重要整理。後來的漢武帝熱衷於煉丹術，《史記》記載了很多方士充塞在他朝廷裡的事跡，也是在那個時期，冶金術和長生不老終於完全結合。

經過長期實驗後，東漢末年，煉丹理論由魏伯陽在《周易參同契》中建立，基本上是用一堆術語寫成的化學手冊。東晉葛洪《抱朴子・內篇》更將煉丹系統化，他相信服用靈丹是終極長生不老方，還特別提出「還丹」和「金液」，而其他方法都是次要的，但可以幫助延壽，好爭取時間煉成靈丹。

煉丹術在晉、唐時期白熱化，歷代皇帝瘋迷者眾，出錢又出力，然而，煉丹術在無數人投入並枉死之後，求仙者在唐朝之後終於冷靜下來，結合唐代流行的佛教所帶來的修行法，開始提倡把身體當成煉丹爐的「內丹」法，發展出一套道教的靜修方法。

北宋皇帝雖然推崇道教，甚至編輯《道藏》、支持煉丹，但煉丹術一直沒再回到過去的盛況。

在西方世界，也同樣有人想藉由這些化學方法製造貴金屬，因此稱為「鍊金術」。西方鍊金術相傳源自希臘時代的埃及，最早可能是製造假金的工匠的技術，後來才跟諸神及神秘扯上關係，鍊金術才成了秘術。中世紀（十六世紀以前，約中國明朝末年之前）的歐洲還相傳鍊出來的「賢者之石」不但服之不老，還有令人隱形、號令天使的功能。

相較於中國煉丹術的沒落，西方鍊金術在十八世紀逐漸發展成「化學」，然後在十九世紀將古希臘「原子論」（物質由虛空以及不可分割之原子組成）應用在化學之中，發展出「原子理論」之後，連物質之間可以互相轉化的神話也破滅了。

《雲空行》壹 年表

西元	中國	年齡	事跡	地點	歷史大事
一〇八四	元豐七年	0			歷時十九年，司馬光完成《資治通鑑》。
一〇八五	元豐八年	1	之一〈夜鬼行〉	廣州仙人村	神宗趙頊駕崩。
一〇八六	元祐元年	2			新舊黨代表人物王安石、司馬光同年卒。
一〇八七	元祐二年	3			
一〇八八	元祐三年	4	之二〈夜遊神〉 之三〈焰精〉	廣州仙人村	
一〇八九	元祐四年	5			
一〇九〇	元祐五年	6	之四〈雩龍圖〉	韶州	
一〇九一	元祐六年	7			
一〇九二	元祐七年	8			
一〇九三	元祐八年	9			高太后去世，哲宗趙煦親政。
一〇九四	紹聖元年	10			開始打擊舊黨，黨爭加劇。
一〇九五	紹聖二年	11			
一〇九六	紹聖三年	12			宮廷中發生巫蠱案。

一〇九七	紹聖四年	13	之五〈開眼記〉	亳州附近	
一〇九八	紹聖五年 元符元年	14			
一〇九九	元符二年	15			
一一〇〇	元符三年	16			哲宗25歲英年駕崩，弟弟趙佶繼位。
一一〇一	建中靖國 元年	17			
一一〇二	崇寧元年	18			
一一〇三	崇寧二年	19			蔡京設立買鈔所，賺暴利
一一〇四	崇寧三年	20			
一一〇五	崇寧四年	21	之七〈山魈占〉	泰山小村	新黨立「元祐黨籍碑」 「花石綱」始
一一〇六	崇寧五年	22			
一一〇七	大觀元年	23	之六〈全生追命符〉	開封府	
一一〇八	大觀二年	24			童貫任節度使，攻吐蕃成功。
一一〇九	大觀三年	25			
一一一〇	大觀四年	26	之九〈清風湖〉	洞庭湖	
一一一一	政和元年	27	之八〈鐵郎公〉	徐州 洞庭湖岳州	宋與女真「海上盟約」暗中相約夾攻遼， 違背與遼百年「澶淵之盟」。

一一一二	政和二年	28	之十〈疫狐〉	泰山小村	
			之十一〈人蠱〉	桂林	
			之十二〈破履遊蹤〉	桂林／揚州	
一一一三	政和三年	29	之十三〈坐觀陰陽〉		
			之十四〈胡桃記〉	亳州城郊	
			之十五〈灰燼記〉	亳州附近	
一一一四	政和四年	30			
一一一五	政和五年	31	之十六〈黃風記〉	嶺南	童貫攻西夏，大敗。
一一一六	政和六年	32			西夏攻靖夏，屠城。
一一一七	政和七年	33	之十七〈風燈亂影〉	廣南東路南海縣／江南東路江寧府	徽宗信奉道教，命令道籙院上表冊封自己為「教主道君皇帝」。
			之十八〈神算張鐵橋〉	江寧府	
			之十九〈秀水澗〉	江寧府／句曲山洞（茅山）	

國家圖書館出版品預行編目資料

雲空行（壹） / 張草著.--初版.--臺北市：皇冠.
2019.01
面；公分（皇冠叢書；第4734種）

（張草作品集；04）

ISBN 978-957-33-3415-6（平裝）

857.63　　107020706

皇冠叢書第 4734 種
張草作品集 04
雲空行(壹)

作　　者—張草
發 行 人—平雲
出版發行—皇冠文化出版有限公司
台北市敦化北路 120 巷 50 號
電話◎ 02-27168888
郵撥帳號◎ 15261516 號
皇冠出版社(香港)有限公司
香港上環文咸東街 50 號寶恒商業中心
23 樓 2301-3 室
電話◎ 2529-1778　傳真◎ 2527-0904
總 編 輯—龔橞甄
責任主編—許婷婷
責任編輯—平　靜
美術設計—王瓊瑤
著作完成日期— 2018 年 08 月
初版一刷日期— 2019 年 01 月

法律顧問—王惠光律師

讀者服務傳真專線◎ 02-27150507
電腦編號◎ 563004
ISBN ◎ 978-957-33-3415-6
Printed in Taiwan
本書定價◎新台幣 320 元 / 港幣 107 元